राम सिंह फ़रार

राम सिंह फ़रार

राकेश तिवारी

वाणी प्रकाशन

सजिल्द पहला संस्करण : 2023

वाणी प्रकाशन

4695, 21-ए, दरियागंज, नयी दिल्ली 110 002

फ़ोन : +91 11 23273167 फ़ैक्स : +91 11 23275710

शाखाएँ

अशोक राजपथ, पटना 800 004, बिहार

कॉफ़ी हाउस कैम्पस, महात्मा गांधी मार्ग, इलाहाबाद 211 001, उत्तर प्रदेश

महात्मा गांधी अन्तरराष्ट्रीय हिन्दी विश्वविद्यालय, वर्धा 442 001, महाराष्ट्र

36/ए, शेक्सपीयर सरणी, रानी बिरला गर्ल्स कॉलेज के पास, कोलकाता 700 017, प. बंगाल

www.vaniprakashan.com
marketing@vaniprakashan.in
sales@vaniprakashan.in

Ram Singh Faraar
by Rakesh Tiwari

ISBN : 978-93-5518-918-9
Novel

मूल्य : ₹ 495

आर. टेक ऑफ़सेट प्रिंटर्स, दिल्ली-110 032 में मुद्रित

वाणी प्रकाशन का लोगो मक़बूल फ़िदा हुसेन की कूची से

उनके लिए
जो किताबों से प्यार करते हैं

वह रायसीना रोड के दूसरी तरफ़, शास्त्री भवन में था जब डिमरी का फ़ोन आया, "कहाँ ग़ायब हो, भाई?" चन्दन समझ गया, वह मिलना चाहता है और उसके पास कोई ख़बर है। अब वह बिना वजह याद नहीं करता। कोई बड़ा मामला ही होना चाहिए। दिल की धड़कनें तेज़ हो गयीं। इत्तेफ़ाक़ से डिमरी उस वक़्त किसी पत्रकार के साथ प्रेस क्लब में बैठा था। शास्त्री भवन बग़ल में है। महानगरों की दूरियों का हिसाब लगायें तो समझिये, दोनों एक-दूसरे की तरफ़ पीठ किये एक ही जगह मौजूद थे। चन्दन अपनी गाड़ी प्रेस क्लब में ही पार्क कर आया था। उसने कहा वह पहुँच रहा है। दस मिनट दें।

शास्त्री भवन से निकलने में बीस मिनट लग गये। दफ़्तर छूटने का वक़्त हो रहा था। आकाश में धूल-धुआँ और सड़क पर ट्रैफ़िक बढ़ने लगा। वह जल्द-से-जल्द पहुँचना चाहता था। दिल्ली में जो बेमौत नहीं मरना चाहते, उन्हें सड़क पार करने में समय लगता है। ऐसी जल्दी भी नहीं थी कि मर जाये। सही-सही तो नहीं पता, पर तीन-चार मिनट ज़्यादा लग गये। वह उसे पार्किंग की तरफ़ जाता हुआ दिखायी दिया, जहाँ उसकी मुटल्ली एसयूवी खड़ी थी, चन्दन की कार से एक कार छोड़कर। हमेशा की तरह चार चौकन्ने लड़के उसके साथ थे। चन्दन ने आवाज़ देकर रोका।

मेल-मुलाक़ात की औपचारिकता के बाद डिमरी ने जानना चाहा कि वह राम सिंह प्रकरण से तो वाक़िफ़ होगा? चूतियापे का सवाल था। पत्रकार हैं तो, ज़ाहिर है, अपनी बीट के अलावा भी तमाम छोटी-बड़ी ख़बरों पर नज़र रहती है। डिमरी को भी पता है। पत्रकारों का मुर्गा बेशक देर से बाँग देता है, लेकिन अगली सुबह की ताज़ा ख़बर रात में लिखकर या पढ़कर सो रहे होते हैं। यों भी अपने गाँव-देहात की ख़बरें सभी ध्यान से पढ़ते हैं।

उसने 'हाँ' में जवाब दिया। डिमरी और क़रीब आ गया। स्वर को मन्द पर लाकर किसी अनाम सूचनादाता के हवाले से राम सिंह के बारे में बताने लगा। बोला, "वो भवान सिंह का बेटा नहीं है।"

दोनों ही मूलत: उत्तराखण्ड से हैं। डिमरी का गाँव गढ़वाल में और चन्दन का कुमाऊँ में पड़ता है। राम सिंह भी कुमाऊँ का है। उसने बताया, "सल्ला हरतोला के भवान सिंह का बेटा बचपन में ही ग़ायब हो गया था। पुलिस के मुताबिक़ यह वही है। भवान सिंह भी यही मानता है, लेकिन है नहीं। तुम्हें लगता होगा, मेरे सम्पर्क सिर्फ़ दिल्ली और उत्तराखण्ड में हैं, ऐसा नहीं है। पूरे देश में हैं। गुंडौली में भी हैं। वे कुछ और कह रहे हैं।"

अपने बारे में बताते हुए वह गर्व का अनुभव कर रहा था। उसने तिरछी नज़र से अपने लड़कों की तरफ़ देखा। कोई कान तो नहीं दिये हुए है? लड़के दूर थे। वह पलटा और एसयूवी की ड्राइविंग सीट पर सवार हो गया। निकलने की हड़बड़ी में था। लड़के भी मशीनी फुर्ती से सवार हो गये। डिमरी के चले जाने के बाद उसे बहुत निराशा हुई। अच्छे-भले दिन का अवसान ऐसी मनहूसियत के साथ हुआ। धत् तेरी! लगता है, इस आदमी के पास पत्रकारों को बताने के लिए कुछ रहा नहीं। मुद्दा है राम सिंह और ये उसके बाप की गाये जा रहा है। बाप कोई भी हो, क्या फ़र्क़ पड़ता है? और फिर इस गुंडौली काण्ड में अब रह क्या गया?

चन्दन ने पूरे मामले को सिलसिलेवार याद किया, उसके और अपने सम्बन्धों को भी। उन दिनों को भी, जब डिमरी की तोंद नहीं निकली थी। जब वह छकड़ा बाइक पर चलता था, जिसे किक मारते-मारते हाँफने लगता। हालाँकि तब वह आज से ज़्यादा युवा था। उसकी पहाड़ी (छोटी) आँखें वही बोलती थीं जो वह सोचता था। वह उन्हीं निश्छल आँखों वाले पुराने दिनों से उसका भरोसेमन्द मित्र रहा। शायद आगे निकलने के लिए आँखों की इसी निश्छलता की बलि देनी होती है। 7, रेसकोर्स रोड इलाक़े में वह उसे बाइक की पिछली सीट पर बैठा कर दो बार ले गया था। वे स्मृतियाँ वहीं ठहर गयी थीं, उन्हीं आँखों के साथ, जैसे फ़ोटो खींच कर फ्रेम कर दी गयी हों।

उन दिनों चन्दन दिल्ली विश्वविद्यालय के किरोड़ीमल कॉलेज में पढ़ता था। डिमरी नॉर्थ कैम्पस के उत्तराखण्डी और पूर्वांचली छात्रों के सम्पर्क में रहता। वहीं चन्दन से भी उसका याराना हुआ। मिलने पर बंटा पिलाना, समोसे खिलाना, साथ टहलना और राजनीति पर बातें करना उसका नियम था। उन दिनों वह सिगरेट पीता था। लड़कियों के बारे में शरमाकर बातें करता। उसी दौर में उसकी शादी हो गयी थी। अब आगे निकल गया। पुराने यारानों को उसने केंचुल की तरह पीछे छोड़ दिया।

राजनीतिक हलक़ों में उसकी ख़ासी अच्छी पैठ है। उसने पहले भी काम की कई जानकारियाँ दी हैं, जिन्हें चन्दन ने सियासी मसलों पर अपनी अख़बारी रपटों के लिए इस्तेमाल किया था। उनमें से एक भी ख़बर ऐसी नहीं जिसका कभी खण्डन आया हो। अब दोनों के बीच एकदम पेशेवर रिश्ते हैं, जैसे नेताओं और पत्रकारों के बीच प्राय: होते हैं। इधर उसने ख़बरें लीक करना भी तक़रीबन बन्द कर दिया। कुरेद-कुरेदकर पूछो तब भी टालमटोल करता है। जब वह पत्रकारिता में आया ही था और डिमरी राजनीति में हाथ-पैर मार रहा था, वह बड़ा दबंग होता था। उसने विपक्ष ही नहीं, अपनी पार्टी के कुछ नेताओं के ख़िलाफ़ भी बनी-बनायी फ़ाइलें अपने मित्रों और भरोसेमन्द पत्रकारों को पहुँचायीं। अब लगुओं-भगुओं पर भी भरोसा नहीं करता। आँख-कान चौकन्ने रहते हैं, पर गूँगा होता चला गया है।

दु:ख-दर्द को हम जितनी बार साझा करते हैं, उतनी ही बार उससे गुज़रते हैं। लेकिन डिमरी खुद गुज़रने की जगह सारा दर्द दूसरों के भीतर उड़ेल देता है। यह कला उसे आती है। एक रात बीयर पीने के बाद अपना दर्द उसके अन्दर भी ख़ाली किया था। बताने लगा, "आम लोगों की नज़र में हम जिस भव्य जगत् में रहते हैं, वहाँ बजबजाता हुआ नरक है, भाई जी। बिना नरक में जाये आप नरक नहीं देख सकते। जब वहाँ कोई मुस्कराते हुए निकलता है तो किसी का अहित करने निकल रहा हो सकता है। वहाँ कोई गले मिलते हुए पेट को ख़ंजर खिला सकता है। वहाँ के बारे में किसी तरह का पूर्वानुमान नहीं लगाया जा सकता। बाहर से सब अच्छा लगता है, लेकिन अन्दर हर पल पैर बचाकर काँच पर चलना होता है। वहाँ गुलाब पर भी इस तरह चलना पड़ता है कि उसकी एक पंखुड़ी न टूटे। जवाब माँगा जाता है। ये क्या कर दिया?"

वह शान्त हो गया था। उसने दिल्ली के आसमान को देखा, जहाँ हमेशा धुँध छायी रहती है और पालम हवाई अड्डे में उतरते, उड़ान भरते विमानों की लाल रौशनी ही आपके तारे होते हैं। कुछ पल सोचने के बाद बोला—चुगली परम्परा तो हर जगह है। मनुष्यों को लगता है, बिना चुगली के यह संसार निर्जन हो जायेगा। पर अपने यहाँ तो हद हो गयी। एक वाक्य किसी को बोल दो, 'उन्हें' भनक लग जाती है। सूचनाएँ लीक करने और फ़ाइलें पहुँचाने के दिन लद गये, भाई जी। राजनीति के शीर्ष से पत्रकारिता के शीर्ष तक सीधी सुरंग बन गयी है। ऐसा कड़ा पहरा कि सुरंग में सेंध लगाकर कोरे काग़ज़ का एक टुकड़ा भीतर नहीं डाल सकते। हद है। ख़बर भी खुद ही लीक करोगे?

आप तो जानते ही हो भाई जी, राजनीति में रहने के लिए ख़बरों में रहना पड़ता है। कैसे रहें? हमारे बोलने के लिए जब वे कुछ छोड़ें। बस, आँय-बाँय बकने की छूट है। मतलब कि हम जाहिल साबित होते रहें और अपनी खिल्ली उड़वाएँ... और फिर बकने में भी आप लोगों का, मतलब न्यूज़ चैनलों का मुक़ाबला हम कर पायेंगे? उल्टा, कहते हैं एंकरों से कुछ सीखो। घंटा सीखेंगे उन 24×7 घनघनाते घंटों से? भीतर जूतम-जूत होने लगी है, भाई जी। ये जो मन है न, इसके भीतर। बहुत दुर्गति है।

डिमरी का चेहरा ग़ुस्से से तमतमाना चाहिए था, लेकिन बहुत ही निरीह हो गया। कितना मुश्किल है सपनों को पूरा करना, राजनीति में भी कैसा गला-काट संघर्ष है। चन्दन सोचता है। उसे डिमरी पर तरस आने लगा। जैसे एक बेहद अकेला और विरक्त साधु खड़ताल बजाता चला जा रहा है और वह उसे क्षितिज में डूबता देख रहा है— *मन रे, कर ले जूतम-जूत।*

प्रेस क्लब के लॉन में पड़ी बेंत की कुर्सी पर वह अकेला बैठा था। नीम की कँटीली पीली पत्तियाँ हवा के साथ उड़कर भ्रमित-सी कभी कुर्सी के इस तरफ़ चली जातीं, कभी उस तरफ़। देश में जब-जब तेज़ हवायें चलती हैं, दिल्ली के हृदय-क्षेत्र में स्थित प्रेस क्लब में कॉफ़ी के प्याले और बीयर की बोतलें ख़ूब झाग उगलती हैं। नीम इतराता है। हवा मन्द हो तो पत्तियाँ लॉन में ऐसे ही खो-खो खेलती हैं।

डिमरी के शब्द ठक-ठक बज रहे थे, दिमाग़ के नियमित काम में दखल देते। ठक। ग़ज़ब है। उसका ध्यान बाक़ी सब बातों से हटकर इसी पर टिक जाता है। ठक-ठक होती है। ठक।

एक-दो परिचित पत्रकार उधर से गुज़रे तो उसने दूर से हाथ हिला दिया। बात करने का मन नहीं था। कॉफ़ी के घूँट भरता रहा। होंठों की पपड़ी चबायी।

घंटे भर बाद फ़ोन लगाया। वह आख़िर कह क्या रहा था, ठीक से समझना चाहिए।

"डिमरी जी, ज़रा विस्तार से बताएँ।"

"उसे कैरना का बता रहे हैं। बाप तो गुज़र गया। माँ है बल। सल्ला हरतोला के राम सिंह को तो बचपन में ही बाघ ले गया बताते हैं। इस कैरना वाले को, कहते हैं, कोई लड़की ले गयी।" डिमरी ने बताया।

"तो फिर मीडिया में यह सब क्या है?"

"यही पता लगाना तो मीडिया का काम है। मुझे मालूम होता तो बता देता, भाई जी।" उसने कहा। यह भी बताया कि उस वक़्त प्रेस क्लब में वह संजीव सिन्हा के साथ कॉफ़ी पी रहा था, लेकिन उसे कुछ नहीं बताया। संजीव सिन्हा एक हिन्दी अख़बार का डेप्युटी ब्यूरो चीफ़ है। चन्दन समझने की कोशिश कर रहा था कि वह उस पर एहसान रख रहा है या उसकी क्षमताओं पर भरोसा जता रहा है? वैसे भी सिन्हा ऐसी टुच्ची ख़बरों को तवज्जह देगा? चन्दन उसे अच्छी तरह जानता है। आई.आई.एम.सी. (भारतीय जन संचार संस्थान) में सिन्हा उसका सीनियर रहा। वह पत्रकारिता की पढ़ाई के दौरान ही पत्रकार होने के दम्भ से भर गया था। उन दिनों कई बड़े पत्रकार उसके आदर्श होते थे। उनके नाम ले-लेकर रौब गाँठा करता। उनके तौर-तरीक़ों, ठाट-बाट और दबंगई के बारे में ऐसे बताता, मानो उन्हीं के घर रहता हो और उन्हीं के लॉन की घास खाकर उल्टी कर रहा हो। पत्रकारिता में आने के बाद उसकी ऐंठ भयंकर तौर पर बढ़ गयी और मूर्खता को छूने लगी। छोटी-मोटी ख़बरें करना वह अपनी तौहीन समझने लगा।

पत्रकार कशेरुकी प्राणियों की 69,964 वीं प्रजाति है, जो सबसे ज़्यादा ऐंठनदार होती है। आकार में ये मेंढक से बहुत बड़े और ह्वेल से बहुत छोटे होते हैं और चौड़े होकर चलने वाले प्राणियों से अक्सर प्रभावित रहते हैं।

उसका, यानी एक पत्रकार का मानना था। इसे स्वीकारोक्ति कह सकते हैं। वह थोड़ा और समझना चाहता था। डिमरी ने ज़रूरी मीटिंग का हवाला देकर फ़ोन रख दिया। ऐसा लग रहा था, कोई आ गया या आने वाला था। इतनी बड़ी बात है क्या? कहीं यह आदमी ही कोई कथा न रच रहा हो? राजनीति है। हो सकता है।

पत्रकारिता दस कोणों से सोचना सिखा देती है। खाँटी भाषा में कहा जाये तो शक्की बना देती है।

अनुपस्थित का सुर्ख़ी में हिस्सा

यह मौसम के पहले हिमपात से थोड़ा पहले की बात है। आग और घाम तापने के दिनों में सल्ला हरतोला में गरमाहट आ गयी। कह नहीं सकते हिमपात के बाद भी, जिन दिनों लोगों की नाक लोहे की तरह ठण्डी होगी, यह गरमाहट बनी रहेगी। गरमाहट, जो अपनी घुटन से फूटे और नींद से जागे लावा का ताप नहीं है। जो धरती के भीतर से नहीं निकल रही। जो हवाओं में है। आदमी के मस्तक में है। शब्दों में, उपकरणों में, अख़बारों में है और राम सिंह में है।

राम सिंह सुर्ख़ियों में है। उसमें से ज़रा-सी भवान सिंह और उसकी घरवाली के हिस्से आ गयी है। बकरियाँ चराने वाले बच्चे इन दिनों जंगल से होते हुए भवान सिंह के घर तक पहुँच जाते हैं। थोड़ा फ़ासले से घर को देखते हैं। यह देखना पहले जैसा नहीं है।

दो आँखें झाड़ियों की ओट से बच्चों को देखती हैं। बकरियों को और घर को देखती हैं। गुर्र होगी तो बाघ ही होगा। कौन जाने इस सर्दी में वह भी लड़के की तपिश को भवान सिंह में तापना चाहता हो।

जिस तरह बाबा गूगल के अवतरण से पहले भारत के नक्शे में यह गाँव मक्खी के गू बराबर नहीं था, उसी तरह राम सिंह की प्राण-प्रतिष्ठा से पहले सल्ला हरतोला का मामूली काश्तकार भवान सिंह मनुष्यों की गिनती में अनुपस्थित था। सिफ़र समझो। इस आदमी की औरत धरती के अनुपस्थित आदमी की औरत थी। दोनों होते हुए भी नहीं थे, लेकिन जंक यार्ड में पड़े सिफ़र के आगे राम सिंह 'एक' इंजन की तरह जुड़ गया।

पहाड़ों पर ट्रेन चल पड़ी। भवान सिंह गाड़ी, राम सिंह इंजन। छुकछुक-छुकछुक।

धीमी गाड़ियाँ सवारी गाँठने का न्योता होती हैं। टहलते लोग गाड़ी चढ़ने को उतावले हो जाते हैं।

इलाक़े के एक संवाददाता के लिए भावनाओं का ज्वार बाप-बेटे के रिश्ते की डी.एन.ए. रिपोर्ट हो गया। उसने कुछ इसी तर्ज़ पर उसके आँसुओं और खुशी का ज़िक्र किया था। लिखता है— भवान सिंह कभी अपनी सलेटी किश्ती टोपी पहनता, कभी उतार लेता। एक पल वह प्रफुल्लित लगता, अगले पल उस नाटे आदमी का गला और सीना एक साथ फट पड़ते। बेटे के बचपन को याद कर वर्षों से इकट्ठा दु:ख उसकी आँखों से धारमधार बहने लगा था। भर्राये गले से वह कुछ भी बोलने में खुद को असमर्थ पा रहा था। वह खुश था कि बेचैन, अनुमान लगाना मुश्किल था। खुश तो लग रहा था।

एक कल्ला मृतप्राय भवान सिंह के अन्दर फूटा, एक मृत्योन्मुखी अख़बार के संवाददाता के भीतर। गाँव में (बेमौसम) कितने फूटे, गिनती नहीं थी।

उसने अपने पड़ोसी कुशाल सिंह से पाँच सौ रुपये उधार लेकर दो किलो बूँदी के लड्डू बाँट दिये। संवाददाता ने ख़बर को ऐसे माँजा जैसे संन्यास लेने से पहले क्रिकेटर आख़िरी पारी खेलता है। लड्डू बाँटते वक़्त वह बहुत खुश था। उसके कपड़े उस दिन मिट्टी में सने हुए नहीं थे। संवाददाता ने गेंती और भाग्य की चोट खाये उस आदमी के उजाड़ जीवन और उस जीवन में बार-बार कहर की तरह टूटते रहे दु:खों का विस्तार से और बहुत ही मार्मिक वर्णन किया था। इसमें बड़े लड़के की मृत्यु, बीच वाले के अपनी पत्नी के साथ तराई में बस जाने और घर की तरफ़ पलट कर नहीं देखने का उल्लेख था। हर बार, जब सल्ला हरतोला में बर्फ़ पड़ती है और सूरज के इन्तज़ार में सब्र टूटता है, जब गाँव के बूढ़े दिल्ली, लखनऊ या तराई-भाभर की तरफ़ निकल जाते हैं, भवान सिंह दम्पति को मझले बेटे के बुलावे का इन्तज़ार रहता है। क्या पता कह ही दे कि वहाँ ठण्ड में क्यों मर रहे हो, यहाँ आ जाओ।

यह फ़ीचर लिखने में दक्ष पत्रकारों जैसी भाषा थी। छोटे शहरों और गाँव-क़स्बों में रहने वाले स्ट्रिंगर की, जिसकी अख़बारों के दफ़्तर में ट्रेनिंग न हुई हो, ऐसी तरल और कुछ हद तक चतुर भाषा आकर्षित करती थी। लेकिन भाषा की चमक मुद्दा नहीं है। सल्ला हरतोला की रिपोर्टों को पढ़ते-खँगालते हुए चन्दन सोचता है और निचला होंठ चबाता है। पत्रकारिता में भाषा कभी केन्द्र में नहीं रही। अब तो मुद्दे भी हाशिये के बाहर चले गये तेल लेने।

अगर राम सिंह कैरना का न हुआ तो वहाँ जाना फ़िज़ूल की क़वायद साबित होगा। डिमरी यक़ीन के साथ भी तो कुछ नहीं कह रहा। कौन जाने कल कह दे, क्या बताएँ भाई जी, लोग झूठी सूचनाएँ दे देते हैं। आपको बेकार ही दौड़ा दिया।

चाय पिलाकर विदा कर देगा। डिमरी को एक वाक्य और एक चाय में छुटकारा। उसके तो कई दिन ख़राब हो जायेंगे। तेल-पानी में जेब कटेगी सो अलग।

अब जो हो। उसके घर, अठखोल से कैरना की दूरी है ही कितनी? बमुश्किल तीस किलोमीटर। इस बहाने अम्मा और पिताजी से मिलना हो जायेगा। बहुत खुश होंगे। इस मौसम में बरामदे में कुर्सी डालकर कुनकुनी धूप सेंकने से बढ़कर कोई काम उनके पास नहीं होता। गर्मियाँ बनिस्बत अच्छी कटती हैं। सुबह-शाम, जंगल के पेट में घुसी डामर की सड़क पर टहलने निकल जाते हैं। घर के आगे-पीछे फूल-पौधों को पानी देते रहते हैं। बाक़ी वक़्त यानी आधी रात तक, अम्मा टीवी में घुसी रहती हैं। पिताजी को उपन्यास पढ़ने का चस्का था जो न्यूज़ चैनलों से मोहभंग के बाद पुरानी बीमारी की तरह उभर आया है, वरना उनकी दोपहर टीवी पर 'कौआ कान ले गया' टाइप राजनीतिक बहसों को समर्पित रहती थी। अम्मा फ़ोन पर बताती हैं कि रज़ाई ओढ़ कर थूथन निकाल लेते हैं और पढ़ते रहते हैं। चलो, अच्छा हुआ। वरना इन बहसों से अब तक उनका मग़ज हिल गया होता।

पिताजी की याद्दाश्त ग़ज़ब है। कथा तो कथा, उपन्यासों के महत्त्वपूर्ण प्रसंग शब्दशः कण्ठस्थ रहते हैं। सही अवसर पर कोटेशन जड़ देने से चूकते नहीं। उन्हें जानने वाले कहते हैं कि मौक़े के मुताबिक शे'र, कविताएँ और चुटकुले सुनाने वाले तो कई देखे, लेकिन उपन्यास के कोटेशन पेलने वाला ऐसा विकट जीव नहीं देखा।

बहरहाल, समय की जुगाली करते दो प्राणियों को किसी का भी आना अच्छा लगेगा। वह तो बेटा है। कुछ दिन के लिए 'अपार खुशी का घराना' बनकर रहेंगे। बचपन में हमें नानी का घर ऐसा ही लगता था। बूढ़े भी बचपन की स्मृतियों में प्रवेश करते हैं। हौले-से। बच्चे और बूढ़े एक जैसे होते हैं। फ़र्क़ इतना है कि बच्चे खिलखिलाते हुए सीने पर हाथ नहीं रखते, जबकि बूढ़ों की जाम हुई दिल की नलियों में ज़्यादा खुशी अटाती नहीं। दिल थामकर हँसना पड़ता है, हौले-से। बुढ़ापे में सब कुछ हौले-से होने लगता है। जीवन हौले-हौले सरकता है, मौत हौले-से आकर पैताने बैठती है।

पहले वे चौंकेंगे, क्योंकि इस मौसम में वह पहाड़ आने से तौबा करता है। शंकर दा तो कहते हैं, "कैसे पहाड़ी हुए हमारे चन्दन भाई, ठण्ड से फटती है।" 'फटती है' सुनकर शंकर दा की दुकान में काम करने वाला लच्छू मुँह छुपाकर हँसता है। लन्तरानी में बेशर्मी और फटने-सीने की बातों में झेंप। वाह रे लछुआ।

ठण्ड उन दोनों को भी बर्दाश्त नहीं। अम्मा की तो पैरों की उँगलियाँ सूज जाती हैं। उनसे सर्दियों में दिल्ली आ जाने को हर साल कहता है। उनके पास एक ही

जवाब होता है। फ़्लैट में घुटन होती है। जैसे मनुष्यों के जीवन से विदा होकर घुटन फ़्लैटों में बस गयी हो। क्या सड़कों पर घुटन नहीं है? अंग्रेजों के ज़माने के ख़ूब ऊँचे और खुले दफ़्तरों में घुटन नहीं होती?

उँगलियाँ सूजने और थुरथुरी छूटने का ज़िक्र ही नहीं करते। पेंशन वाली पीढ़ी को यही सबसे बड़ा सुकून है। उनकी मित्रमंडली के एक बुजुर्ग महाशय अक्सर कहते हैं, "आपकी तो बढ़िया कट रही है, प्रिंसिपल साहब। बच्चों की तरफ़ ताकना नहीं पड़ता। कि एक सस्ती-मद्दी पेंट मेरे लिए भी ला देता यार बेटा। कि कुछ पैसे भेज देता तो ठीक रहता। हट साली ज़िन्दगी। बुढ़ापे में आदमी की ऐसी लुर-लुर हो जाये तो लानत है।"

ख़ैर, उसे इस तरह सोचना चाहिए कि माता-पिता से मिलने जा रहा है। वहाँ से कैरना कोई ज़्यादा दूर तो है नहीं। एक चक्कर लगा आएगा।

सुबह आठ बजे दिल्ली की सीमा पार करते हुए चन्दन के दिमाग़ में यही सब चल रहा था। यह तय किये बिना कि गाँव जाना है, रात में ही एक छोटे सूटकेस में ज़रूरी सामान रख लिया था, ख़ासकर ऊनी-गरम कपड़े। अन्तिम फ़ैसला सुबह छह बजे किया। अगर आधे घंटे में निकल जाये तो ट्रैफ़िक कम मिलेगा, लेकिन सर्दियों की अँधेरी सुबह में जल्दी-जल्दी हो नहीं पाता। फिर चाय बनाने, छिटपुट सामान रखने, कार साफ़ करने, तेल भराने वग़ैरह में सवा आठ बज गये। हड़बड़ी में कुछ सामान तो बिना बाँधे ही डिक्की में ठूँसना पड़ा।

और अगर वह कैरना का ही हुआ? तो भी कौन-सा रहस्योद्घाटन होने वाला है? दूसरे ग्रह में जीवन का सुराग वहीं मिला जा रहा है? फॉलोअप स्टोरी ही है। वैसे, बेवज़ह का झमेला मोल ले लिया। क्यों चला आया? अम्मा और पिताजी से मिलने। उसने खुद को समझाने की कोशिश की, पर अपने जवाब से सन्तुष्ट नहीं हुआ। दूसरा जवाब— शायद इसलिए कि पिछले सम्पादक की बात कहीं 'बैक ऑफ़ दि माइंड' में रही हो। छह महीने ही उसका पाला पड़ा था। सम्पादकी विद्वता के अहंकार में डूबे रहते थे। मुँह भी विद्वानों की तरह खोया-खोया-सा था, लेकिन बात कई बार पते की करते। एक दिन बोले, "पत्रकार जिज्ञासु बच्चे जैसा होता है। जो भी हाथ लगे उसका पुर्ज़ा-पुर्ज़ा खोले बिना उसे चैन नहीं मिलता।"

चन्दन हँसता है। हत्यारों के अन्दर भी खोपड़ी खोलने का ऐसा ही जुनून होता है। थोड़ा ही फ़र्क़ है। वे दूसरे की खोलते हैं, ये अपनी खोलकर दिखा देते हैं। देखो, गोबर।

बकलोल।

भवान सिंह का हमेशा से विश्वास रहा कि उसका बेटा, जो बचपन में एक मामूली तक़रार के बाद घर से भाग गया था, एक दिन वापस आएगा। ऐसा इसलिए क्योंकि पत्नी गंगा का मन इस भरोसे से लबरेज़ था। बेटे का मुँह देखे बिना मरने को तैयार नहीं थी। बड़े के जाने के बाद छोटे के लिए ज़्यादा रोने लगी। बड़ा अपने ताऊजी के पास भीमताल गया था। शाम के वक़्त दोस्तों के साथ ताल किनारे घूम रहा था। मिर्गी का दौरा पड़ा। गड़प्प-से पानी में गिर गया। दोस्तों ने पीछे मुड़ कर बहुत देर में देखा। पीछे सड़क पर सन्नाटा था। सोचा, कहीं रुक गया होगा। जब अगले दिन फूली हुई लाश मिली तो लोगों ने कहा, उसका 'काल' आ गया था। काल न आया होता तो लड़कों ने मुड़कर ज़रूर देखा होता। सड़क पर ही कोई पीछे-पीछे आ रहा होता और नज़र पड़ जाती।

वहाँ काल (काव) समय नहीं, मृत्यु है और निश्चित है।

वह कैसे जानता था कि लौटेगा? सम्पर्क में थे? उससे पूछा तो उसने सवाल पर ही सवाल खड़ा कर दिया, "कैसी बात करते हो? माँ-बाप का मन तो सब जान जाने वाला हुआ।"

तरल भाषा में ख़बर लिखने का हुनर जानने वाले संवाददाता ने माँ-बाप के मन को बेटे की पहचान का पुख़्ता प्रमाण बना दिया। लिखा कि बेटे की सलामती की ख़बर पाकर जिस वक़्त भवान सिंह उधार के पैसों से लड्डू बाँट रहा था, ठीक उसी वक़्त वह (संवाददाता) सल्ला हरतोला पहुँचा था। कुछ माँओं के हाथों में बच्चों के लिए रखे पसीजे हुए लड्डू अब भी थे। वह जितना खुश था और उसकी पत्नी खुशी में जितना रो रही थी, ऐसा माँ-बाप ही कर सकते हैं जिन्हें वर्षों बाद बेटे के जीवित होने की ख़बर मिली हो।

उसने मुहर लगा दी।

लोल।

संवाददाता ने माँओं के कपड़ों से आती गोबर की दुर्गन्ध का ज़िक्र करना चाहा था, पर इरादा बदल दिया। उस दिन बहुत तेज़ हवा चल रही थी और झड़े हुए सूखे पत्ते खड़खड़ाकर उड़ते थे। इस तरफ़ उसका ध्यान गया, पर इसका भी कोई मतलब नहीं था। मौसम के, ध्वनि के, गन्ध के सूक्ष्म ब्योरे, जो साक्ष्य या तथ्य के रूप में काम नहीं आते, अख़बारों के लिए अनावश्यक होते हैं। फिर लकीर के फ़क़ीर उपसम्पादक। बेरहमी से काट देंगे। उसने सोचा और ऐसे ब्योरों की अनदेखी कर गया।

इससे पहले जब पुलिस टीम सल्ला पहुँची तो उसने भी भवान सिंह दम्पति से धुआँधार अनर्गल सवाल किये थे। मसलन, क्या बचपन में उनके बेटे को ग़ुस्सा

आता था? जवाब पत्नी ने दिया, जो उन सवालों से कम अनर्गल नहीं था। कहने लगी, "हाय पै (हाँ फिर), ग़ुस्सेबाज़ तो वो अपने बाबू (पिता) जैसा ही ठैरा।"

उसने पत्नी को तिरछी नज़र से देखा। अपने लिए 'गुस्सेबाज़' कहे जाने पर सुलग गया था। पहले की बात होती तो सुतली बम की तरह फटा होता। ढलती उम्र में अहिंसक हो गया है। पत्नी को आराम है।

बेटे के भागने का क़िस्सा भी इसी कुटाई-कथा का हिस्सा है। छोटी-छोटी ग़लती पर वह उसे धान की तरह कूट देता था। मास्साब उससे भी बड़े वाले। बच्चों के बक्कल उतार देते। उनकी भौंहें हमेशा चढ़ी रहतीं। सुबह की शुरुआत वे बिना वजह किसी एक की सुताई से करते, ताकि बाक़ी सब दहशत में डूब जायें और शान्ति व अनुशासन बना रहे। उनसे सहृदयता की उम्मीद पन्द्रह अगस्त को भी नहीं की जाती थी। उनका मत था— आज़ादी अनुशासन की शत्रु है।

बात छोटी-सी थी। पहले दिन किसी ने लड़के से यों ही कह दिया कि कल उसका नम्बर है। दहशत हो गयी थी। अगले रोज़ वह घर से स्कूल के लिए निकला, लेकिन अध्यापक के डर से सारा दिन झाड़ियों में छिपा रहा। वहीं नींद भी निकाल ली।

लड़के के घर आने से पहले बाप को ख़बर हो गयी। संयोग से उस दिन भवान सिंह का हाथ चलाने का मन नहीं था। ग़ुस्सैल मर्दों के मूड की बात है। हत्यारों की तरह नहीं होता कि सुपारी ले ली तो करना ही है। उसने डराया भर था। तेरा तो ऐसा इलाज करूँगा बेटा, याद रखेगा। लड़के ने मान लिया बाप बहुत रुष्ट है, बल्कि सही मायने में, इस तरह सोचा होगा कि बाप दुष्ट है। बिना हाथ साफ़ किये मानेगा नहीं। बाप का उस पर ध्यान नहीं था। बड़ा और मझला धमाचौकड़ी मचाये थे तो छोटे के ओझल रहने की तरफ़ ध्यान ही नहीं गया। दो से ज़्यादा बच्चे हों तो एक न एक दायें-बायें हो जाता है। वह डर के मारे उस रात खटिया के नीचे घुसा रहा। स्वप्न में या अर्धनिद्रा में उसे आभास हुआ कि उसके बदले माँ की कुटाई हो रही है। बहुत डर गया था। अब सुबह उसकी बारी है।

भोर से पहले, जब एक अकेली चिड़िया चिर्र-चुर्र कर रही थी और बाघ के ओझल होने का वक़्त भी नहीं हुआ था, वह ग़ायब मिला। फिर कभी लौटा नहीं।

नहीं लौटा लड़का वर्षों से माँ-बाप के सपनों और स्मृतियों में लौटता है। उसके इस तरह भाग जाने के लिए भवान सिंह हमेशा खुद को दोषी मानता रहा। बस, राहत की एक ही बात थी। उस दिन लड़के को उसने हाथ नहीं लगाया था। अगर ऐसा होता तो वह दूसरों के सामने खुद को हमेशा अपराधी महसूस करता। यह उसके लिए कलंक होता। हालाँकि दूसरों की उँगलियाँ उठने से बुरा होता है ख़ुद की नज़रों में गिरना।

पूरे एक दशक से अपराध-बोध के साथ जीना कोई आसान है? ऊपर से अनगिनत अफ़सोस। कभी लड़के के सिर पर हाथ नहीं फेरा। न इसके जो भागा, न उसके जो मर गया। स्मृति में केवल कुटाइयाँ बच गयीं। अब तो, जीवनपर्यन्त इसी अफ़सोस के साथ रहना-जीना था। छोटा, हो सकता है लौट आए, पर बड़ा तो कभी नहीं आने वाला।

उसकी आँखों में जीवन का हासिल पानी था।

पुलिस वाले ने अपनी डायरी में राम सिंह का ग़ुस्सेबाज़ होना दर्ज़ किया। ऐसा लगता था, पुलिस पहले से तय मान कर आयी है कि वह गंगा और भवान सिंह का ही बेटा है। बेसिर-पैर के सवाल करना उसके लिए औपचारिकता रही होगी। कुछ ऐसा हाथ लग जाये, जिससे लड़के के कृत्य की एक मजबूत पृष्ठभूमि नज़र आये तो अच्छा। वरना कोई नहीं। पृष्ठभूमि तो बन जाती है।

लड़का बदमाश रहा होगा? पुलिस ने पूछा। वह सोच में पड़ गया। बदमाश तो था। बोला, "भागने से एक दिन पहले स्कूल नहीं गया। झाड़ियों में छुपा रहा।"

"ये बदमाशी नहीं है।" पुलिस ने समझाया। उसने बहुत सोचा। कोई और बदमाशी तो नहीं की उसने। कैसी वाली पूछ रहे हैं?

पुलिस वाला भन्ना गया। उसने सातवीं में पढ़ने वाले लड़के के बारे में अपना सवाल थोड़ा स्पष्ट किया, "लड़कियों के बारे में उसके विचार कैसे थे?"

क्या पता? बच्चे ही हुए। भवान सिंह ने टोपी उतार कर बताया। फिर लगा सही तरह से पूछना ठीक रहेगा। पूछ लिया। विचार मतलब?

"रहने दे भाई, हम देख लेंगे।"

"हाँ, आपको तो सब पता हुआ। जो अच्छा लगे, लिख दीजिये। लड़के को लौटना चाहिए, बस।"

पुलिस देखकर भवान सिंह के घर भीड़ जुट गयी थी। एक और पुलिस वाले ने राम सिंह की तस्वीर दिखा कर पूछा, "यही है न?"

युवा लड़के की तस्वीर थी। उसे बेटे को दी धमकी याद आयी। गहरी टीस उठी। आँसू निकल आये। यह सोचकर ज़्यादा ही भावुक हो गया कि बेटा इतना बड़ा हो गया। बोला, "जब बचपन में ये ग़ायब हुआ, इसकी इजा मरते-मरते बची। 'मेरा लड़का, मेरा लड़का' कहने वाली हुई और खाना-पीना सब छोड़ दिया ठैरा। पर आस हुई, तो साँस रह गयी।"

आँखें पोंछीं। लोगों को देखा। बोला, "लोग कहने वाले हुए, भोर के झुटपुटे में बाघ भी तो ले जा सकता है। अब कहाँ होगा (जीवित)? मुश्किल है। कोई चमत्कार हो जाये तो बात अलग है।"

बाघ की बात पर उसे पहले की तरह ग़ुस्सा आ गया। मैं कहता था ना, रमिया सही-सलामत होगा। बाघ-बाघ। रट लगा दी ठैरी लोगों ने। खाल्ली, फ़ालतू की बात। आदमी के बच्चे को मारने से पहले सौ बार सोचता है बाघ। आदमी का डर बड़ा होता है।

शान्त हुआ तो पूछने लगा, "मुझे और इसकी इजा को जीने का तराण (सामर्थ्य) कहाँ से आया? हमें भरोसा ठैरा। विश्वास ही तो आदमी का तराण हुआ।"

"कभी उसने किसी के सिर पर ईंटा मारा?"

पुलिस वाले के सवाल पर उसे हँसी आ गयी।

"ईंट कहाँ से होने वाली हुई यहाँ? हर तरफ़ पत्थर हुए।"

"हाँ, वही... पत्थर?"

"नहीं।"

एक संवाददाता ने पूछा, "उसे बचपन से ही गाय से प्रेम था?"

"होगा, तब हमारे पास गाय ठैरी।" उसने कहा। ध्यान गाय वाले दिनों की ओर चला गया। बताने लगा तब से तो दूध के लिए तरस गये। मोल लेकर कोई पी सकता है इस ज़माने में? देख रहे हो महँगाई का हाल?

गाय के बिना राम सिंह उदास रहता था? संवाददाता उसे वर्तमान में हाँक लाया।

"रहता होगा, हमें क्या पता? वो तो गाय बेचने से पहले ही हरा (खो) गया ठैरा।" बाप ने बताया। हालाँकि अख़बार में यही छपा कि गाय बेचने के बाद से राम सिंह उदास रहने लगा था।

चेहरे पर फुंसियों वाले एक काँस्टेबल ने संवाददाता के कान की तरफ़ झुक कर पूछा, "ये गाय बीच में कहाँ से आ गयी, पत्रकार महोदय?"

संवाददाता ने उसके फुंसीदार चेहरे को देखने के बाद बेशर्मों की तरह दाँत दिखा दिये। चलो, कोई नहीं। बातचीत तुरन्त बच्चा चोरों पर केन्द्रित कर दी। लब्बोलुआब यह था कि हो सकता है, राम सिंह को बच्चा चुराने वाला गिरोह उठा ले गया हो? उठा सकते हैं। उनके लिए मुश्किल थोड़ी है? यहाँ से सड़क तक पैदल ले जाना पड़ा होगा। ले गये होंगे मुँह दबोचकर। नहीं तो फुसलाकर।

भवान सिंह सेंटी हो गया, "इस दुनिया में जिस किसी के बच्चे खोये हैं, भगवान करे, सब मिल जायें।"

दुआ में हाथ उठाने और बुदबुदाने की बात थी, पर ऐसा नहीं हुआ। लोग बहरों की तरह देखते रहे। उसे अच्छा नहीं लगा। जिसने खोया वही जानता है बच्चे का खोना क्या होता है? वह सोच रहा था। वहाँ किसी ने खोया नहीं था। सब चुप रहे।

बल्कि चुप रहते तो अलग बात थी, संवाददाता और कुछ दूसरे लोग मन्द-मन्द मुस्करा रहे थे। वह पुलिस के पसीजने की उम्मीद में संवाददाता की जगह पुलिस वाले को सम्बोधित करने लगा, "उन बच्चों के दु:ख के बारे में सोचो जिनको चुरा लिया जाता है। सोचो ज़रा, आप भी बाल-बच्चेदार लगते हो। बड़े होकर उन्हें ग़ुस्सा नहीं आता होगा बच्चा चोरों पर?"

पुलिस वाला उसकी बात से असंपृक्त दिखा, जैसे दु:ख-सुख से ऊपर हो।

"हमारा सोचना ग़लत भी हो सकता है कि ग़ुस्सेबाज़ था और चल दिया। कौन जाने, सुबह खेलने निकला हो और उठा ले गये हों?" उसने कहा और उदास हो गया। उसकी उदासी का किसी पर असर नहीं पड़ा। उसने फिर से पुलिस वाले की ओर देखा, "पता नहीं उसने क्या-क्या भुगता? अब मिलेगा तो बतायेगा।"

लोग आपस में बातें करने लगे कि किस तरह बच्चा चोर गिरोह बच्चों को लूला-लँगड़ा बना कर भीख मँगवाता है। आँख तक फोड़ देते हैं बल। बेरहम कहीं के। किसे ग़ुस्सा नहीं आएगा उन पर? ठीक किया लड़के ने।

एक युवक को यह वार्तालाप नागवार गुज़रा। उसने इसे उल्टा घुमा दिया, जैसे रेगिस्तान देख रहे आदमी को पीठ पीछे झरना दिखाना हो। बोला, "बच्चों को तो चलो लूला-काना किया, बेचारे पशु को तो मार ही देने वाले हुए। ठीक किया राम सिंह ने।"

"ये कैसी फूहड़ तुलना है?" पुश्किन पांडे ने पूछा। वह बाल-बच्चेदार था। उसकी तो मानो क़ज़ा ही आ गयी। लोग बर्रों की तरह चिपट पड़े।

"कैसी चूतियों जैसी बात करते हो...हैं?" एक लड़के ने कहा। दूसरा बोला, "वो हमें प्राणवायु देती है।"

"माता हुई वो। भगवान।" तीसरे ने कहा।

"भगवान करे उन्हें नरक में भी जगह न मिले।" कुशाल सिंह की माँ ने हथेलियों को रगड़ते हुए कहा। बहुतों का ध्यान उसकी ओर चला गया। किन्हें कोस रही थी, पता नहीं। बुढ़िया अपने खेतों में भाँग के पौधों के नीचे बैठकर सारी दोपहर उसकी हरी पत्तियों को हाथों से मसला करती है। कुछ समय में हथेलियों पर मोटी परत लग जाती है। उसे वह अख़बार या कपड़े में मैल की तरह रगड़कर छुड़ाती है और उस काले पदार्थ से धूपबत्ती जैसी गिट्टियाँ बना लेती है। अत्तर (चरस) की इन गिट्टियों को बुढ़िया अपने घर में खुल्लमखुल्ला बेचती है। हाथ रगड़ना उसकी आदत में शामिल हो चुका है।

'रॉड चाहिए?' पूछ कर पर्यटकों को बेचने वाले अच्छा कमा लेते हैं, पर ऐसी मारामारी बुढ़िया के बस की नहीं है। उसके ज़्यादातर ग्राहक स्थानीय हैं और घर

आते हैं। बुढ़िया को उस इलाक़े में 'अत्तर वाली आमा (चरस वाली दादी)' कहते हैं। यहाँ पुलिस की मौजूदगी में वह किसी लड़के के कान में कह चुकी कि अत्तर चाहिए तो है मेरे पास। कुशाल ने हालाँकि समझा रखा था कि पुलिस की आँख का थोड़ा लिहाज़ करना, इजा।

वह तिरेसठ की हो गयी है। साठ पार आदमी की यहाँ उल्टी गिनती शुरू हो जाती है, जैसे सूटकेस में कपड़े और ज़रूरी सामान रख लिया हो। बूढ़ी औरतें 'सुखी मृत्यु' की कामना करने लगती हैं। जीवन भर पति के पीछे चलीं, आख़िरी बार उससे आगे जाना है। सुहागन मरें और साँसों की डोर एक झटके में टूटे। किसी को हगा-मूता साफ़ न करना पड़े। छी-छी, दुर-दुर नहीं चाहिए।

कुशाल सिंह की पत्नी ने एक दिन मज़ाक़ किया, "ज्यू (जी), मुझे घिन-फिन नहीं आती। लेकिन कभी हगे-मूते बिना अचानक निकल जाओ तो, एक बात पहले से पूछकर रखना चाहती हूँ।"

बुढ़िया ने पूछा नहीं, लेकिन बहू की तरफ़ पूछने के अन्दाज़ में देखा। कोई गम्भीर बात ही होगी। बहू ने पूछा, "तुम्हारी चिता में अत्तर की गिट्टी भी तो रखनी पड़ेगी?"

बुढ़िया ने प्यार से झिड़की दी, "हेंह।"

वह अत्तर के पैसों से पोते-पोतियों की फ़रमाइशें पूरी करती है। अपनी तमाम इच्छाओं का टेंटुआ दबाकर रखा है। कभी अन्दर से चीं-चुर्र नहीं होने दी। मरने की उसे इतनी भी जल्दी नहीं है, जितनी दूसरों को उसके मरने की है। अत्तर का काम सही चल रहा है तो काहे की जल्दी?

आमा मन्त्रियों वग़ैरह को ग्राम प्रधान से थोड़ा ही बड़ा मानती थी, क्योंकि उसने उन्हें वोट माँगने के दिनों में हाथ जोड़कर आते देखा है। हाथ जोड़ने वाला आदमी बड़ा कैसे हो सकता है? बड़ा माने, बढ़िया कपड़े, बड़ी गाड़ी और बड़ी ऐंठ।

पिछले साल एक मन्त्री चुनाव प्रचार के लिए सल्ला पहुँच गये। उन्होंने आमा का हाल पूछा। आमा ने कहा, "गरीब आदमी का क्या होता है, सब ठीक ही है।" मन्त्री जी ने पूछा, "फसल-पानी?" आमा को एक ही फसल से मतलब था। बोली, "महीने-पन्द्रा दिन में एकाध गिट्टी बन गयी तो क्या होता है उससे? दिन कटायी हो रही है।"

उसके बेटे कुशाल और ग्राम प्रधान लीलाधर नैनवाल ने आमा को बड़ी मुश्किल से खींच-खाँचकर भीड़ के पीछे किया और बात सँभाली। आमा के पास एक सूत्र वाक्य भी है, जिसे वह किसी की मृत्यु से लेकर फसल चौपट होने तक हर अवसर पर चेप देती है। उसने हवा को सम्बोधित करते हुए कहा—

हाय पराणीऽऽ दु:खैऽऽ-दु:ख (इस जान को भी कितने दु:ख-झँझट हुए)। प्रतिक्रिया में गंगा ने धूप की तरफ़ देखते हुए आँखें मिचमिचाईं, "हाई पै (हाँ फिर), मेरे रमिया ने कितने दु:ख उठाए? जब खोया तब उसकी क्या ग़लती थी और अब मिला तब भी क्या हुई? ग़लती उनकी ठैरी जो ...क्याप (पता नहीं क्या) कर रहे थे बल?"

"गौ-तस्करी कहते हैं उसे।" किसी ने कहा।

"हाँ, जो भी कहते होंगे," गंगा ने उस व्यक्ति की उपेक्षा कर अपने पवित्र शब्द पुलिस वाले पर खर्च किये, "ऐसे में ग़ुस्सा तो आएगा। आ गया होगा उसे।"

पुलिस वाला पति-पत्नी के जवाबों को बयान की तरह काग़ज़ पर दर्ज़ कर रहा था। उसने कोई प्रतिक्रिया नहीं की। दोनों को लगता था, ग़लत या सही का फ़ैसला यहीं हाथों-हाथ पुलिस करेगी। इस बीच फ़ोटो दिखाने वाले पुलिस अधिकारी ने फ़ोटो वापस फ़ाइल में रख लिया। गंगा का ध्यान उधर चला गया। फ़ोटो माँगने लगी। उसने डपट दिया, "सरकारी रिकॉर्ड की कॉपी है, नहीं दे सकते।"

पशुओं और बच्चों की तुलना पर आपत्ति जताने वाले पुश्किन पांडे की अब तक लड़कों ने माँ-बहिन कर दी थी। बात तब ख़त्म हुई जब गाय का प्रसंग छेड़ने वाले युवक से किसी ने पूछा— तेरी शादी हो गयी? नहीं हुई। तेरे पास गाय-भैंस-बकरी, कुछ है? नहीं न? तो इस बहस का क्या मतलब है?

पुलिस को आश्चर्य था कि इस गाँव में सूचनाएँ किन स्रोतों से आती होंगी? एक ही बात पर अटके हुए हैं। कैसे लोग हैं ये?

लोगों के रुख़सत हो जाने के बाद गंगा ने पति से तस्करी के बारे में पूछा था। मतलब, ग़लत काम तो होगा, लेकिन करते क्या हैं?

पति ने बीड़ी जला ली। एक-दो कश लगाने के बाद उसे मुट्ठी में दबाकर ज़ोर का सुट्टा मारा। सोचने लगा, सवाल तो गंगा का वाजिब है। क्या करते होंगे?

"मेरी समझ से काट-कूट देते होंगे। ...कुछ तो करते होंगे।" उसने काफ़ी देर बाद कहा।

घर लौट रही अत्तर वाली आमा से रास्ते में दो लड़कों ने चरस का भाव पूछ लिया। आमा ने उँगली के दो घेरे दिखाकर बताया, "इतनी बड़ी बत्ती तीन सौ की।"

लड़के हैरानी जताने लगे। अच्छा? बड़ी आग लग रही है सल्ला हरतोला में? आमा बोली, लखनौ (लखनऊ) में एक गिट्टी दो हज़ार की है। दिल्ली में तो, मेरा भतीजा परमोद बता रहा था, अंग्रेज़ों से पाँच हज्जार ठग लेते हैं। मैल-फैल मिला कर एक की दो बना देते हैं। एकदम नकली माल होता है।

"तुम भी मैल से बनाओ आमा, ऐश करो।" लड़कों ने कहा और तेज़ी-से निकल गये। बुढ़िया उन्हें कोसती रह गयी।

पुलिस के टोकने पर पैंतरा बदलने वाले संवाददाता की ख़बर जब अगले दिन प्रकाशित हुई तो उसमें बच्चा-चोरी प्रकरण का कहीं ज़िक्र नहीं था। लिखा था, भवान सिंह दम्पति ने सरकार से गौ-तस्करी रोकने के लिए और अधिक सख़्ती बरतने की पुरज़ोर माँग की है।

तू भी ताप ले, बेटा।

मान लेते हैं आदमी के नाम में भ्रम हुआ। गाँव का नाम कैरना की जगह सल्ला हरतोला कैसे हो गया? क्या समानता है दोनों में? चन्दन के अन्दर सवाल खदबदा रहा था। पत्रकारों को खुद से भी सवाल करने पड़ते हैं। बेशक खुद के जवाब से स्टोरी नहीं बनती। ख़बर तथ्यों और बयानों पर ही खड़ी होती है। ज़ाहिर है, राम सिंह मामले की तह तक कैरना की उस महिला से मिले बिना नहीं पहुँचा जा सकता, जिसका ज़िक्र डिमरी ने किया था। अगर राम सिंह उसका बेटा हुआ तो उसके पास बताने को बहुत कुछ होना चाहिए। सम्भव है, कुछ चौंकाने वाला हो। मसलन, आदमी के हिंसक बनने की वज़ह और उसकी पूरी प्रक्रिया या शिकार बनने की कथा।

उसे सनसनीख़ेज़ स्टोरी में घुसने जैसा रोमांच होने लगा। जैसा बचपन में साँप की मौसी का पीछा करने और दिन के वक़्त झींगुरों को खोजने में होता। यह सचमुच बचपन की जिज्ञासा जैसा ही था कि अगर वह चमकीली बभनी साँप की मौसी है तो उससे मिलती होगी? मिलकर क्या गुल खिलाते होंगे दोनों? झींगुर कहाँ बैठ कर बोलते हैं जो सुनायी तो देते हैं, पर दिखायी नहीं देते? इतने तालमेल के साथ पूरे जंगल में शोर क्यों मचाते हैं? अन्यथा ख़बर के पीछे भागने जैसा इस ख़बर में कुछ खास लगता नहीं था।

दिल्ली के एक 'राष्ट्रीय' अख़बार के प्रिंसिपल कॉरेस्पोंडेंट चन्दन ने ऐसा रोमांच अपनी छह-सात साल की पत्रकारिता में कई बार महसूस किया था। हालाँकि ज़्यादातर यह हवा में हाथ लहराकर चिड़िया पकड़ने की कोशिश ही साबित हुआ। हमारा उत्साह अलग बात है और परिणाम अलग। ख़बरों के बारे में कई बार पूर्वानुमान काम नहीं करते। जहाँ तक राम सिंह का मामला है, वह उस तारालोक का जीव नहीं है, जिसका प्रकाश अभी धरती तक नहीं पहुँचा। फिर क्यों पुलिस और प्रशासन का इतना शक्तिशाली और समर्थ तन्त्र उसके माँ-बाप और गाँव का सही नाम मालूम करने में नाकाम रहा?

पुलिस जो बता रही है, वही अगर सच है तो डिमरी को क्या हुआ? चलो, झींगुर हो या साँप की मौसी, अब तो निकल पड़ा। बचपना ही सही।

साढ़े दस बजे गजरौला में चाय पीने और ब्यूरो चीफ़ को फ़ोन करने के बाद जब वह आगे बढ़ा तो फिर से लड़के का ख़याल साथ हो लिया। वह उसके बायीं तरफ़ बैठ गया था, ख़ाली सीट पर। यह अठखोल तक चलेगा क्या? यही, ख़याल?

अख़बारों के लिए अब इस ख़बर में लापरवाही बरते जाने के अलावा है क्या? ऐसी मानवीय भूल, जिसमें राम सिंह के परिवार की पहचान ग़लत कर ली गयी। उसका कारनामा तो वही है।

रोमांच के पहियों में हवा का दबाव कम होने लगा था।

क्या होना है, कुछ नहीं। नये खुलासे के बाद मीडिया का फ़ोकस कैरना वाली होगी। राम सिंह इंजन उसके आगे लगा होगा। सवालों की झड़ी लग रही होगी— तुम्हारे लड़के को बच्चा चुराने वाला गिरोह तो नहीं उठा ले गया? वह गुंडौली क्या लेने गया? उसे ग़ुस्सा आता था ? राम सिंह को बच्चा चुराने वालों से नफ़रत थी? तुम्हारे घर में गाय है? सुना है उसे कोई लड़की ले गयी? वैसे, उसने यह जो किया...गुंडौली काण्ड... कैसा लग रहा है !

वाह रे मरणासन्न मीडिया के ख़बरियो।

यह पूरा प्रकरण चूक का मामला नहीं भी हो सकता, पर पुलिस ने चूक ही बताना है। हो सकता है, राम सिंह के परिवार की पहचान में हुई ग़लती का ठीकरा भवान सिंह के सिर फोड़ दे— राम सिंह को अपना बेटा बताकर उसने हमें गुमराह किया। उसकी एक ग़लती की वज़ह से पुलिस की इतनी फ़ज़ीहत हुई।

अनडू माय पेन

वह एक सुस्त दोपहर थी। सारा जनजीवन चिरपरिचित मंथर गति से चल रहा था, स्लो मोशन में। सर्दियों की खिली धूप में मुंडेरों पर हौले-हौले फुदकती चिड़ियाँ भी उसी फ्रेम का हिस्सा थीं। संवाद भी धीमी गति से चल रहे थे। सड़क पर खड़े लोग (जो दुकानों और घरों के अवैध रूप से सड़क तक पहुँच जाने के कारण हमेशा सड़क पर होते) शब्दों को रबड़ की तरह खींच रहे थे। 'होई' (हाँ) को 'होSSSSई' कहते थे। कहन में लय थी, पर बेतुकी। बेमतलब। शब्दों के साथ समय को खींचने वाली। समय ऐसे बर्बाद करने की चीज़ है?

चन्दन को हमेशा ऐसा लगता है, पहाड़ सुस्त और ढीले प्राणियों के लिए बसाये गये अलग द्वीप होते हैं ताकि भागती हुई शेष दुनिया पर इनका असर न पड़े, लेकिन उसके मित्र मनोज त्रिपाठी का कहना है कि ये वो लोग हैं जो थोड़ा-सा हवा-पानी, जंगल-ज़मीन और वक़्त-फुरसत बचाए हुए हैं। शायद इस पृथ्वी को जीवन की ऐसी ही मंथर चाल बचाए।

जो बहुत तेज़ दौड़ते हैं, फ़िनिशिंग लाइन पर जल्दी पहुँच जाते हैं।

हाई-वे पर बसा छोटा-सा बाज़ार है कैरना, जहाँ आस-पास के गाँव वाले सौदा-सामान लेने आते हैं। कुछ लोग, जिनके गाँव में मोटर की सड़क नहीं पहुँची और जो कैरना को शहर मानते हैं, ऐसे ही टहलने निकल आते हैं, ख़िरामा-ख़िरामा। वापसी में कोई सस्ता अंग्रेज़ी पव्वा लेकर लौट गये। जिन गाँवों तक जीपें और मिनी टैक्सियाँ चलने लगीं, वहाँ के लोग सोच-समझकर निकलते हैं। कैरना जाना है, नमक-तेल, फावड़ा-कुदाल और पव्वा-अद्धा, सब एक बार में ले आना है। किराया ख़र्च कर रोज़-रोज़ जाना खलता है।

आस-पास वालों के लिए वह छोटा-मोटा शहर है, शहर वालों के लिए क़स्बा, जबकि सरकारी फ़ाइलों में कैरना गाँव है। राम सिंह का घर पता करने में चन्दन को उसकी माँ का नाम भी पता चल गया। रंग उड़ी टीन की छत वाले दो कमरों के उस

पुराने मकान को यहाँ 'पार्वती' के नाम से जानते हैं। कोई-कोई 'टीन वाला घर' भी कह देता है। टीन की छत वाले मकान अब कैरना में बहुत कम रह गये।

उसने अपना परिचय दिया तो दिल्ली का नाम सुनकर वह घबरा गयी। खटिया पर बिछी चादर ठीक कर उसने चन्दन से बैठने के लिए कहा। वह उस वक़्त चाय पी रही थी। छोड़-छाड़कर पड़ोस में रहने वाली मीतू को बुलाने भागी। कैरना के जोगी मुहल्ले की ज्ञान-पुंज मीतू, जिसे हिन्दी में डब की हुई दक्षिण भारतीय फ़िल्मों में पी-एच.डी. उपाधिधारकों जैसी प्रतिष्ठा हासिल है। उसकी दूसरी योग्यता और मुहब्बत है अंग्रेज़ी। जिसे सीखने की कोशिश में वह ऊटपटाँग हरकतें करती रहती है और हास्यास्पद हो जाती है।

आठ-साढ़े आठ फुट की ऊँचाई वाले उस घर की ढलुवाँ छत अन्दर से तख़्तों-बल्लियों पर टिकी थी। ठिगनी लग रही सूनी दीवारों में से एक पर धनवर्षा करता लक्ष्मी का इकलौता कैलेंडर लटका था, जो धुएँ से पीला पड़ चुका था। घर में हर तरफ़ एक उजाड़ ख़ालीपन था और कँगाली के चिन्ह। गिनती की जो भी अधमरी चीज़ें नज़र आती थीं, जुगाड़ से खड़ी कर रखी थीं, जैसे साढ़े तीन टाँग वाली एक मेज़ की आधी टाँग ईंटों की थी। उस पर चौदह इंची टीवी शोभायमान था। मेज़ के नीचे रखे चमड़े के फटे जूते दूर से नज़र आ रहे थे। जूतों में फफूँद लग गयी थी। राम सिंह के ही रहे होंगे।

उसने पूरे घर को सरसरी निगाहों से देखा। फिर बाहर के कमरे में बैठ-बैठे अन्दर, जहाँ तक नज़र जाती थी, निगाह दौड़ाता रहा। छोटे टीवी से बड़ी कोई विलासिता की वस्तु ढूँढ़ता रहा। तभी मीतू और पार्वती आ पहुँचीं। पार्वती धोती का पल्लू सिर पर रखकर ज़मीन में बिछी दरी पर उकड़ूँ बैठ गयी। बैठने के लिए खटिया और दरी ही थे। मीतू उसी खटिया के एक कोने में टिक गयी जिस पर चन्दन बैठा था। औसत कद और साधारण नाक-नक्श वाली उस लड़की का रंग फटे दूध जैसा हल्का पीला है। आँखें बड़ी हैं, तो बदसूरत नहीं लगती। इन्हीं बड़ी आँखों से वह मनुष्य योनि को प्राप्त करने का बड़ा सपना देखती है।

उसने राम सिंह के बारे में जानना चाहा। कब से सम्पर्क नहीं हुआ? पार्वती की धड़कनें बढ़ गयीं। मीतू को भी लगा सामान्य बात नहीं है, वरना कोई आदमी दिल्ली से यहाँ क्यों आया होता? उसका दिल धक-धक करने लगा। ऐसा पहले कभी नहीं हुआ था।

पहली रात दिल्ली पहुँचने पर ख़बर दी थी। उसके बाद फ़ोन आना तो दूर, महीनों से मोबाइल बन्द है। माँ ने बताया और अनहोनी की आशंकाओं ने उसके

भीतर उथल-पुथल मचा दी। यह आदमी यहाँ आकर रामू के बारे में क्यों पूछ रहा होगा? उस लड़की का भाई तो नहीं है? रामू ने कुछ ऐसा-वैसा तो नहीं कर दिया या उसी के साथ कुछ हो गया?

चन्दन उसकी स्थिति समझ रहा था। किसी के धैर्य की इस तरह परीक्षा लेना ठीक नहीं। उसने सीधे पिछले दिनों की ख़बर के साथ अख़बार में छपा लड़के का फ़ोटो दिखाया, "यह आपका बेटा है?"

पार्वती क्या, मीतू भी उसे पहचान गयी। हाँ, ये तो वही है। पार्वती ने हैडलाइन पढ़ी तो चक्कर आने लगे। ऐसी अनहोनी तो अकल्पनीय थी। उसने अख़बार मीतू को थमा दिया। वह ज़ोर-ज़ोर से पढ़ने लगी ताकि पार्वती सुनती जाये। बारहवीं पास वह भी थी, लेकिन पढ़ने में उसकी रफ़्तार और शुद्धता मीतू से कम थी। अभी नर्वस भी थी। ख़बर पढ़ते हुए मीतू की ज़बान सूखने लगी। आधा पढ़ने के बाद अचानक चौंकी, "अरे चाची, ये तो सल्ला हरतोला का है। इसके पिताजी भी ज़िन्दा हैं।"

पार्वती की धुकधुकी थोड़ा कम हुई। उसने एक और पैराग्राफ पढ़ा। पक्का डबल रोल का मामला है। फ़ोंटो और नाम मिलता है, बस।

वह आगे पढ़ने लगी।

नाम भी एक हो और हमशक्ल भी हों... ऐसा होता है? चन्दन हँसा। असम्भव नहीं लगता?

लेकिन रामू का सल्ला (हरतोला) से क्या लेना-देना? और वो गुंडौली कैसे पहुँचा? मीतू ने अख़बार से नज़र हटाकर चन्दन को देखा। पार्वती को मीतू का अड़ना सही लगा, पर चन्दन ने उसके तर्क को काट दिया। अख़बार के ब्यौरों की प्रामाणिकता असंदिग्ध नहीं होती। अगर चेहरा पहचान रहे हैं तो ज़्यादा भरोसे की बात है। उसने कहा।

मीतू ने फ़ोटो पर नज़रें टिका लीं। अच्छी तरह देखा। फिर अख़बार पार्वती के हाथ में दे दिया। पार्वती ने भी ग़ौर से देखा। देखती रही। लम्बा सन्नाटा खिंच गया। बिना आवाज़ किये सिसकना चाहती थी। माँ का मन मान नहीं रहा था। ये ज़रूर रामू का हमशक्ल होगा। ईश्वर करे, मीतू की बात सच हो। छातियों के बीचों-बीच कुछ फँस रहा था। उससे मुक्ति चाहिए थी।

मुक्ति विश्वास पर टिकी होती है। सब सही होने का विश्वास करना कठिन हो रहा था। पहली गवाही तो अपने भीतर से आती है। आ नहीं रही थी। अगर सब कुछ सही होता तो उसने इतने दिनों में फ़ोन न किया होता? उसे भी तो माँ की फ़िक्र होती होगी। ...और फिर ये फ़ोटो?

"एक बार अपनी आत्मा से पूछकर देखो", उसने अपनी काली और पनीली आँखों से निरीह पशु की तरह चन्दन को देखा, "ये सल्ला का भी तो हो सकता है?"

वह जानता था, इसका कोई मतलब नहीं है। इन आँखों का क्या करेगा? वह जज होता, तब भी मजबूर होता। फ़ैसला उसके पक्ष में नहीं दे सकता था। फ़ोटो प्रमाण है। जो घट गया, उसे कोई अनडू कर सकता है? आत्मा की छोड़ो, परमात्मा कर सकता है?

उसे चुप देख कर पार्वती तड़प उठी। चन्दन को उसकी तड़प में साना नीलसन का स्वर सुनायी पड़ रहा था— *अनडू माई सैड, अनडू ह्वट हर्ट्स सो बैड...अनडू माई पेन...।*

वह पार्वती की आँखों में उसे सुन रहा था। आया तो यहाँ इस इच्छा के साथ कि राम सिंह पार्वती का बेटा हो, लेकिन इस क्षण उसकी आत्मा कह रही थी यह सच न हो तो भी कोई हर्ज़ नहीं। उसे ख़ाली हाथ लौटने में अफ़सोस न होगा। उस स्त्री के दु:ख के बदले एक पिद्दी ख़बर हासिल करने की खुशी छिने तो छिन जाए। पार्वती की तसल्ली के लिए उसके पास शब्द नहीं थे।

प्रमाण के आगे शब्द निरर्थक हो जाते हैं।

तस्वीर के सच को जब वह झुठला नहीं सकता तो उसे अपनी स्टोरी पर ध्यान देना चाहिए। अगले ही क्षण उसके अन्दर यह ख़याल कौंधा। तसल्ली देने में हर्ज़ नहीं लगा। स्टोरी बड़ी और महत्त्वपूर्ण भी हो सकती है। मुक़म्मल स्टोरी के लिए और अधिक जानकारी की ज़रूरत होगी। इन्हें विश्वास दिलाना होगा कि अब भी उसकी बात के ग़लत साबित होने की गुंजाइश है। छोटी-छोटी बात भी बताएँ। हर डिटेल।

ये छल नहीं है। पत्रकारों को ऐसे ही काम करना पड़ता है। उसने औरों की तरह ही अन्तरात्मा को समझाया। वह घड़ी-घड़ी कर्तव्य के रास्ते में न आया करे। इस स्त्री का दु:ख और मेरी स्टोरी, दोनों अलहदा हैं। जब हम सत्य को बदल नहीं सकते तो कोरी भावुकता का कोई मतलब नहीं है। हाँ, अगर ईश्वर है और वो बदल सकता है तो बदल दे। उसे खुशी होगी।

पार्वती के अन्दर सब उड़ रहा था। पति की मृत्यु के बाद बड़े जतन से सहेजा टीन-टप्पर, टाँग टूटी मेज़, खाट, भाँडे-बरतन, रामू और वो खुद। भयंकर तूफ़ान था। धूल-धक्कड़ से आँखों में किरकिरी मची थी। पैर उखड़ रहे थे। सिलसिलेवार कुछ बताने की स्थिति नहीं थी। ईश्वर के सिवा सब विस्मृत हो रहा था। उसने टुकड़ों-टुकड़ों में जानकारी दी, इस उम्मीद से कि शायद साबित हो सके कि यह

उसका रामू नहीं है। उससे ज़्यादा मीतू, रजनी और जोगी मुहल्ले के कई दूसरे लोगों ने चन्दन की मदद की। उनमें कमर झुके कुछ बूढ़े भी थे। मीतू ने सबसे बात करायी थी। रजनी हर जगह उसके बगल में खड़ी रही और उसके लिए घर से चाय बनाकर लाई। सच पूछो तो उन्हीं लोगों ने रामू की मुक़म्मल तस्वीर बनाई। रामू के साथ-साथ उस रहस्यमय लड़की की भी, जिसकी पहचान और पते-ठिकाने में कोई तालमेल नहीं बैठ रहा था और जिसके इश्क़ में रामू के पड़ गये होने की ख़बर तन्दूर में सेंककर परोस दी गयी थी।

बाज़ार से अठन्नी के ग़ायब होने से बहुत पहले की बात है। राम सिंह के पिता भुवन सिंह के दो भाई और थे। कहते हैं, एक ने बचपन में खेलते हुए अठन्नी गले में फँसा ली। जब तक वह निकाली गयी, उसका दम निकल चुका था। रामू की दादी बेटे की स्मृति की तरह उस अठन्नी को एक पीले रूमाल की गाँठ में बाँध कर वर्षों सँभाले रही, जिसे उन्होंने किसी साल वसन्त पंचमी के दिन रँगा था।

कुछ साल बाद की बात है। टीन की छत वाला यही बौना घर था, जिसे बनाने में रामू के दादा पान सिंह की चमड़ी-दमड़ी खिंच गयी थी। जोगी मुहल्ले में आज की तरह घिच-पिच घर तब नहीं थे। पान सिंह बीमार पड़ गये थे। परिवार की माली हालत बिगड़ चुकी थी। एक दिन उनके सबसे छोटे बेटे ने किसी बच्चे को बन खाते देख लिया, जिसके ऊपर ताज़ा मलाई रखी थी। लड़के ने ज़िद पकड़ ली। उसे भी खाना, मलाई रखकर। घर में फूटी कौड़ी नहीं। माँ ने बेटे को दो तमाचे जड़ दिये, पर जब उसका पिटा हुआ मुँह देखा तो रूमाल की गाँठ में बँधी अठन्नी का ध्यान आया। बच्चा ही हुआ। माँ का दिल पसीज रहा था। वह भूली हुई अठन्नी लेकर चुपचाप गोवर्द्धन की दुकान की ओर चल पड़ी, एक मृत बच्चे की स्मृति को एक जीवित बच्चे पर न्यौछावर करने।

उतनी देर में बच्चा ग़ुस्से में घर से निकला और नदी किनारे जा बैठा। माँ इन्तज़ार करने लगी कि कहीं आसपास ही गया होगा, आ जायेगा। बन देखकर खुश होगा। मलाई रखने की ज़िद करेगा तो चाय के साथ खिला देगी।

बरसात के दिन थे। कैरना में धूप थी। ऊपरी इलाक़े में कहीं निश्चित ही पानी बरसा होगा। अचानक नदी उफन पड़ी, भयंकर गड़गड़-भड़भड़। तीन गुना तो पाट हो गया। मिट्टी के रंग का गन्दला और हरहराता पानी। उसमें तैरते पेड़-पौधे, लक्कड़। बच्चे की समझ में जब तक कुछ आता, पानी उसे बहा ले गया। कुछ लोगों ने अपनी आँखों से देखा। बाढ़ इतनी तेज़ थी कि उसे बचाने का साहस कोई

नहीं कर पाया। कोशिश तक नहीं की। अपनी जान की क़ीमत पर दूसरे को कौन बचाये? लोग चीख़ते रह गये। चीख़ने से कुछ नहीं हुआ।

चीख़ना अपनी असहायता और ईश्वर की अनुपस्थिति का प्रमाण है।

दूसरे बच्चे की मौत के बाद रामू की दादी एक झटके में टूट गयी। पागलों जैसी हालत हो गयी थी। नहाना और कंघा करना छोड़ दिया। ख़ूब बड़बड़ाती। बन को सिरहाने रखकर देखती रहती। कोई मक्खियाँ भगाने को हाथ बढ़ाता तो चीख़ने लगती। तीसरे दिन पान सिंह ने खाँसी दबाने के लिए मुँह पर हाथ रखा और पंजों के बल चलते हुए पत्नी की नज़रें बचाकर वह बन उठा लिया। आँगन में जाकर छोटे-छोटे टुकड़े किये और कौवों को खिला दिया। उसके बाद पसलियाँ पकड़कर जी भर के खाँसे। मुक्ति पाई। पत्नी ने भयंकर चीख़-पुकार मचायी। खड़े-खड़े पेशाब कर दी। उसके सामने गोबर का उपला रखना पड़ा। यही है बन। वे कई दिनों तक टीन की छत पर और पेड़ों के नीचे कौवों की मृत देह खोजते रहे। उन पर भी एक तरह की ख़ब्त सवार हो गयी थी। सोचते, मनहूस अठन्नी से ख़रीदा बन है, कहीं तो कोई मरा हुआ कौवा होना चाहिए। ढूँढ़ो, ज़रूर मिलेगा।

इस तरह, राम सिंह के दो चाचा बचपन में ही बेमौत मरे। एक अठन्नी में दो लोगों की जान गयी। खुद रामू के पिता भुवन सिंह को पाँच दिन का बुख़ार ले डूबा। भुवन सिंह की जेब में उस दिन केवल सत्रह रुपये थे। पत्नी की राय लेना चाहते थे, इस तरह कि वह उनसे सहमत हो। "हें भई, बेमतलब दवाई में क्यों खर्चा करना?" उन्होंने पूछा। पार्वती ने सहमति में सिर हिलाया, "हाँ, बुख़ार ही हुआ। आता रहता है। एकाध दिन और देख लो।"

लेकिन अगला पूरा दिन भी वे नहीं देख पाये। दोपहर होते-होते तेल ख़तम हुआ और बुझ गये।

यह भी तो बेमौत मरना हुआ। दो जानें आठ आने में गयीं और एक मुफ़्त में। मामूली लोग और मामूली मौत। ज़्यादातर लोगों ने इसे भाग्य का लिखा करार दिया— प्रभु की यही इच्छा थी।

एक अकेले नवीन चचा थे, मीतू के बड़बाज्यू (दादा), जिन्होंने दीवार की तरफ़ मुँह करके कहा था— ग़ुरबत ने मार दिया।

जब भुवन सिंह गुज़रे, रामू दो साल का था। पिता की याद उसे नहीं थी। न वे स्मृतियों में थे, न तस्वीर में। बड़े होकर उसे इस बात का दुःख पिता की मृत्यु से कम नहीं कचोटता था कि बाबू पूरे जीवन में एक भी फ़ोटो खिंचाये बिना मर गये। एंड्रॉयड और आई-फ़ोन के ज़माने में उसको आश्चर्य होता कि कोई आदमी बिना

फ़ोटो खिंचाये कैसे मर सकता है? उसके लिए वे बहते पानी में बनने वाली लहरदार परछाईं थे, जो उसने माँ के किये वर्णन से तैयार की थी।

बाबू को जिसे गढ़ना था, वो बाबू को गढ़ता रहता।

इक्कीस का हुआ था। पढ़ाई छोड़ दी। नौकरी के लिए जहाँ रिक्तियाँ निकलतीं, आवेदन कर देता। यह मन्दिर-मन्दिर जाकर धागा बाँधने जैसा था। जब 'वो' चाहेगा, तभी होगा। किसी नास्तिक टाइप आदमी ने कह दिया, 'उसकी' इसमें कोई भूमिका नहीं। सही जगह धागा बाँध। रामू को भी जिज्ञासा हुई। आवेदन के पैसे वह किस गड्ढे में डाल रहा है? नास्तिक बोला, सड़क पर हनुमान जी बैठाकर शाम को समेट ले जाते हैं। पीछा कर। पकड़ उन्हें।

वह सनक-सा गया। वाक़ई? आवेदन पर आवेदन किये जा रहा हूँ। कब होगी लिखित परीक्षा? आख़िर एक दिन ताव खा गया। मुँह उठाया और सवाल लेकर चल पड़ा सरकारी दफ़्तर की ओर। स्टूल पर बैठे चपरासी ने हाथ अड़ा कर बाहर ही रोक लिया। बिना कहे कह डाला, "कहाँ चला जा रहा है बे लड़के?" रामू ने बताया नौकरी के लिए आवेदन करता हूँ, कोई जवाब नहीं आता। स्टूलारूढ़ मनुष्य ने बिना बोले ही बहुत ऊँचा हाथ उठाकर आकाश की ओर अँगुली लगा दी। मतलब, गेंद ईश्वर की तरफ डाल रहा है? नहीं, बात कुछ और है। ईश्वर के लिए हाथ को इतना ऊँचा उठाने की ज़रूरत नहीं होती। ये तो करोड़ों प्रकाश वर्ष दूर किसी आकाशगंगा का पता बता रहा है।

रामू उसको और उसके हाथ को देखता रह गया। "वहाँ से मिलेगा जवाब?" उसने स्टूल वाले से पूछा। स्टूलारूढ़ ने हाथ नीचे किया और एक पट्टिका की ओर अँगुली लगा दी। उस पर लिखा था—*धीरे-धीरे रे मना, धीरे सब कुछ होय।*

तो इस दफ़्तर में सारे काम तसल्ली-बख़्श होते हैं? धीरे-धीरे? नहीं। शायद धैर्य रखने को कह रहा है। आकाशगंगा से जवाब आने में तो प्रकाश से ज़्यादा ही समय लगने वाला हुआ।

अधैर्य को लतियाने के लिए वह सारा दिन भटकता। अकेला और चुपचाप। पता नहीं क्या सोचता और क्या खोजता था। माँ ने उसका गुम्मापन तुड़वाने और भटकते क़दमों को बाँधने का फ़ैसला कर लिया। कम से कम बोलने का सहारा होगा। घर में काम करने वाले दो हाथ बढ़ जायेंगे। रामू को ज़िम्मेदारी का एहसास होगा तो कुछ करने की सोचेगा। आख़िर उसे खिलाने के लिए हमेशा तो वह रहेगी नहीं।

पार्वती ने रामगढ़ से अपने बड़े भाई देबू दा को बुला लिया। दोनों लड़की देखने सिमराड़ गाँव पहुँच गये। दस मिनट की औपचारिक बातचीत के बाद औसत क़द की एक लड़की बसन्ती साड़ी में अवतरित हुई। हाथों में चाय-नाश्ते की ट्रे। सिर पर पल्ला। लड़की को एक अलग और कुछ ऊँची कुर्सी पर बैठा दिया गया, ताकि मामा-भाँजे की नज़र पड़ सके। उसने ऊँची एड़ी की सेंडल पहन रखी थीं। पैर हवा में लटक रहे थे। देबू दा मुआइना करने लगे। रंग मामूली दबा था, लेकिन नाक-नक्श अच्छे थे। चल कर आयी थी तो ज़ाहिर है, हाथ-पैर सही-सलामत थे। उन्होंने नाम पूछा। तय हो गया, गूँगी भी नहीं है। रामू सिर झुकाए बैठा रहा। देबू दा ने भली-भाँति देखने के बाद धीमे-से पूछा, "कैसी लगी?" रामू चुप। लड़की पर नज़र डाली हो तो बताए। उन्होंने कुहनी मारी, "कैसी लगी?"

लड़की के माँ, बाप और विवाहित बड़ी बहिन की नज़रें लड़के से ज़्यादा देबू दा पर टिकी हुई थीं। उनकी आँखों में प्रशंसा का भाव वे पढ़ चुके थे। हाथों-हाथ फ़ैसला हो जाये तो माघ में निपटा देंगे।

देबू दा को लगा, रामू झेंप रहा है। सवाल ऐसा हो कि उसे सिर्फ़ गरदन हिलानी पड़े। बोले, "तो तेरी तरफ़ से 'हाँ' समझें?"

रामू फिर चुप। उन्हें ग़ुस्सा आ गया, "शादी के लिए तैयार है कि पिकनिक पर आया है?"

उनकी कड़कती आवाज़ से कुछ लोग चौंके तो कुछ घबरा गये। लड़की के पिता यों तो भले आदमी थे पर ज़्यादा भले और दार्शनिक हो गये, "देखो जी, राम के मन में क्या है, ये तो रामजी जानें, लेकिन शादी-ब्याह ज़बर्दस्ती का सौदा नहीं होता।"

देबू दा ने खुद को छोटा होता महसूस किया। इस बार अपनी आवाज़ दबाकर फिर से लड़के को टटोला। उसने पहली बार गर्दन उठायी। लड़की को देखा। फिर हवा में देखते हुए, जो बसंती हो गयी थी, बताया, "अच्छी है, लेकिन मेरा मन अच्छा नहीं है।"

सब चौंक गये। इसका क्या अर्थ हुआ? लड़की के पिता ने पूछा। वह थोड़ा कुनमुनाया और हकलाकर बोला, "ठीक जैसा नहीं है।"

लड़की की बड़ी बहन चिढ़ गयी, "उल्टी करने का मन तो नहीं है?"

लड़की पहली बार खित्-से हँसी। उस हँसी में अल्हड़पन और मासूमियत थी। रामू की नज़र लड़की के चेहरे पर पड़ी। वह झेंप गया। देबू दा ने अपने आप को बौना होते महसूस किया। बिलाँत भर की छोकरी और ये मजाल?

इसके बाद तुरन्त ही महफ़िल उठ गयी। विदा होते समय देबू दा ने लड़की के पिता को तसल्ली दी कि अभी घर जाकर सोच-विचार करेंगे।

"सोच-विचार हम भी करेंगे, ठाकुर साब।" लड़की के पिता ने हाथ जोड़कर कहा। दोनों कुछ क़दम आगे निकले ही थे कि लड़की की बड़ी बहन ने पीछे से आवाज़ दी, "रास्ते में उल्टी कर लेना रामजी, मन हल्का हो जायेगा।"

देबू दा ने तय कर लिया कि अब वे रामू की शादी की बात करने कभी नहीं जायेंगे। रास्ते भर उसे कोसते आये। घर पहुँचकर उन्होंने अपना फ़ैसला बहिन को सुना दिया। उनकी राय में लड़की अच्छी थी। बहन बेशक बदज़बान थी, पर उससे हमें क्या? एक सुन्दर और सुशील लड़की हाथ से निकल गयी। बेइज़्ज़ती अलग हुई। उसकी बसन्ती साड़ी, सुनहरी सेंडल और हँसी देबू दा के मन और अवचेतन में दर्ज़ हो गये थे। उन्हें बड़ा मलाल था। सुनकर पार्वती बेटे पर बिगड़ पड़ी, "मन ख़राब होने का क्या मतलब था रे? कैसा मन ख़राब हो गया था तेरा?"

"उल्टी करने को हो रहा था।" देबू दा ने ग़ुस्से में कहा। वे होंठों के दोनों किनारों पर जमी झाग पोंछे बिना ही चले गये। उबलती चाय भी छोड़ गये। तब पार्वती ने तसल्ली से पूछताछ शुरू की, "क्या हुआ? क्या कमी थी उसमें?"

उसने बताया, "शादी नहीं करनी अभी।" वह कारण पूछती रही। रामू कसमसाता रहा। माँ ने कई जतन कर दिये। उसे लग रहा था, कुछ कहना चाहता है। पूछने लगी, अगर कोई पसन्द है तो बता दे, उसे खुशी होगी।

"प्रिया।" उसने कहा और सिर झुका लिया।

माँ ने सवालों की झड़ी लगा दी, "कौन है? कहाँ रहती है? किसकी बेटी है? कैसी दिखती है? तूने उसे कहाँ देखा? क्या वह भी तुझे पसन्द करती है?"

उसने मुँह में ज़िप लगा ली। माँ पूछ-पूछ कर थक गयी। ऐसा गूँगा लड़का भी किस काम का?

अगले दिन उसने जासूसी अभियान शुरू किया। एक-एक से पता लगाया, लेकिन आश्चर्य। नौ साल की एक बच्ची को छोड़ कर प्रिया नाम की किसी लड़की को कोई नहीं जानता था। नौ साल की लड़की? ना। असम्भव बात। कुछ समझ में नहीं आया। सिर दीवार पर मार लेने की इच्छा हो रही थी। इस लड़के ने तो पागल कर दिया।

पार्वती ने सिर पकड़ लिया था, "बिना पते-ठिकाने के कहाँ से ढूँढ कर लाऊँ उस लड़की को?" वह बड़बड़ाई। उसे माँ पर तरस आ गया। बता दिया, दिल्ली रहती है। जेब में हाथ डालकर फ़ोन निकाला और हाथ बढ़ा दिया।

उसे लगा गश खाकर गिर जाएगी। ये लड़की? इतनी सुन्दर? ऐसी मोहिनी सूरत, ऐसी बेदाग़ त्वचा, इतनी लम्बी पलकें, ऐसे सुन्दर होंठ? गुलाबी टॉप के ऊपर उसने काले रंग का एक पतला जैकिट डाल रखा था। जैकिट की ज़िप सामने से खुली थी। उसे शॉर्ट्स में देख कर झटका ज़रूर लगा, पर गोरी टाँगों पर वह मुग्ध हो गयी। फ़ोटो का मुआइना करने के बाद उसने अपने बेटे को देखा और आँखें डबडबा आयीं। उसके सिर पर हाथ फेर कर बोली, "क्यों पगला गया है रे? कहाँ से लाया ये फ़ोटो?"

रामू ने बताया, उसने अपने मोबाइल से खींचा। माँ को लगा, किसी राह चलती लड़की का फ़ोटो खींच लाया। बहुत ही बुद्धू है ये लड़का। उसने धोती से आँखों की कोर पोंछी, "ये लड़की मिली कहाँ?"

उसने कोई जवाब नहीं दिया। माँ भी कब तक ज़िद करती? गूँगे से बोलने को कहते रहो। कोई मतलब नहीं है। वह समझाने लगी, "इतनी सुन्दर और फ़ैशनेबल (आधुनिक) लड़की है। कितने बड़े घर की लगती है, अन्दाज़ा है तुझे? अपनी सूरत देख।"

रामू ने सूरत पर हाथ फेरा और चुप लगा गया।

पार्वती को लग रहा था, रामू के जीवन में कुछ तो रहस्यमय और अविश्वसनीय घट रहा है। बहुत विचलित हो गयी थी। एक पल के लिए प्रिया का अस्तित्व बेटे की उपलब्धि लगता तो दूसरे पल अपने ही अन्दर सवालों की झड़ी लग जाती। उसने इस रहस्य को मीतू से साझा करने का फ़ैसला किया। वही (ज्ञान-पुंज) बता सकती है, इसे क्या समझा जाए? जीवन की अनगढ़ फ़िल्मी समझ के बूते आत्मविश्वास से भरी मीतू, जो रामू से केवल छह महीने छोटी थी, अच्छी सलाह देती थी। पर कभी नासमझी में, तो कभी अंग्रेज़ी प्रेम के चलते गुमराह भी कर देती। खुद ही भ्रमित थी। अक्सर कहती, अंग्रेज़ी भाषा ही हमें कुकुर से मनुष्य योनि में पहुँचाती है। मुहल्ले वाले सुनते और सोच में पड़ जाते। क्या पता, सच कहती हो। पूँछ नहीं होने से क्या होता है? कुकुर योनि में बंडे भी तो होते हैं।

मनुष्य योनि में जाने के लिए उसे अंग्रेज़ी सुधारने का दौरा पड़ता। दो-चार दिन वह गाय, भैंस, बकरियों और कौओं-सिटौलों से भी अंग्रेज़ी में बात करती। फिर धीरे-धीरे ठण्डी पड़ जाती। रामू और उसका रिश्ता दोस्तों जैसा था। लेकिन चुहलबाज़ी एकतरफ़ा होती। रामू चूँकि सरल था, कम बोलता और शरमाता था, इसलिए वह उसके साथ हर तरह की छूट ले लेती। कभी तो भूल जाती कि वह मर्द है।

बचपन से ही रामू की दुनिया नदी और जंगल की तरफ़ खुल गयी थी। मनुष्यों से जितना दूर होता गया, पशु-पक्षियों और प्रकृति के उतना ही क़रीब। नदी किनारे बैठा रहता। पढ़ाई छोड़ने के बाद तो यह समय की चुनौती का जवाब बन गया था। तू क्या मुझे काटेगा, मेरे पास तुझे काटने के कितने ही उपाय हैं। कुछ कबीर की तर्ज़ पर।

जो पानी में आँख खोल सकता है, वह अचम्भित और मुग्ध हो सकता है। वह अचम्भा वर्णनातीत है। उस मुग्धता की व्याख्या नहीं की जा सकती, मानो धरती पर रहने वालों ने उस सौन्दर्य के लिए उपयुक्त शब्दावली या पद नहीं गढ़ा, मानो वह अटाटूट सुन्दरता शब्दों में अटने वाली न हो। जब उल्टा होकर पानी की सतह पर उतराता तो इस गुमान में इतराता कि आकाश का ऐसा नीलाभ सौन्दर्य शायद ही किसी ने देखा हो।

बरसात में नदी मटमैली हो जाती। कभी विकराल रूप धर लेती। उसे माँ ने बचपन से ही बरसातों में नदी से दूर रहने की हिदायत दे रखी थी। हर हिदायत के साथ वह उन चाचा की कहानी दोहराती जो बचपन में बह गये थे और जिन्हें खुद माँ ने कभी नहीं देखा। जब नदी न जाना हो तो वह जंगल का रुख़ किये रहता या जब भी जंगल याद आ जाए। नदी की तरह ही जंगल के पास भी अद्भुत सौन्दर्य था। नदी की तरह ही जंगल से भी उसकी दोस्ती थी। और नदी की तरह ही अकेले जंगल की तरफ़ नहीं जाने की हिदायत माँ ने दे रखी थी।

जिस रास्ते वह जंगल में प्रवेश करता, वहाँ से लगभग डेढ़-दो किलोमीटर तक एक-एक पेड़ को पहचानता था, भले उन पेड़ों में से बहुतों के नाम नहीं जान पाया। कुछ के नाम तो उसने अपनी सुविधा से रख लिए थे। ऐंठी हुई पत्तियों वाले एक वृक्ष को वह 'घमंडी पेड़' कहता था। उसके पास से गुज़रते हुए मुस्कराकर देखता— कटाक्ष के अन्दाज़ में। कुछ वृक्षों को वह उनकी खुशबू से पहचान सकता था, आँख मूँदकर। जब वृक्षों पर चढ़ता तो बिना पंख वाले चिड़ियों के बच्चे उसकी आहट पाकर चोंच खोल देते। उन गंजों को देख कर संसार की सारी करुणा उसके भीतर समा जाती।

नदी की बात तो समझ आती है। बचपन में चाचा बहे थे, लेकिन माँ जंगल के नाम से क्यों डराती है? क्यों गाँव वाले डरते हैं? जंगल ने कभी उसके काम में टाँग नहीं अड़ायी। जो चाहे ले जाओ, कभी नहीं टोका। लोग कहते हैं, डरना चाहिए। इसलिए उसे डर लगता वरना खुद जंगल ने कभी डराया नहीं।

कैरना के दोनों तरफ़ जंगल था। बारिशों में वह हरा और घना हो जाता। रास्तों में ऊँची-ऊँची घास उग आती। एक बार उस जंगल में किसी घसियारी ने अजगर को बकरी निगलते देख लिया। वह बेहोश होकर वहीं अजगर के मुँह पर गिर पड़ी। गाँव वाले कहते हैं, वह बकरी खाकर औरत को खाने की सोच रहा था। थोड़ा-सा सूँघा था। उसकी फूँ-फाँ से घसियारी को होश आ गया और भाग खड़ी हुई। रामू ने अजगर कभी नहीं देखा। कोबरा और बाघ से सामना हुआ था। बाघ दूर से कई बार देखा।

दूर से बाघ ख़ूँख़ार नहीं लगते, जैसे मनुष्य नज़दीक से।

किसी ज़माने में मोटर की सड़क इन्हीं जंगलों और पहाड़ों को काटकर बनी थी। इसी सड़क के किनारे लोग बसते चले गये। फिर पहली क़तार के पीछे, नदी की तरफ़, दूसरी क़तार में बसने लगे। उसका घर सड़क से कुछ हटकर दूसरी क़तार में था, केवल इतनी दूर कि वाहनों को घर से देखा जा सकता था। डेढ़ खिड़कियों वाला घर। एक छोटी-सी आधी खिड़की पीछे की ओर थी और मुख्य खिड़की सड़क की तरफ़ खुलती थी। पान सिंह के बनाये इस घर में भुवन सिंह ने केवल एक ग़ुसलख़ाना जोड़ा था। इस घर में अब गुमसुम रामू और बोलने के लिए तरसती उसकी माँ रहती थी।

रामू अपने आप में खोया रहता। कभी-कभी माँ आँचल मुँह में दबाये अपलक उसे निहारने लगती। मन में स्नेह उमड़ता। कितना चुप-चुप रहता है? क्या दु:ख होगा इसे? मैं भी कैसी मूर्ख हूँ? क्या सुख है इसे? ग़रीबी और अभाव से बड़ा कोई दु:ख होगा इस संसार में? क्या हुई ये मरी हुई ज़िन्दगानी भी।

पार्वती का मन उसके सिर पर हाथ फेरने को होता, पर वह उसके और उसके एकान्त के बीच में आने से घबराती थी।

रामू को वह कभी समझ नहीं पाई। रामू सम्बन्धी विषयों की सलाहकार मीतू ही थी। मज़ाक़ उसके और मीतू के बीच भी चलता बल्कि सच पूछो तो सहेली जैसी वह पार्वती की ही थी, भले उसे चाची कहती हो। पार्वती जीवन की सामान्य से लेकर गम्भीर मन्त्रणाएँ तक मीतू से करती। उसने मीतू को जब यह सूचना दी, तो वह आसमान से गिरी। ओ बेट्टा...क्या सच में? इस साले ने मुझे नहीं बताया?

रामू की माँ ने शिकायती लहज़े में कहा कि उसे भी कहाँ बताया? वह तो समझो, बात खुल गयी। लड़की का फ़ोटो दिखा पड़ा। फ़ोटो की सूचना से मीतू सकते में आ गयी।

"मैं तो समझती थी, इसे मर्दाना ताक़त की ज़रूरत है।"

"छी: तेरी ज़बान भी न। इतना अंडबंड कैसे बोल लेती है तू?"

पार्वती ने मुस्कराते हुए झिड़की दी। मीतू ने जब रामू से फ़ोटो दिखाने को कहा तो बड़ी ना-नुकर के बाद राज़ी हुआ। पार्वती दरवाज़े की ओट में खड़ी थी। मीतू फ़ोन में झाँकते ही चिल्लायी, "चल साले नौटंकी, ये तो साउथ की हीरोइन है।"

पार्वती ने माथा पीट लिया। धत् तेरी। मैं भी क्या समझ बैठी? उसे मीतू की विशेषज्ञता पर भरोसा था। साउथ की कोई फ़िल्म नहीं छोड़ती। एक-एक का चेहरा पहचानती है। अल्लू अर्जुन और रामचरण में से किसे प्यार करूँ, पूछती रहती है। वह कह रही है तो सच होगा। रामू ने यों ही कह दिया होगा। शादी नहीं करने का बहाना हो शायद। पार्वती को अफ़सोस हुआ और थोड़ा तसल्ली भी। बोली, वह तो बहू का जाँघिया देखकर डर ही गयी थी।

प्रिया को 'बहू' कहे जाने पर रामू को जो सुखद अनुभूति हुई वह माया जगत् के दसों सुखों से बढ़कर थी। चेहरा शान्त और निर्लिप्त, मन परम प्रफुल्लित। तभी मुहल्ले का साझा कुत्ता लूरी भौंका। रामू की माँ बाहर झाँकने गयी। मीतू को मौक़ा मिल गया, "तू तो बड़ा हरामी निकला बे, नंगी-पुंगी हीरोइनों के फ़ोटो रखता है?"

रामू 'नंगी' पर प्रतिवाद करना चाहता था, पर कर नहीं पाया। मीतू ने उसकी ख़ामोशी को ललकारा, "साले मुसमुसिया (छुपे रुस्तम), स्वप्न-दोष के मरीज़, ऐबी, कुटैबी, किसे उल्लू बनाने चला था?"

वह हीरोइन नहीं। रामू ने केवल इतना बताया। बाकी सब पचा गया, मीतू की गालियाँ और आरोप भी।

रसभीनी बात चाय पीकर कुल्हड़ की तरह फोड़ी नहीं जाती। मीतू ने कन्नी दी, बात उड़ चली। डोर कभी कोई थामे, कभी कोई। अरे, रामू लाटा (गूँगा) आजकल साउथ की किसी हीरोइन का फ़ोटो मोबाइल में लिए घूम रहा है बल।

लड़कियाँ गुपचुप-गुपचुप जाने क्या-क्या कहती थीं? पीतल के बरतनों की तरह टनककर हँसतीं। पर लड़कों की एक राय बनी कि फ़ोटो देख कर आत्मा का ताप निकालता होगा।

मीतू से उसका एक बार फिर भरोसा उठ गया। यह कोई नई बात नहीं थी। वह उसे नाराज़ करती रहती थी। वह उससे बचने की कोशिश करने लगा। मीतू को पता था। रजनी से बोली, "चल, छेड़ते हैं।"

पहुँच गयी दोनों। रजनी उन्हीं की हमउम्र और उसी मुहल्ले की तांबई लड़की। लड़के जिसे 'लाल मिर्च' कहते। रामू की माँ उस वक़्त राशन लेने गयी थी। मीतू ने पूछा, "अब तो उस्ताद, रात में उसी का फ़ोटो देख कर...ऐं-ऐं...है न?"

वह अश्लील तरीक़े से हँसी। रामू ने मुँह बिगाड़कर नाराज़गी जतायी। जवाब देना नहीं चाहता था। बकती रहे। अब बारी लाल मिर्च की थी, "इसे कहते हैं लम्बा हाथ मारना। नॉर्थ से साउथ।"

रामू कहना चाहता था कि वो साउथ की नहीं है, पर तभी रामू की माँ आ गयी। उसने देखा, दोनों लड़कियाँ उसके बेटे को छेड़ रही हैं। उसने झिड़की दी, "तुम लोग भी पीछे पड़ जाती हो।" लेकिन उत्सुकता जाग गयी थी। कोई और रहस्य हो तो वह भी पता चले। विश्वास था, वे दोनों उगलवा सकती हैं। माँ को यह भी लगता झूठ बोलना रामू के बस की बात नहीं। कोई उसे मिली ज़रूर होगी। यह दरअसल उसकी इच्छा थी। बस वह लड़की, जैसा कि मीतू ने कहा, साउथ की हीरोइन न हो। हीरोइन के साथ...न। मुश्किल है।

पूरे कैरना में अफ़वाह फैल चुकी थी। रामू को जंगल में एक लड़की मिल गयी। दिखने में साउथ की हीरोइन जैसी है। शायद हीरोइन ही है। दोनों के बीच पता नहीं क्या हुआ? रामू सुधबुध खो बैठा है। लड़की बेहद सुन्दर है और जाँघिया पहनती है। जंगल-जंगल घूमती है। मुहल्ले की एक और लड़की ने अन्तरंग बातचीत में कुछ ऐसा कहा जो लड़कियाँ आपस में ही कह सकती थीं। यह उसने फ़ोटो में जैकिट की ज़िप खुली होने के आधार पर कहा था, पर अंगों की हू-ब-हू नाप-तौल पुरुषों तक पहुँच गयी। माना जा रहा था कि जोगी मुहल्ले की किसी लड़की का शर्तिया चक्कर चल रहा है, वरना पुरुष टोले को भनक न लगी होती। ख़ैर, लड़के रामू को घुमा-फिराकर उसी जगह ले आते और बेहद फूहड़ तरीक़े से आकार-प्रकार की बात करते। रामू भाषा की मर्यादा के इस उल्लंघन पर चिढ़ जाता।

वह चर्चा की नाभि में बैठ गया। गाँव के लड़कों को उससे अन्दर ही अन्दर ईर्ष्या होने लगी। एक ने कुण्ठित स्वर में कहा, "ऐसे अनाड़ियों को भी लड़कियाँ मिल जाती हैं जो उनके फ़ोटो लेकर घूमते हैं। हम होते तो लड़की लेकर घूम रहे होते।"

"कुच्छ नहीं, सब कपोल कल्पना है।" दूसरे महाकुण्ठित ने कहा। ऐसे कहीं जंगलों में लड़कियाँ मिलती हैं? महिलाओं में से कुछेक का मानना था वहाँ वनपरियाँ होती हैं बल, जो चिड़िया और तितली बनकर मँडराती रहती हैं। अकेले-दुकेले मर्दों को देखकर अपने मोहिनी रूप में आ जाती हैं और ऐसे ही चकरघिन्नी बना देती हैं। कौन जाने वही हो?

रामू की माँ के पास औरतों की आवक बढ़ गयी। हर कोई लड़की के बारे में पूछती, फ़ोटो दिखाने को कहती। कुछ औरतों ने पार्वती के सपनों की रफ़्तार बढ़ा दी। उनके पास तो कई कोठी-बंगले होंगे। क्या पता एक रामू को दे दें?

किसी ने 'क्या पता' पर आपत्ति जतायी। अरे, कैसी बात कर रही हो दी। देंगे ही? छाती पर रख कर कौन ले गया?

रामू की माँ फूली नहीं समा रही थी। कलेजे को ठण्डक पहुँचाने वाली औरतों को देर तक बैठाये रखने के चक्कर में चाय-पानी का ख़र्चा बढ़ता जा रहा था।

रामू का मन इन दिनों उचाट रहता। इस संसार में केवल उसकी माँ थी जिसे, उसकी हालत देखकर, यक़ीन करने की इच्छा होती कि वह दिव्य लड़की उसके जीवन में ज़रूर आ गयी होगी। युवा पीढ़ी रामू की फ़ोटो-कथा को सोशल मीडिया की देन मान रही थी। आजकल तो कहीं से किसी का फ़ोटो निकाल कर सीने से लगाये घूमते रहो। एक से एक नंगे-पुंगे फ़ोटो मिलते हैं। बीमार आदमी और बीमार हो जाता है। उसे अपनी ही गढ़ी कहानी धीरे-धीरे सत्य लगने लगती है।

मीतू ने सुना तो बात में दम लगा। उसने रामू को समझाने की कोशिश की, "देख बे लौंडे, ये पागलपन छोड़ दे। कहानी को सच बनाने की कोशिश मत कर। कोई यक़ीन नहीं कर रहा। तू ये फ़ोटो लाया कहाँ से?"

रामू उत्तेजित हो गया। यह तो सरासर अविश्वास है। कभी अपने फ़ोन को देखे, कभी मीतू का चेहरा। असल में, इसी बीच एक ओर बात हुई। उसके व्हाट्सऐप पर जंगल में खींची कई सारी तस्वीरें आ गयीं। किसी में रामू खिलखिला रहा था, किसी में हाथ हवा में उठा था, किसी में पेड़ पर चढ़ा हुआ था। कुछ तस्वीरें रामू और उस लड़की की थीं, जिसे वह प्रिया बता रहा था। उन सबमें मोबाइल फ़ोन से खींची एक ऐसी सेल्फ़ी भी थी, जिसे वह किसी को नहीं दिखाना चाहता था।

उसने उस एक ख़ास तस्वीर को छोड़ कर व्हाट्सऐप पर मिले सभी फ़ोटो मीतू को दिखा दिये। वह स्तब्ध रह गयी। किसी लड़की से रामू की मुलाक़ात तो हुई है? प्रमाण सामने था। खिसियाकर बोली "ये चक्कर क्या है, रे?"

उसने पार्वती को आवाज़ दी। वह रसोई से भागी हुई आयी। खुशी से धड़कनें बढ़ गयीं। पागलों की तरह एक-एक तस्वीर देखी और आँखें भर आयीं।

"प्रिया फिर आयी थी मिलने?" उसने पूछा। रामू ने इनकार कर दिया।

"तो फिर ये फ़ोटो?"

बेटे ने बताया प्रिया ने व्हाट्सऐप पर भेजे हैं। माँ का गला पहले खुश्क हुआ, फिर भर्रा गया। खाना निगलने के अलावा मनुष्यों के गले का एक अतिरिक्त काम खुशी और पीड़ा व्यक्त करना भी है। शब्द वहीं फँस गये थे। मीतू के सामने प्रतिष्ठा बढ़ने के एहसास ने भी गले में डाट लगा दिया। वह नि:शब्द रोने लगी।

उसे देख रामू भी ढह गया। हर बात में हँसी-मज़ाक़ करने वाली मीतू भावुक हो गयी।

पार्वती चूल्हे में खाना पकता छोड़ आयी थी। अचानक ध्यान आया तो हड़बड़ा कर अन्दर की तरफ़ भागी। मीतू एक बार फिर से उन तस्वीरों को देखने लगी।

"कुछ घंटों की मुलाक़ात में प्यार हो गया? हम तो बीस साल से तुझे देख रहे हैं साले। मैं और रजनी।" मीतू ने कहा। रामू उसकी आँखों में देखने लगा। इस बंजर में प्रेम का अंकुर कभी फूट सकता है? असम्भव।

जोगी मुहल्ले को पता चल गया रामू इतना भी पागल नहीं है। लड़की की कई तस्वीरें उसके पास हैं। पता नहीं वह कहाँ से प्रकट होती है और कहाँ जाकर ये दोनों फ़ोटो खिंचा आते हैं। एक फ़ोटो में तो लड़की ने उसके गले में हाथ डाल रखा है। चार दिन में ऐसी धुआँधार आशिक़ी? हद है।

अब फिर से अड़ोस-पड़ोस की औरतें आयें और रामू की माँ से फ़ोटो दिखाने की चिरौरी करें। चाय-पानी का ख़र्चा भारी पड़ने लगा, लेकिन लड़की की प्रशंसा सुनना अच्छा लग रहा था— कितनी गोरी, कैसे रेशमी बाल, कितनी सुन्दर आँखें! कैसा रानियों जैसा दिव्य रूप! देखने से ही ऊँचे घराने की लगती है।...टाँगें कितनी सुन्दर हैं? और ये छोटा-सा जँघिया...अहा!

टाँगों और जाँघिये की बात औरतें व्यंग्य में करतीं। एक औरत ने तो दबी ज़बान में कह दिया, "बड़े घर की लड़कियों की शरम जाँघों में नहीं होती।" कुछ औरतें खित-खित हँसने लगीं तो कुछेक ने उसे घेर लिया कि बताओ तो ज़रा, कहाँ पर होती है?

वह औरत अपनी टिप्पणी पर खुद ही शरमाकर ज़मीन में गड़ी जा रही थी।

फ़ोटो देख चुके लोग सामने कुछ कहते और पीठ पीछे कुछ और। कहाँ रामू और कहाँ वह लड़की? हेंह...बकवास करते हैं। विक्षिप्त हो गया वो। देख लेना, एक दिन कैरना की लड़कियों के फ़ोटो लेकर घूमेगा।

मुँह से निकली बातें नष्ट नहीं होतीं। पृथ्वी की तरह अपनी कक्षा में चक्कर लगाती रहती हैं। टिप्पणियों को भी पीठ पर चढ़ा लेती हैं। उन्हीं अल्ल-बल्ल टिप्पणियों के साथ एक रोज़ चुगलियाँ कैरना की परिक्रमा पूरी कर रामू और उसकी माँ के सामने आ गयीं।

कितने गन्दे लोग? कितनी गन्दी सोच? पार्वती को जोगी मुहल्ले से चिढ़ होने लगी। रामू को तो इतना ग़ुस्सा आया कि मीतू का सिर और वह बर्तन ही फोड़ दे जिसमें औरतों के लिए चाय बनती है। लेकिन मीतू को, जो रजनी के साथ उनके घर में डटी हुई थी, अब भी चुहल सूझ रही थी। पार्वती थोड़ा-सा इधर-उधर हुई कि मीतू

ने रजनी को इशारा कर दिया। वह शुरू हो गयी, "रामू से एक घंटे में प्यार करना सीखें। ढेंनटेणेंन...एकदम मुफ़्त।"

रामू का ऊपरी होंठ काँप कर रह गया। दोनों ने उसके चेहरे को गौर से देखा तो हँसी छूट गयी।

"घंटा होता है एक घंटे में! वो एक ख़ूबसूरत, पढ़ी-लिखी और जाँघिये वाली लड़की है। रामू उसे फुद्दू बना लेगा?" मीतू ने कहा। रजनी बोली, "ये उसके जाँघिये पर लट्टू हो गया। एकतरफ़ा मामला लगता है।"

मीतू ने उसे सुझाव दिया कि एक दिन वह भी रामू को जाँघिया पहनकर दिखा दे।

"ये रहा जाँघिया।" रजनी अपनी सलवार ऊपर खिसकाने लगी। मीतू ने रामू की बाँह पकड़ कर झिंझोड़ा, "अब देख आँखें फाड़कर और कर इससे प्यार।"

रजनी की सलवार का पोंचा घुटनों के पास ही फँसा गया। दोनों हँसने लगीं।

रामू की थूथन काँपी। फटने को हो गया। इसी ग़ुस्से में उसने वह फ़ोटो निकाल लिया, जिसे छिपाने के लिए पूरी सावधानी अब तक बरती थी। बिना कुछ बोले उसने फ़ोन मीतू की ओर बढ़ा दिया। मीतू और रजनी ने एक साथ फ़ोन में झाँका और एक साथ उनका हाथ अपने होंठों पर चला गया— हाSSS...!

रजनी ने उसका कान खींच लिया, "साले लोफ़र, तू इतना गिर गया?"

लड़की ने अपने होंठों को गोलकर पाउट बनाया था और, ऐसा लगता था, होंठ रामू के गाल को छू रहे हैं। उसका एक हाथ रामू के कन्धे पर था। वह जानता था कि इसमें उसकी कोई ग़लती नहीं है, पर लड़कियों की प्रतिक्रिया से घबरा गया। भड़कावे में नहीं आना चाहिए था। जैसे अब तक चुप था, वैसे ही चुप रहता। उसने फ़ोन झपटने के लिए हाथ बढ़ाया कि उतनी देर में लड़कियाँ फुर्र।

पार्वती ने तस्वीर देखी तो अवाक् रह गयी, लेकिन मन ही मन बड़ा खुश हुई। जो लोग रामू को विक्षिप्त कह रहे थे, उन्हें पता चलना चाहिए। उसका मन हुआ लड़के के सिर पर हाथ फेर कर आशीर्वाद दे— सफल होना, बेटा।

कि यह जो प्यार है (केदार जी कहते हैं) यह भी एक बाघ है

पिछले तीन दिन से वह रानीखेत के पास होमस्टे में ठहरी थी। चौबटिया के रास्ते से थोड़ा हटकर और शहर से दूर। यह अप्रैल के अन्त की बात है। दूसरे दिन का वाक़या। मम्मी-पापा साथ थे। वे लोग सुबह-सुबह हैड़ाखान आश्रम निकल गये। आसमान उस रोज़ साफ़ था। हिमालय की चोटियाँ देख-देखकर वे प्रफुल्लित थे। वह कैमरा टाँगे आश्रम से नीचे उतरने वाले सुनसान रास्ते पर निकल पड़ी। धूप खिली होने के बावजूद पेड़ों की छाँव में चल रहे रास्ते पर ठण्ड से झुरझुरी होती थी। पक्षियों को ढूँढ़ती उसकी नज़र पेड़ों पर थी। अचानक पानी के स्रोत के पास, ठीक पैरों के नीचे, एक बहुत बड़ी गोह (मॉनीटर लिजार्ड) देखकर उसकी रूह काँप गयी। थोड़ा सँभलने और डर से उबरने के बाद उसने कई कोणों से उसकी तस्वीरें खींचीं। वापस आयी तो देखा, सफ़ेद और राख-रंग के बादलों ने हिमालय की चोटियों को ढकना शुरू कर दिया है। वे दोनों पदम, कीमू और अखरोट के पेड़ों के बीच टहलने के बाद भूरे पत्थर की सिल्लियों से बनी बिना पीठ की बैंच पर बैठ गये थे, नाशपाती के पेड़ की छाँव में। मम्मी ने बताया कि वे दिन भर वहीं रहना चाहते हैं। अच्छा लग रहा है। उसने कहा ठीक है, जब थक जायें तो गाड़ी लेकर होमस्टे लौट जायें। वह तस्वीरें खींच कर सीधे पहुँच जाएगी।

उसने दिनभर के लिए टैक्सी ली और निकल पड़ी।

कैरना के पास जंगल की तरफ़ जाता रास्ता देख उसने अचानक ड्राइवर से गाड़ी किनारे लगाने को कहा। उतरकर देखा तो पेड़ों के झुरमुटों के बीच से होते हुए वह रास्ता बियाबान में लुप्त हो जाता था। बाँहें फैला कर बुलाता बड़ा ही आकर्षक रास्ता था। ड्राइवर से थोड़ी देर में लौट आने को कहकर वह उस पर चल दी। रास्ते से कहीं ज़्यादा सम्मोहक बायीं तरफ़ का जंगल था। चुम्बक की तरह खींचता हरा बियाबान, जहाँ उसके लिए बहुत सारे पेड़-पौधे रहस्य थे और आगे चलकर अज्ञात

प्रजाति के पक्षियों के मिलने की पूरी उम्मीद थी। जहाँ उसे पता नहीं था कि ख़ूँख़ार जानवर रहते होंगे या नहीं?

पहले चीड़ के पेड़ों की क़तार शुरू हुई। हवा के झोंकों के साथ साँय-साँय करते ऊँचे-ऊँचे पेड़ और हवा में घुली चीड़ की गन्ध। कच्चे रास्ते पर कहीं-कहीं ठीटे (चीड़ के फल) गिरे दिख जाते थे। लकड़ी की तरह सख़्त उन्हीं फलों के अन्दर पंख जैसी पूँछ वाले स्यूँत (बीज) होते हैं और यही चिलग़ोज़े (पाइन नट्स) हैं, यह उसे बाद में पता चला।

जंगल में घुसे चले जाने के बाद डर लगने लगा। क़दम पीछे खींचना चाहती थी, लेकिन वे आगे जा रहे थे। चढ़ाई चढ़कर कुछ आगे पहुँची तो दूसरी प्रजाति के वृक्ष नज़र आने लगे। गहरे हरे रंग के झबरैले पेड़ों वाला जंगल वहाँ सघन होने लगा था। गाँव की ओर जाने वाला रास्ता छोड़कर वह एक छोटी-सी बटिया (पगडंडी) से होती हुई जंगल के अन्दर घुसती चली गयी। अन्दर तो एक अलग ही संसार था। ऐसे वृक्ष और ऐसे फल-फूल मैदानी इलाक़ों में उसने नहीं देखे थे। हालाँकि कई अजनबी पौधों और पत्तियों को छूने में डर लग रहा था। कोई ज़हरीला पौधा भी हो सकता था। जंगल में कुछ हो जाये तो क्या करेगी?

आगे रास्ते का कोई चिन्ह नहीं था। उसके मन में एक डरावना ख़याल कौंधा कि हो सकता है, यहाँ कोई न आता हो। यह ख़तरनाक जगह हो। यहाँ से ऊपर की ओर एक और ज्यादा अँधेरा व घना जंगल शुरू होता था। जंगल के अन्दर छुपा जंगल, अन्तिम अरण्य जैसा। उधर एक पेड़ पर छोटे-छोटे लाल, काले और हरे फल देखकर वह विस्मित थी, लेकिन भयभीत भी। तभी उसके ठीक बगल वाले पेड़ पर बैठे नीलकंठ को देख मोहित हो गयी। वह एक पेड़ से उड़कर दूसरे पर बैठ जाता। उड़ते हुए उसके कटावदार पंख और उनका रंग ज़्यादा सम्मोहित कर रहे थे। वह उसे अपने कैमरे में क़ैद करने के लिए दबे क़दमों आगे बढ़ती रही। इस तरह जंगल के और अन्दर वाले घने हिस्से यानी अन्तिम अरण्य के गर्भ में घुसती चली गयी और भटक गयी। जब उसने वापस जाने की सोची तो होश उड़ गये। न कोई रास्ता दीखता था और न दिशा समझ में आती। पेड़ थे, झाड़ियाँ थीं, पक्षियों और कीट-पतंगों के स्वर थे और डरावनी आहटें थीं, जो किसी भी ख़ूँख़ार जानवर की हो सकती थीं। कभी-कभी बहुत देर तक सन्नाटा कानों में बजता। क्या यह सचमुच ख़तरनाक जंगल है, जहाँ घुसना मना हो?

उसी वक़्त उसके बायीं तरफ़ की झाड़ियों से कोई वन-मुर्गी या तीतर फड़फड़ा कर उड़ा। लड़की के मुँह से चीख़ निकलते-निकलते बची। वह हड़बड़ाकर भागी।

अजनबी आहट से जंगल सावधान हो गया। उसने तय किया कि तस्वीरें खींचने का पागलपन छोड़ किसी भी तरह जंगल से बाहर निकलना चाहिए। तभी, जिस दिशा में पक्षी उड़ा, वहाँ क़दमों की आहट सुनायी दी। उसने मुड़कर देखा तो दूसरी बार उसके मुँह से सचमुच चीख़ निकल पड़ी।

उससे कुछ ही क़दमों की दूरी पर वह खड़ा था, हाथ में झोला और डण्डा लिये। गर्मी के मौसम में और ख़ासकर बरसात शुरू होने पर वहाँ साँप बहुत मिलते हैं–हल्के हरे, काले और भूरे-धूसर साँप। वह उन्हें सावधान करने के लिए डण्डा फटकारता चलता है। ये जंगल में काफल पकने की शुरुआत थी, तो झोला भी उसके साथ रहता। अन्यथा वह चुपचाप आता और जंगल में बिला जाता।

यह कहाँ से प्रकट हुआ? वह बुरी तरह घबरा गयी थी।

अब यह कैसा रहस्य है? बियाबान में मिसफ़िट लड़की? शॉर्ट्स पहने और गले में कैमरा? राम सिंह उर्फ रामू लड़की को ऊपर से नीचे तक देखता रह गया। धड़कनें अनियंत्रित हो गयीं। उसे माँ की बात याद आयी कि जंगलों में परियाँ रहती हैं। ऐसा गाँव के लोग भी कहते। अभी दोपहर थी, फिर भी घबराहट होने लगी। वह लड़की को ठीक से देखना चाहता था, ताकि जान सके कि कहीं परी ही न हो। लड़की भागना चाहती थी, लेकिन भाग कर जाएगी कहाँ? रास्ता तो मालूम हो। यह लड़का तो उसे जंगल में छका-छकाकर मार डालेगा। जंगली और हिंसक भी हो सकता है।

"आगे मत बढ़ना, ठीक नहीं होगा।" लड़की ने डराने के लिए कहा, लेकिन उसके मुँह से चिचियाहट-सी निकली, जैसे अभी रो देगी। उसे बहुत कोफ़्त हुई। लड़का मेरे डर को भाँप न जाए।

रामू तुरन्त स्टैच्यू बन गया। माँ की कहानी में परियाँ जंगल में भटक गये लड़के को घेर लेती हैं और पूरी रात एक खोह में ले जाकर उसके साथ नृत्य करती हैं। सुबह होने से पहले वे उसकी दोनों बाँहें थामकर आकाश में उड़ा ले जाती हैं। कुछ दिन बाद आसमान से लड़के की हड्डियाँ गिरती हैं।

क्या सचमुच परियाँ होती होंगी? नहीं, कैसी बच्चों जैसी बातें सोच रहा है वह? उसे अपने ही विचारों को निरस्त करने से थोड़ा तसल्ली मिली। तो फिर जंगल में यह जाँघिया वाली लड़की आयी कहाँ से?

"तुम सोच रही होगी मैं तुम्हें परी-वरी समझकर डर जाऊँगा?" रामू ने हकलाते हुए कहा।

"समझी नहीं, परी क्या?"

"मैं डरता नहीं।"

"मैं भी नहीं डरती।"

लड़की ने कहा, लेकिन वह डर रही थी। बड़ा ही ढीठ और बदतमीज़ जान पड़ता है। वह कुछ दूर खड़ी एकदम सतर्क थी। हमला करेगा तो बचाव करना होगा, अन्तिम साँस तक। उसे झपटने की तैयारी में देखकर रामू को हँसी आ गयी। लड़की को लगा, ये तो साइको टाइप है।

वह भागने का रास्ता देख रही थी और एक आँख रामू पर टिकी थी। रामू को लगा, इस लड़की से दूर रहना ही ठीक है। बोला, "अब आप जाओ। मुझे ऐसे मत देखो।"

लड़की देखती रही। जाये तो कहाँ जाये? पीछे से हमला करने का इरादा भी हो सकता है। रामू को लगा, गाँव वालों की तरह वह भी उसे कमअक़्ल और बेवकूफ़ समझ रही है। कहने लगा, "मैं कम बोलता हूँ, लेकिन कम समझता नहीं। जानवरों की हरक़त देखकर बता सकता हूँ कि कहीं आसपास बाघ है। मैं बाघ की गन्ध पहचानता हूँ।"

लड़की घबरा गयी, "डरा रहे हो?"

"मैंने देखा है उसे, पानी के पास। वह झाड़ियों की ओट से निकलकर सामने आ जाता है। ...और मैं वन मुर्गियों और तीतरों के अड्डे भी जानता हूँ। मुझे कीड़े-मकोड़ों और पक्षियों की हरक़त से पता चल जाता है कि आँधी आने वाली है। मैं फ़ौरन घर भाग जाता हूँ।"

"और बताऊँ?" पूछते हुए वह पालथी मारकर ज़मीन पर बैठ गया। फिर थोड़ा सोच-विचार के बाद बोला, "मैं पानी में हाथ डालकर मछलियों को अपने पास बुला सकता हूँ।"

"यक़ीन नहीं होता।" लड़की ने बातों का सिलसिला जारी रखने के लिए कहा। वह तैश में आ गया, "अभी चलो मेरे साथ नदी किनारे। मैं दिखाता हूँ।"

लड़की भौचक। यह तो गाँव का सीधा-साधा लड़का लगता है। उसका भय थोड़ा कम होने लगा। सतर्कता कुछ ढीली पड़ गयी। कुछ ही देर की बातचीत के बाद वह निश्चिन्त होने लगी। उसने अपने बारे में बता दिया। कि वह प्रिया है, दिल्ली से आयी है और इस जंगल में फ़ोटो खींचने घुसी थी। रामू अब भी अविश्वास के साथ उसे देख रहा था, पर यह सपना नहीं था। दोपहर थी। पेड़ों से छनकर सूरज की रौशनी उन दोनों पर पड़ रही थी। वह जिस पेड़ के नीचे पालथी मार कर बैठ गया था, वह काफल का था। काफल पककर गहरे लाल होने लगे थे। सब कुछ तो स्पष्ट है। सपने जैसा कोई धुँधलापन और भ्रम है ही नहीं।

"मैं आपके लिए काफल तोड़कर लाऊँ?"

प्रिया जब तक यह समझे कि वह क्या तोड़ लाने को कह रहा है, वह तेज़ी-से पेड़ पर चढ़ गया। वह लड़की से दूरी बना कर रखना चाहता था। प्रिया ने पेड़ की ओर देखा। उस पर लदे फलों के गुच्छों को देखा। वह अपने कैमरे का लैंस एकजस्ट करती हुई काफल के गुच्छों की और रामू की तस्वीरें खींचने लगी। उसने बताया कि काफल उसने कभी नहीं खाये। सुन कर रामू को आश्चर्य हुआ। उसने पेड़ पर चढ़े-चढ़े ही प्रिया को बताया कि एक बार उसके मन में ख़याल आया था कि कहीं वह परी न हो। वह डर गया था। उसने वहीं, ज़मीन के समानान्तर पसरी डाल पर बैठकर माँ से सुनी परियों की कहानी उसे सुना दी। प्रिया बहुत हँसी। रामू और प्रिया के बीच अब बिना किसी भय और शंका के संवाद होने लगा।

जब वह नीचे उतरा तो उसके झोले में ढेर सारे काफल थे। प्रिया ने पहली बार उनका स्वाद चखा। वह प्रिया को पानी के स्रोत के पास ले गया जहाँ बाँज और उतीस के पेड़ थे। उसने बताया कि वहीं उसने शाम के वक़्त बाघ को पानी पीते देखा था। एक बार तो यहीं पेड़ की ओट से उसे देखा। वह बहुत डर गया था। भागना सम्भव नहीं था। इसलिए देखता रहा जब तक वह लौटकर झाड़ियों के पीछे ग़ायब नहीं हो गया। बाघ ने मुँह उठाकर उसकी गन्ध तक नहीं सूँघी।

वह डर गयी थी। पूछने लगी, "अभी तो नहीं आएगा?"

रामू ने चारों तरफ़ नज़रें दौड़ाते हुए कहा, "अभी तो नहीं आना चाहिए, लेकिन उसका मन है।"

प्रिया वहाँ से फटाफट निकलना चाहती थी। उसने बताया, जहाँ से जंगल का पैदल रास्ता शुरू होता है, उससे कुछ दूरी पर सड़क किनारे उसकी कैब खड़ी है और ड्राइवर उसका इन्तज़ार कर रहा होगा। वह जंगल से बाहर निकलने का रास्ता भटक गयी थी। रामू ने उसे आश्वस्त किया कि वह उसे सड़क तक पहुँचा देगा। वे तस्वीरें जिनसे रामू चर्चा में आ गया था, उसने वापसी में खींची थीं। जब प्रिया ने मोबाइल से सेल्फ़ी लेते हुए पाउट बना कर अपने होंठ रामू के गाल से छुआ दिये थे, रामू के अन्दर बिजली-सी कौंध गयी थी। अब तक वह किसी लड़की के इतना क़रीब नहीं हुआ था। सिर्फ़ मीतू और रजनी से उसकी निकटता थी, लेकिन उनसे छू जाने पर ऐसी सिहरन कभी नहीं हुई। यह एकदम अनोखा और पहला अनुभव था, एकदम अलग। वापसी में उसके पैर ज़मीन पर नहीं पड़ रहे थे। वह उड़ रहा था।

पहला आकर्षण सम्भवत: आदमी के वज़न के बराबर हवा को हटा देता है।

जाते हुए उसने फिर मिलने का वादा किया। रामू अवश्य आने के लिए अपनी

तरफ़ से कहना चाहता था, लेकिन गला फँस गया। वह उसे तब तक देखता रहा जब तक अन्तिम मोड़ से कार ओझल नहीं हो गयी।

लड़की के दिल में क्या है, यह पता चले बिना प्रेम-प्रसंग संदिग्ध है, ऐसा मीतू और रजनी का मानना था। वे पता लगाने के तरीक़े सोच रही थीं। झाड़ पर चढ़ाना होगा, ताकि वह लड़की से बात करे। वे अपने कानों से सुनें। शुरुआत मीतू ने की, "ये कैसा प्रेम है बे? प्रेम में तो लड़के बॉर्डर फाँद जाते हैं। तेरी तो फ़ोन करने में पुलुर-पुलुर होती है।"

"कुड़क मुर्गी की तरह फ़ोन नम्बर पर बैठे रहना। एक दिन चूज़े निकलेंगे और तू बन जायेगा मामा।" रजनी ने कहा।

"कैरना के ही कई उसका पता पूछ रहे हैं। दिल्ली में तो एक से एक फंटूश हुए। हरेक दूसरे आदमी को मामा बनाने के फ़िराक़ में रहता है।" मीतू ने उकसाया।

"तेरा पत्ता तो यूँ कटेगा, बेटा," रजनी ने चुटकी बजा कर बताया, "यूँ।"

वह थोड़ा चिढ़ गया था, लेकिन बात कलेजे पर लग गयी। तय कर लिया कि प्रिया का नम्बर किसी के हाथ नहीं लगने देना। मीतू और रजनी के भी नहीं। माँ को फुसलाकर तो कोई भी ले लेगा। वो तो पूरी पगलैट हुई। बोला, "कल करता हूँ बात।"

रजनी ने कहा, "इतना हल्के में मत ले। समझा? लड़के और कुत्ते सूँघकर पहुँच जाते हैं।"

उसने फ़ोन निकाल लिया। दोनों ने उससे स्पीकर ऑन रखने को कहा। इसे लेकर थोड़ी बकझक हो गयी। बड़ी मुश्किल से राज़ी हुआ। सुबह ग्यारह बजे की बात थी। फ़ोन मिलाया। उधर से 'हेलो' सुनते ही इसकी आवाज़ को लकवा मार गया। मीतू ने प्रोत्साहित किया, "हेलो बोल, बेटा।"

उसके मुँह से निकला 'हेलो' थरथरा कर रह गया। प्रिया हालचाल पूछने लगी। मीतू ने फिर से कान में कहा, "अबे फ़ट्टू, तू भी कुछ पूछ ले। फ़ोन पर थोड़े काट लेगी?"

घबराहट में रामू की घिग्गी बँध गयी। बड़ी मुश्किल से हाल पूछा। जवाब में उसने कहा, वह ठीक है। उसके गाँव आने की सोच रही है। यह सुनते ही रजनी ने जीभ काट ली और मीतू की पुतलियाँ फैल गयीं।

उसने ऐसा क्या कह दिया? रामू बेवजह नर्वस हो रहा था। मीतू ने उसके कन्धे पर हाथ रख कर समझाया, "ओये फुस्की बम, उससे जल्दी आने को बोल।"

रामू ने कहा, "जल्दी आना।"

उसने बताया इस बार वह उसकी माँ से मिलेगी। रामू भावुक होकर भरहरा गया। गला रुँध गया था। फ़ोन काट दिया।

रजनी ने मीतू को आँख मारी। लड़कियों को यक़ीन हो गया कि दोनों के बीच कुछ तो है। हो सकता है जंगल में... जंगल में कुछ भी हो सकता है। पेड़ देखते सब हैं, रोकते नहीं। मीतू का मानना था ऐसा बेमेल चक्कर कई बार चल जाता है। फ़िल्मों में नहीं होता?

दोनों ने एक-एक बात पार्वती को बता दी। यह भी बताया कि उनकी बहू उन्हें याद कर रही थी। पार्वती के अन्दर भावुकता का ऐसा ज्वार उठा कि टाँगें लड़खड़ा गयीं। माँ को देखकर रामू फिर से रोने लगा। रोते-रोते उसने माँ के कन्धे पर सिर रख लिया और पार्वती ने उसके गालों पर अपना हाथ।

लोग रामू को देखना चाहते थे, आख़िर कौन-सा चुम्बक है उसके पास या सब क़िस्मत की बात है? क़िस्मत को श्रेय देना हो तो आदमी को तुच्छ साबित करना पड़ता है। तभी क़िस्मत बड़ी लगती है। लोग कहते, इसके पास मूर्खों जैसे मुँह और बिना वज़ह बढ़ गये कद के सिवा है क्या? बस, कपाल पर लिखवा लाया।

लड़के अपना माथा पीटते, ठीक बीच में जहाँ, उन्हें लगता, क़िस्मत लिखी जाती है।

समूचे प्रकरण का परोक्ष रूप से एक और असर हुआ। अब उस इलाक़े में किसी कार से कोई सुन्दर लड़की उतर आये तो कैरना के लड़के उसके आसपास मँडराने लगते। मन ही मन प्रार्थना करते, "हे भगवान, इसे जंगल का रास्ता दिखाओ।" रामू की तरह साधारण दिखना (लड़के इसे चूतिया लगना कहते) कैरना में फ़ैशन बन गया था।

यों तो हम सब हर दिन थोड़ा बदलते हैं, पर रामू एक झटके में बदल गया था। बाबला-सा हुआ जाता। बार-बार नदी और जंगल की तरफ़ भागता, जैसे कोई अज्ञात प्यास दौड़ाती हो। पर चैन कहीं न था। मछलियों के गलफड़े हिलने में रोमांच नहीं रह गया था। चिड़ियों की बोली से मिठास ग़ायब थी। पेड़ निर्जीव हो गये। वह थोड़ी ही देर में ऊब जाता। ऊब उसकी समूची ज़िन्दगी में भर गयी। असल में यह ऊब नहीं, बेचैनी थी। चैन मिलता केवल प्रिया को याद करने में। उसकी तस्वीरें देखने में। इससे मीठी और गुनगुनी उन दिनों सर्दियों की धूप भी नहीं थी। जिस दिन बेचैनी असह्य हो जाती, उसे फ़ोन लगा देता। कहने को कुछ नहीं होता।

'हेलो' कहता और चुप हो जाता। वह बोलती। रामू उस आवाज़ में समायी नदी की कलकल, जंगल की सरसराहट, मछलियों की नज़ाकत और चिड़ियों की चहक सुनता। फिर एकाएक रोने की इच्छा होने लगती। दिल रामू का, तड़प 'अख़्तर' शीरानी की-सी होती— *कुछ तो तन्हाई की रातों में सहारा होता/ तुम न होते न सही ज़िक्र तुम्हारा होता।*

"कब आओगी?" एक बार साहस बटोर कर पूछ लिया। उसने मई अन्त या जून के शुरू में किसी दिन आने की बात कही। यह मार्च का वाक़या था। वह मई-जून का इन्तज़ार करने लगा। मार्च से मई आने में सदियाँ लग रही थीं। जीवन का कितना समय तो उसने नदी किनारे पत्थर पर लेटे-लेटे, जंगल में भटकते बिता दिया, लेकिन समय बिताना इन दो-ढाई महीनों जैसा यातना भरा कभी न रहा।

हमें लगता है, समय से भागने कहो तो ठहर जाता है, ठहरने कहो तो भागता है, जबकि समय की रफ़्तार एकसार है। न कभी तेज़ भागा, न ठहरा। इसलिए मई के महीने ही मई आया। महीने के अन्त में अचानक प्रिया ने फ़ोन किया वह आ चुकी है। दो दिन बाद मिलेगी। रामू बदहवास-सा हो गया। फ़ौरन माँ को सूचना दी। माँ के हाथ-पैर फूल गये। पता नहीं कितने लोग आ जायें? चाय-पानी तो पिलाना ही पड़ेगा। बड़े लोग हैं। जाने क्या कमी रह जाए? वह पास-पड़ोस से कुछ अच्छे कप, एक ट्रे और चार कुर्सियाँ माँग लायी। अगर देर तक बैठे और दाल-भात खाने को तैयार हो गये तो? वे दोनों राशन के चावल खाते थे। एक किलो अच्छे चावल मँगा लिये। थाली, कटोरे तैयार कर लिए। अमचूर-पुदीने की चटनी भी बनानी होगी।

रामू और उसकी माँ ने मिलकर मार्च में ही घर में सफ़ेदी कर दी थी, जब प्रिया ने आने की बात कही थी। बाहर के कमरे में, जिसे ड्राइंग रूम कह लें या रामू का शयन-कक्ष, एक तरफ़ रामू की खटिया लगी थी। दूसरी तरफ़, टाँग टूटी मेज़ थी, जिसके ऊपर चौदह इंच का टीवी रखा रहता था। मेज़ के ऊपर क्रोशिया का कढ़ा सफ़ेद मेज़पोश बिछ गया था। आज उस कमरे में चार कुर्सियाँ भी सज गयी थीं। रजनी ने सुझाव दिया कि एक सेंटर टेबल भी होनी चाहिए। चाय किस पर रखोगे? सेंटर टेबल रजनी ही अपने घर से ले आयी।

एक कमरा भीतर था, जिसमें एक तरफ़ रामू की माँ की खटिया लगी थी और दूसरी तरफ़ आधे हिस्से में किचन था। कमरे के एक कोने में काठ का बड़ा सन्दूक था, जिसमें रज़ाई-गद्दे रखे जाते। उसी के एक तरफ़ मन्दिर था। उसमें शिवजी और हनुमानजी विराजमान थे। किचन वाले हिस्से में लकड़ी का तख़्ता ठोककर एक शेल्फ़ मार्च में ही बना दी गयी। उसमें बेमेल बर्तन सज गये थे।

अन्दर और बाहर की दोनों खाटों में धुली हुई चादरें लग गयी थीं। कौन जाने वे लोग अन्दर का मुआइना कर लें?

मई के शुरू में ही रामू के लिए एक नई पैंट और कमीज़ सिलवा दी गयी। चार सौ निन्यानवे रुपये का एक नामालूम कम्पनी का जूता भी ख़रीद लिया था।

सारी तैयारियाँ हो चुकी थीं। इन्तज़ाम में रामू की माँ का काफ़ी पैसा खिसक गया। पैसों की व्यवस्था में कई लोगों की खुशामद करनी पड़ी, पर वह खुश थी। सुबह से बाहर-भीतर जाने कितने चक्कर काट चुकी थी। थकान का नामोनिशान नहीं था। इस सारे आयोजन में मीतू शामिल तो थी, किन्तु ऐसा लगता था मन से अनुपस्थित है। जाने क्यों प्रिया के पहुँचने का दिन क़रीब आते-आते वह उदास हो चली थी। पता नहीं, ईर्ष्या थी कि कुछ और? हाँ, रजनी ने तैयारी में मीतू से ज़्यादा उत्साह के साथ पार्वती का हाथ बँटाया। मीतू ज्यों-ही कुछ करती, रामू की उमंग देख ठण्डी पड़ने लगती। हाथ-पैर शिथिल हो जाते। रामू ने आज नई पैंट, कमीज़ और नया जूता पहन लिया था। रजनी उसे छेड़कर मीतू को उकसा रही थी। मीतू एक बार भी छेड़छाड़ में शामिल नहीं हुई। दोपहर से पहले ही वह बिना कुछ कहे अपने घर चली गयी। रजनी यह कह कर गयी कि जब चाय-नाश्ता बनाना होगा तो वह आ जाएगी।

दोपहरी जब चढ़ रही थी, धीमी रफ़्तार में आती एक सफ़ेद सेडान 'त्रिलोक जनरल स्टोर' का बोर्ड देखकर थोड़ा आगे निकलने के बाद बैक होने लगी। रामू ने प्रिया को बता रखा था कि उनका घर सड़क किनारे एक दुकान के पास है, जिस पर 'त्रिलोक जनरल स्टोर' का बोर्ड लगा है। उससे पहले दो घरों के बीच की ख़ाली जगह में दो बड़े पेड़ हैं। पेड़ों के बीच से एक रास्ता जोगी मुहल्ले को जाता है। उनका घर अन्दर जाने वाले रास्ते के ठीक सामने पड़ता है। सड़क से घर साफ़ दिखायी देता है और घर से सड़क।

उसे सिर्फ़ जनरल स्टोर याद था। गाड़ी किनारे लगा कर उसने त्रिलोक से पूछा, "राम का घर जानते हो?"

वह देखता रह गया। प्रिया के आने की ख़बर उसे हो चुकी थी। जब लड़की ने आँखों से सवाल दुहराया तो उसे होश आया, "हाँ-हाँ," और बाहर आकर रामू के घर की ओर इशारा किया, "वो रहा।"

रामू और उसकी माँ की नज़रें सड़क पर ही लगी थीं। उन्होंने धीमी गति से आती कार देख ली थी। त्रिलोक को अपने घर की तरफ़ उँगली लगाते देख रामू सड़क पर आ गया। वे वहीं खड़े-खड़े बातें करने लगे। ऑफ़ ह्वाइट जींस और

गुलाबी टॉप में वह तस्वीर वाली प्रिया से कहीं सुन्दर लग रही थी। बाल खुले थे और कन्धे पर झूल रहे थे। उसे देखने के लिए आसपास के घरों से लड़कियाँ, औरतें झाँकने लगीं। दो-तीन लड़के त्रिलोक के पास आ खड़े हुए। रामू की माँ दूर खड़ी कसमसा रही थी। क्या बात कर रहे होंगे दोनों? ग़ज़ब की सुन्दर और फ़ैशनेबल है ये तो। त्रिलोक भड़का तो नहीं देगा? ये लोग घर आने में इतनी देर क्यों कर रहे होंगे? घर के बड़े कार से उतर क्यों नहीं रहे? हे भगवान, अब तेरे ही हाथ में है।

रामू तेज़ी-से घर की तरफ़ आया। वह उसकी ओर लपकी।

"मुझे जाना होगा।" उसने कहा।

"कहाँ?"

"दिल्ली।"

"लेकिन ये लोग घर नहीं आये। कोई बातचीत नहीं... चाय-पानी भी नहीं पीया और तुझे ले जा रहे हैं?"

रामू एक पिट्ठू में कपड़े ठूँसने लगा। माँ पूछती रह गयी, किसलिए जा रहा है? कोई बात की उसने? उसका आशय शादी की बात से था। रामू ने बताया, "अभी कुछ नहीं।"

"कुछ नहीं?"

"कहती है, यहाँ क्या करोगे?...और...कहती है, जल्दी निकलना है। उन्हें देर हो रही है।" रामू ने बैग कन्धे पर टाँगते हुए बताया। पार्वती तड़पकर रह गयी। यह सब क्या हो रहा है? ये लोग घर आकर बात क्यों नहीं करते? रामू को ले जाने का क्या मतलब है? उसका तो एक ही लड़का है–न कोई आगे, न पीछे। साफ़-साफ़ बात तो करनी चाहिए। उसने अपनी शंका रामू के सामने रखी। रामू जैसे तिलिस्म के असर में था। कोई अड़चन और बाधा उसे नहीं चाहिए थी।

ज्यों ही घर से निकला, माँ पीछे-पीछे। नये जूते की आदत नहीं पड़ी थी वरना वह और तेज़ निकल जाता। सड़क पर पहुँची तो प्रिया ने 'नमस्ते आँटी' कहकर अभिवादन किया। पूरे मुहल्ले की नज़रें उन पर टिकी थीं। प्रिया ने बताया, वह रामू को साथ ले जा रही है। पार्वती घर नहीं आने का कारण पूछने लगी।

"पहले ही देर हो चुकी। पहुँचने में रात हो जाएगी।" प्रिया ने बताया। रामू की माँ ने दबे स्वर में पूछा, "रामू कह रहा है, अब तुम्हारे साथ ही रहना है?"

"आप नहीं चाहतीं वह अपने पैरों पर खड़ा हो?"

"क्यों नहीं? हमें तो बच्चों की खुशी चाहिए।"

"चिन्ता न करें, आँटी। राम वहाँ खुश रहेगा। आप फ़ोन पर हालचाल लेती रहना।"

वे लोग कार के पास पहुँच गये। प्रिया के माता-पिता कार में ही बैठे थे। पार्वती को देखकर दोनों ने बायीं ओर देखा और मुस्कराए। पार्वती ने हाथ जोड़े तो उन्होंने जवाब में गरदन हिला दी। सच पूछो तो उसे लड़की वालों के नख़रे अच्छे नहीं लगे।

प्रिया ड्राइविंग सीट पर बैठ गयी थी। पिता उतरकर पीछे आ गये। उतरते वक़्त रामू ने उनके पैर छू लिये। गाड़ी के टायर पर झुककर अन्दर बैठी माँ को भी प्रणाम किया। प्रिया ने उसे आगे बैठा लिया। गाड़ी में चाबी लगायी, रिवर्स गेयर डाला और बैक करने लगी। कितना अच्छा लग रहा है रामू? कितनी अच्छी जोड़ी है? पार्वती ने घबराकर त्रिलोक जनरल स्टोर की तरफ़ देखा। मुहल्ले में सब कहते हैं, इसकी नज़र ख़राब है।

कार यू-टर्न लेकर एक मामूली-सी सर्र के साथ आगे बढ़ गयी। रामू ने पलटकर माँ को देखा। माँ की आँखें डबडबा आयी थीं। कार देखते-ही-देखते ओझल हो गयी। पार्वती ने मन को पक्का किया। उसका क्या है, कर लेगी अपनी गुज़र-बसर। बस, वह खुश रहे। प्रिया खुश रहे। ईश्वर दोनों को सुखी रखे।

मीतू, मीतू की माँ, रजनी, उसकी छोटी बहन सरिता, रजनी की माँ, जनरल स्टोर वाला त्रिलोक, उसकी घरवाली और कुछ खोपड़ियों ने, जिनके चेहरे नहीं दिखायी दे रहे थे, पार्वती को घेर लिया—क्या हुआ? घर नहीं आए? रामू को कहाँ ले गये? मिठाई लेने गये हैं क्या?

पार्वती किसी सवाल का जवाब देने की स्थिति में नहीं थी। गला ऊपर तक भरा था। पता नहीं कौन हैं, कैसे हैं। क्या करेंगे रामू के साथ? हालाँकि उसने प्रिया की आँखों को याद किया तो अपनी आशंका निर्मूल लगी। फिर भी गले का डाट खुल नहीं रहा था। सचमुच, मनुष्यों के पास गला न होता तो उनकी आधी भावनाएँ अव्यक्त रह जातीं। बड़ी मुश्किल से वह रामू के दिल्ली चले जाने की सूचना दे पाई और कटे पेड़ की तरह ढह गयी।

दिल्ली क्यों? रामू को ऐसे कैसे भेज दिया? शादी दिल्ली में करेंगे क्या? इन सवालों का भी उसके पास कोई जवाब नहीं था। उसने आँखें मूँद लीं। लोग खुसर-पुसर करते रहे। साउथ वाली रामू को ले गयी। दिल्ली की है, यह जानते हुए भी वे उसे 'साउथ वाली' कह रहे थे। मीतू उदास हो गयी थी। रामू को इस तरह भेज देना उसे नासमझी लगी, पर अपनी चिन्ता को ठीक-ठीक इसी रूप में व्यक्त नहीं किया।

उसने आँखें मूँदे बैठी पार्वती के पास जाकर हौले-से कहा, "लड़की रामू से बड़ी लगती है।" पार्वती ने कोई जवाब नहीं दिया। अब क्या बड़ी और क्या छोटी?

वह कुछ घंटों बाद घिरने वाली रात के बारे में सोच रही थी। जब पहली बार रामू घर पर नहीं होगा। जब कल भी नहीं होगा।

यह ख़याल दिमाग़ को फींच रहा था।

अठखोल में शाम हो रही थी। कुछ सवाल अब भी सुबह की तरह खड़े थे। राम सिंह को दिल्ली पहुँचाने में लड़की तो शामिल थी, पर किस इरादे से ले गयी, यह एक गुत्थी थी। इसका भी कोई जवाब नहीं मिल रहा था कि वह दिल्ली से उतनी दूर गुंडौली क्यों और कैसे पहुँचा? उसने वह सब किया होगा? उसकी सरलता का फ़ायदा उठाकर उकसा न दिया हो?

चन्दन लैपटॉप लेकर बैठा था। राजन जी कई बार आस-पास मँडराकर चले गये। ख़िरामाँ-ख़िरामाँ आते और दबे क़दमों लौट जाते। दोनों हाथ पीठ पीछे बाँधे हुए थे। पता नहीं, कोटेशन पेलना चाहते थे कि गपशप का मन था। उसने बताया अख़बार की डेड लाइन आठ बजे है। ख़बर भेजते ही फ्री हो जायेगा। वे उसी तरह पीछे हाथ बाँधे बरामदे में टहलते, ठण्ड खाते रहे। शायद एक पिता अपने बेटे से बिना वजह भी बात करने की आकांक्षा रखता है। रिश्तों में संवाद के लिए कोई कारण होना ज़रूरी नहीं। कुछ भी बोलने लगो–जैसे, शाम हो गयी। आज ठण्ड ज़्यादा है।

आठ बजे से पहले-पहले उसने स्टोरी रवाना कर दी। यह उसका ऑफ़ीशियल असाइनमेंट नहीं था, तो ऐसा कोई बोझ भी नहीं था। फिर भी, ख़बर भेज देने के बाद हल्का महसूस कर रहा था। पिता के साथ गपशप करने बैठ गया। घर के भीतर ठण्ड कम नहीं थी। खाने में अभी देर थी तो अम्मा कॉफ़ी ले आयीं। बहस मीडिया की हालत पर होने लगी, ख़ासकर हिन्दी अख़बारों की। चन्दन का कहना था प्रिंट हो या इलेक्ट्रानिक मीडिया, दोनों की स्थिति कमोबेश एक जैसी है। दोनों घुटनों पर हैं। राजन जी हँसे, "बेचारे। शल्य-संकट हुआ। हुए तो नकुल और सहदेव के मामा, लेकिन दुर्योधन का भोजन कर लिया। अब लड़ो बेटा उसी पक्ष से।"

अम्मा को फिलहाल विशुद्ध घरेलू महाभारत में रुचि थी। राजन जी की नकल करती हैं, लेकिन उनकी तरह निष्कपट रहने का सामर्थ्य उनमें नहीं था। इसके लिए अलगाव के अभ्यास की ज़रूरत होती है। वे शेखर जी के बच्चों की बात करने लगीं। उनके बड़े लड़के को अभी तक नौकरी नहीं मिली। गाँव में दिनभर आवारा डोलता है।

पीने भी लगा। बेटी अभी हाल में किसी निखट्टू के साथ भाग गयी। माँ के ज़ेवर भी समेट ले गयी। सुनकर चन्दन स्तब्ध रह गया। पिताजी को पहले से पता था, लेकिन इस पर अब तक एक शब्द नहीं बोले थे। आज बेचैन लग रहे थे। रिश्ते विचलित कर रहे थे।

शेखर कभी राजन जी के बहुत अच्छे मित्र होते थे। बगल के गाँव में रहते थे। पढ़ाई के बाद लखनऊ में किसी प्राइवेट कम्पनी में नौकरी करने लगे। कुछ साल बाद नौकरी छोड़कर गाँव लौट आये। बागवानी करते हैं, लेकिन वह एक तरह से सीज़नल काम है। साथ में सब्ज़ियों, फलों, फूलों वगैरह के पौधे और बीज भी बेचते हैं। एक पॉली हाउस के अन्दर अपनी नर्सरी बना रखी है। बहुत अच्छी कमाई होती हो, ऐसा नहीं है। गाँव के ज़्यादातर लोग बीज से लेकर पौधे तक खुद ही तैयार कर लेते हैं। ख़रीदार भूले-भटके ही आते हैं।

उन दिनों की बात है, जब राजन की छोटी बहन विमला की शादी तय हुई थी, यानी चन्दन की बुआ की। तैयारियाँ चल रही थीं। शेखर कई दिन से आ नहीं रहे थे। कई सन्देश भिजवा दिये, पर कोई जवाब नहीं। हर वक़्त साथ रहने वाला दोस्त ज़रूरत के समय ग़ायब था। शादी को एक महीने से भी कम समय रह गया था। इसी बीच एक दिन विमला किसी सहेली के पास जाने के लिए घर से निकली और शाम तक लौटी नहीं। ढूँढ़-खोज तब शुरू हुई जब बत्तियाँ जल गयीं। माँ हाथ मलती आँगन के चक्कर काट रही थीं और सारा तनाव अकेले झेल रही थीं। पिता को जान-बूझ कर बताया नहीं गया। कमज़ोर दिल के ग़ुस्सेबाज़ आदमी माने जाते थे। राजन एक दोस्त को लेकर विमला की सहेली के घर के लिए निकलने लगे कि ठीक उसी वक़्त अठखोल का एक लड़का दौड़ा-दौड़ा आ पहुँचा। वह हाँफ रहा था। उसने दोनों हाथों से पसलियों के नीचे पेट को पकड़े-पकड़े साँसों को नियंत्रित किया। फिर वह ख़बर दी। शेखर और विमला ने मन्दिर में शादी कर ली। शायद उसे विमला ने ही ख़बर देने को कहा था। राजन की साँस उखड़ने लगी। यह एकदम अविश्वसनीय था। राजन के परिवार को ऐसा धक्का लगा कि पिताजी फिर कभी उठ नहीं पाये। शेखर ने इतना बड़ा धोखा कर दिया? लड़की की शादी तय हो जाने के बाद दुश्मन भी ऐसा नहीं करता। वह तो दोस्त था। विमला ही अगर पहले बता देती तो शादी तय न की होती। अब क्या कहेंगे उस परिवार से? यह तो बड़ी अपमानजनक स्थिति हो गयी।

तब से राजन जी ने न कभी शेखर से बात की और न अपनी बहिन से। पिता की मृत्यु के बाद राजन जी की माँ चुपके-से बेटी से मिला करतीं। उन्होंने बेटी को

माफ़ कर दिया था। राजन को पता था, लेकिन उन्होंने न माँ को रोका और न बहिन को घर बुलाया। बहिन ने भी कोशिश नहीं की। मन में अपराध-बोध था कि नाराज़गी यह भी पता नहीं चला। मिलने का मन दोनों का होता, लेकिन उस अबोले को कोई तोड़ नहीं पाया। माँ ने भी बेटे से इस बारे में ज़िद नहीं की। माँ की मृत्यु के बाद वह डोर भी टूट गयी। हाँ, उन्हें राजन जी के परिवार की और राजन जी को उनके परिवार की ख़बरें मिलती रहती थीं।

राजन जी शेखर और अपनी बहन की स्थिति पर कोई टिप्पणी नहीं करना चाहते थे, पर संयम नहीं रख पाए। जैसे अम्मा उनकी तरह बनती जा रही हैं, वे भी कभी-कभी अम्मा की तरह हो जाते हैं। ऐसा ही होता है पति-पत्नी के लम्बे साहचर्य में। बोले—अन्याय और अधर्म से केवल कौरवों का नाश नहीं हुआ। छल भी तो अधर्म है। 'उपसंहार' में कृष्ण अपने सारथी दारुक से कहते हैं, उस समय मैंने यह नहीं सोचा था कि जो कर रहा हूँ, उसे देर-सबेर द्वारका को, मेरे घर को भुगतना पड़ेगा।

पिताजी का आशय चन्दन समझ गया और अम्मा भी। इतनी ज़हर बुझी बात की उनसे उम्मीद नहीं थी। पिताजी को भी लग गया कि 'हे राम' कह देना पर्याप्त होता, पर तीर छूट ग़या था। अम्मा ने विषय बदलने की कोशिश की। अल्मोड़ा की एक लड़की का नख-शिख वर्णन शुरू कर दिया। उद्देश्य हमेशा की तरह चन्दन को शादी के लिए तैयार करना तो था ही, पिताजी को उनके क्रोध से बाहर निकालना और भटकाना भी था। पति को एक स्तर से नीचे गिरकर बात करते वे भी नहीं देख सकती थीं। पर वे क्रोध कर चुके थे। अब पश्चाताप में प्रवेश कर रहे थे। इसलिए उठ कर अपने कमरे में चले गये। हाथ मलने से लग रहा था, बहुत बेचैन हैं।

शादी की बात अब शायद अगले दिन हो। जब तक वह है, यह प्रसंग तो रोज ही छिड़ना है।

राजन जी करवटें बदल रहे थे। पलकें बन्द ही नहीं होती थीं, तो नींद कैसे आये? तब से कई बार 'हे राम' कह दिया है। कोई फ़ायदा नहीं हो रहा। जहाँ कहना था, वहाँ तो कहा नहीं। वहाँ 'कृष्ण' कहकर अनर्थ किया। अब 'राम' कहकर राहत नहीं मिलती। शब्दों की महत्ता और गरिमा पर सोच रहे हैं। उनका एक स्थान, समय और सन्दर्भ होता है। आप उसे बदलकर उनका प्रयोग करते हैं तो कहे हुए का निरर्थक होना निश्चित है, या फिर अनर्थ होगा, चाहे कितने की मूल्यवान शब्द हों, उनमें देवता ही क्यों न विराजते हों?

पत्नी उनको ख़ूब समझती हैं। पता है कि ये ऐसे ही कुछ नहीं कहते। ग़लती हो जाये तो इसी तरह करवटें बदलते रहेंगे। सुबह बीमार लगेंगे। उनकी 'हे राम' का नि:श्वास श्रीमती राजन को भी बेचैन कर रहा है। वे एक भी शब्द बोले बिना रज़ाई के अन्दर राजन जी का सीना थपथपाने लगीं। राजन जी चुपचाप रो पड़े। पत्नी अनजान बनी रहीं। जैसे पता ही न हो। जबकि जानती थीं कि भावुक आदमी हैं तो और क्या होगा हाथ रखने से? रोते-रोते उन्हें नींद आ गयी। उनके ख़र्राटे सुनकर श्रीमती राजन ने गहरी साँस छोड़ी। उल्लू आदमी! अपने शब्दों का बोझ भी नहीं सँभाल पाता।

चन्दन पिताजी के किताबों की रैक से एक किताब यों ही उठा लाया था। नींद नहीं थी, तो कुछ पढ़ लेना चाहता था। थोड़ा पढ़ने के बाद मन नहीं लगा। रज़ाई ओढ़ कर लेट-लेटे खिड़की से बाहर आसामान के एक टुकड़े को देखता रहा। अचानक ध्यान आया, वह इसी समय आता है। वह उसका इन्तज़ार करने लगा। यह वक़्त बिताने का खेल था। भोजन के बाद जब किताब लेकर अपने कमरे में आया तो लगभग साढ़े नौ बज रहे थे। आमतौर पर बारह बजे सोने वाले को साढ़े नौ बजे नींद नहीं आती। बॉडी क्लॉक अपनी तरह से काम करती है—चाहे सुलाना हो, चाहे जगाना।

कृष्ण पक्ष था। बाहर अन्धकार था। नीले आकाश के उस टुकड़े में तारे झिलमिला रहे थे। वह तारे देखता रहा। जिसका इन्तज़ार कर रहा था, वह ठीक दस बजे घर के सामने वाली सड़क से गुज़रा। वह एक शराबी है। पहले कोई नाम रहा होगा, अब यही नाम है। रात में साढ़े नौ से दस बजे के बीच नियमित कोई-न-कोई फ़िल्मी गीत गाता हुआ घर के सामने से गुज़रता है। गरमी के दिनों में साढ़े दस तक आता है। बड़े ज़ोर-से और सुर में गाता है। आमतौर पर मौसम और मौक़े के हिसाब से, जैसे बारिश में बरसात का गीत, अँधेरी रात में अँधेरे का गीत। पहली बार अम्मा ने उसके बारे में बताया था। पिछले कई महीनों से वह इसी तरह गा रहा था, शायद साल होने को हो। चन्दन को पता है कि वह कितनी ही तल्लीनता से गाये, एक बार रिदम टूटती ही है जब पन्त निवास के पास पहुँचते ही मुहल्ले का आवारा कुत्ता भौंकता है। उसे पन्त जी की पशु-प्रेमी पत्नी रोज़ रोटी देती है। शराबी भी एक बार रुककर उसे दुत्कारता ज़रूर है। गाते हुए उसका स्वर सधा रहता है। कोई अपने बिस्तर में लेटकर अनुमान नहीं लगा सकता कि शराबी गा रहा है।

चन्दन ने अभी उसे देखा नहीं है। उसके बारे में अठखोल में कई तरह की बातें प्रचलित हैं। बातें क्या, बाक़ायदा कहानियाँ हैं। कोई कहता है कि वह जिससे प्रेम करता था, उस लड़की ने किसी और से शादी कर ली। तब से वह रात में पीकर लौटता है और उसी की याद में गाता है। घर में ढककर रखा ठण्डा खाना खाकर देर

रात तक गाते-गाते सोता है। कई बार तो बारामदे में ही सोया मिलता है। इधर के वर्षों में ब्याह के बाद अठखोल से चली गयी लड़कियों के नाम ले-लेकर अटकलें लगायी जाती हैं कि कौन उसकी प्रेमिका रही होगी? यह बात उन लड़कियों के भाइयों को हमेशा अपमानजनक लगती है। इसलिए ज़्यादातर एक ही तरह से खण्डन करते हैं कि झूठ है, उसे कभी किसी लड़की ने प्रेम नहीं किया। यही उसका दर्द है। एक और बात उसके बारे में उड़ा दी गयी है। बहुत ही हास्यास्पद है। क्रूरता की हद कहना चाहिए। कि वह नपुंसक है और उसे प्रेम करने का बड़ा मन होता है। रात में इसलिए गाता-भटकता है ताकि किसी दिन किसी लड़की को उस पर तरस आ जाए।

अठखोल की लड़कियाँ उसे 'भटकती आत्मा' कहती हैं और सचमुच उससे सहानुभूति रखती हैं। कोई प्रेम करती हो, ऐसी जानकारी नहीं है। चन्दन एक बार उसे देखना चाहता है। बड़ा मन है। ऐसी सर्द रातों में इस तरह गाते हुए निकलना हिम्मत की बात है। यह तो घनघोर प्रेम या गहरी पीड़ा में ही सम्भव है। उससे बात करनी चाहिए—कोई इंटरव्यू जैसा नहीं, बस यों ही। किसी सर्द रात में उसी के बरामदे में बैठकर या आँगन में अलाव तापते हुए।

बड़ा ही रोमांटिक ख़याल था।

काजल का मामला ठीक-ठीक वैसा नहीं था। अपने रंग को लेकर उपजी हीनभावना ज़्यादा लगती है। कारण जो भी हो, गहरी हताशा और निराशा में थी। जो उसे किसी अन्धी सुरंग में लिये चली गयी कि वहाँ सब ठीक होगा। कि उधर, उस अन्धकार में सभी काले होंगे।

चन्दन के घर से कुछ घर छोड़कर रहती थी। साँवली थी, लेकिन सुन्दर लगती थी, पर उसे खुद पर भरोसा नहीं था। किसी ने कभी अहसास कराया ही नहीं कि काले लोग कितने सुन्दर हो सकते हैं। अठखोल वालों को लगता है, काले तो गोरों पर रीझने वाले लोग होते हैं। अभी ग्यारह महीने पहले जब काजल ने आत्महत्या की, वह अठारह साल से कुछ कम थी। अठखोलियों की पहली प्रतिक्रिया थी— कुछ तो ऐसा-वैसा रहा होगा वरना न परीक्षा का परिणाम आया था, न घरवालों ने डाँटा-कूटा, न कोई लाइलाज़ बीमारी थी। ऐसे कैसे मर गयी बिना वजह?

मरने से पहले उसने एक लम्बी चिट्ठी लिखी थी। चिट्ठी उसकी डायरी के अन्दर उस वक़्त मिली जब पुलिस उनके घर आयी। घरवाले चिट्ठी छुपाना चाहते थे कि पता नहीं क्या लिख दिया हो, लेकिन पुलिस ने उसे क़ब्ज़े में ले लिया। वह चिट्ठी किसी व्यक्ति को नहीं बल्कि समाज को सम्बोधित थी।

उसकी डायरी से पता चला, वह कविताएँ भी लिखती थी। पढ़ने में बहुत होशियार थी। इस साल बारहवीं की परीक्षा देने वाली थी।

काजल की चिट्ठी का मजमून इस तरह था— मैं सचमुच तंग आ गयी। माता-पिता ने शायद मेरा रंग देख कर ही मेरा नाम 'काजल' रखा। लोग भी रंग देखकर ही मुझे 'कल्लो' कहते हैं। बहुत ख़राब लगता है। उपेक्षा के लिए त्वचा के रंग के सिवा कोई बड़ी वजह उनके पास नहीं है। काला रंग अगर इतनी जुगुप्सा पैदा करता है तो सोचो, अगर किसी दिन तुम्हारे घर में कोई काला बच्चा पैदा हो जाये?

गला घोंट देना, इसलिए क्योंकि बड़े होकर मरना बहुत तकलीफ़देह है। कई दिनों की कोशिश के बाद अपने को तैयार कर पाई हूँ। मरने के बाद माता-पिता और भाई को बहुत दु:ख होगा। यही सोचकर दु:खी मन से जा रही हूँ, पर उन्हें रोज़-रोज़ की तकलीफ़ से छुटकारा दिलाने की तसल्ली है। भाड़ में जायें वे जो नहीं समझते कि छोटी-छोटी बातें भी बहुत तकलीफ़ देती हैं। दूसरों को किसी न किसी आधार पर कमतर साबित करने वाले और अपने श्रेष्ठता-बोध से गद्‌गद समाज को सभ्य नहीं कह सकते। आप लोग नहीं मानेंगे कि आप असभ्य ही नहीं, अपराधी भी हैं। बात-बात में दूसरों की निजता का अतिक्रमण करने वाले क़तई नहीं समझ सकते। ये गोरा रंग तुम्हारा नासूर है भाई लोगो, तुम्हीं बैठकर चाटो पशुओं की तरह। और क्या! पशु समाज ही तो हो तुम।

सबको लगता है, मुझमें ही गड़बड़ है। गड़बड़ ये कि काली हूँ। काली हूँ तो आसानी से उपलब्ध हूँ। अपमान भी करते हैं और स्कूल से लेकर घर तक मँडराते भी रहते हैं। रैप गाने लगते हैं— *तू आयी बेबी तू आयी, ब्लैक ब्यूटी कल्लो माई थोड़ा श-र-मा-ई, लेकिन ग-र-मा-ई आजा...आजा मेरे पैन में तुझे करूँ डीप फ्राई, डीप फ्राई, डीप फ्राई.....।* रोज़ नए-नए रैप, सीटियाँ, फ़ब्तियाँ। ले दनादन इशारे। न दोस्ती, न प्रेम, न कोई सामान्य बातचीत। कुछ नहीं। सीधा वहाँ...।

इसके लिए भी मुझे ही दोष। हद है। मैं बुलाती हूँ उन्हें? मुझे खुद बहुत ख़राब लगता है। भाई और पापा ने घर के बाहर निकलने पर रोक लगा दी है। आँगन तक में खड़ी नहीं हो सकती। चाहूँ तो उन सबके नाम लिख सकती हूँ, पर लिख नहीं रही। कोई किस-किस का नाम लिखे, सभी तो कमोबेश एक जैसे हैं। तुम्हारा भेदभाव तुम्हें मुबारक। मैं तुम्हारी इस दुनिया में नहीं रह रही। मैं यहाँ के लिए नहीं बनी। जहाँ जा रही हूँ वहाँ शायद सब ठीक हो। ईश्वर करे...आमीन।

मीर 'दर्द' के एक शे'र से काजल ने चिट्ठी का और अपने जीवन का अन्त किया था— *ज़िन्दगी है या कोई तूफ़ान है/ हम तो इस जीने के हाथों मर चले।*

एक थी लंठई

सुबह साढ़े आठ बजे चन्दन ने मनोज भाई और जीवन से बात की। एक को फ़ोन मिलाकर दूसरे को कॉन्फ्रेसिंग में लिया था। अठखोल में ये दोनों उसके अच्छे मित्र हैं। मनोज भाई उम्र में काफ़ी बड़े हैं जबकि जीवन से वह पाँच साल छोटा है। उम्र की बराबरी वाली दोस्ती न होते हुए भी वैचारिक समानता एक मज़बूत डोर का काम कर रही थी। चन्दन को अठखोल आये दो दिन हो चुके, यह जानकर मनोज भाई को आश्चर्य हुआ। जीवन ने थोड़ा नाराज़गी जतायी। तय हुआ कि तीनों दस बजे शंकर दा की दुकान पर मिलेंगे। शंकर दा मनोज त्रिपाठी की उम्र के ही अधेड़ हैं। किसी ज़माने में पढ़ने-लिखने के शौक़ीन रहे। सम्पादक के नाम पत्र और कुछ फ़ीचर/लेख स्थानीय अख़बारों में छपे थे। एक अधूरा उपन्यास अपने काग़ज़ात और किताबों की अलमारी में दफ़न कर रखा था। लिखने का शौक़ तो दुकान की भेंट चढ़ गया, किताबें पढ़ने का थोड़ा बचाकर रखा है। बाक़ी की बौद्धिक खुराक उन्हें अख़बारों के अलावा मनोज त्रिपाठी और जीवन वग़ैरह की संगत से मिलती है। इसीलिए जनरल स्टोर के पिछले हिस्से को आठ कुर्सियाँ और एक मेज़ डाल कर बैठकी का अड्डा बना रखा है। लम्बी दुकान है, जिसके पीछे स्टोर है और स्टोर के पीछे एक बड़ा कमरा। कमरे की खिड़की पहाड़ की तरफ़ खुलती है। ऐन खिड़की के आगे पहाड़ खड़ा मिलता है। वहाँ से और तो कुछ नहीं, थोड़ा हरियाली नज़र आती है और ख़ूब तेज़ हवा चलती है। उस कमरे को लच्छू 'हवा-महल' कहता है। जब अठखोल में बर्फ़ गिरती है तो दुकान के पिछले हिस्से के छोटे से बारामदे में लम्बे समय तक टिकी रहती है। बरसात में वहाँ काई लग जाती है और दरवाज़ा खोलते ही उसकी गन्ध नथुनों में घुसती है। उन दिनों केंचुवे लिसलिसी रेखा बनाते और घोंघे पीठ पर शंख का भार उठाये बारामदे में घूमते रहते हैं। वहाँ धूप नाममात्र को ही आती है।

उस पीछे वाले कमरे को शंकर दा ने अपने शौक़ और दोस्तों के लिए आरक्षित कर रखा है। दोपहर में जब ग्राहक कम हों और वे अकेले हों तो अख़बार पढ़ते हैं। दोस्त हों और ग्राहक न हों तो बैठकी के अड्डे में होते हैं। वे व्यस्त भी हों तो दोस्त जब चाहे वहाँ बैठकर बहस करने के लिए आज़ाद हैं। वे सामान बेचते हुए एक कान अन्दर लगाये रहते हैं। बहुत स्पष्ट तो नहीं सुनायी देता, लेकिन कोई वाक्य कान में पड़ गया तो अनुमान लगाकर बाहर से ही अपनी हाज़िरी लगा देते हैं। कोई भी टिप्पणी कर दी, ताकि लगे कि बातचीत में शामिल हैं। दोस्तों को एकाध घंटे में चाय मिल जाये, इसका पूरा ख़याल रखते हैं। बगल में ही ब्रिटिश बाबू उर्फ भूरे की चाय की दुकान है। एक लड़का चाय पहुँचा जाता है। गरम समोसे आ जाते हैं। सुबह या शाम का वक़्त हो तो कभी-कभार बब्बू हलवाई की गरमागरम जलेबियाँ पहुँच जाती हैं, देसी घी की। अठखोल आने पर चन्दन भी उन दोनों के साथ यहीं अड्डेबाज़ी करता है। यहाँ अठखोल की स्थानीय समस्याओं से लेकर, राष्ट्रीय और अन्तरराष्ट्रीय मसलों पर समोसे और जलेबी जैसी बहसें हुआ करती हैं— गरमागरम, गोल-गोल और तिकोनी।

चन्दन को काजल की मृत्यु-पूर्व लिखी चिट्ठी यहीं देखने को मिली थी, जिसका फ़ोटो मनोज भाई थाने से अपने सम्बन्धों की बदौलत खींच लाये थे। सत्रह साल की उस लड़की के चिट्ठी में उठाए सवालों पर यहाँ तीन-चार दिन धुआँधार बहस हुई थी। ऐसे कुछ विषयों पर केवल बहस ही हो पाती, जिनका सिरा हाथ न आता। जिन मामलों में हस्तक्षेप सम्भव होता, उनमें ये लोग सक्रिय हो जाते–नतीजा निकले, चाहे नहीं। तसल्ली होती कि केवल बहस करके नहीं छोड़ दिया। चन्दन जब अठखोल में होता तो आसपास की अटपटी-चटपटी ख़बरें और उत्तराखण्ड की राजनीतिक हलचलों का पता उसे यहीं से चलता। यह उसके लिए इलाक़े का सूचना-केन्द्र था।

कभी-कभी शंकर दा दुकान बढ़ाकर पार्टी भी किया करते। वे सुबह-सुबह या दोपहर तक मनोज भाई को फ़ोन कर देते, "मनोज बाबू, आज शिकार (मटन) बनाया जाए?" 'शिकार' दारू पार्टी का संकेतक था। अलग से उसका नाम लेने की ज़रूरत नहीं समझी जाती। शुभारम्भ चखने के तौर पर बनी कलेजी या पोटा-कलेजी से होता। उस दिन कुक होता है, शंकर दा की दुकान में काम करने वाला लच्छू। वह बैठकी के अड्डे का पीछे वाला दरवाज़ा खोलकर छोटे-से बारामदे में झाड़ू लगाने के बाद चूल्हा जमाता और वहीं पहले कलेजी भूनता, फिर मटन। उसके गिलास में साथ में ही शराब ढाली जाती। वह 'चीयर्स' कहने से पहले बीच

की उँगली गिलास में डुबोकर चारों दिशाओं में छींटे मारता। दो पैग में ही टुल्ल हो जाता। उसके बाद उन लोगों की बातों में टाँग अड़ाने लगता और सलाह देना शुरू कर देता, "ये खाल्ली की बहस क्यों कर रहे ठैरे आप लोग? इससे अच्छा कोई गाना सुनाते... या फिर मैं गोपुली की कहानी कहूँ?"

वे हाथ जोड़ देते, "ना। रहने दे।"

लच्छू के पास अपने गाँव की गोपा यानी गोपुली की कहानियों का कभी ख़त्म न होने वाला ख़ज़ाना था। गोपुली ऐसी विवाहित युवा स्त्री थी, जिसका पति परदेश में (जिसे लच्छू बम्बई बताता) नौकरी करता था और जिसे साल में एक बार हफ़्ते भर की छुट्टी मिलती। पैसे बचाने के लिए वह दो साल में एक बार आता। दुनिया की जितनी अलामतें थीं, जितने झँझट थे, दु:ख थे सब गोपुली पर ही टूटते। जितना चरित्र-हनन गोपुली का हो सकता था, किया जाता, क्योंकि दुनिया की सबसे सुन्दर, सबसे सेक्सी और प्यासी औरत भी वही थी। पति की याद में वह गाँव में रोती, तड़पती या अँगड़ाई भी लेती तो लच्छू अठखोल में बैठकर देख लेता था। जब शंकर दा बोर हो रहे होते तो दोनों आँखों पर हाथ रख कर धृतराष्ट्र होने का अभिनय करते और लच्छू से कहते, "संजय, ज़रा बता गोपुली अभी क्या कर रही है?"

मनोज भाई उसे 'सत्यकथा लेखक' कहते थे, जो किसी के भी बेडरूम में झाँक सकता है।

चन्दन समय से पहले शंकर दा की दुकान में पहुँच गया था। वे बड़ी गर्मजोशी के साथ मिले। फ़ौरन चाय के लिए पूछा। चन्दन ने बताया, कुछ देर में मनोज भाई और जीवन आ रहे हैं। साथ पीते हैं। उन्होंने दुकान के बाहर निकलकर चन्दन को सिगरेट पेश की। उस वक़्त एक-दो ही ग्राहक थे, जिनसे गोपुली-कथाकार लच्छू मुख़ातिब था। उनके सिगरेट फूँकने तक लच्छू भी ख़ाली हो गया। शंकर दा ने चन्दन को एक स्टूल खींचकर अपने क़रीब बैठा लिया। चन्दन ने लच्छू को छेड़ा, "गोपुली का कोई नया क़िस्सा?"

चन्दन के पास वक़्त था। लच्छू शरमा गया। बोला, "वो तो मूड बनने पर ही सुनाये जाते हैं, दा। दूसरा सुनाता हूँ। आपको पता है, अठखोल में क्या हुआ?" चन्दन ने गरदन हिला कर इनकार किया। वह लक्कड़ बंगले के जगमोहन चचा और कानी पंडिताइन को हनुमान जी के दर्शन देने का क़िस्सा सुनाने के लिए ज़बान पर धार चढ़ाने लगा। क़िस्सा बाहर निकलने को हुआ कि सामने जीवन। लच्छू का चेहरा फक पड़ गया। जीवन और चन्दन की मुलाक़ात अरसे बाद हो रही थी। दोनों हाथ मिलाकर देर तक हिलाते रहे।

"कुछ ही लोगों को दर्शन दिये हनुमान जी ने और अलोप (लुप्त) हो गये।... छोटा-सा क़िस्सा है, दाज्यू।" लच्छू ने निरीह चेहरा बनाकर बड़ी उम्मीद के साथ चन्दन को देखा। चन्दन ने उसकी ओर देखा ही नहीं। दुकानदारी में व्यवधान न पड़े, इसलिए दोनों दुकान के पीछे वाले हिस्से की तरफ़ बढ़ गये। लच्छू ठगा-सा रह गया। उसी वक़्त शंकर दा को दूर से मनोज भाई आते दिखायी दिये। उन्होंने अन्दर की तरफ़ आवाज़ लगाकर सूचना दे दी। इन कुछ वर्षों में मनोज भाई के बालों में सफ़ेदी तेज़ी-से आयी थी। घने बाल झड़ने लगे थे। पिछले साल शंकर दा ने उनका ध्यान इस ओर दिलाया था। एक रात शिकार पार्टी में लच्छू ने उन्हें चिकित्सकीय सलाह दे डाली, "कम पढ़ा करो, दाज्यू। सारी बीमारी की जड़ किताबें हैं। किताबों में बाल पकाने वाले कीड़े होते हैं बल।"

शंकर दा ने चाय मँगवा ली। हाल-समाचार जानने की औपचारिकता के बाद चन्दन ने राम सिंह का प्रकरण छेड़ दिया। वह अख़बार साथ ले आया था। चूँकि डेस्क पर कोई समझदार मुख्य उप-सम्पादक ड्यूटी पर रहा होगा, इसलिए ख़बर पहले पेज का एंकर बनी थी। चन्दन ने अख़बार मनोज भाई को थमा दिया। यह मामला उन दोनों के संज्ञान में था, लेकिन इस नये खुलासे से, कि राम सिंह कैरना का रहने वाला है, वे दोनों ही बेतरह चौंके।

मनोज भाई की राय थी अगर वह सल्ला का नहीं है तो उसे वहाँ का बताने के पीछे कोई तो वज़ह होनी चाहिए। जीवन भी सहमत था। उसके मुताबिक़, मीडिया की रिपोर्ट्स में झोल शुरू से ही नज़र आ रहा था, लेकिन उसका मानना था, इस सबके बावजूद चन्दन को ख़बर नहीं करनी चाहिए थी।

"क्यों?" चन्दन ने पूछा तो उसने कहा, "ये जो माँ और बेटा हैं, संकट में पड़ जायेंगे।"

"संकट में तो पहले से हैं। पुलिस पार्वती के लड़के को ही तो ढूँढ़ रही है।" मनोज भाई ने हस्तक्षेप किया, "एक पत्रकार के एंगल से देखो। पता-ठिकाना एक राम सिंह का और फ़ोटो दूसरे राम सिंह का है। अगर इस तथ्य की तरफ़ पत्रकार का ध्यान जाता है तो इसे लोगों के सामने लाना उसका दायित्व है। किसी को बचाना उसका काम नहीं।"

जीवन कसमसा रहा था। मनोज भाई उसकी भावनाओं को समझ रहे थे। बोले, "फिर भी, मैं कहूँगा कि तथ्य ग़लत न हों ऐसी सावधानी बरतने के लिए चन्दन को ख़बर लिखने से पहले एक बार सल्ला जाना चाहिए था। सम्भव है, कोई पहलू छूट रहा हो।"

मनोज भाई ने देखा, चन्दन का चेहरा उतर गया। वे सफ़ाई-सी देने लगे, "हो सकता है कोई ऐसी अहम बात न छूटी हो, पर नहीं छूटी, यह सुनिश्चित करने के लिए ही सही, वहाँ जाना चाहिए था।"

चन्दन कुछ परेशान हो गया। सल्ला हरतोला न जाना उसकी ग़लती थी। हो सकता है, भवान सिंह और गंगा के पास सचमुच ऐसा कुछ हो जिससे राम सिंह उनका बेटा साबित हो। राम सिंह की तस्वीरें या कुछ और? कुछ भी, जो इस गुत्थी को सुलझाने में सहायक होता।

जोगी मुहल्ले में मायूसी छाई थी। खिल्लीबाज़ों तक को अच्छा नहीं लग रहा था। जिस स्त्री का पति गुज़र गया हो और पाल-पोसकर बड़ा किया इकलौता बेटा लापता हो, उसके लिए कठोर से कठोर आदमी का पिघलना स्वाभाविक है। सबके चेहरे लटके हुए थे। पार्वती का रो-रोकर बुरा हाल था। दो बार मूर्च्छित हो चुकी। हाथ-पैर बार-बार ऐंठ जाते। औरतें उसे सँभाल रही थीं। पानी के छींटे मारतीं। वह फिर-फिर धराशायी हो जाती। दोपहर तक दो स्थानीय अख़बारों के संवाददाता घर आ चुके थे। पार्वती को उस हाल में भी कोंचते रहे, "हाँ तो, पूरी बात बताओ। जो लड़की ले गयी, उससे तुम्हारे लड़के का कोई चक्कर चल रहा था? साउथ की हीरोइन थी क्या? तुमने लड़की को देखा? बहुत ख़ूबसूरत थी? ...चलो, लड़की ले गयी होगी। मान लेते हैं। लेकिन तुम्हें ये कैसे पता कि गुंडौली में काण्ड करने वाला वही था? ...अच्छा, ज़रा लड़की का फ़ोन नम्बर दो।"

पार्वती तड़पकर रह गयी। दिमाग़ ऐंठने लगा, दिल बैठने। क्या जवाब दे इन सवालों का?

घर-घर में रामू की ही बातें हो रही थीं। रामू ऐसा कर सकता है, यक़ीन नहीं होता। क्या पता, लड़की ने उकसाया हो? कौन जाने यह काम गंगा के बेटे राम सिंह का हो और दिल्ली से आये उस रिपोर्टर ने बेकार ही पार्वती के बेटे को लपेट लिया? उसका पार्वती और रामू ने क्या बिगाड़ा? वह तो निहायत ही शरीफ़ लड़का हुआ। प्रेम में ज़रूर पड़ गया, लेकिन ऐसा नहीं कर सकता। मछलियों को आटा खिलाने वाला, बन्दरों से चिड़ियों के अण्डे बचाने वाला इतनी निर्दयता अपने अन्दर कहाँ से लाएगा?

कुछ लोगों का कहना था, "हो सकता है, लड़की और उसका बाप रामू को यही सब कराने के इरादे से ले गये हों। फँसा लिया बेचारे को। कितनी जल्दबाज़ी मचाई थी लड़की ने?" कुछ लोग फिर-फिर चन्दन को लपेट रहे थे। उसने झूठी ख़बर लिखी। लड़की के साथ उसकी साठगाँठ रही होगी।

उसको तो यहीं रघोड़ (घसीट) देना चाहिए था। मीतू सबसे ज़्यादा ग़ुस्से में थी। चन्दन के लिए खुल्लमखुल्ला गाली-गलौज़ कर रही थी। रजनी उसे शान्त करने में लगी थी। जब तक सही बात पता न चले, कुछ नहीं कह सकते। बातचीत में तो ठीक लगा। अच्छा लड़का भी हो सकता है।

पार्वती एक ही बात कहे जा रही थी। अगर उसे पता होता (प्रिया की मासूम सूरत के पीछे शातिर चेहरा छिपा है) तो वह रामू को कभी न जाने देती। वहीं, उनकी कार के आगे लेट गयी होती।

हे भगवान, उस वक़्त तुमने मेरी बुद्धि क्यों हर ली? लेट ही गयी होती।

अगले दिन वह पार्वती के घर के आगे से गुज़रा। सल्ला हरतोला के लिए अठखोल से दूसरा रास्ता भी पकड़ सकता था, लेकिन उसे यहीं से होकर जाना सही लगा। त्रिलोक जनरल स्टोर से पहले उसने गाड़ी धीमी कर ली थी। घर की ओर देखा। कैरना में अभी धूप नहीं निकली थी। घर पर सर्दियों की सुबह वाली पवित्र और रहस्यमय धुँध छायी हुई थी जो टीन की छत से उतर कर दरवाज़े पर ठहरी हुई थी। बाहर खड़ा एक अकेला व्यक्ति घुटनों तक कोहरे में डूबा था। शरीर का ऊपरी हिस्सा भी इतना धुँधला था कि स्त्री और पुरुष में अन्तर करना मुश्किल हो रहा था। धुँध में डूबी वह आकृति पार्वती भी हो सकती थी। कब से खड़ी होगी यहाँ? ऐसे स्थिर? कहीं वह उसकी ग़लती की ही सज़ा न भुगत रही हो? लेकिन फ़ोटो तो उसने भी पहचाना था।

कार से उतरने की हिम्मत नहीं हुई। सीधा निकल गया। सोचा, लौटते हुए देखेगा।

रास्ते में एक ही ख़याल कोंच रहा था। इतनी बड़ी भूल उससे कैसे हो गयी? ख़बर लिखने के लिए वह एक और दिन इन्तज़ार कर सकता था। आना तो पड़ा, पहले ही आ जाता। ऐसी जल्दबाज़ी नहीं करनी चाहिए थी। ख़बर किसी और के हाथ लग जाती तो लग जाती।

कैंट एरिया से आगे निकला तो बर्फ़ से लदी-फदी हिमालय की चोटियाँ साथ चलने लगीं, एकदम बाँयें बगल। कोई और वक़्त होता तो देखता ही रह जाता। शायद ब्रेक लग जाते। बहुत ख़ूबसूरत नज़ारा था, पर उमंग ठाठें मारकर बाहर नहीं आ रही थी। अभी आधे घंटे या पैंतालीस मिनट का रास्ता और होगा। वह मनोज भाई और जीवन को सूचना दिये बिना आया था। चलने से पहले ही उसने तय कर लिया था। अभी नहीं, लौट कर बताएगा।

गाड़ी सड़क किनारे खड़ी करनी पड़ेगी, इसका पहले से अन्दाज़ा था। पर सल्ला तक का पैदल रास्ता उसके अनुमान से ज़्यादा लम्बा निकला। झाड़ियों और चट्टानों के बीच से ऊबड़-खाबड़ पगडंडी जाती थी। झाड़ियों का सिलसिला ख़त्म होते ही चीड़ के जंगल की उतरायी शुरू हो गयी। सँकरे रास्ते ने, कुछ दूर चलने के बाद, अचानक एक खुले इलाक़े में पहुँचा दिया, जैसे किसी विशाल गुफा का दरवाज़ा ठीक मुँह सामने खुल गया हो। यही था सल्ला हरतोला। काली मिट्टी का गाँव। माल्टा और दूसरे ठिगने फलदार वृक्षों वाला हरा-भरा इलाक़ा जो जंगल की तलहटी में बसा है। शहराती लोगों के लिए यह थोड़ा टेढ़ी जगह तो है ही, वापसी में चढ़ाई भी परेशान करती है। दम फूलने लगता है। यहाँ के लोग आड़े-तिरछे चलते हुए सरपट पहाड़ चढ़ते हैं। उतराई में तो गोली हो जाते हैं।

चन्दन तीन घंटे की ड्राइव और बीस मिनट पैदल चलने के बाद जब वहाँ पहुँचा, दोपहर के बारह बज रहे थे। अठखोल से कैरना होते हुए सल्ला कम से कम अस्सी किलोमीटर पड़ता है। पहाड़ी इलाक़ों में सँकरी सड़कों और जोखिम के मद्देनज़र दूरियाँ ज़्यादा हो जाती हैं। इसे चौबीस से तीस किलोमीटर प्रति घंटे की वाहनों की निर्धारित रफ़्तार से मोटा-मोटी समझ सकते हैं, लेकिन पहाड़ों के मौसमी मिज़ाज़ को समझे बिना पूरी तरह नहीं। अभी मौसम ठीक था। बारिश में कुछ भी हो सकता है। सुबह का चला शाम तक पहुँच जाये तो शुक्र मनाओ।

घर पर तीन युवक मौजूद थे और राम सिंह की बहादुरी के क़िस्से सुना रहे थे। उनके चट्टान जैसे रूखे चेहरों पर ज़िद और लंठई शिलाजीत की तरह चिपकी थी। उनमें से किसी ने न गुंडौली देखा था और न राम सिंह को कभी देखा। उन तीनों को अलग-अलग नामों से पहचान पाना नये आदमी के लिए मुश्किल था। रन्दे, बसूले और हथौड़े से ठोक-छीलकर बनाए एक जैसे चेहरे लगते थे मानो सौम्यता और उत्शृंखलता का अन्तर मिटा देना कारपेंटर के अनाड़ीपन का परिणाम हो, उनमें से एक ऐसा था जो बात-बात पर जोश में आ कर खड़ा हो जाता और अपने सीने पर मुक्के मारने लगता।

ऐसे तमाशों का सिलसिला शुरुआती ख़बरें आने के बाद से ही चल रहा है। भाँग के नशे जैसी तरंग उठी है। गाँव वालों की आँखों में राम सिंह बस गया है जो विजयी योद्धा की तरह विशालकाय प्रतिमा में बदल चुका है। गुंडौली की कृष्णापुर बस्ती से डेढ़ किलोमीटर दूर एक सुनसान इलाक़े में जब शाम के झुटपुटे के बाद किसी ने चील की तरह झपट्टा मारा था और जब अँधेरे में एक अकेली व कातर चीख़ गूँजने से सनसनी फैल गयी थी, उसी के बाद सुदूर इलाक़े में स्थित सल्ला

हरतोला में बड़ी संख्या में लोग उन्माद से भर गये थे। गरदनें अकड़ गयी थीं और सीने घड़ी-घड़ी बाहर को निकल आते थे। भवान सिंह और गंगा देवी के घर लोगों के पहुँचने का सिलसिला तभी शुरू हुआ था।

चौखुंडे (चौखूँटे) मुँह की एक गोर-फनार महिला ने, जो एक जत्थे के साथ आयी थी, गंगा का गेंदे की माला पहनाकर सम्मान किया और भविष्य में हर तरह की मदद का आश्वासन दिया। उसकी कत्थई साड़ी और काली स्वेटर ही नहीं, पूरा बदन खुशबू से गमक रहा था। साफ़-सुथरी स्त्री ने मैली गंगा को बड़े स्नेह से गले लगाया। गंगा देवी अवाक् रह गयी। चौवन साल की गंगा अपनी उम्र से कहीं ज़्यादा बूढ़ी लगती है। ठीक से सुनायी नहीं देता, इसीलिए ऊँचा बोलती है। उसने खुशी जताते हुए ज़ोर-से कहा था, "तुम लोग कह रहे हो लड़के ने ठीक किया, तो ठीक ही किया होगा। उसका भला चाहने वाले हुए तुम। भगवान सबका भला करे।"

वह गद्गद थी। भवान सिंह और ज़्यादा गदगदाया हुआ। इंजन लगा। सीटी मारता। इतना सम्मान कभी मिलेगा, इसकी कल्पना नहीं की थी।

दो-तीन दिन बाद ही आठ-दस लोगों का एक जत्था नारे लगाता हुआ आया और एक सफ़ेद देसी गाय उनके आँगन में बाँध दी। खूँटा भी उसी वक़्त गाड़ा। जत्थे का नेतृत्व चमरौधे जैसा एक ठस्स आदमी कर रहा था। तीस साल का वह युवा तन्नू दा था। गाय की रस्सी थमाते और उसे बाँधते हुए उन लोगों ने गंगा के साथ फ़ोटो खिंचाये। गाय ज़्यादा तो नहीं, दोनों वक़्त एक-एक लीटर दूध देती थी। पहाड़ के हिसाब से इतना दूध देने वाली गाय ठीक-ठाक मानी जाती। उनके पास गाय रखने की जगह नहीं थी। छोटा-सा घर था। पहले कभी, जब गाय होती थी, घर के बगल में ही गोठ (गाय के रहने का स्थान) बना रखा था, मिट्टी-गारे और टिन की छत वाला। तीन साल पहले की बरसात में वह गिर गया। उत्साही युवाओं ने हाथोंहाथ बल्ली-खम्भे और घास-फूस लगाकर गोठ को अस्थायी तौर पर खड़ा कर दिया। गंगा का कहना था, इसमें गाय सुरक्षित नहीं है। गाँव में बाघ आता है। उत्साही लोगों ने उसकी एक न सुनी। उनमें से किसी ने उल्टा डपट दिया। बाघ जब आएगा, तब जायेगा। दूसरी दे जायेंगे। अभी दूध पियो और मस्त रहो। बोलो कम।

भवान सिंह की समझ में कुछ नहीं आ रहा था। अपने ही घर में दर्शक हो गया, जैसे कुशाल सिंह के घर को देख रहा हो। तन्नू दा के साथी उसे देख-देख कर हँस रहे थे। कैसी उल्लू आँखें और कैसी गधेड़ी सूरत पाई इसने। भवान सिंह भी हँसने लगा। सोचा, भले लोग किसी बात पर तो हँस रहे होंगे। उसे भी हँसना चाहिए।

गंगा देवी का ईश्वर पर विश्वास चुरमुरा गया था, लेकिन बेटे के मिलने की ख़बर जिस चामत्कारिक ढंग से सामने आयी, विश्वास हरा हो गया। बहुत ख़ुश थी। कई बार गाय के खुर पकड़ कर प्रार्थना-सी करने लगती। एक स्थानीय अख़बार में ख़बर का शीर्षक था— गाय देकर किया राम सिंह के माता-पिता का सम्मान। कंटेंट उसमें कुछ नहीं था, केवल आधे-अधूरे बैकग्राउंडर (पुरानी कहानी) के साथ इस अवसर पर उपस्थित 31 लोगों के नाम थे।

और अभी, इस वक़्त भवान सिंह के घर तीन तिलंगे। एक ही रंग के गमछे उनका विज्ञापन लग रहे थे। वे सुनी-सुनायी शौर्य-गाथा का पुनर्पाठ कर रहे थे, जैसे राम सिंह की नहीं, लोक मानस में रची-बसी राम-कथा दोहरा रहे हों। तरिया कह रहा था, राम सिंह ने गरुड़ की तरह झपट्टा मारा और अन्यारपट्ट (अँधेरा) हो गया। उसके दोनों हाथ विशालकाय पंख जैसे लगते थे। शिकार को उसने पंजे में जकड़ लिया। मज़ाल है जो छूट जाए!

उसका पंजा खली की तरह मजबूत हुआ दाज्यू। एक रैपटा मार दे तो मुँह को कान में घुसड़ दे। दूसरे शौर्यगाथाकार धन सिंह ने कहा। वह जोश में आकर खड़ा हो गया था। चन्दन चुपचाप आँगन में बिछी दरी पर बैठ गया, लुकाट के पेड़ के नीचे। वह जगह खुली होने के बावजूद पसीने और बीड़ी की दुर्गन्ध से भरी थी। गंगा, भवान सिंह या वहाँ मौजूद शौर्य-गाथाकारों में से किसी ने नहीं पूछा कि वह कौन है? सबको विश्वास था, उसे राम सिंह का प्रशंसक होना चाहिए। वे लोग अब भी वही लकीर पीट रहे थे कि हाथ भर का कलेजा चाहिए मुक़ाबला करने को। हथियारों से लैस रहते हैं। ऐसी धारदार छुरियाँ कि छुआ दें तो आधी गरदन खड़े-खड़े लटक जाये।

गंगा डर गयी थी, "जय हो माता। रमिया ने तुम्हारा साथ दिया, तुमने उस पर अपनी छाया कर दी।"

सुरिया ने बताया, बड़ा कर्रा लौंडा था जिसे राम सिंह ने दबोचा, बाप क़सम। एकदम कटड़े जैसा। तरिया ने तुरन्त कहा, अजी कटड़ा क्या हुआ उसके सामने? गेंडा समझो। बस, नाक में सींग ही तो नहीं ठैरा।

जो भी हो, सुरिया ने कहा, मार-मार कर भुस भर दिया, भाई साब। इसे कहते हैं मर्द का बच्चा। क्या सबक सिखाया, वाह! सल्ला का नाम कर दिया लड़के ने।

भवान सिंह की आँखें डबडबा आयीं। पता नहीं बेटे की याद में या कि उसके पराक्रम का बखान सुन कर। वह बेचैन होकर टोपी पहनने और उतारने लगा। चन्दन ने उन तीनों की तरफ़ देखा। देखने में भारी उपेक्षा का भाव था।

कितने आत्ममुग्ध और गर्व से तने हुए? कितने हास्यास्पद? उससे रहा नहीं गया, "पुलिस और मीडिया वाले तो कुछ और कहते हैं?"

"केस को हल्का बनाने के फंडे हुए।" सुरिया ने खिल्ली उड़ाते हुए कहा। चन्दन ने गर्दन घुमाकर भवान सिंह के माथे की तरफ़ देखा, जिस पर (एक स्थानीय संवाददाता के मुताबिक़) गेंती का निशान था। पूछा, "कैसे लगी थी?"

"ये तो पुरानी बात हो गयी। खड्ढा खोद रहा था। गेंती पत्थर पर लगी और उछलकर आयी। दोमुँही चीज़ ठैरी। पीछे भी मार कर देने वाली हुई।"

"हाँ, दोमुँहे औज़ार ख़तरनाक होते हैं।" उसने लड़कों को तिरछी नज़र से देख कर कहा, "कितने टाँके लगे वैसे?"

"टाँके?" भवान सिंह हँसा, "गाँव में टाँके कहाँ लगने वाले हुए? खेत की मिट्टी डाल लेते हैं। मेरा घाव गहरा था। गंगा ने चीनी पीसकर डाली और कपड़े से कसकर बाँध दिया।"

"बाप भी बहादुर ही हुआ।" धन सिंह ने कहा और खड़े होकर छाती पर मुक्का मारना चाहा, लेकिन इसके बाद कौन-सा जोशीला वाक्य कहे, उसे समझ नहीं आया। चन्दन ने उसकी बात पर ध्यान नहीं दिया। भवान सिंह की ओर देखने लगा, "अच्छा तो, ये बताइए, खेती-बाड़ी कैसी चल रही है?"

"क्या बताऊँ बाबू साब? खेती ने तो पहले ही मार रखा था, अब ये बन्दर सब चौपट कर दे रहे हैं। पता नहीं कौन हैं वे लोग और कहाँ से बन्दरों को ट्रकों में भर कर यहाँ छोड़ जाते हैं। बहुत बन्दर हो गये। लोगों ने खेती बन्द कर दी है। ऊपर से, रात में सूअर भी आ जाते हैं।... और ये जो गायें हैं ना...।" उसने अपने शब्दों को कण्ठ में ही रोक लिया। वहाँ बैठी त्रिमूर्ति की तरफ़ देख कर बोला, "अब भूखी हैं बेचारी तो, उजाड़ खाएँगी ही। ठीक ही हुआ।"

"मनुष्य हैं तो भूखे बन्दरों और सूअरों ध्यान रखना भी हमारा कर्त्तव्य हुआ।" चन्दन मुस्कराया। तरिया ने टोका, "मनुष्य तो पूरी दुनिया में हैं, लेकिन दया और करुणा किसमें है?"

धन सिंह फिर से खड़ा हो गया। बोला, "सिर्फ़ हम लोगों में।"

उसने 'हम' कहते हुए तीन बार अपनी छाती ठोंकी। चन्दन जानता था, बहस जिस ओर जा रही है, उधर जाने से वह अपने उद्देश्य से भटक सकता है। करुणा के सागर में उठ रही लहरें भी भयभीत कर रही थीं। भवान सिंह से बोला, "तो खाने लायक (अन्न) हो जाता है?'

भवान सिंह उदास हो गया, "सच कहूँ? इस लड़के के लौटने की आस न

होती तो किसी दिन एक किलो मीट पकाता, उसमें डाल देता ज़हर। मैं और बुढ़िया (गंगा) दोनों छककर खाते और सो रहते।"

लन्तरानी में व्यवधान पड़ गया था। भवान सिंह उस क्षण के लिए ही सही, धरातल पर आ गया और उसके छेड़े मांस-प्रसंग से वे तीनों भी। वे एक-एक कर उठ खड़े हुए। सबने बारी-बारी से पति-पत्नी की तरफ़ हाथ जोड़े, चन्दन को ऊपर से नीचे तक देखा और चले गये। जब वे मुँह सामने से निकले, एक अजीब-सी गन्ध उसके नथुनों में समा गयी। चिरायन्ध के बारे में सोचते हुए उसे संकोच हुआ। उसे इस तरह नहीं सोचना चाहिए। शाकाहारी लोग हैं। जो भी हो, यह विचलित कर देने वाली तो थी।

उसने उन लोगों के बारे में पूछा। गंगा बोली, "कहीं आस-पास के होंगे। भले लोग लगते हैं। कुछ दिन से लगातार आ रहे हैं बेचारे।"

वे तीनों ओझल हो गये तो चन्दन ने फ़ोन पर राम सिंह का फ़ोटो ज़ूम किया और भवान सिंह को दिखाया, "तुम्हारा ही लड़का है?"

"हाँ, है ना।"

गंगा ने भी फ़ोन में झाँका। आँखें मिचमिचायीं। वही है। उसने ज़ोर-से कहा।

लुकाट के पेड़ पर बैठी भूरी चिड़िया ने, जो लाफिंग थ्रश लगती थी, पूँछ झुका कर बीट कर दी। इस तरह चहकी जैसे हँसी हो। बीट चन्दन के ठीक सामने गिरी। भवान सिंह ने टोपी उतार ली। हाथ में लेकर झाड़ने लगा। टोपी पर कुछ गिरा नहीं था।

"ग़ायब होने के बाद से कितनी बार देखा इसे?"

"कह रहे हैं अब आएगा, तभी देखेंगे।"

"जब खोया, कितने साल का था?"

"सात में पढ़ता था। लगा लो हिसाब।" उसने कहा और टोपी पहन ली।

"दस-ग्यारह साल हो गये।" उसने जोड़ा। चन्दन को आश्चर्य हुआ। इतने साल बाद इन लोगों ने पहचाना लिया?

"पुलिस वालों ने बताया, तुम्हारा लड़का है।" उसने कहा। उसका फिर से टोपी उतारने का मन कर रहा था। चन्दन ने राहत की साँस ली। जो उसने लिखा ग़लत न हो शायद। वह मुद्दे पर आ गया। अख़बार में छपी ख़बर का उल्लेख करने लगा, जिसमें राम सिंह को कैरना की पार्वती का बेटा बताया गया है। पता तो होगा?

उसने यह नहीं बताया कि ख़बर उसी ने लिखी है। अचानक गंगा का स्वर और ऊँचा हो गया, "झूठे हैं।"

वह अख़बार वालों की बात कर रही थी। चन्दन ने बताया, पार्वती ने फ़ोटो से पहचाना है। उसे ज़ोर-से बोलना पड़ रहा था।

"गाय का लालच होगा। सोच रही होगी, उसे मिल जाती।"

ग़ुस्से में वह ज़्यादा ऊँचा बोल रही थी। चन्दन ने पार्वती के बेटे के बारे में बताया। उसका नाम भी राम सिंह है। दिल्ली गया था। उसके बाद फ़ोन आना बन्द हो गया। सात महीने में इतना बदल गया होगा कि पहचानने में चूक हो जाये?

गंगा ने बयान बदल दिया, "मैंने भी अपने लड़के को पहचान लिया था। सात जुग बीत जायें तब भी माँ-बाप बच्चे को पहचान सकते हैं।"

यही तो वह भी कह रहा था। लेकिन गंगा ने दोनों हाथों से दरी पकड़ ली। ऐसा लगा, वह अड़ रही है। ये आदमी मेरे लड़के को कहाँ ले जाने के चक्कर में है? ऐसे कैसे छीन लेगा? चन्दन के पास भी उसके दावे को झुठलाने के लिए अख़बार में छपी फ़ोटो के अलावा कुछ नहीं था। वह उठकर गाँव की तरफ़ निकल पड़ा। ऐसे ही टहलते हुए।

सल्ला हरतोला में अब तक या तो किसी को पता नहीं था कि राम सिंह कैरना का है या इस बात पर यक़ीन नहीं करते थे। वे अख़बार और पुलिस को झूठा और उसी कहानी को सही माने हुए थे जबकि इस बीच दूसरी कहानी के बाद उसका संशोधित संस्करण भी आ चुका था, पर वे टस से मस नहीं हो रहे थे। इसी गाँव का है जी। साहसिक कार्य किया है। सल्ला के ग्राम प्रधान लीलाधर नैनवाल उर्फ़ मुसोलिनी का कहना था। उसने सरकार को लिखा है कि गाँव में चौराहा बनाया जाए। प्रधान ने ठसक से बताया। उसकी डेढ़ पसली की छाती बाहर आ गयी थी। पूरे गाँव में वह अकेला था, जिसके सिर पर बाल नहीं थे। जबड़े भिंचे रहते थे और बात करते हुए ऐसा लगता था, नज़र आपके शरीर के पार कहीं बहुत दूर निकल गयी है। इससे उसकी आँखों के किनारे, दोनों कनपटियों की तरफ़ कव्वे के पंजे जैसी झुर्रियाँ बन जाती थीं।

"चौराहा क्यों?" चन्दन समझ नहीं पाया। प्रधान और तन गया। बोला, "यहाँ चौराहा नहीं हुआ, इसीलिए। होता तो वहाँ राम सिंह की मूर्ति लगाते। अपने गाँव का लड़का है।"

लग रहा था वह बहुत दूर चौराहे वाली जगह को देख रहा है।

"जीवित आदमी की?" चन्दन ने पूछा।

"हाँ। मूर्ति लगानी हो तो आदमी के मरने का इन्तज़ार क्यों करना हुआ?

ऐसे भी, देश के सारे चौराहे मुर्दों के नाम हो गये।" ग्राम प्रधान 'हो-हो' करते हुए हँसा। उसे यह अपना मौलिक विचार लगा। शायद हो। चलते-चलते चन्दन पलटा, "चौराहा कैसे बनेगा, अभी तो गाँव में सड़क ही नहीं आयी?"

"सड़क की माँग तो हम बहुत पहले से कर रहे हैं। अब हमने कह दिया है, एक साथ दो सड़कें लेंगे। ऐसे बनाओ कि गाँव पहुँच कर दोनों एक-दूसरे को काटें। हो गया चौराहा।"

वह और ज़ोर-से हँसा, जैसे किसी खण्डहर में अट्टहास कर रहा हो। बोला, "मूर्ति हम अपने पैसों से लगा लेंगे।"

ग्राम प्रधान वही लीलाधर है जिसे स्कूल के दिनों में 'ली' कहते थे। बाद में किसी ने नैनवाल का 'एन' साथ जोड़ दिया। वह 'लीन' बन गया जिसका अर्थ कुमाऊँनी में लेंड़ी है। आगे के वर्षों में पता नहीं कैसे लीन से वह 'मुसलीन' (चूहे की लेंड़ी) हो गया। फिर उसके एक सहपाठी और उसी गाँव के पुश्किन ने उसे 'मुसोलीन', बोलना शुरू किया और बाद में, कॉलेज की लड़कियों के बीच उसके सम्मान की रक्षा के लिए, मामूली संशोधन के साथ 'मुसोलिनी' कहने लगा। पुश्किन उसे बहुत छेड़ता था। एक पुश्किन ही है, जिसकी बात का मुसोलिनी ने कभी बुरा नहीं माना। आज भी नहीं मानता। अभी कुछ महीने पहले पुश्किन ने उसकी फिरकी लेते हुए कहा, "प्रधान जी, तुम जो इतना ऐंठ जाते हो...मतलब तुम्हारी ये ठसक... ये आख़िर क्या है?"

"गर्व है।"

"अच्छा? किस बात का?"

मुसोलिनी ने उल्टा सवाल किया, "तुम्हें कोई आपत्ति है?"

"नहीं-नहीं। मैंने सोचा सीना फुलाने का कोई व्यायाम जैसा हो तो मैं भी करूँ।"

"करना चाहिए। गर्व हमारी उच्चतम ऊर्जा है। संक्षेप में कहूँ तो गर्व हमारा क्वथनांक और शत्रु का गलनांक है।"

"सीना फुलाकर अपने आयतन से ज़्यादा जगह घेरने की कोशिश नहीं करनी चाहिए, प्रधान जी। इससे असन्तुलन पैदा होता है। प्रकृति को भी सन्तुलन चाहिए।" पुश्किन ने कहा। मुसोलिनी लाजवाब हो गया। उसने अपनी प्रतिभा को निचोड़ कर सीना फुलाने के पक्ष में दमदार विचार निकाल लाने का फ़ैसला किया—तुझे देख लूँगा बेटा पुश्किन। कम्यूनिस्ट।

मुसोलिनी की असंख्य अदाएँ थीं और जाने कैसी-कैसी आदतें? उनमें एक ख़ास आदत थी डायरी में अपने उच्च विचार लिखना। वह मानता था, संसार की

समस्त योग्यताएँ ईश्वर ने उसी में कूट-कूट कर भरी हैं। बाक़ी सब ऐसे ही धरती पर धकेल दिये गये लोग हैं। हर विषय पर उसकी सबसे भिन्न राय होती थी। अपनी राय को वह डायरी में लिख लेता था। फिर कुछ समय तक उसी पर मोहित होता और उसे सुनाता फिरता था। पिछले दिनों अख़बार में किसी नेता की अमन की अपील पढ़ कर उसने डायरी में लिखा— शान्ति और अमन की बातें कायरता की पराकाष्ठा है। उसी दिन चार घंटे बाद उसने लिखा— अहिंसक प्राणी दूसरों का भोजन बनने के काम आता है।

लौटते हुए लीलाधर उर्फ़ मुसोलिनी की हँसी चन्दन की पीठ पर लदी हुई थी। उसे मनोज भाई और जीवन का ख़याल आता रहा। वे भी हँसेंगे। कहाँ का है राम सिंह? राम सिंह को लेकर कैरना वाला भरोसा यहाँ आकर, उल्टा, कमज़ोर हो गया था। आते हुए एक उम्मीद थी। लौटते वक़्त भारी निराशा। अब क्या उन दोनों मित्रों की हँसी भी ढोनी होगी?

चन्दन जब तीसरे दिन मनोज भाई और जीवन के साथ कैरना पहुँचा तब भी पार्वती ने यही कहा था—मुझे ज़रा भी अनुमान होता तो उनकी कार के आगे लेट गयी होती।

उसे कुछ लोगों ने घेर लिया, "क्या अंड-बंड लिख दिया जी आपने? दुनिया कह रही है राम सिंह सल्ला का है और आप उसे कैरना का बता रहे हो?" चन्दन ने बताया कि उसकी जानकारी में जो था वही उसने लिखा। रजनी वहाँ आकर बीच-बचाव करने लगी, "इन्होंने फ़ोटो दिखाया था और पार्वती चाची ने पहचाना। तुम्हें क्या तकलीफ़ है?"

सल्ला हरतोला से लौटने के बाद अगली सुबह चन्दन ने मनोज भाई और जीवन को बारी-बारी से फ़ोन किया था। बताया कि वह हो आया। वहाँ तो एक ही गीत गाया जा रहा है और एक ही कोरस। आप लोगों से इस पर बात करूँगा। फ़िलहाल समय कम है क्योंकि आज फिर से कैरना जाना है। कल लौटते हुए शाम हो गयी तो रुका नहीं। राम सिंह को दिल्ली ले जाने वाली लड़की का फ़ोन नम्बर लेना ज़रूरी हो गया है। कैरना में क्या डेवलपमेंट है, यह भी देखता हूँ।

बातचीत के दौरान वे दोनों भी उसके साथ चलने को तैयार हो गये। उन्हें लग गया था, चन्दन कुछ परेशान है।

रजनी के समझाने के बावजूद कुछ लड़के लगातार गुर्रा रहे थे। उन्हें मनोज भाई और जीवन ने डाँट-डपटकर सुलट लिया। वह प्रिया के फ़ोन नम्बर के बारे में

तहकीक़ात करने लगा। रजनी ने बताया, किसी के पास नहीं है। चाची इतनी बेवकूफ़ कि रामू से लिया ही नहीं।

मीतू पार्वती को सँभाल रही थी। भीड़ देखकर वह भी चली आयी। यों आज पार्वती थोड़ा सँभली हुई लग रही थी। मन पर गहरा प्रभाव पड़ा था। एक ही ख़याल तीन दिन से खरोंच रहा था, जिसने चेहरे को निचोड़ लिया था। मीतू ने पार्वती को दीवार के सहारे तकिया लगाकर बैठा दिया। वह खुद निर्जीव तकिया बनी हुई थी। एक तकिये पर लधरा दूसरा तकिया। बैठे-बैठे उसी तरह शून्य को देखती रही, जैसे लेटे-लेटे देख रही थी। अफ़सोस जताने आयी महिलाएँ क्या कह रही हैं और कितनी शिद्दत से रामू को निर्दोष क़रार दे रही हैं, उस तरफ़ ध्यान नहीं था। जो सुनायी दे रहा था, उसे भी सुन नहीं रही थी। क्या होगा इससे? रामू लौट आएगा?

मीतू आते ही चन्दन पर बरस पड़ी। प्रिया के खिलाफ़ तो आक्रोश था ही, चन्दन से भी नाराज़गी कम नहीं थी। वह बर्दाश्त कर गया। जानता था, उसकी प्रतिक्रिया स्वाभाविक है। उसका ध्यान यों भी प्रिया पर था। इस मामले के खुलासे के लिए एकमात्र और महत्त्वपूर्ण कड़ी वही थी, लेकिन दिल्ली में बिना फ़ोन नम्बर, बिना पते-ठिकाने के उसे ढूँढ़ना बहुत मुश्किल था, लगभग असम्भव।

चन्दन को देखकर किसी महिला ने पार्वती को कुहनी मारी। यही है रामू को फँसाने वाला। पार्वती दूर से ही चन्दन को पहचान चुकी थी, लेकिन कुछ सोच ही नहीं पा रही थी। उस महिला के याद दिलाने पर तकिये में प्राण आ गये। उसने इशारे से मीतू को अपने पास बुलाया और चन्दन से बात करने की इच्छा व्यक्त की। चन्दन ने घर के अन्दर क़दम रखा था कि वह ज़मीन पर लोट गयी और बिलखने लगी। एक ही याचना किये जा रही थी, उसके बेटे को किसी भी तरह ला दो। असहायता और आक्रोश में उसने अपना ब्लाउज़ फाड़ लिया था। उसे लगा वह अपना सीना चीर रही है। उसकी ब्रा दिखने लगी। औरतों ने झपटकर फटे ब्लाउज़ पर उसका आँचल डाल दिया। बाद में किसी ने शॉल ओढ़ा दिया था। उसकी हालत देखकर चन्दन, मनोज भाई और जीवन—तीनों का हृदय फटने को हो आया। वहाँ खड़ी रजनी और मीतू सिसकने लगीं। पार्वती को कुछ और लोगों ने भी समझा दिया था कि सम्भव है, यह पत्रकार प्रिया के साथ मिला हो। यह भी तो दिल्ली का है। पार्वती पूछने लगी, "सब कहते हैं, वो सल्ला हरतोला का है। आपको कैसे पता चला हमारा रामू है? आप सही हैं तो यह भी पता होगा वह है कहाँ?"

"रामू को तो आप ही ने पहचाना फ़ोटो से। और कहाँ है, ये मुझे कैसे पता होगा?" चन्दन हैरान रह गया था। उसने समझाया कि वह दुबारा वहाँ प्रिया का फ़ोन

नम्बर लेने आया है। उसे लगता है, सच्चाई उसी से मालूम पड़ सकती है। सवाल बहुत सारे हैं और वह खुद उलझन में है।

मनोज भाई ने अपनी ओर से तसल्ली दी। बताया कि चन्दन कल सल्ला हरतोला में भवान सिंह के घर होकर आया है। राम सिंह को जिनका बेटा बताया जा रहा है, उन पति-पत्नी को तो एकदम पागल बना रखा है। वे कहना तो बहुत कुछ चाहते थे, लेकिन यह सोचकर नहीं कहा कि पार्वती समझ नहीं पाएगी। बस, सान्त्वना देते रहे। तुम्हारे बेटे ने किसी को अधमरा किया होगा, ऐसा चन्दन को या हम में से किसी को नहीं लगता, लेकिन तुम भी थोड़ा समझो, हमें क्या लगता है, इससे कोई फ़र्क नहीं पड़ता।

पार्वती फिर से रोने लगी— उसे पता होता तो वह उन जालिमों की कार के आगे लेट गयी होती।

मनोज भाई ने उसे शान्त किया, "खुद को परेशान करने की बजाय दो बातों पर विचार करो। एक तो यह कि उसका फ़ोटो पहचानने में आपसे कोई भूल तो नहीं हुई। दूसरा, कोई ऐसा प्रमाण मिले, जिससे वह निर्दोष साबित हो।"

उन्होंने कह तो दिया, लेकिन जानते थे उसे निर्दोष साबित करने का प्रमाण पार्वती के पास कैसे हो सकता है? मनोज भाई के खिचड़ी बालों को देखकर पार्वती को उनके कहे पर भरोसा होने लगा। उसने बताया, प्रिया लोग तीन दिन से मुक्तेश्वर में थे। उन्हें जल्दी थी, इसलिए कुछ पूछने का अवसर नहीं मिला। उन्होंने दिया ही नहीं। मनोज भाई ने आश्वस्त करना चाहा कि यह क्ल्यू कम नहीं है। हम पता लगाते हैं।

उन लोगों ने वह दिन और तारीख़ पता की जब प्रिया कैरना आयी थी। वह तीस मई की बात थी। इसका अर्थ हुआ मुक्तेश्वर में वे लोग सत्ताइस या अट्ठाइस मई को आये होंगे। एकाध दिन आगे-पीछे हो सकता है। यानी छब्बीस से अट्ठाइस मई के बीच उन लोगों ने वहाँ के किसी होटल, रिज़ॉर्ट या होमस्टे में चेक-इन किया, बशर्ते उन्होंने सच बोला हो। चन्दन को लगता था, इतने भर से पता लगाना आसान नहीं होगा। मुक्तेश्वर और आसपास के इलाक़े में कई होटल और रिज़ॉर्ट बन चुके हैं। कहाँ-कहाँ जायेंगे?

चन्दन के प्रति पार्वती थोड़ा नरम हुई थी। यह बदलाव रजनी को अच्छा लगा। पार्वती ने मन ही मन तय कर लिया कि वह खुद भी अख़बारों की कतरनें जुटाने और उन्हें पढ़कर समझने की कोशिश करेगी। उसे करना होगा। शायद ऐसा कुछ मिल जाये, जिससे पता चले कि वह लड़का उसका रामू नहीं है।

चन्दन, मनोज भाई और जीवन ने मुक्तेश्वर के कई होटल छान मारे। किसी ने रजिस्टर देखकर उन तारीख़ों पर तीन लोगों के रुकने की पुष्टि नहीं की। न प्रिया का हुलिया बताने पर ही कोई क्लू्यू हाथ लगा। उल्टा वे लोग होटल वालों के सवालों से तंग आ गये। लड़की का हुलिया बताते ही वे शक्की हो जाते और उनका दिमाग़ अलग ही दिशा में चला जाता, "क्या हुआ? मामला क्या है? कोई लड़की भगा कर लाया था क्या? मर्डर तो नहीं हुआ? आप लोग सी.आई.डी. वाले (क्राइम इनवेस्टिगेशन डिपार्टमेंट से) हो?"

इसी दौरान एक बुजुर्ग होटल मालिक ने बताया कि कई बार बेकार ही मुक्तेश्वर की बदनामी हो जाती है। टूरिस्ट तो यहाँ से पन्द्रह किलोमीटर दूर धानाचूली को भी मुक्तेश्वर कह देते हैं। आसपास भी देख लो।

सुझाव ग़लत नहीं था, लेकिन निराश हो चुके थे। थक भी गये। एक बार लौटते हुए सतबूँगा में एक आख़िरी कोशिश करने का विचार था। वहाँ से गुज़रना ही था। पर वापसी का रास्ता पकड़ने की जगह, मनोज भाई के कहने पर दो किलोमीटर दूसरी दिशा में निकल पड़े। उन्हें अचानक ध्यान आया था कि उधर जंगल की तरफ़ भी एक रिज़ॉर्ट बना हुआ है। वहाँ जाने के लिए मोटर मार्ग से डेढ़-दो किलोमीटर की चढ़ाई करनी पड़ती है। बहुत उम्मीद अब बची नहीं थी। चन्दन लौट जाना चाहता था। जंगल का नाम लेते ही उसे लड़की की अभिरुचियों का ध्यान आ गया। वह रामू को जंगल में मिली थी। यह बात दोनों साथियों से साझा करते हुए उसे हल्की-सी उम्मीद नज़र आयी। हो सकता है, उन्हें ऐसी ही जगह पसन्द आयी हो।

तीन बजने को थे। उन्होंने सड़क किनारे एक ढाबे में चाय पी, प्याज़ और हरी मिर्च के पकौड़े खाये, एक आवारा कुत्ते को बिस्कुट खिलाया, पानी की दो बोतलें साथ लीं और पैदल उस ओर निकल पड़े, जहाँ स्नो व्यू रिज़ॉर्ट था। इस रास्ते से उत्तर-पूर्व की ओर देखने पर हिमालय बहुत क़रीब लगता था। इतनी शान्ति थी कि चिड़ियों की चिर्र-पिर्र और जंगल की साँय-साँय को बात करते हुए भी सुन सकते थे। रास्ते में जहाँ घने पेड़ थे, सड़क गीली थी और आसपास की मिट्टी में काई व सीलन इतनी थी कि ऐसा लगता था, वहाँ कभी सूरज की रौशनी नहीं पड़ी होगी। पेड़ों के नीचे से गुज़रते हुए मौसम अचानक बदल जाता था। अनिच्छा और थकान के बावजूद यह ट्रैकिंग इतनी उबाऊ नहीं थी। बिस्किट का क़र्ज़ उतारने के लिए कुत्ता डेढ़ किलोमीटर तक उनके साथ चला आया था।

संयोग से रिज़ॉर्ट का मैनेजर मनोज भाई को पहचानता था। पहचानता ही नहीं था, पढ़ा-लिखा होने के कारण उनका सम्मान करता था। लोग कुछ भी कहें।

खिल्ली उड़ाएँ। उनसे बात करते वक़्त भले-भलों के पैर उखड़ जाते हैं। मैनेजर रजिस्टर निकालकर उन तारीख़ों में वहाँ ठहरे ग्राहकों का नाम-पता देखने लगा। छब्बीस मई को वहाँ दिल्ली के एक युवा जोड़े और एक बुजुर्ग दम्पति ने चेक-इन किया था। सत्ताइस मई को एक परिवार आया था। रजिस्टर में नलिन बजाज का नाम लिखा था। उनके बारे में पूछने पर एक वेटर ने बताया कि बड़ी उम्र का एक स्मार्ट और डैशिंग-सा आदमी था, जो खाने-पीने का बड़ा शौक़ीन था। उसको एक बार देख कर लम्बे समय तक याद रखा जा सकता है। साथ में उसकी पत्नी थी, जिसका ध्यान बनने-सँवरने में अधिक रहता था। वह अक्सर मरून लिपिस्टिक लगाती थी। उनकी एक जवान बेटी थी। उसकी दुनिया पेड़ों, बादलों, चिड़ियों और कोहरे में बसती थी। वह कभी जींस और कभी-कभी शॉट्र्स पहने नज़र आती। उसके गले में हर वक़्त कैमरा लटका रहता था। उसे भी कोई आसानी से भूल नहीं सकता।

चन्दन का चेहरा चमक उठा। प्रिया के बारे में जो बताया गया, वह बहुत महत्त्वपूर्ण जानकारी थी। वह मुट्ठी बाँधकर कुहनी को पेट में धँसाता हुए बोला—"येस, यही है।"

रिज़ॉर्ट में कोई याद नहीं कर पा रहा था कि उसके माता-पिता उसे किस नाम से पुकारते थे? बात भी पुरानी हो चुकी थी, पर चन्दन को पूरा भरोसा हो गया कि वही लड़की होनी चाहिए। उसको लगा, अब एक और मुश्किल का सामना करना होगा। मैनेजर फ़ोन नम्बर और पता देने में आनाकानी करेगा, लेकिन मनोज भाई के कारण वह मामूली हिचक के बाद मान गया। उसे यकीन था कि फ़ोन और पते का दुरुपयोग नहीं होगा। जाने से पहले उसने चाय के लिए पूछा और कच्चे रास्ते की ढलान तक छोड़ने भी आया।

लौटते वक़्त वह भूरा कुत्ता फिर उनके साथ था।

प्रेम और यात्रा से वापसी में कुछ पीछे छूट जाता है। माता-पिता के घर से लौटते हुए ज़रा ज़्यादा। चन्दन थोड़ा वहीं था। मन की वापसी में समय लग रहा था। ऊपर से, छुट्टी के बाद का काम भी बाक़ी दिनों जैसा नहीं होता। 'व्यस्तता बढ़ जाती है' कहना काफ़ी नहीं है। कभी-कभी चुनौतियाँ आपके लौटने का इन्तज़ार कर रही होती हैं। अख़बार का ब्यूरो प्रमुख परपीड़ा से प्रफुल्लित होने वाला आदमी। छुट्टी का मतलब मौज-मस्ती मानता था। मज्जा चूसकर सारे मज़े निकाल लेने को आतुर। सम्पादक को अलग भड़काता। वह हुआ कान का कच्चा। या तो रूठ जायेगा या खार खाये बैठा रहेगा।

वह उसकी हर स्टोरी में मीन-मेख निकालने लगा। सुबह (अख़बार में बारह बजे को सुबह कहते) मीटिंग में आने, प्रेस कॉन्फ्रेंस में जाने और कितनी स्टोरी फ़ाइल की, इस सबका हिसाब रखने लगा। कोई ख़बर छूट जाये तो भड़क जाता। रूटीन ख़बरों के अलावा बीच-बीच में एकाध एक्सक्लूसिव स्टोरी भी चाहिए होती, जो अपने विवेक, परिश्रम और सम्पर्कों से करनी पड़ती। काम का बोझ ही नहीं, तनाव भी बढ़ गया था।

प्रिया को खोजने के उत्साह की हवा निकल गयी। एक तरह से भूल ही गया था।

एक रात ग्रॉसरी आइटम मँगाने लिए वॉलेट से क्रेडिट कार्ड निकालने लगा तो स्नोव्यू रिज़ॉर्ट के मैनेजर की दी चिट दिखायी पड़ी। उस पर नलिन बजाज का पता और फ़ोन नम्बर लिखा था। इसी के साथ ज़मीन पर लोटती पार्वती याद आ गयी। पार्वती का ब्लाउज़ फाड़ना याद आया। मनोज भाई और जीवन याद आये। उन्हें कितना दौड़ाया था इस चक्कर में? एक-एक होटल छानना, स्नोव्यू रिज़ॉर्ट की चढ़ाई, कैरना के चक्कर। सारा किया-धरा व्यर्थ चला जा रहा था। राम सिंह की ख़बर भी तो ख़बर ही है। इस तरह टलता गया तो कुछ दिन बाद जाने का कोई मतलब नहीं रह जायेगा। ख़बरें इसी तरह बासी और अप्रासंगिक होती हैं। कई बार तो दूसरों के हाथ लग जाती हैं।

अगली सुबह पौने दस बजे वह विवेक विहार में था। धूप इतनी तेज़ थी कि आँखें चुँधिया रही थीं। नलिन बजाज की कोठी के गेट पर पहुँचकर बेल बजायी। तैयारी के साथ आया था कि अगर प्रिया की मम्मी या पापा ने दरवाज़ा खोला तो क्या कहेगा, प्रिया ने खोला तो क्या कहना है। जो महिला दरवाज़ा खोलने आयी, वह घर की मेड थी। इस बारे में सोचा ही नहीं था। उसने तो कोठी के बाहर बैठने वाले गार्ड के बारे में भी नहीं सोचा। हालाँकि सिक्योरिटी केबिन उस वक़्त ख़ाली था। शायद गार्ड अभी रखा न हो या केवल रात में रहता हो। वह बाहर का गेट खोल कर बिना रुकावट दरवाज़े तक पहुँच गया।

मेड जाली वाले दरवाज़े के अन्दर से बोली, "हाँ जी?"

उसने एक पल के लिए सोचा— सिर्फ़ एक पल के लिए— और तुरन्त पूछा, "प्रिया निकली तो नहीं?"

उसका आत्मविश्वास देख मेड को लगा, कोई क़रीबी है जिसे प्रिया बेबी ने ही बुलाया होगा। 'नहीं, तैयार हो रही हैं' कह कर उसने दरवाज़ा खोल दिया। चन्दन सोफ़े पर बैठा ही था कि काली पेंट और ब्ल्यू शर्ट पहने एक लड़की अन्दर के कमरे से निकलकर ड्राइंग रूम की ओर आती दिखायी दी। वह अभी-अभी नहा कर तैयार हुई थी।

ड्रायर करने के बावजूद बालों में गीलापन था। उसके साथ-साथ भीनी-सी महक ड्राइंग रूम में चली आयी थी।

चन्दन ने 'हेलो' कहकर अपना परिचय दिया। बताया कि वह ज़्यादा समय नहीं लेगा, राम सिंह के बारे में कुछ बात करनी है। वह खड़ा हो गया था। लड़की एक झटके में जड़ से उखड़ गयी, "कौन राम सिंह? आप किसी का भी नाम लेकर घर में घुस आयेंगे? आपके माथे पर लिखा है जर्नलिस्ट हैं?"

चन्दन ने जेब में हाथ डाला तो उसे लगा आई-कार्ड निकाल रहा है। वह चिल्लाने लगी, "जर्नलिस्ट हैं तो किसी के घर में घुसने का अधिकार मिल गया? दो अकेली महिलाएँ देख कर चालाकी से अन्दर घुस आयेंगे?"

नलिन बजाज साढ़े नौ बजे निकल चुके थे। उनकी पत्नी दाँतों के डॉक्टर के पास गयी थीं। बजाज उन्हें ड्रॉप करते हुए निकले थे। मेड बुरी तरह डर गयी। उसी ने बिना पूछताछ किये चन्दन को घर में घुसने दिया। प्रिया पुलिस को कॉल करने के लिए अपना फ़ोन ढूँढ़ने लगी। शायद कॉल करने का नाटक ही कर रही हो।

"पुलिस को मैं बुला लेता हूँ," चन्दन के चेहरे पर व्यंग्यात्मक मुस्कान दिखायी दी, "उन्हें भी पता चलना चाहिए आप लोगों ने राम सिंह के साथ क्या किया?"

वह वापस सोफ़े पर बैठ गया, जैसे तय कर लिया था कि पुलिस के आने पर ही जायेगा। यह केवल आत्मविश्वास का प्रदर्शन था।

"हम राम सिंह को नहीं जानते।" उसका स्वर थोड़ा डगमगाया हुआ था। घबराहट में वह अब तक अपना फ़ोन नहीं ढूँढ पाई थी। चन्दन ने बताया वह राम सिंह की माँ और गाँव वालों से मिलकर आ रहा है। सबके बयान रिकॉर्ड किये हैं।

लड़की के चेहरे पर घबराहट साफ़ दिखायी दे रही थी। उसके लिए शुभ संकेत था। घबराया हुआ वह भी था। हालाँकि घर में घुसने के बाद से एक-एक पल की ऑडियो रिकॉर्डिंग कर रहा था, लेकिन सच था कि उस वक़्त वहाँ दो अकेली महिलाएँ थीं। कुछ भी कह सकती थीं।

"तो आप डरा रहे हैं?" प्रिया का तरीक़ा धमकाने वाला था, लेकिन यह काम नहीं आया। वह मुस्कराने लगा। मुस्कराहट का असर हुआ। प्रिया टूटने लगी। उसने हाथ बाँधे खड़ी मेड से, जो काफ़ी डरी हुई लग रही थी, चन्दन के लिए पानी लाने को कहा। ऐसा लगा, वह ज़िद छोड़ देने के लिए तैयार हो गयी है। वह उसकी बॉडी लैंग्वेज भाँप गया था।

उसने अख़बार के ऑनलाइन संस्करण से अपनी ख़बर निकालकर फ़ोन उसकी ओर बढ़ा दिया। पानी पीने के बाद मेज़ पर रखे टिश्यू से होंठ पोंछे।

प्रिया को देखता रहा। प्रिया ने नज़र उठायी तो बोला, "मैं इस स्टोरी में आपका ज़िक्र कर सकता था कि जो लड़की राम सिंह को दिल्ली लाई, वह इस पूरे मामले में पुलिस के लिए महत्त्वपूर्ण कड़ी हो सकती है।"

"क्यों नहीं किया?" आख़िरी कोशिश थी, किन्तु आवाज़ में कम्पन था।

उसने टिश्यू मेज़ पर पड़ी ट्रे में रख दिया। बोला, "वैसे तो आप कुछ भी सोचने के लिए स्वतन्त्र हैं, लेकिन सच यह है कि आपका बयान लिये बिना ऐसा करना ग़लत लगा। वरना राम सिंह की माँ और गाँव वालों के आरोप पर्याप्त थे।"

प्रिया सामने के सोफ़े पर बैठ गयी। हथियार डाल दिये, "वह सिर्फ़ दो दिन रहा। उसके बाद के घटना-क्रम के बारे में उन्हें भी मीडिया से पता चला। उन्होंने फ़ोटो से उसे पहचाना। लेकिन गाँव का नाम कुछ और बता रहे थे। पिता के बयान का उल्लेख भी कर रहे थे, समझ नहीं आ रहा था उसने झूठ क्यों बोला?"

उसने राम सिंह को दिल्ली लाने तक की सारी जानकारी दे दी। पार्वती और मीतू-रजनी के बयानों से उसकी बातें मेल खाती थीं। फिर वह पिता के बारे में बताने लगी। कार के स्पेयर पार्ट्स की फ़ैक्ट्री है उनकी। जब से पुराना ड्राइवर छोड़कर गया, खुद ही ड्राइव कर रहे हैं। वे लोग चाहते थे एक ईमानदार और भरोसेमन्द लड़का मिल जाये जो हमेशा साथ रहे। ड्राइविंग सीखे। घर पर भी थोड़ा-बहुत हाथ बँटा सके, खासकर बाहर के काम में।

प्रिया ने अपने लिए भी पानी मँगाया।

"राम सिंह को मीडिया में जिस तरह पेश किया जा रहा था, किसी का भी डरना स्वाभाविक था। पापा को लग रहा था, वह शातिर अपराधी हो सकता है।" उसने कहा। बताने लगी उसके पापा डायबिटिक हैं और ब्लडप्रेशर भी ज़्यादा रहता है। तनाव लेने से तबीयत बिगड़ जाती है। वे राम सिंह की ख़बर से घबरा गये थे। सबसे ज़्यादा यह सोच कर कि उसने या तो पुलिस को झाँसा दिया है या हमारे साथ कोई नाटक खेला। गाँव में मिली वह औरत भी इसमें शामिल रही होगी, ऐसा उन्हें लगता था।

उनके घर से राम सिंह कहाँ गया, इसकी कोई जानकारी उन्हें नहीं है। उसने बताया। चेहरा उतर गया था। चन्दन ने उम्मीद जतायी कि वह सही कह रही होगी। अगर कुछ याद आये या कोई और जानकारी मिले तो ज़रूर बताये।

जाते-जाते वह रुक गया। उसने प्रिया को बता देना ठीक समझा कि राम सिंह उससे प्रेम करने लगा था। संक्षेप में वहाँ की बातें बताने के बाद उसने कहा, "उसकी माँ समझती थी तुम उसके बेटे को शादी करने दिल्ली ले जा रही हो। उसे भी यही लगता था।"

यह सूचना प्रिया के लिए चौंकाने वाली थी। दोनों ही पागल थे। उसने सोचा और धीमे-से माथे पर हाथ मारा। वह भी तो कितनी नासमझ रही? राम सिंह के बिना बताये चले जाने की वजह अब उसके सामने स्पष्ट हुई, जैसे पौ फटने के बाद सुबह दिखायी दी हो। उसने चन्दन को वह घटना भी बता दी। उसके घर से भागने के एक दिन पहले की बात थी। प्रिया के लिए एक रिश्ता आया था। डिनर करते हुए पापा-मम्मी उसी पर बात कर रहे थे। पापा ने उसी वक़्त लड़के के पिता को फ़ोन मिलाया। वे अगले रविवार घर आने के लिए तैयार हो गये। राम सिंह सब सुन रहा था। वह अचानक ही उखड़ गया। अगली सुबह वह अपने पिट्ठू के साथ ग़ायब था।

प्रिया के लिए नाश्ता लग गया। चन्दन के लिए, मना करने के बावजूद, फ्रेश फ्रूट जूस आ गया था। प्रिया ने बताया, सबसे पहले उन लोगों ने राम सिंह का फ़ोन ट्राई किया, पर वह स्विच ऑफ आ रहा था। उसने और पापा ने शॉपिंग कॉम्प्लेक्स से लेकर आसपास की सभी जगहों पर उसे ढूँढ़ा। घर लौटने तक मम्मी ने पूरे घर की तलाशी ले ली थी। सारी क़ीमतें चीज़ें देख डालीं। सब सही-सलामत था। उल्टा, वह अपने फ़ोन का चार्जर भूल गया था।

चलने से पहले चन्दन ने अपना फ़ोन नम्बर उसे दिया और उसका नम्बर सेव कर लिया।

अगर गुंडौली काण्ड में कैरना के राम सिंह का हाथ है तो अपनी ग़लती सुधारने की जगह पुलिस ने यह रास्ता क्यों चुना, चन्दन की समझ में नहीं आ रहा था। सबसे आसान तो यह कहना होता कि भवान सिंह ने ही उसे अपना बेटा बताया। लेकिन उसकी उम्मीद के उलट, पुलिस कह रही थी यह जो राम सिंह है, सल्ला हरतोला का ही है।

इस गुत्थी को सुलझाने के लिए पुलिस में ही किसी ख़ास सूत्र की ज़रूरत थी, कोई भेदिया। चन्दन ने फिर से डिमरी की मदद लेने का फ़ैसला किया। हालाँकि पता था, राजनीतिक महत्त्वाकांक्षा ने उसके मुँह पर डाट लगा रखा है। वह दिल्ली में विधानसभा का टिकट पाने की उम्मीद पाले हुए था। सोचता था, राजधानी के उत्तराखण्डियों की इस माँग का उसे लाभ मिल सकता है कि आबादी के अनुपात में उन्हें भी प्रतिनिधित्व मिले। इस सिलसिले में कई संगठनों से खुद ही बयान दिलवाता रहता था। दिल्ली वह छोड़ना नहीं चाहता। यहाँ उसने अपना सामाजिक और राजनीतिक दायरा काफ़ी सुदृढ़ कर लिया था और परिवार भी यहाँ आराम से था। बच्चे पढ़ रहे थे। उत्तराखण्ड जाकर चुनाव लड़ने की कोशिश उसने नहीं की।

कहता था, और प्रान्तों का तो पता नहीं, पर उत्तराखण्डी 'बाहरी आदमी' कहकर कपड़े फाड़ने पर उतर आते हैं।

डिमरी को सूचना मिली थी कि पिछली बार उसका टिकट कटवाने में जिन महेश जी का हाथ माना जाता है, वही गुंडौली-काण्ड के पेच-पुर्ज़े बदलने में मददगार रहे। उसे सूचना देने वाले पर पूरा भरोसा था। शायद क्रॉस चेक किया हो। वह चाहता था, किसी भी सूरत में मामला खुले। महेश जी की थुक्का-फ़ज़ीहत हो, लेकिन चन्दन की स्टोरी छपने के बाद राजनीतिक हलक़ों में सुगबुगाहटें शुरू हो गयीं। महेश जी और उनकी मंडली उस व्यक्ति का पता लगाने में जुट गये जो गुंडौली की घटना को हवा दे रहा था और इसके लिए मीडिया में अपने संपर्कों का इस्तेमाल कर रहा था।

सुगबुगाहटों से वह चेत गया। महेश जी की जड़ों में मट्ठा डालने का काम उल्टा पड़ता लग रहा था। उसने रुख़ बदल लिया। कहने लगा, इस बारे में वह ज़्यादा नहीं जानता। महेश जी का नाम वह पचा गया। बोला, जितना पता था, उसने बता दिया। बाक़ी तो केवल अनुमान है।

जब चन्दन ने उसके अनुमान की तफ़सील चाही तो बोला, "देखो, कुछ तो गड़बड़ है। उसी को छुपाने का प्रपंच लगता है।"

यह तफ़्सील क्या, खुलासा भी नहीं था। वह सोचता था, चन्दन स्टोरी के अन्दर घुसेगा तो बाक़ी के तथ्य उसके हाथ खुद ही लग जायेंगे। मुँह खोलना ठीक नहीं। वह समझ गया, डिमरी पलटी खा रहा है। पुलिस बेवज़ह झूठी कहानी नहीं बना सकती। यह बात उसने डिमरी से भी कही। वह बगलें झाँकने लगा, "सम्भव है, झूठी कहानी कुछ लोगों के अनुकूल हो और वे इसी पर टिके रहने के लिए दबाव डाल रहे हों।"

"वे कौन हो सकते हैं?" चन्दन ने पूछा तो उसने नाक खुजाते हुए बताया, "कोई भी।" फिर वही घिसा-पिटा डायलॉग उसने दोहरा दिया कि 'पता होता तो बता देता भाईजी'।

सिर चकराने लगा। अजीब गुत्थी थी जो उलझती जा रही थी। यह यक़ीन उसे अवश्य हो चला कि डिमरी सब जानता है। सब नहीं तो, काफ़ी कुछ। जानता था, अगर पता चल जाये कि सूचना कहाँ से लीक हुई, तो उसके राजनीतिक कॅरियर पर असर पड़ सकता है। तब दो ही विकल्प बचेंगे। या तो दूसरों के लिए कालीन बिछाते हुए यहीं मर-खप जाओ या फिर झोला उठाकर निकल लो। यह उसके लिए अकाल मृत्यु की तरह होता। उसकी शिक्षा-दीक्षा और पारिवारिक पृष्ठभूमि इतनी

कमज़ोर थी कि चालीस की उम्र में न कहीं आगे क़दम बढ़ा सकता था और न लौटकर पीछे जा सकता था।

महेश जी को शक था कि उनके मित्रों के बहाने उन पर निशाना साधने वाला डिमरी हो सकता है। चन्दन के सामने 'आगे सड़क बन्द है' का बोर्ड टँग गया।

उसने मधुरेश को फ़ोन लगाया। वह गुंडौली का युवा नेता था। उससे चन्दन कुछ साल पहले एक सम्मेलन के दौरान कांस्टीट्यूशन क्लब में मिला था। यह तब की बात है, जब चन्दन लोकल रिपोर्टिंग में था और सम्मेलन कवर करने गया था। संयोग से उसने मधुरेश के नाम के साथ क़स्बे का नाम भी लिख लिया था ताकि बाद में दिमाग़ से उतर न जाए।

अपना परिचय दिया। संयोग से मधुरेश के पास उसका नम्बर सेव था। बड़ी गर्मजोशी से बाचतीत शुरू हुई। जब उसने गुंडौली की घटना के बारे में पूछा तो वह डिमरी की तरह ठण्डा पड़ गया, जबकि दोनों दो अलग-अलग राजनीतिक दलों से ताल्लुक़ रखते थे। चन्दन ने पूछा उसे दिक़्क़त क्यों हो रही है, खुलकर बताए। मधुरेश का कहना था, छोटे क़स्बों में राजनीति भाईचारे के साथ होती है। नूरा कुश्ती जैसी। वरना रोटी बन्दर ले जाता है। आस्था और विश्वास के मामलों में सभी स्व-नियमन पर अमल करते हैं। अपने ही लिए मुँह खोलने की सख़्त मनाही।

पत्रकार को मुँह खुलवाने के सारे जतन करने पड़ते हैं। चन्दन ने किये। अरे, आपका नाम नहीं आएगा। कुछ तो बताइये। मधुरेश बोला, दबंग लोग हैं। हम ही नप जायेंगे। इतना कह कर एकदम ख़ामोश हो गया। चन्दन ने राम सिंह के बारे में जानना चाहा, ताकि कान घुमाकर पकड़ा जा सके, "वह कहाँ का रहने वाला था?"

"कोई पहाड़ी लड़का था, इतना ही पता है।"

"वहाँ कैसे पहुँच गया?"

"गुंडौली के जो दबंग महानुभाव हैं, सुनते हैं, उनके किसी सम्बन्धी के घर काम करता था।"

"महानुभाव कौन?" उसने पूछा। दूसरी तरफ़ फिर वही खामोशी। अब इस लीड से कोई कहीं पहुँच सकता है? ढूँढ़ते रहो महानुभाव को।

गुंडौली की घटना के तुरन्त बाद फैली अफ़वाह और पुलिस सूत्रों के मुताबिक़ कृष्णापुर बस्ती के बाहर। इलाक़े में तीन गौ-तस्करों में से एक को लोगों ने दबोचकर अधमरा कर दिया था। इसके बाद देर रात पुलिस ने बताया कि तीनों को

भीड़ ने बन्ना-चोरी के शक में घेरा था। उनमें से एक भीड़ के हत्थे चढ़ गया। उसे राम सिंह और कुछ अन्य लोगों ने गम्भीर रूप से घायल कर दिया। घायल असद को अस्पताल में भर्ती कराया गया है। बाक़ी दो भागने में कामयाब रहे।

दो दिन बाद ख़बर आयी कि घायल को स्थानीय अस्पताल से, जो गुंडौली से चार-पाँच किलोमीटर दूर हाई-वे पर है, दिल्ली के अखिल भारतीय आयुर्विज्ञान संस्थान (एम्स) में रेफ़र कर दिया गया है। उसकी हालत गम्भीर बनी हुई है।

इस बात को काफ़ी दिन हो गये थे। उसके बाद से घायल के बारे में कोई सूचना नहीं थी। चन्दन ने यह सोचकर एम्स जाने का फ़ैसला लिया कि अगर वह अब भी वहाँ हुआ तो सम्भव है, कोई सुराग मिल जाये। इतने बड़े अस्पताल में मरीज़ को नाम से खोजना आसान काम नहीं था। ब्लॉक का पता लगाने में ही भारी मशक़्क़त करनी पड़ी। आई.सी.यू. के बाहर पहुँच कर पता चला असद नाम का एक व्यक्ति भर्ती तो है, लेकिन तीमारदारों के मुताबिक़, उसे कोई ट्रक टक्कर मार गया था।

उनका जवाब नपा-तुला था। उनके व्यवहार और बयानों से शक पैदा हो रहा था, जैसे घायल की पहचान छुपाने की कोशिश की जा रही हो। लड़का अब भी ज़िन्दगी और मौत के बीच झूल रहा था। उससे मिलने की कोई सूरत नहीं दीख रही थी। तीमारदार बात करने को क़तई इच्छुक नहीं थे। उसने जानना चाहा, "हादसा गुंडौली से कितनी दूर हुआ?" यह बातचीत शुरू करने का बहाना था।

"दूरी से क्या फ़र्क पड़ता है?" एक तीमारदार ने, जिसे घायल का चाचा बताया गया, टका-सा जवाब दिया।

"पड़ता है कई बार।" उसने भी चिढ़ कर कह दिया। उसका अनुमान था जान-बूझ कर असहयोग कर रहे हैं। बहुत थक चुका था और चिड़चिड़ा गया था।

"तो पड़ने दीजिये। आपके लिए जितनी दूरी मुनासिब हो और जितने से फ़र्क न पड़ता हो, उतनी मान लीजिये।" मरीज़ के चचा उससे ज़्यादा झल्लाकर बोले। इस रवैये से चन्दन दंग रह गया। उसने डॉक्टर से सम्पर्क करने की कोशिश की। बदक़िस्मती से उस वक़्त कोई नया डॉक्टर ड्यूटी पर था। हद से ज़्यादा सफ़ेद, रक्तहीन और दुबला। चेहरा वैसा ही सपाट जैसा असद के चचा का जवाब था। मानो मुस्करा कर बात नहीं करने की शपथ ले रखी हो। वह उलटा, चन्दन के बारे में पूछताछ करने लगा। आप कहाँ से? क्यों जानना है? सब खोद-खाद लेने के बाद उसने बताया, पुलिस केस है।

"ट्रक से टक्कर हुई थी?" इसके जवाब में डॉक्टर ने कहा, "शायद नहीं। बट आई एम नॉट श्योर।"

वह मरीज़ों से बात करने में व्यस्त हो गया। जितना बताया, उतना भी काफ़ी था। ट्रक की कहानी झूठी साबित होने का भरोसा होता था। फिर भी स्पष्ट तौर पर कुछ नहीं कहा जा सकता था। ऐसे मुँह उठाकर चले आने से बात नहीं बनेगी। किसी और तरीक़े से पता लगाना होगा। उसने तय किया और लौट आया। ग़ुस्सा बहुत आ रहा था।

राम सिंह को लेकर उसने एक और स्टोरी की। लिखा कि राम सिंह को अपना बेटा बताने वाली पार्वती के दावे पर पुलिस और प्रशासन की ख़ामोशी रहस्यमय है। पुलिस पर तथ्यों को तोड़ने-मरोड़ने का दबाव डाले जाने की आशंका जताते हुए स्टोरी में कहा गया था कि इससे पीछे किसी ताक़तवर व्यक्ति का हाथ जान पड़ता है, जिसे इस मामले के खुलने से अपने हाथ झुलसने का ख़तरा लगता हो। सूत्रों के हवाले से यह भी लिखा था कि फ़रारी से पहले राम सिंह गुंडौली में एक प्रभावशाली व्यक्ति के निकट सम्बन्धी के घर काम करता था। ऐसे में शक की सूई उस तरफ़ भी जाती है।

स्टोरी में प्रिया और उसके परिवार का ज़िक्र उसने नहीं किया। शायद उन पर भरोसे से ज़्यादा उन्हें फ़िलहाल न घसीटने की मंशा रही हो।

राम सिंह पर दूसरी स्टोरी छपने के अगले ही दिन सम्पादक ने चन्दन को अपने कमरे में बुला लिया। वह बेहद चौकन्ना आदमी था। अपने सहयोगियों पर ज़रा भी भरोसा नहीं करता था। सत्ता के गलियारों में टहलते पाये जाने वाले लोग उसे हरदम घेरे रहते। पिछले सम्पादकों की तरह रीढ़धारी सम्पादक की छवि बनाने की तमन्ना उसने कभी नहीं पाली। हाँ, उसमें अतिशय विनम्रता थी। इसी कारण, सम्पादक के रूप में न सही, व्यक्ति के रूप में उसे पसन्द किया जाता।

उसने चन्दन और अपने लिए चाय मँगाई। चुस्कियाँ लेते हुए कुछ देर घर-परिवार की और इधर-उधर की बातें करने के बाद मुद्दे पर आया, "राम सिंह के परिवार से आपका कोई पुराना परिचय?"

चन्दन के इनकार करने पर उसने कहा, "आपकी दोनों स्टोरी अच्छी थीं, लेकिन किसी भी मामले को बेवज़ह खींचने से ग़लत सन्देश जाता है। कोई सोच सकता है कि अख़बार की या संवाददाता की इसमें ख़ास रुचि है।"

"क़तई नहीं, सर।"

"मुझे भी यक़ीन नहीं होता।"

"सर, इस मामले में कुछ न कुछ ऐसा है, जिसे छिपाया जा रहा है। यही मेरी रुचि का कारण है।"

"हो सकता है, लेकिन हम जज नहीं हैं।"

"आपकी बात सही है, सर। पर हम जजमेंट कहाँ दे रहे हैं? तथ्यों को रख रहे हैं, जो हमारा काम है।"

"हमारे काम की भी सीमा है। वहाँ तक आपने किया। अब पुलिस और प्रशासन की ज़िम्मेदारी है। वो पता लगाएँ। कोर्ट चाहे तो खुद अपनी तरफ़ से संज्ञान ले सकता है। पुलिस की, कोर्ट की और पीड़ित के रिश्तेदारों की भूमिका तो हम नहीं निभा सकते?"

"जो बेगुनाह हो सकते हैं और जिनके लिए कोई खड़ा नहीं हो रहा, उनका पक्ष रखना भी हमारा काम होना चाहिए, ऐसा मुझे लगता है।"

"पक्ष रखना हमारा काम नहीं है। पाठक हमसे निष्पक्षता की अपेक्षा रखता है। किसी एक की पैरवी करनी हो तो हमें वकालत करनी चाहिए।"

हर तर्क से असहमति इस बात का संकेत था कि इस मामले में अब और कोई स्टोरी न की जाये। सम्पादक ने स्पष्ट भी कर दिया— वैसे भी क्राइम आपकी बीट नहीं, लोकल (नगर के संवाददाताओं) की बीट है। अगर क्राइम में रुचि है और ब्यूरो से लोकल रिपोर्टिंग में वापस आना चाहते हों तो स्वागत है।

यह पेशकश एक तरह की धमकी थी कि डिमोमशन ले लो। चन्दन चुप हो गया। सम्पादक ने कहा, "अच्छी स्टोरी थी, इसीलिए बाईलाइन छपी, लेकिन रोज़-रोज़ आप क्राइम की स्टोरी करेंगे तो क्राइम रिपोर्टर क्या करेगा? उसको आपत्ति हो सकती है। फिर ब्यूरो में भी दोनों राज्यों में से (जहाँ घटना घटी और जहाँ का राम सिंह है) कोई आपकी बीट में नहीं आता।"

सम्पादक उसकी बीट से लेकर तमाम जानकारियाँ उँगलियों पर लिये बैठा था। चन्दन कमरे से बाहर आ गया। जानता था, बहस करना बेकार है। उसके पास सम्पादक को लाजवाब करने के और भी तर्क थे, लेकिन पता था, वे उसे हज़म नहीं होंगे। दूसरे का पक्ष नहीं सुनने के फ़ैसले के साथ वार्ता हो रही थी। ऐसी बातचीत को विशुद्ध नाटक ही होना था।

आज उसे पूरी शिद्दत से एहसास हुआ कि पत्रकारिता में जाने का उसका फ़ैसला बहुत सुविचारित नहीं था।

"क्या हुआ अन्दर, ग़ुस्से में लग रहे हो?" एक साथी पत्रकार ने पूछा, जो उसका सीनियर है और अत्यन्त घुलशील होने के कारण हर सम्पादक और हर दौर

के सत्ताधीशों में अपनी पहचान को तिरोहित करने में सिद्धहस्त। सत्ताएँ बदलने पर वह वाष्पीकृत होकर उनसे बाहर निकल आता है। एकदम कोरा। बेदाग़। अनुकूल ऋतु में वह ठोस पदार्थ में बदल जाता है।

"कुछ नहीं। पत्रकारिता बदल गयी," उसने संक्षिप्त उत्तर दिया। घुलनशील साथी परेश ने कोंचा, "कैसी हो गयी आपके हिसाब से?"

"अच्छी। मैत्रीपूर्ण। जैसी आप चाहते हैं।" चन्दन ने कटाक्ष किया।

"आपको किस चीज़ से परेशानी है?"

परेश उकसा रहा था। वह असहमति रखने वालों के लिए यही रणनीति अपनाता। इसे वह 'नंगा करना' कहता था। चन्दन चुप रहा। परेश ने कहा, "कुछ तो है जो आपके मन मुताबिक़ नहीं चल रहा?" चन्दन ने इसका भी कोई उत्तर नहीं दिया। परेश बड़बड़ाने लगा, "इन लोगों के साथ यही दिक़्क़त है।"

"किन लोगों के साथ?" चन्दन ने पूछा। जवाब था— आप जैसों के साथ, जिन्हें हर बात का विरोध करना होता है।

"आपको हरेक से बारूद की गन्ध क्यों आती है, क्या इससे पहले पटाखे बनाने की फ़ैक्टरी में काम करते थे?"

"मैं बम बनाता था। बोलो, क्या करोगे?" परेश भड़क गया। चन्दन ने पूछा, "कोई तर्कसंगत बात करनी हो तो मैं रुकूँ?"

"आप मत रुकिये।" परेश ने हाथ जोड़ कर कहा और बड़बड़ाया, "कुतर्की आदमी।"

उसकी टिप्पणी कई लोगों को सुनायी पड़ी। चन्दन अपनी सीट की ओर चला गया। रुकने का कोई मतलब नहीं था। बात बढ़ती।

उनकी बातें ग़ौर से सुन रहे एक विशेष संवाददाता ने, जिसका मन परेश के दिमाग़ में ख़लल डालने को मचल गया था, ज़ोर की अंगड़ाई ली— लोकतंत्र का चौथा खम्भा...राम नाम...चलो भाई, कर लो काम।

बाक़ी लोग मुस्कराते हुए अपने-अपने कम्प्यूटर पर झुक गये। सबको समय पर ख़बरें करनी थीं, ताकि लोकतंत्र की बाक़ी टाँगें सही-सलामत दिखें।

खच्चर

राम सिंह पर छप रही इधर की ख़बरों में कोई भी सूचना पहले से एक सूत इधर-उधर नहीं थी। पुरानी ख़बर को एकाध इनपुट के साथ चलाया जा रहा था। कहा जाता था, ये ख़बरें अपने मीडिया-मित्रों के ज़रिये डिमरी ही प्लांट करा रहा है। पर परोक्ष रूप में वह सचमुच कुछ और चाहता था, जिसका पता उस वक़्त चला जब उसने चन्दन को फ़ोन किया और उसकी दूसरी स्टोरी पर हार्दिक प्रसन्नता व्यक्त की। आश्चर्यजनक था। क्या इसी को राजनीति कहते हैं?

"बहुत शानदार। बहुत अच्छा लिखा आपने।" उसने कहा था। चन्दन भी स्वार्थी हो गया। स्टोरी में घुसना तय कर लिया। कहीं कुछ तो गड़बड़ है। बोला, "डिमरी जी, हम लोग गैंडे को पिन चुभाकर खुश हो रहे हैं। इसका कोई मतलब है?"

"क़तई नहीं।" उसने स्वीकार किया। लेकिन अपनी दिक़्क़त भी बयान कर दी। जितना बताया, उससे ज़्यादा उसे पता नहीं है। चन्दन ने याद दिलाया कि गुंडौली में तो, उसने कहा था, उसके आदमी हैं। पुलिस और प्रशासन में भी कुछ उच्चस्तरीय सम्पर्क-सूत्रों ज़रूर होंगे, जो स्टोरी लीक करने के इच्छुक हो सकते हैं। डिमरी ने बड़ी ना-नुकर के बाद एक छोटे मुलाज़िम का फ़ोन नम्बर दिया। गिरीश नाम का वह कांस्टेबल उसका विश्वासपात्र था। उसे बड़ी निराशा हुई। कांस्टेबल के पास उसके काम की क्या सूचना होगी और उसकी प्रामाणिकता क्या है। ऐसा उसने साफ़ तौर पर नहीं कहा, लेकिन जता दिया। डिमरी समझाने लगा। वह एक बार मिल ले। निराश नहीं होगा। फिर ख़ास बात यह है कि गिरीश किसी भी दबाव में आने वाला जीव नहीं। कभी नहीं कहेगा मामले को हवा देने में किसका हाथ है?

सीधा अर्थ था डिमरी को अपनी खाल बचाने की फ़िक्र है। कहीं इसी चक्कर में कांस्टेबल के पास भेज कर पिंड न छुड़ा रहा हो। पता नहीं, राम सिंह मामले का सच क्या है? शक होने लगा था। सारा खेल इस आदमी ने खुद न रच दिया हो।

डिमरी ने चन्दन से वादा करवा लिया कि वह किसी सूरत में गिरीश का नाम नहीं आने देगा। उसकी सरकारी नौकरी है। चन्दन ने अनमने ढंग से गरदन हिला दी। उसको अब भी लग रहा था ये बातें उलझाने के लिए कही जा रही हैं। कांस्टेबल न तो कोई आधिकारिक बयान दे सकता और न उसे कोट कर संकट में डाला जा सकता है।

गुंडौली जाकर उसका वक़्त तो बरबाद नहीं होगा? उसने बेमन से पूछा। वह जाना नहीं चाहता था। अगर डिमरी आश्वस्त न करे तो उसे नहीं जाने का बहाना मिल जायेगा। डिमरी ने आश्वस्त किया— हरगिज़ नहीं।

उसने कुछ दिन के लिए मुलाक़ात कम करने की सलाह भी दी। कहा कि वह खुद किसी दिन चन्दन के घर आकर चाय पियेगा। चन्दन के लिए यह स्पष्ट संकेत था कि अब उसे इस मामले में डिमरी से कोई जानकारी नहीं मिलने वाली। फ़िलहाल उसकी सारी उम्मीदें एक कांस्टेबल पर टिक गयीं, जो उसे एकदम हास्यास्पद लग रहा था। फिर गुंडौली जाने का मतलब था, एक पूरा दिन दाँव पर लगाना। बेहतर होगा, पहले इस गिरीश के बारे में ही पता लगाया जाये।

पहली बात जो पता चली, वह ये कि डिमरी के प्रति गिरीश अविश्वसनीय रूप से वफ़ादार है। पहाड़ियों में वफ़ादारी तो होती है। ऐसा डिमरी के साथी का कहना था, जो चन्दन का अच्छा मित्र बन चुका था और जिसे भरोसे में लेकर उसने पूछताछ शुरू की थी। हालाँकि डिमरी के साथी ने यह भी बताया कि दिल्ली में रहने वाली गिरीश की साली की, जो विवाहित है, डिमरी जी ने ही नौकरी लगवायी थी। दोनों के बीच 'अच्छे' सम्बन्ध हैं। 'अच्छे' की व्याख्या उसने नहीं की। केवल इतना कहा था— मधुर, जिनमें मिठास हो।

वह मुस्करा रहा था। जब चन्दन मुस्कराया तो वह सतर्क हो गया। सफ़ाई देने लगा कि पारिवारिक सम्बन्धों में मिठास ही होती है। आप ग़लत मत समझिये। उसने यह भी बताया कि गिरीश पर डिमरी जी भी उतना ही भरोसा करते हैं। कई बार काम आया है। उसके साथ तो ज़्यादा मधुर सम्बन्ध हैं।

सम्पादक से मुलाक़ात वाली रात चन्दन खाने के लिए बैठ ही रहा था कि महेश जी का फ़ोन आ गया। यह संयोग नहीं था। सम्पादक से हुई बातचीत के बाद वह ऐसा मान नहीं सकता था। उनसे एकाध बार की मुलाक़ात थी। फेरी लगाने वाले कबाड़ियों जैसी खराखराती आवाज़ में 'मित्रवर, कैसे हैं' से उन्होंने अपनी बात शुरू की। डिमरी और उसकी अच्छी मित्रता का ज़िक्र करते हुए कहा कि कभी हमारे घर

भी आइए। किसी दिन बैठते हैं। साथ भोजन करेंगे। गपशप लगाएँगे। पत्रकारों को दोस्ती का दायरा बढ़ाना चाहिए। इससे पत्रकारिता का विस्तार होता है।

वे हँसे। उनकी हँसी भी खरखराती हुई थी। चन्दन को बड़ी असुविधा हो रही थी, जैसे उनका कबाड़ उसी की श्वास नली में अटक गया हो। उन्होंने चन्दन की स्टोरी की प्रशंसा की और पूछा, क्या वह आरोपी को निजी तौर पर जानता है? चन्दन के इनकार करने पर उन्होंने पूछा, वह इस मामले में किसी नतीजे पर पहुँचने की थोड़ा जल्दबाज़ी नहीं कर रहा? या उसका सोर्स उसे गुमराह कर रहा हो? फिर उन्होंने सफ़ाई दी, "नहीं, यूँ ही पूछ रहा हूँ। स्टोरी पढ़ कर ऐसा लगा।"

चन्दन ने बड़ी विनम्रता के साथ कहा कि इस लड़के की तरफ़, जिसके बाप तक के नाम को लेकर विवाद है, उनका ध्यान कैसे चला गया? फिर उसने सफ़ाई देते हुए कहा, "नहीं, यूँ ही सोच रहा हूँ। क्योंकि उससे आपका कोई सम्बन्ध होने का तो सवाल ही नहीं है।"

वे बुरी तरह चिढ़ गये। बोले, "सवाल तो नहीं है, बन्धुवर। अगर किसी को लगता हो कि है, तो लगता रहे। मेरा क्या बिगाड़ लेगा?"

सियासी हलक़ों में उनकी गुंडई का अक्सर ज़िक्र होता था। उन पर कई आपराधिक मुक़दमे चल रहे थे, लेकिन जिन मामलों में कोई मुक़दमा दर्ज़ नहीं हुआ और माना जाता था कि वह उन्हीं का किया-धरा है, वे ज़्यादा संगीन थे। इनमें हत्या के मामलों का भी उल्लेख किया जाता था। चन्दन ने वे सारी चर्चाएँ सुन रखी थीं। फिर भी, उस आदमी से धमकाने वाली भाषा की उम्मीद नहीं थी। उसने कहा, "कई बार पत्रकार आपके अनुमान से ज़्यादा आपको जानते हैं। बाकी, बिगाड़ तो आपका कोई क्या लेगा?"

इतना कहकर वह हँसा। वे भी खरखराकर हँसे। यह उनकी स्वाभाविक हँसी नहीं थी। इसमें खिसियाहट और दबा हुआ ग़ुस्सा शामिल था। उसने उनका पारा गिराने के लिए कहा कि वह कभी ज़रूर उनसे घर पर मुलाक़ात करेगा। बड़ी इच्छा है। यह उसका सौभाग्य होगा। जवाब में उन्होंने कहा कि उन्हें भी खुशी होगी। इस तरह दोनों ने कभी मिलने की इच्छा व्यक्त करते हुए, कभी नहीं मिलने का इरादा ज़ाहिर किया। हालाँकि दोनों जानते थे कि अगर वे राजनीति में और वह पत्रकारिता में रहा तो, सौगन्ध लेकर नहीं कहा जा सकता कि मिलेगा नहीं।

भ्रष्टों और अपराधियों की दुनिया में ईमानदारी नकारात्मक मूल्य है। गिरीश पर आरोप था कि 'गाँधी बाबा' के स्वागत में जेब का मुँह नहीं खोलता।

इसी 'कुख्याति' के चलते गली-कूचों के छुटभैया अपराधी उसे ख़ूँख़ार पुलिसिया कहते थे। ईमानदारी को वे खूँख़ारी इसलिये मानते क्योंकि वह उन्हें ज़्यादा ख़राब बात लगती थी। नाते-रिश्तेदारों और परिचितों के बीच इसे उसकी सनक माना जाता। उस पर वे उसी तरह हँसते, जैसे इस तरह के लोगों पर अक्सर हँसा जाता है। गांधी-छाप की अवहेलना के लिए खुद पुलिस वाले 'शाकाहारी पंडित' कह कर उसकी खिल्ली उड़ाते थे।

अपराधियों से गिरीश को चिढ़ ज़रूर थी, लेकिन पुलिसिया बेरहमी को वह अपने अन्दर टाँग पसारने की पूरी आज़ादी अभी तक नहीं दे पाया। किसी बेगुनाह को उसने प्रताड़ित नहीं किया। अनैतिक या ग़ैर-कानूनी काम से हमेशा बचता था। शुरू में जब नौकरी में आया तो थाने में लाये गये आरोपियों को झापड़ जड़ने में उसे कसक लगती थी। थर्ड डिग्री टॉर्चर तो बहुत दूर की बात है। अब स्थिति अलग है, बशर्ते यक़ीन हो कि सामने वाला अपराधी है।

फ़ोन पर बात करने की जगह चन्दन सीधा मिलने पहुँच गया। गिरीश उस वक़्त पट्टे का अंडरवियर पहने अपने छह गुणा चार फुट के किचन में दोपहर के लिए खिचड़ी पका रहा था। इस अनपेक्षित मुलाक़ात को उसने शक की नज़र से देखा। डिमरी से फ़ोन पर पुष्टि कर लेने के बाद ही चन्दन को अपने क्वार्टर में चाय पिलाई और खुद खिचड़ी खाने के बाद पैंट पहन कर घटना का सिलसिलेवार ब्योरा देने को तैयार हुआ। भूमिका में इतना ही बोला, "बात मेरे डिपार्टमेंट की है सर, मुँह नहीं खोलना चाहिए था। लेकिन पहली बात तो यह कि ग़लत हुआ, इसलिए बोलना पड़ रहा है। दूसरा, डिमरी जी ने कहा है तो क्या ग़लत और क्या सही? लेकिन ऐसा कुछ नहीं बताऊँगा जिससे डिपार्टमेंट पर आँच आये। जो बता रहा हूँ, उसमें मेरा नाम कहीं नहीं आना चाहिए।"

गुंडौली में जो हुआ, किसी दुर्घटना की तरह अचानक नहीं घटा। उसकी एक लम्बी पृष्ठभूमि रही। क़िस्से के केन्द्र थे रामबदन शर्मा। गुंडौली के बहुत बड़े दबंग। बुढ़ाने लगे थे, लेकिन अब तक दबंगई में डेंट नहीं लगा। तीस साल पहले पता नहीं वह कौन-सा शुभ दिन रहा जब उन्हें लग गया कि दबंगई राजनीति का राजपथ है। लब्बोलुआब यह कि दबंगई के बूते चुनाव लड़ना उनकी तीन दशक पुरानी तमन्ना थी। यह तमन्ना जितनी दबायी गयी, गुंडई उतना ही परवान चढ़ती गयी। अफ़सोस की बात यह है कि अब तक कई राजनीतिक दल बदल लिये, एड़ियाँ घिस लीं, पर टिकट उन्हें नहीं मिला।

इधर के वर्षों में जिस दल में घुस आये थे, उससे इस बार टिकट मिलने की उम्मीद बँधी थी। वे खुशी से बौराये फिर रहे थे। तभी पता चला, पार्टी बुड्ढों की छँटनी कर रही है। यों समझिये, पेड़ पर चढ़कर आम को छुआ था कि डाली टूट गयी। उनके विधायक बनने के वर्षों पुराने सपने का लगभग अन्त होने को आ गया। सीधे खोपड़ी के बल गिरे थे।

जब पार्टी की बैठक में बुड्ढों को किनारे करने का स्पष्ट ऐलान किया गया तो उन्होंने टूटते हौसले को थामने की आख़िरी कोशिश की। बोले, "स्कूल का हेड मास्टर चिढ़ से उम्र ज़्यादा लिख दे तो क्या हम बूढ़े हो जायेंगे?" उन्हें समझाया गया कि यह तो हाई स्कूल से पहले ठीक करा लेना था। अब याद आने से क्या होगा? उन्होंने फिर भी हार नहीं मानी। कहने लगे, उन्हें नहीं तो उनके बेटे बच्चू जी को टिकट दे दिया जाये। अड़तीस साल के बच्चू बाबू के मामले में एक चालीस साल के नेता ने फच्चर फँसा दिया। कह दिया, वे तो अभी बच्चे हैं। सारे एक स्वर में बोलने लगे। सही बात, पहले उन्हें बड़ा करो।

रामबदन ने इसका मतलब समझने की कोशिश की। तिकड़मी दिमाग़ था। मतलब, अपने हिसाब से समझ लिया, लेकिन फ़ैसला कर लिया कि बच्चू जी को बड़ा करना होगा। माने, लाइम लाइट में लाना पड़ेगा। पर लायें कैसे? सोचने से ही होगा, यह सोच कर उन्होंने ख़ूब सोचा। अन्त में रास्ता मिल गया। उन्होंने बच्चू जी के नाम से रातों-रात एक संगठन खड़ा करने का फ़ैसला किया। संगठन का नामकरण बच्चू जी ने खुद किया— अखिल भारतीय ढोर-डंगर रक्षा संगठन— ए.बी.डी.डी.आर.एस (जो आगे चलकर एबीडीडी हो गया)। पिता ने कड़ी आपत्ति जतायी। "क्या ऊल-जलूल नाम रख लिये हो? सीधा-सा कुछ रखो। इसमें पशुओं के प्रति श्रद्धा तो छोड़ो, दिखावटी प्रेम भी नहीं झलकता। ग़लत सन्देश जायेगा। और अंग्रेजी में तो साला एकदमै थर्ड क्लास है। ये क्या हुआ एबीसीडीईएफ़जी?"

बच्चू अपनी खोपड़ी (विद्वता) की बेइज़्ज़ती से ऐंठ गये। बोले, "नाम से घंटा कुछ नहीं होता। प्रेम और श्रद्धा की नौटंकी से तो कुच्छो नहीं होता, समझे बाउजी? ढोर-डंगर नाम ज़मीन से जुड़ा है। बाकी तो, नाम से लाल झड़ते रहें, बोलता कामै (काम ही) है।"

इस तरह, संगठन के अध्यक्ष बने बच्चू जी ने सबसे पहले पैंट-शर्ट त्याग कर कुर्ता-पजामा अपनाया। उनके यार-दोस्तों और तमाम लौंडे-लपाड़ियों ने सेवा-कार्य में दिन-रात एक कर दिया। कुछ ही दिनों में वे गुंडौली में समानान्तर फ़ोर्स बन गये। इस फ़ोर्स के कमांडर-इन-चीफ़ बने बच्चू जी के साले बुलबुल तिवारी,

जिन्हें महासचिव बनाया गया था। वे जींस पहनते, पर गले में लंगोट-सा कुछ लटकाये रहते। छोटे-मोटे मामले बच्चू जी के निर्देशन में बुलबुल तिवारी निपटाते। यानी बच्चू जी जब आराम फ़रमा रहे होते तो संगठन का नेतृत्व उनके हाथ में होता। तब वे ज़्यादा ही चौड़े होकर चलते। सीना तन जाता और टाँगें फैल जातीं। बच्चू जी कई बार मज़ाक़ में पूछ लिया करते, "पिछवाड़े में फोड़ा निकाल्लिये हो का?"

ख़ैर, उनके चौड़ा चलने और फोड़ा धर लेने से कोई दिक़्क़त नहीं थी। परेशानी खड़ी करते उनके बुलन्द हौसले। वे हमेशा कुछ कर डालने को आतुर दिखायी देते। इस चक्कर में हिंसक हो जाते और सारा खेल ख़राब कर देते। बात बिगड़ती तो बच्चू जी को फ़ोन किया जाता। मामला ज़्यादा टेढ़ा होने पर रामबदन कूदते। वरना ओझल होकर देखते रहते।

यों रामबदन और बच्चू जी का राम सिंह से सीधे कोई लेना-देना नहीं था। राम सिंह बच्चू जी के चचेरे मामा बुद्धिनाथ के घर काम करता था जो गुंडौली में ही रहते हैं। यहाँ बच्चे-बूढ़े सभी उन्हें 'मामा जी' बुलाते हैं। बच्चू और मामा की उम्र में बहुत ज़्यादा फ़र्क़ नहीं है। मामा बमुश्किल चार-पाँच साल बड़े होंगे। मनहूस-सी सूरत वाले बुद्धिनाथ बच्चू जी से बहुत दबते हैं और उनके सामने हद से ज़्यादा निरीह हो जाते हैं। सच पूछा जाये तो, वे शातिर तो क्या, हमेशा पीड़ित व त्रस्त लगते हैं। यही मामा राम सिंह को सात-आठ महीने पहले राजानगर से अपने साथ लाये थे।

क़स्बे में मामा के बिल्डिंग मैटीरियल से लेकर कई तरह के कारोबार थे। इनमें गधे और खच्चर की लीद से धनिया तैयार करने और ऐसे ही दूसरे मिलावटी मसालों का कारोबार शामिल था। 'नम्बर वन मामा मसाले' नाम से उनके मसाले इलाक़े के ढाबों, छोटे-मोटे होटलों और किराना स्टोरों में जाते थे। कभी-कभी अख़बारों में विज्ञापन भी आ जाता— **स्वाद में निराले** *असली मसाले* **मामा मसाले**। विज्ञापन में राइमिंग के चक्कर में **नम्बर वन** हमेशा ग़ायब कर दिया जाता।

लोगों को नौकरी दिलाने और तबादले करवाने वाले एक दलाल के कारोबार में भी उनकी पत्ती थी। असल में, कहते हैं, पत्ती तो बच्चू जी की है, उसमें मामा को हिस्सा मिलता है। बच्चू जी की तरफ़ से साझेदारी का सारा लेन-देन मामा करते हैं। बच्चू फ्रेम में इसलिए नहीं आते क्योंकि दलाली के इस अवैध कारोबार की आड़ में एक अति गोपनीय और अत्यन्त अवैध कारोबार भी चलता है— बड़े लोगों को औरतों की सप्लाई का। कहते तो यहाँ तक हैं कि मामा कुछ शौक़ीन गुदाजीवियों के लिए गुंडौली के सपाट सीने वाले और बिना दाढ़ी-मूँछ के मखमली लौंडों की एक

समानान्तर सप्लाई लाइन भी खोले हुए हैं, पर इसकी प्रामाणिकता संदिग्ध थी और इसे मज़ाक़ में कही गयी बात माना जाता था।

प्रमाण तो इस बात का भी नहीं कि रामबदन के बेटे का अति गोपनीय कारोबार से कोई लेना-देना है। बड़े आदमियों के बारे में कई बार अफ़वाहें सच लगती हैं और सच अफ़वाह। इसलिये सच भी हो सकता था और अफ़वाह भी, लेकिन कुछ चीज़ें आँखों में घुस कर दिखती हैं। जैसे यह साफ़ दिखता था कि मामा का सारा कारोबार रामबदन और बच्चू बाबू की आड़ में चलता है। अब इसे उनकी छत्रछाया न मानो।

बहरहाल, कारोबार को बेरोक-टोक और धड़ल्ले से चलाने के लिए जो-जो उपाय ज़रूरी थे, पुख़्ता तौर पर किये गये थे। जैसे रामबदन के चलते पुलिस की 'ना-ना' के बावजूद नियम से हफ़्ता-हाज़िरी देना। विभिन्न राजनीतिक दलों के नेताओं से मेल-मिलाप बनाये रखना। दीपावली और नये साल पर उपहार पहुँचाना वग़ैरह-वग़ैरह। इस तरह मामा का अवैध कारोबार धड़ल्ले से चलता था और अत्यन्त अवैध कारोबार घूँघट काढ़ कर। गुपचुप-गुपचुप।

गुंडौली काण्ड में कई अजीबोग़रीब मोड़ आये। एक तीव्र मोड़ कांस्टेबल गिरीश के कारण भी आ पड़ा। इसे गिरीश खुले मन से स्वीकार करता है। वह खुद भी उत्तराखण्ड का है और काली मिट्टी व ठिगने पेड़ों वाले सल्ला हरतोला में उसकी ससुराल है। वहीं से वह एक गोरी और लम्बी लड़की ब्याह कर लाया था। गंगा देवी का उसके ससुराल में आना-जाना था। चूँकि वह पुलिस में है, इसलिए जब भी ससुराल जाता, गंगा इस उम्मीद में मिलने आती कि वह उसके खोये हुए बेटे का सुराग लगा सकता है। वह कहती कम थी और उम्मीद से देखती ज़्यादा थी। गिरीश हर बार असहज हो जाता और प्रण करता कि कुछ करना होगा इन आँखों में रहने वाली उम्मीद के लिए।

वारदात के बाद हुआ यों कि रात के अँधेरे में मामा अपनी बोलेरो से मौके पर पहुँचे। उन्हें हालात का जायज़ा लेने के लिए उनके भानजे बच्चू जी ने भेजा था। चलते वक़्त उनका एक कारिन्दा गोरेलाल भी साथ में लद लिया। राम सिंह वहीं खड़ा बड़ी हसरत से देख रहा था। मामा ने कुछ सोच कर उसे भी बैठा लिया। चल, तुझे भी घुमा लाऊँ। मौक़े पर पहुँचते ही मामा थानेदार से बातें करते-करते कुछ दूर निकल कर अन्धकार में लुप्त हो गये। गोरेलाल उनके पीछे-पीछे हो लिया। राम सिंह महीनों बाद इतनी दूर खुली हवा में आया था। उसने अँगड़ाई लेकर ताज़ा हवा फेफड़ों में भरी और स्ट्रीट लाइट के प्रकाश में दूर तक फैले खेतों को देखा। मौक़े पर, एक बिजली के खम्भे के नीचे भीड़ लगी थी। भीड़ का आकर्षण उसके लिये

खेतों से ज़्यादा बड़ा था। वह तुरन्त ही बीच में घुस गया। पुलिस सबसे पूछताछ कर रही थी। किसने देखा, क्या-क्या हुआ? एक कांस्टेबल राम सिंह से मुख़ातिब हो गया, "तू बता बे लड़के, कितने हाथ मारे?" वह आँय-बाँय करने लगा। तूने नहीं तो किसने धोया? उसने बताया, वह अभी-अभी पहुँचा है, चाहो तो मामा जी से पूछ लो। इतना कह कर उसने पीछे देखा। मामा ग़ायब थे। पीछे गिरीश खड़ा था जिसने उसके ऐक्सेंट से अनुमान लगा लिया कि वह उत्तराखण्ड का है। वह उसके पास जाकर खुद भी बात करने लगा। लड़का मासूम लग रहा था। उसने अपने पिता का नाम 'भौन सिंह' बताया। मामा का नाम लेने पर उससे ज़्यादा पूछताछ नहीं की गयी और वे दूसरे लोगों के बात करने लगे।

देर रात पुलिस के आला अधिकारियों का फ़ोन आने पर बच्चू जी ने अपने साले का इस मामले से दूर-दूर तक कोई सम्बन्ध होने से साफ़ इनकार कर दिया। रामबदन को भले कभी विधानसभा का टिकट न मिला हो, पर गुंडौली में तूती उन्हीं की बोलती थी। पुलिस ने अगले आदेश तक बुलबुल तिवारी को भूमिगत मान लिया। मतलब कि बुलबुल अगर किसी पुलिस वाले को दिखे तो दूसरी तरफ़ देखते हुए सीटी बजाने लगो। फिर भी सावधानी ज़रूरी थी। बच्चू बाबू ने बुलबुल को फ़ोन खड़का दिया, "बेटा, वहीं खाओ, पियो और वहीं रहो। निकल के आने की ज़रूरत नहीं।"

रामबदन बीच में तब कूदे जब मामला टेढ़ा पड़ने लगा। उन्होंने पुलिस अधिकारियों के साथ विस्तार से बात की। एक बड़े अधिकारी ने कहा, गिरफ़्तारी तो करनी पड़ेगी रामबदन जी। रामबदन बोले, "हाँ तो हम कब इनकार करते हैं? देते हैं किसी को।"

उसके बाद रात भर फ़ोन घनघनाते रहे। पुलिस और प्रशासन के गले खुश्क हो गये। ख़ूब पानी पिया, मूता और मातहतों पर ग़ुस्सा उतारा।

मौक़ा-ए-वारदात से लौट कर गिरीश जब थाने पहुँचा तो उसे ध्यान आया लड़के ने अपना नाम राम सिंह और पिता का नाम भौन सिंह बताया था। अगर उसे गंगा देवी के बेटे का ख़याल पहले आया होता तो उसने लड़के से गाँव का नाम ज़रूर पूछा होता। थाने पहुँचकर उसने सोचा, भौन सिंह का मतलब भवान सिंह तो नहीं? उच्चारण का यह दोष ग्रामीण उत्तराखण्ड में सामान्य बात थी। गिरीश सतर्क हो गया। गंगा की उम्मीद से ताकती आँखें याद आयीं। कहीं सचमुच वह सल्ला का न हो?

वह सड़क पर निकल आया। अपने साले पूरन को फ़ोन लगाया और भवान सिंह से उसी वक़्त बात कराने को कहा। रात के पौने नौ बज चुके थे।

सल्ला में तब तक लोग सो चुके होते हैं। सुबह चार से पाँच बजे के बीच उठ भी जाते हैं। उन दिनों भवान सिंह के पास फ़ोन नहीं था। पूरन फ़ोन का टॉर्च जला कर फ़ौरन निकल पड़ा। भवान सिंह के घर पहुँचते ही बात करायी। गिरीश ने भवान सिंह को पूरी घटना बताते हुए लड़के की पहचान से सम्बन्धित कुछ सवाल किये और सम्भावना व्यक्त की कि वह उनका राम सिंह हो सकता है। यह सुनते ही वह बदहवास-सा हो गया। गंगा रोने लगी। दोनों में फ़ोन की छीना-झपटी मच गयी। दोनों अपनी-अपनी कहते। लड़के को किसी तरह पकड़ लाने की विनती करते। पकड़ लाओ, भले ही दो चपेड़ लगानी पड़ें। भवान सिंह हर वाक्य के बाद यही कह रहा था। मृत मान लिए गये बेटे का यूँ अचानक मिल जाना उन्हें चमत्कार लग रहा था। बौरा-से गये दोनों। गिरीश को उन्होंने जाने कितनी दुआएँ दे डालीं और जाने कितनी बार आभार व्यक्त कर दिया, "तुम तो भगवान बन कर आये हमारे लिए, पणज्यू (पंडित जी)।"

अगली सुबह गिरीश को एस.आई. किशन स्वरूप का फ़ोन आया। आरोपी को इलाक़े के लोग सरेंडर करा रहे हैं। चलना है। यादव जी साथ होंगे। उदय प्रसाद यादव थानेदार हैं। रास्ते में पता चला आरोपी कोई और नहीं राम सिंह है। गिरीश हैरान रह गया। कल ही तो भवान सिंह ने उसे भगवान बनाया था।

उसने जीप की आगे की सीट पर बैठे थानेदार से पूछा, "सर, वो लड़का? वो तो तमाशबीन था।"

"पंडित, पुलिस में होकर ऐसी बातें कर रहे हो?"

यादव उसे 'पंडित' कहते थे।

"पर वो बहुत ग़रीब परिवार का है, जनाब। बचपन में घर से भाग गया था। ग्यारह साल से माँ-बाप उसके लौटने का इन्तज़ार कर रहे हैं।"

"तुम जानते हो उसे?"

"उसके माँ-बाप को जनता हूँ, बशर्ते ये वही हो। गाँव का नाम पूछते ही कन्फ़र्म हो जायेगा।" उसने कहा और बताना चाहा कि उसकी माँ की आँखें कैसी हैं, उम्मीद से ताकती आँखें कैसी होती हैं और उस औरत की ऐसी ही कुछ अविस्मरणीय बातें। लेकिन यह हर किसी को बताने की बात है कि नहीं, समझ नहीं आ रहा था।

"हम्म।" थानेदार ने कुछ सोचते हुए कहा और चुप हो गये।

"आप उनसे कहिए, सर।"

वे कुछ नहीं बोले। जीप के शीशे के पार गन्ने के खेतों को देखने लगे, जहाँ से होकर सड़क क़स्बे के बाहरी इलाक़े को जा रही थी। गन्ने की फसल कट कर मिलों को जाने लगी थी। चारों तरफ़ एक ख़ास तरह की गन्ध और मिठास फैली थी, लेकिन यादव का मन कसैला था। बोले—जब हम नाटक के किरदार नहीं, तो डायलॉग कैसे बोल सकते हैं, पंडित?

गिरीश खामोश हो गया।

पुलिस मामा के घर पहुँची तो वहाँ पहले से भीड़ लगी थी। यादव सुलग गये। दूर से ही बड़बड़ाने लगे, "दबाव बनाने के लिए भीड़ लगा ली हरामियों ने। अब कौन-सा खेला कराएगा मामा? एक दिन डण्डा डाल कर चौक पर इसका झंडा न फहरा दूँ तो... ।"

सब-इंस्पेक्टर गिरीश की तरफ़ देख कर मुस्कराया। गिरीश का मन नहीं था मुस्कराने का। पुलिस जीप के रुकते ही भीड़ में से किसी ने थानेदार को बताया कि राम सिंह भोर से पहले फ़रार हो गया। भीड़ की मौजूदगी के बावजूद घर पर मुर्दनी छायी थी। मामा ने थानेदार को किनारे ले जाकर पुष्टि की। रात में ठीक-ठाक सो गया था। हम उसके बाद सोये हैं। ग्यारह बजे उसे आख़िरी बार देखा। सुबह हम लोगों ने सोचा, सोया है तो आज सो लेन दो। फिर पता नहीं, आप लोग सोने दो कि नहीं?

मामा के होंठ श्मशान घाट में गेंदे के फूल की तरह खिले। यादव ने तिरछी नज़र से देखा। मामा के मुताबिक़, जब आठ बजे गोरेलाल उसकी कोठरी की तरफ़ गया और अन्दर झाँका तो वह नहीं था। कुछ देर इन्तज़ार किया। आता ही होगा। जब नहीं लौटा तो सामान देखा। कोठरी से उसका पिट्ठू ग़ायब था।

यादव ने पैर पटका— धत्। मामा ने आँखों से उनका ग़ुस्सा मापा और बोले, "अभी पिछले महीने ही उसका पूरा हिसाब किया था। क्या करता, माँग रहा था।"

दिये उन्होंने आधे ही थे। भगोड़ा अब क्या लौटेगा? उन्होंने सोचा। अपनी राय भी दे दी, "इतने रुपयों से तो बहुत दूर निकल जायेगा।"

उनके चेहरे पर मरघट की राख पुत गयी।

"कहीं खुद ही न भगा दिया हो?"

थानेदार ने उन्हें भेदती निगाह से देखा। मामा तिलमिला गये, "कैसी बात करते हैं, यादव जी? मैं अपने जीजा और भानजे के ख़िलाफ़ जाऊँगा?"

"केस में एक के बाद एक कई मोड़ आ रहे हैं, तो हमने सोचा, ये कोई नया हो।" यादव खिसिया कर बोले, "वैसे, पुलिस से शक करने का अधिकार भी छीन लेंगे, मामाश्री?"

राम सिंह के भागने की सूचना से गिरीश को एक पल के लिए राहत मिली। चलो, टंटा कटा। पर दूसरे पल यह ख़याल परेशान करने लगा। केस कमज़ोर पड़ जायेगा। भागने वालों को पुलिस भुला नहीं देती। रामबदन भूलने नहीं देंगे। ...और फिर भवान सिंह दम्पति को क्या जवाब देगा?

वह रुआँसा हो गया। आदमी को भगवान बना देने वाले बहुत मुश्किल में डाल देते हैं।

आरोपी सरेंडर करने से पहले ही फ़रार हो गया। थानेदार ने पुलिस अधीक्षक को सूचना दी। पुलिस अधीक्षक ने ऊपर दी। ऊपर वाले ने और ऊपर दी होगी। क्या पता कितने ऊपर तक गयी? थानेदार ने मामा से राम सिंह का हुलिया वग़ैरह पूछा। सब बताओ हरामज़ादे के बारे में। मन तो मामा को गाली देने का था, पर उसे देते रहे। मामा ने सब बताया। गाँव का पता-ठिकाना पूछा तो मामा ठगे-से रह गये। बोले, "पता तो हमने पूछा ही नहीं।" थानेदार ने काली जैकिट के अन्दर पहनी खाकी शर्ट का ऊपर वाला बटन खोल लिया। घुटन होने लगी थी। ऐसी घुटन जब सामने वाले का मुँह फोड़ देने को मन करे और हाथ बँधे हों। फ़ोटो माँगा तो भी मामा बगलें झाँकने लगे। ग़नीमत रही कि गोरेलाल ने झटपट अपना मोबाइल फ़ोन निकाल लिया। बोला, "कई फ़ोटो हैं उसके। बड़ा शौकीन था फ़ोटो खिंचाने का, सर। हर दूसरे दिन कहता था, चचा, मेरा फ़ोटो उतारो।"

"भाषण नहीं, फ़ोन दे।" थानेदार ने लगभग झपटते हुए उसका फ़ोन ले लिया और एक अच्छा फ़ोटो, जिसे क्रॉप कर पासपोर्ट साइज़ का बना सकते थे, अपने व्हाट्सऐप पर खुद ही भेज दिया।

कुछ ही देर में बच्चू जी भी मामा के घर आ धमके। लगे मामा को डाँटने-फटकारने। थानेदार से बोले, "अभी ज़्यादा दूर नहीं गया होगा।"

अँधेरे में उस रात हुआ क्या था? पुलिस ने वहाँ क्या देखा? इस सवाल पर गिरीश गूँगा हो गया। चन्दन ने ज़्यादा कुरेदने की कोशिश की तो उखड़ गया। बाकी की कहानी डिमरी जी से ही पूछ लेना। वह रस्सी की तरह ऐंठ गया था। चन्दन ने बड़ी मुश्किल से बट खोले।

मूसलाधार बारिश हो रही थी। घर से तय करके चला था, आज बात करेगा। बारिश थम नहीं रही थी और उम्मीद कम हो रही थी। जानता था, ऐसे में साहब का समय पर थाने आना मुश्किल होगा। उनके बारे में सोच ही रहा था कि तभी वे ख़ाकी बरसाती ओढ़े जीप से उतरते दिखायी दिये। उसमें स्फूर्ति आ गयी।

छाता लेकर उनकी तरफ़ दौड़ा। यह जो उसके अन्दर चल रहा है, इसे आज निपटा देना है। एक बार कोशिश करनी होगी। उसने खुद को हिम्मत दिलायी। थानेदार के बैठते ही वह उनके कमरे में जा कर सैल्यूट कर आया। यह साहब का मूड भाँपने की कोशिश थी। हमारे देश में आधा राज-काज साहबों के मूड पर चलता है। उसने सैल्यूट करने से पहले सोचा था और इसी सोचने के चक्कर में भूल गया कि एक बार की 'जय हिन्द' छाते के साथ हो चुकी। पन्द्रह मिनट बाद चाय के लिए पूछने गया तो वे फ़ोन पर व्यस्त थे। वह कमरे के बाहर से ही लौट गया। उखड़ न जायें।

दो-तीन प्रयासों के बाद सफलता मिली। चाय के लिए पूछा। वे ताड़ गये। कुछ कहना चाहते हो, पंडित? गिरीश के मुँह से निकला, "नहीं, सर।" फिर खुद पर ही झल्ला गया, यह क्या कह दिया उसने? बात को सँभालते हुए हकलाया, "वो असल में... मैं कह रहा था, राम सिंह का कुछ हो नहीं सकता? आप चाहें तो...।"

थानेदार ने उसकी ओर देखा। फ़ाइल बन्द कर एक तरफ़ रख दी। ख़यालों से वापसी करने में कुछ क्षण लगे। समझाने की कोशिश करने लगे, "लोग सोचते हैं, थानेदार थाने का मालिक होता है, पर तुम ऐसा नहीं सोच सकते।"

"हाँ सर।... नहीं सर, मालिक तो आप ही हैं।" उसने कहा। यादव चुप हो गये। लेकिन गिरीश टला नहीं तो पूछने लगे, "थानेदार क्या होता है?"

थानेदार तो थानेदार ही होगा। गिरीश ने सोचा। बोला कुछ नहीं।

"घोड़ा होता है।... क्या...बताओ?"

गिरीश ने 'घोड़ा' नहीं कहा। कैसे कहता?

थानेदार ने खुद ही दोहराया, "घोड़ा। कभी देखा, घोड़ा अकेले सैर पर निकल जाता हो? फ़ालतू की बात। उसकी पीठ पर सवार होता है और मुँह में लगाम।"

यादव चुप हो गये। गिरीश ने नज़रें झुका लीं, जैसे शर्मिन्दा हो। वे अचानक उत्तेजित हो गये, "तुमने देखा, टुच्चा अपराधी भी साला किसी न किसी राजनीतिक दल का कार्यकर्ता हो गया है। किसी हरामी को उठा लो, ख़ौफ़ नहीं दिखता उसकी आँखों में। मैंने उस दिन तुम्हारे इस लड़के की...।"

"राम सिंह है उसका नाम, सर।"

"हाँ...मैंने उस दिन राम सिंह की शक्ल तक नहीं देखी। देखी क्या?"

"नहीं सर।" गिरीश ने कहा। उन्हें तसल्ली हुई कि बात उसकी समझ में आ रही है। बोले, "क्या मैंने कहा ये सब उसने किया?"

"नहीं, सर।"

उन्होंने आसमान की ओर उँगली उठायी, "ऊपर जो बैठा है, घोड़ों का हाँकनहार वही है।"

अपने 'हाँकनहार' के प्रयोग पर वे हँसे। बोले, "वो कहेगा चल पूरब, तो हमारी औक़ात है कि हम कह दें आज तो जी पश्चिम जाने का मन है?"

गिरीश की समझ में नहीं आया कि 'हाँ' में गर्दन ऊपर-नीचे करे या 'न' में दायें-बायें। गर्दन भारी हो गयी थी। पुलिस की नौकरी के प्रति वितृष्णा का ऐसा बवंडर उठा कि चेहरा एकाएक झड़ गया। अगर यादव जी घोड़ा हैं तो वह तो रेता-बजरी ढोने वाला खच्चर हुआ?

"तुम्हारी रिश्तेदारी तो है नहीं उससे। क्यों पंडित?" उन्होंने 'पंडित' पर ज़ोर दिया और कहा, "भूल क्यों नहीं जाते?" गिरीश ने आदेश मान कर सिर को झटका दिया। दिमाग़ से कुछ भी ग़ायब नहीं हुआ। राम सिंह पोस्टर की तरह चिपक गया था।

उन्होंने फ़ाइल खोली और बन्द कर दी।

"बाहर बारिश हो रही है ना?", उन्होंने पूछा।

"हाँ, सर।"

"हम इसे रोक सकते हैं?"

गिरीश ने थोड़ा सोच कर कहा, "नहीं, सर।"

"हम प्रार्थना कर सकते हैं कि रुक जाए। ईश्वर प्रधान व्यवस्था में भले लोग अपने जैसे भले लोगों के लिए सिर्फ़ प्रार्थना कर सकते हैं।"

गिरीश के अन्दर भयंकर टीस उठी और चेहरे पर गहरी उदासी छा गयी। थानेदार ने उस उदासी को देख लिया। बोले, मुझे भी निराशा होती है, ग़ुस्सा आता है। तुम थानेदार होते तो, चूँकि तुम भले और ईमानदार आदमी हो, अपने लिए ही प्रार्थना कर रहे होते— *इतनी शक्ति हमें देना दाता, मन का विश्वास कमज़ोर हो ना।*

उन्होंने बाक़ायदा गाकर बताया। बोले, "जब मेरा विश्वास कमज़ोर होने लगता है, यही प्रार्थना करता हूँ। अच्छी है। बहुत अच्छी। लेकिन इससे विश्वास मजबूत नहीं होता। बस, नेकी के रास्ते पर चलने की जबरदस्त हूक उठती है— यहाँ...इधर।" उन्होंने पसलियों के नीचे छू कर बताया। इस चक्कर में एक तरफ़ से उनकी कमीज़ पैंट के बाहर झूलने लगी। गिरीश ने ग़ौर से देखा। ऐसी हूक कई बार उसकी पसलियों के नीचे भी उठती है, ठीक उसी जगह।

"इससे हमें सहना आ जाता है।" थानेदार ने कहा और उसे देखा, "तुम इसे दो-चार बार सुनो। सुन कर देखो। विश्वास होने लगता है कि नज़रें फेर लेना, चुप रहना और सहना ही मनुष्य का कर्तव्य है।"

उन्हें खुद पर आश्चर्य हुआ कि वे मोटिवेशनल स्पीकर जैसी भाषा बोलने लगे। उनकी बातों से गिरीश इतना निराश हुआ कि मन में वही प्रार्थना गूँजने लगी— *हम चलें नेक रस्ते पे हमसे, भूल कर भी कोई भूल हो ना।*

गिरीश को विश्वास हो गया कि नेक रस्ते पर चलते वक़्त उसका मुँह ज़रूर खच्चर जैसा लगता होगा, निरीह और बेमतब का लम्बा। नथुनों से फुर्र-फुर्र करता।

भवान सिंह और गंगा देवी के बार-बार फ़ोन आ रहे थे— चपेड़ लगाई उसे? गिरीश कैसे बताए कि चपेड़ तो तुम्हारा लड़का लगा गया। उसे, पुलिस डिपार्टमेंट को, बच्चू बाबू को, रामबदन, मामा, सभी को। एक-दो बार उसने टालमटोल की और अन्त में फ़ोन उठाना बन्द कर दिया। उसके बाद पूरन ने कॉल किया कि भवानी चाचा का फ़ोन क्यों नहीं उठा रहे, जीजाजी? उसने टाल दिया, "अरे भाई, व्यस्त हो गया था।"

कैसे बताए, राम सिंह भाग गया। ससुराल में इज़्ज़त के धुर्रे उड़वाता? उनकी नज़र में खच्चर बन जाता? अपनी बेबसी पर बड़ी झुँझलाहट हो रही थी। हाथ आया लड़का उसके रहते मछली की तरह फिसल गया। अब इतने बड़े समुन्दर में कहाँ मिलेगा?

उधेड़बुन चल ही रही थी कि एक दिन अचानक गोरेलाल मिल पड़ा। कुपोषण का शिकार ऊँट समझ लो। बादाम गिरी जैसे पक्के रंग का। गिरीश ने किसी भी स्रोत से अब तक इस बात की पुष्टि नहीं की थी कि यह राम सिंह उन्हीं सल्ला वालों का बेटा है जो आदमी को भगवान बना देते हैं? उसने मान लिया था राम सिंह वही है। एस.आई. और थानेदार ने भी मान लिया था और भवान सिंह व उसकी पत्नी ने भी। गोरेलाल से मिल कर गिरीश के मन में यह सवाल अचानक कौंधा कि वह भवान सिंह का ही बेटा था, इसका प्रमाण क्या है? क्या एक बार इस बादामी आदमी से नहीं पूछना चाहिए?

गोरेलाल बात करने को इसलिए राज़ी हुआ क्योंकि उसको अपनी बेइज़्ज़ती का फोड़ा ठीक होता नहीं लग रहा था। वह एक अलग कहानी थी जो उसके पिछवाड़े में पल रही थी।

गोरेलाल ने बताया जिस दिन पुलिस राम सिंह को पकड़ने आयी थी और बच्चू बाबू मामा बुद्धिनाथ के घर पहुँचे थे, उस दिन पुलिस के जाने के बाद असल काण्ड हुआ। ग़ज़ब ही हो गया था, श्रीमान। इधर पुलिस गयी, उधर बच्चू जी मामा के सोफ़े पर दैत्य की तरह पसर गये। मामा उनके लिए जूस लाने लगे तो वे झल्लाये,

अब जूस पिला कर ठण्डा करोगे? मामा इशारा समझ गये। दिन-दहाड़े शिवाज़ रीगल खोल दी, जो उन्होंने मध्यम श्रेणी के सरकारी अफ़सरों की ख़िदमत के लिए सँभाल कर रखी थी। इससे नीचे का कोई ब्रांड खोल कर वे बच्चू जी को झल्लाने का मौक़ा नहीं देना चाहते थे। उन्हें लग रहा था, केस की दिशा बदलने से बच्चू बाबू खीझे हुए हैं। बच्चू बाबू ने दो पैग तेज़ी से गले में धकेल कर अचानक मामी को आवाज़ दी। मामी डरी-सहमी ड्राइंग रूम में पहुँचीं तो बच्चू जी ने पुचकार कर कहा, "ज़रा और क़रीब आओ।"

मामी क़रीब आने में घबरायें। सम्बोधन से तरीक़े से संकेत मिल गया था कि गड़बड़ हो गयी। बच्चू जी डपट कर बोले, "इधर आओ।"

मामी थरथर काँपने लगीं। मामा पास में खड़े घबरा रहे थे किं श्रीमती जी पर गाज जाने क्यों गिर पड़ी? अब यह नया मोड़ कहाँ से आ गया? इस हड़बोंग में वे गोरेलाल को भूल गये। उसे उन्होंने बाहर बारामदे में फ़्यूज़ बल्ब बदलने के काम में लगा रखा था। कहा था, अभी और इसी वक़्त बदलो। रात में कोई आ जाये या भाग जाए, साला पता ही नहीं चलता। गोरेलाल बाँस की सीढ़ी पर चढ़ कर बल्ब बदल रहा था और वहाँ से ड्राइंग रूम का पूरा दृश्य देख रहा था— बच्चू बाबू सोफ़े पर पसरे हैं। उनकी पीठ और मुंडी दिख रही है। मामी साड़ी के पल्लू का एक कोना पकड़े सामने खड़ी हैं। कुछ दूरी पर सहमे खड़े हैं मामा। मेज़ पर शराब की बोतल और गिलास रखा हुआ है। गिलास में एक घूँट बची है। मामी के पीछे सूर्योदय की पेंटिंग है और उनके मुँह का सूर्यास्त हो गया है।

मामी ने डरते हुए दो क़दम आगे बढ़ाए। मुँह पर साँझ का झुटपुटा दिखायी दिया। तभी बच्चू जी उठे और उसी ढलते मुँह पर तमाचा जड़ कर वापस सोफ़े पर बैठ गये। बची हुई गले में उतार कर बोले, "साली, लौंडे के इश्क़ में हमसे दग़ा किया?"

मामा को पहली बार भानजे की यह हरक़त ख़राब लगी। उन्होंने पहली बार बच्चू जी को चुप कराने की कोशिश की। हालाँकि घिघिया कर बोले, "इस तरह की बातें मत कीजिए, बच्चू बाबू।"

बच्चू जी ने डपट दिया, "चुप रहिये आप। एक डेढ़फुटिया औरत आपसे सँभलती नहीं, बड़े आये सलाह देने वाले। इसका यार न होता तो भगाती उसे?"

बच्चू जी और मामा, दोनों छहफुटा आदमी थे। उन्हें पाँच फुट दो इंच की मामी डेढ़ फुट की लगती थीं।

"ज़बान सँभालो अपनी, समझे?" मामी चंडी रूप में आ गयीं। बच्चू जी ने दूसरा थप्पड़ रसीद करने के लिए क़दम बढ़ाया ही था कि वे चिल्लायीं,

"ख़बरदार बच्चू बाबू, वरना भूल जायेंगे तुम कौन हो? अपने नीचे सुला लिए तो इसका मतलब ये नहीं कि हम किसी के भी इश्क़ में पड़ जायेंगे।"

बच्चू जी सन्नाटा खा गये। इस औरत ने तो एक डायलॉग में ज़िन्दगी झंड कर दी। वे सोफ़े पर बैठकर दूसरा पैग बनाने लगे। गोरेलाल अपने कत्थई होंठों में मुस्करा रहा था। फोड़े पर मलहम लग रहा था। मन झूम उठा। होल्डर पर फ़िट हो चुके बल्ब को वह केवल इसलिए थामे रहा कि कहीं फिसल पड़ा तो आहट हो जाएगी। नहीं चाहता था वे उसे घटना का चश्मदीद बनने से वंचित कर दें। फिर सिरफिरे बच्चू बाबू का क्या भरोसा? सीढ़ी पर लात ठोक कर कहें— उतरो नीचे बे, आसमान में चढ़ कर तमाशा देख रहे हो?

ले दनादन गालियों की बौछार।

वह बच्चू बाबू से घृणा करता था और कुछ हद तक मामा से भी।

बच्चू बाबू मामा से नज़रें चुरा रहे थे। मामा ने मामी का मुँह दबोचने की कोशिश की तो वह हाथ छुड़ा कर बच्चू जी पर दहाड़ी, "तुम क्या समझते हो, हमें तुमने फँसाया या हम तुम पर फ़िदा हो गये? नहीं, ग़लतफहमी में जी रहे हो। ये जो आदमी मेरा मुँह दबा रहा है, जिसे तुम ताड़ का पेड़ कहते हो और मूर्ख समझते हो, इसने हमें फँसवाया।"

इस बम विस्फोट से मामा खड़े-खड़े ज़मीन में गड़ गये।

"हमारा जन्म तुम्हारे मज़े के लिए और इन छहफुटिया की सफलता के लिए नहीं हुआ, ये बात समझ लो। लेकिन तुम क्या समझोगे बे? तुम दोनों अगर मनुष्य होते तो तुम्हें पता होता कि एक औरत को किसी में अपना बेटा भी दीख सकता है।" इतना कह कर मामी काँच की तरह बिखर गयीं। वे कुछ और कहतीं तो भी उन दोनों मर्दों को समझ न आता। इसीलिए मामी ने इससे आगे जो बोला, वह शायद आत्मालाप था, जिसे गोरेलाल सुन नहीं पाया और गिरीश को बता नहीं पाया। जिसे पत्रकार चन्दन जान भी लेता तो अपनी अख़बारी रपट में लिख नहीं पाता। भावनाएँ अख़बार में लिखी नहीं जातीं। क्या लिखता, कि एक औरत जो अपने पति के भानजे के नीचे सोती थी, वह घर में काम करने वाले एक युवक में अपना बेटा ढूँढ़ती थी? बेटा जो पैदा होने के साल भर के भीतर गुज़र गया, जो उसके बाद कभी पैदा नहीं हो पाया, जिसे दो मर्द मिल कर पैदा नहीं कर पाये। ऐसी सपाट भाषा में?

नहीं, भावनाएँ किसी भाषा में लिखी नहीं जा सकतीं।

वे क्या बतातीं और ये सिल-लोढ़े क्या समझते? यह बतातीं कि राम सिंह को वे अपने पुष्ट स्तनों से एक बेटे की तरह चिपकाना चाहती थीं? राम सिंह को बेटे

की तरह देखने लगी थीं, इसीलिए छुप कर फल, दूध और खाने-पीने की चीज़ें दिया करती थीं? मामा की अनुपस्थिति में कई बार उसके गाल खींच लेती थीं? उस लाड़ को ये दोनों तो एक लौंडे से इश्क़ ही मानते। दुनिया ही कौन-सा यक़ीन कर लेती?

गोरेलाल सीढ़ी से तब उतरा जब दृश्य का पटाक्षेप हुआ, चुपके-से। मन पर उदासी की चादर पड़ गयी थी। मामी के लिए दुःखी था। हालाँकि शुरुआत में वह खुश हुआ और चाहता था मन उसी तरह झूमे, हवा चलने पर पेड़ जैसे झूमता है। वह तो जीवन में कभी बदला नहीं ले सकता था, मामी ने ले लिया।

पर चाह कर भी मन झूम नहीं रहा था। न पछवाँ चल रही थी, न पुरवा। मौसम ग़ुम था।

गोरेलाल का फोड़ा फिर टीसने लगा। घटना साल भर पुरानी है। तब तक राम सिंह का आगमन नहीं हुआ था। बच्चू बाबू लकदक कुर्ता-पजामा पहने घर में घुसे थे। घंटे भर बाद जब लौटे तो उनका नाड़ा लटका हुआ था। गोरेलाल से रहा नहीं गया। बोल दिया, "बाबू, नाड़ा।"

बच्चू बाबू ने पहले अपना नाड़ा देखा और फिर जिस फुर्ती-से उसे लपेटा, उसी तेज़ी-से गोरेलाल को लात जमा दी, "अपनी औक़ात में रहा करो हरामी। समझे?"

मामा उस वक़्त घर से बाहर निकले थे। लौटने पर दूसरे नौकर माधो ने उन्हें सब बता दिया। वे बच्चू जी की नाराज़गी का कारण पूछते रहे। माधो एक ही बात कहे कि उसे नहीं पता, उसने दूर से देखा था। वह बेहद डरा रहने वाला आदमी था। हर घटना के मनोरंजक पक्ष को वह क़रीब से और उत्पीड़न को सुरक्षित दूरी से देखता था। मामा ने गोरेलाल को पुचकारा। अन्ततः उसकी टोंटी खुल गयी। धारमधार बहा। मामा ने समझाया, "देखो, पेशाब फिरने के बाद नाड़ा कई बार लटका रह जाता है। बहुतों के लटके रहते हैं। तुम्हें टोकने की ज़रूरत क्या थी?"

इस घटना ने बच्चू बाबू के लिए तो मन में नफ़रत भर ही दी, मामा भी उसकी नज़रों से गिर गये। थू है तुझ पर, निर्बुद्धिनाथ।

उस दिन बुद्धिनाथ को उसने मूर्ख समझा था।

बाँस की सीढ़ी से उतरते हुए वह उदास था और उदासी ने बदला उतरने का सारा मज़ा किरकिरा कर दिया। सब अधूरा-सा लगने लगा। इस वाक़्ये को किसी से साझा करने की इच्छा पाल ली थी, ताकि रूह को आराम मिले और फोड़े को ठण्डक।

उस रात मामा के घर राम सिंह को समझाया जा रहा था, "इस तरह समझो बेटा, कि तुमको उस पर भयंकर ग़ुस्सा आ गया। समझे? तुमने उसे लात-घूँसों से पीट-पाट दिया और लोहे की रॉड से आँय-बाँय मार दिया। तुम्हें क्या पता क्या टूटा और क्या फूटा? बस, इतनी-सी बात उनके सामने कह देनी है। कहना सीना ठोक कर। बाकी हम हैं पीछे से। समझे? छुड़ा लेंगे। ऊपर से दस-बीस हज़ार (रुपये) भी देंगे। मौज करना।"

मौज के नाम पर बच्चू बाबू को एक और पेशकश सूझी, "देखो, कोई और तरह की मौज करनी हो तो बता दो। ...मतलब कुछ भी। समझ रहे हो ना?"

मामा ने थोड़ा खुलकर बताया, "क्या है कि तुम अभी बिना चले छर्रे हो। मन होता होगा बन्दूक़ में लोड होने का। तो कल्लो बेटा मन की। तुम्हारी कोठरिया में ही इन्तज़ाम किये देते हैं।"

वह बुरी तरह डरा हुआ लग रहा था। मन में घबराहट के अलावा कुछ नहीं था। कोई इच्छा नहीं, कोई आकांक्षा नहीं। वह मामा की तरफ़ देखता रहा मानो कुछ सुना न हो। मामा हँसे, "कइसे बकचोद की तरह देखते हो बे, कुछ है नहीं का? ...अबे समझ रहो हो कौन-सी बात कर रहे हैं उल्लू!"

बच्चू बाबू उसके डर को समझ रहे थे। इस हाल में मौज क्या करेगा? बोले, "डरने की बात नहीं है। कोई ग़लत काम किये हो का? पुलिस कहती रहे बच्चा-चोर थे कि चिन्दी-चोर। गर्व से बताओ पुलिस को। कोई साला टें-फें करे तो हम जूत मार-मार कर उसका मूत निकाल देंगे।"

वह पूछना चाहता था कि उसने ये सब कब कर दिया, पर सवाल करने से बच्चू बाबू सनक जाते हैं। वह नज़रों और दीवार के बीच के शून्य को देखे जा रहा था। उसे अपना गाँव याद आया। जंगल याद आया। जंगल से इतना डर कभी नहीं लगा। बाघ देख कर भी आत्मा इतना नहीं काँपी। एकदम बिलाव जैसा बाघ। अपना लूरी समझ लो। बाघ होने का कोई घमंड ही नहीं।

इस दुनिया में एक माँ ही थी, उसे भी वह एक लड़की के लिए छोड़ आया। जब ये सब सुनेगी तो क्या बीतेगी उस पर? उसके दिमाग़ में एक ही बात टिप्पा खा कर उछलती— माँ पर क्या बीतेगी? 'माँ पर क्या बीतेगी' एक वाक्य नहीं रबर की गेंद थी जो दिमाग़ को अनवरत धुन रही थी। बाकी कोई विचार वहाँ आता न था। मानो झाड़ू से दिमाग़ बुहार दिया हो। मामी पर्दे की आड़ से देख रही थीं। उसके मुँह से मामी की नज़रें हटती न थीं। बेचारे पर कितना बड़ा संकट आन पड़ा! हे ईश्वर।

मामा और भानजे में से किसी के चेहरे पर दोपहर की शर्मिन्दगी नहीं थी। दोनों को पहले से ही सब पता था। संकोच का एक पर्दा भर था। उसके इस तरफ़ और उस तरफ़ रह कर दोनों उसे निभा रहे थे। वह भी आज बड़ी बेशर्मी से गिर गया। दोनों ने मिल कर पी। मामा ने कुछ ज़्यादा ही पी। दोनों भूरे सोफ़े पर पसरे हर घूँट के साथ सलाद, काजू और आलू भुजिया खाते हुए जबड़े हिलाते रहे और लड़के को समझाते रहे। उसे सुनायी देना बन्द हो गया था। केवल हिलते हुए जबड़े दिखते थे, बाघ के जबड़ों जैसे। पैंट गीली होने को थी।

रात के ग्यारह बजे जब बच्चू बाबू अपने घर चले गये और नशे व थकान से चूर मामा सो गये तो मामी दबे पाँव राम सिंह की कोठरी की तरफ़ चल पड़ीं। कोठरी का दरवाज़ा उसने हमेशा की तरह उढ़का रखा था। उसे दरवाज़ा बन्द कर सोने की इजाज़त नहीं थी। चाहता तो भी बन्द नहीं कर सकता था। मामा ने दरवाज़े के भीतर की कुंडी निकलवा दी थी। मामी ने धीरे-से दरवाज़ा ठेला। अन्दर का दृश्य देखते ही वे बिजली की तेज़ी से राम सिंह की तरफ़ लपकीं। वह एक स्टूल के ऊपर चढ़कर फँदे पर लटकने की तैयारी कर रहा था। उन्होंने एक झटके में उसे खींच कर नीचे उतार लिया और अपनी छातियों के बीच भींच लिया। उनकी छातियों को, जिन्हें दो-दो मर्द नोंचते थे, वर्षों बाद तृप्ति का ऐसा अहसास हुआ कि आँखें मुँद गयीं। ऐसी तृप्ति, जो इस संसार का कोई पुरुष नहीं दे सकता।

तृप्त होते ही लड़के के प्रति माँ के दायित्व का ध्यान आया। राम सिंह को एक झटके में अपने से अलग करते हुए निर्णायक स्वर में कहा कि वह इसी वक़्त भाग निकले। बचने का यही एक रास्ता है। बच्चू बाबू मनुष्य नहीं हैं। छुड़ाएँगे नहीं, सड़वा देंगे वहीं। कल ही तुम्हारा बलिदान दिवस हो जायेगा।

राम सिंह की हिम्मत टूट चुकी थी, पर उस डेढ़फुटिया कहलाने वाली औरत ने उसे दो छहफुटा आदमियों के षड्यंत्र से निपटने का हौसला दिया। कहा, देर न करे। खेतों को पार करते हुए एक किलोमीटर भागता रहे। रेल पटरी आने पर बायें हाथ पर पटरी के साथ-साथ चले। दो किलोमीटर पर स्टेशन पड़ेगा। स्टेशन पर जो भी ट्रेन रुके, उसमें चढ़ जाए। किसी से पूछे कि ट्रेन कहाँ जा रही है और वहीं तक का टिकट ले। जब ट्रेन ख़ाली हो जाये तो वहीं से दूसरी पकड़ कर कहीं आगे निकल जाए। दूसरी जहाँ पहुँचाये वहाँ से तीसरी पकड़ ले। मर्ज़ी हो तो एक और पकड़ ले। कोशिश करे कि केरल या तमिलनाडु निकल जाये।

केरल और तमिलनाडु किस दुनिया में हैं, वह नहीं जानता था। मामी ने समझाया, किसी भी अनजान शहर की तरफ़ निकल ले। बहुत दूर।

उन्होंने ब्लाउज़ में खोंसे पाँच-पाँच सौ के चार नोट और उसका मोबाइल फ़ोन बाहर निकाला और रामू को थमा कर सामान समेटने में उसकी मदद करने लगीं। उसका फ़ोन मामा ने पहले दिन ही ज़ब्त कर लिया था और मेज़ की दराज़ में रख छोड़ा था। मामी उठा लायी थीं। रामू ने झटपट अपने कपड़े और ज़रूरी सामान पिट्ठू में ठूँसा, उस दयालु औरत के पैर छुए और गोली की रफ़्तार से निकल पड़ा। उस घबरायी हुई औरत ने आँसू नहीं टपकाये, पर भीगे हुए मन से कहा— जा बच्चे, ईश्वर तेरी मदद करे, तू कभी इन दरिन्दों के हाथ न आये।

वे यह सब बताएँ उन हैवानों को? क्या कोई समझ पाएगा कि जिस औरत की औलाद नहीं होती, उसके अन्दर एक सोयी हुई माँ हमेशा जागती रहती है। वह आगा-पीछा सोचे बिना दुनिया के किसी भी बच्चे की ढाल बन सकती है, बच्चू बाबू और मामा जैसों की दरिन्दगी की परवाह किये बिना।

गोरेलाल को अफ़सोस था कि मामी का बलिदान काम नहीं आयेगा। राम सिंह ज़्यादा दूर नहीं जा सकता। पुलिस को झाँसा देना उसके बस की बात नहीं। बहुत सरल लड़का है। सीधा पहाड़ों से उतर आयी नदी जैसा। मैदानी और शहरी ज़िन्दगी का ज्ञान उसे नहीं है। दिशाएँ तो क़तई समझ में नहीं आतीं। एकाध बार इसी गुंडौली में खो गया था।

गिरीश को खुटका हुआ। वह जानता था, सल्ला का राम सिंह बचपन में ही घर से निकल गया था। उसे ग़ायब हुए ग्यारह साल हो चुके। गोरेलाल जो कह रहा था, उसमें कोई पेच ज़रूर है। कहीं यह कोई दूसरा राम सिंह ही न हो? काश, ऐसा हो। बेचारे भवान सिंह और गंगा देवी का संकट टल जायेगा। वह भी एक भयंकर अपराध-बोध से मुक्त होगा। लेकिन अगर वह कोई और हुआ तो पुलिस डिपार्टमेंट की तो भद्द पिट जाएगी। भद्द पिटवाने की तोहमत उसी के सिर आयेगी। पता नहीं, नौकरी पर ही गाज न गिर जाये।

उसने गोरेलाल को बताया कि राम सिंह को तो अपने गाँव से निकले ग्यारह साल हो गये, तुम कहते हो पहाड़ों से नया-नया उतर कर आया था? सुन कर गोरेलाल चौंका। उसने बताया जब राम सिंह को मामा यहाँ लेकर आये तो उसी ने कहा था, वह दस दिन पहले गाँव से आया। ज़्यादा बातें उससे हो नहीं पाती थीं। मामा उसे बाहरी दुनिया के सम्पर्क में नहीं रहने देते थे। काम करो, खाओ और सो जाओ। उसे फ़ोन चलाने तक की मनाही थी। उसका फ़ोन तो उन्होंने क़ब्ज़े में किया ही, हम सबसे कह रखा था भूल कर भी कोई अपना मोबाइल उसे न दे। शायद उन्हें चिन्ता होती हो कि भावुक और सरल लड़का है,

किसी के भड़कावे में न आ जाए। फिर उनके धन्धे में दस गोपनीय बातें होती हैं। अनाड़ी आदमी उगल सकता है।

गिरीश का सिर घूम गया। उसने गोरेलाल से राजानगर के शो-रूम का नाम मालूम करने के बाद तय किया कि जब भी आस-पास जाना हुआ, एक बार वहाँ होकर आएगा।

गोरेलाल ने उसके भीतर खलबली मचा दी। चैन नहीं था। एक दोपहर दो बसें बदलने के बाद शेयर ऑटो में बैठ कर राजानगर के शो-रूम पहुँच गया। ससुराल का मामला न होता तो गिरीश कभी इतनी ज़हमत न उठाता। न मन की ऐसी मथाई हुई होती। भवान सिंह तो छोड़ो, अपने साले पूरन का फ़ोन तक नहीं उठा पा रहा था। टी-शर्ट देखने के बहाने वह शो-रूम का जायज़ा लेने लगा। मालिक से बात नहीं करनी थी। जानता था, उस आदमी और मामा के बीच परिचय है। पता नहीं कितनी घनिष्टता हो? थाने तक ख़बर पहुँचते देर नहीं लगेगी।

शो-रूम गहरायी में बहुत पीछे तक था। मालिक वहाँ से काफ़ी दूर अन्दर की तरफ़ बैठा था, जहाँ ग्राहक और सेल्समैन की बातचीत किसी सूरत में नहीं पहुँचती बशर्ते कोई ग्राहक झगड़ने न लगे। फिर भी वह सावधानी बरत रहा था। राम सिंह ने किसके हाथ में काटा था? टी-शर्ट को छू कर उसने सेल्समैन से इस तरह पूछा जैसे दाम पूछ रहा हो। वह ख़ाकी पैंट के ऊपर धारीदार हरी शर्ट पहने हुए था। अपना जूता और पैंट दिखाते हुए उसने बताया कि उसी के थाने का मामला है। सेल्समैन मुकेश ने एक नज़र में ख़ाकी पैंट और भूरे जूते देख लिए। गिरीश ने उसे बाहर आने के लिए सिर्फ़ पाँच मिनट की मोहलत दी।

व्यस्त बाज़ार की चिल्ल-पों के बीच उसने मुकेश से सीधे राम सिंह के गाँव का नाम पूछा। मुकेश को याद नहीं आ रहा था। काफ़ी घबराया हुआ था। बाकी सब बताने को तैयार हूँ। ए टू ज़ेड। उसने निरीह मेमने की तरह कहा।

कोई सात-आठ महीने पुरानी बात है। राजानगर में भटकता हुआ वह अचानक ही पहाड़ी सेल्समैन सुरेश से टकराया था। वही उसे मालिक के पास लाया। मालिक ने उसे शो-रूम की डस्टिंग और सफ़ाई के काम में लगा दिया। कहा कि छह महीने में काम सीख गया तो सेल्समैन बना देंगे। तनख़्वाह डबल हो जाएगी। राम सिंह खुश था। साथियों से कहता था अब वहीं रह कर पैसे कमाएगा और एक दिन कुछ बन कर ही घर लौटेगा। वह दिन में सपने देखता था। सपने देखते वक़्त पुतलियों को बहुत देर तक स्थिर कर लेता था। कहता था, अपनी माँ से भी बात तभी करेगा।

तभी कब? पूछने पर वह कुछ नहीं बताता था। लगता था, भविष्य का कोई सुखद दिन और उस दिन का सबसे सुन्दर दृश्य देख रहा है।

पाँच-सात दिन में ही उसने एक के बाद एक दो ग़लतियाँ कर डालीं। एक तो सफ़ाई करते हुए उससे एक बहुत बड़ा शीशा फूट गया। उस रोज मालिक पिनपिन करते रहे, लेकिन डाँट-डपट कर माफ़ कर दिया। लेकिन दूसरी ग़लती पर बहुत खफ़ा हो गये थे।

हुआ यों कि हम चारों सेल्समैन को पता चल चुका था कि वह प्रेम में धोखा खाकर दिल्ली से राजानगर आया है। दिन में, फुर्सत के वक़्त लड़के उसकी कहानी सुनते और उसे छेड़ते। एक दिन भगीरथ बोला, "उस लड़की का फ़ोन नम्बर और पता मुझे दे दे, बस। मैं लूँगा तेरा बदला। प्रेम का ऐसा प्रपंच रचूँगा कि...सब कुछ लूट लूँगा उसका।" उसने लड़की के लिए घोर अमर्यादित और आपत्तिजनक भाषा का प्रयोग किया। राम सिंह ग़ुस्से से काँपने लगा और अचानक भगीरथ पर झपट पड़ा। वह भी अपने बचाव में धक्का-मुक्की पर उतर आया। राम सिंह कमज़ोर पड़ने लगा तो उसके हाथ में दाँत काट लिया। मालिक उस वक़्त शो रूम के पिछले हिस्से में लंच के बाद झपकी ले रहे थे। यह उनका रोज़ का नियम था। भगीरथ की चीख़ से वे हड़बड़ा कर बाहर आये। उसके हाथ में दाँत के गहरे निशान बन गये थे। उन्होंने राम सिंह को ख़ूब लताड़ा और बाँह पकड़ कर दुकान से बाहर धकेल दिया। सुरेश किराये के जिस कमरे में रहता था, उसी में उसने राम सिंह को भी रख लिया था। मालिक ने सुरेश से उसी वक़्त उसका सामान लेकर आने को कहा।

संयोग से, दोनों जब सुरेश के कमरे की तरफ़ जा रहे थे, उसी वक़्त वहाँ मालिक का एक परिचित आ पड़ा। उस छहफुटा आदमी की मोटी गदबदी मूँछें थीं, जिनमें कहीं-कहीं सफ़ेदी आ गयी थी। बाल पीछे की ओर मोड़ कर बहुत ही करीने से सँवारे हुए थे। उनमें कोई खुशबूदार तेल लगा रखा था। पैंट-कमीज़ ही नहीं, उसके जूते भी सफ़ेद थे। ठाट-बाट से भव्य लगने वाले उस आदमी का चेहरा बड़ा सुनसान था। किसी को भी दया आ जाये।

गिरीश हुलिये से समझ गया कि वे मामा रहे होंगे।

मुकेश ने बताया, "वह आदमी उसे अपने साथ ले जाना चाहता था। मालिक ने कहा, एकदम पागल है। क्या करेंगे?" वह बोला, पागल और मन्दबुद्धि बड़े काम के होते हैं। यह कहते हुए उसका मुँह उजाड़-सा लग रहा था। कुछ देर उन दोनों में बातचीत होती रही। जब राम सिंह पिट्ठू कन्धे में लटकाये लौटा तो भव्य दिखने वाला वह सुनसान पुरुष उसे 'चल' कहकर अपने साथ ले गया।

वह उसके हुलिये और आदतों के बारे में बता ही रहा था कि गिरीश उसे रोक कर बोला, "सुरेश अगर उसके इलाक़े का था और दोनों साथ रहते थे, तो उसे गाँव का नाम ज़रूर पता होगा।"

उसने सुरेश को तुरन्त फ़ोन लगाने को कहा। इसी के साथ उसके भीतर बहुत तेज़ प्रार्थना चलने लगी। वह ईश्वर के आगे गिड़गिड़ा रहा था कि वह सल्ला हरतोला का ही हो। गोरेलाल से मुलाक़ात के बाद से ही उसके मन में भयंकर टकराहट चल रही थी। जब लगता वह सल्ला का नहीं हो सकता और उसकी नौकरी संकट में पड़ सकती है, तो घनघोर निराशा होती। वह तुरन्त ही खुद से उसके सल्ला का होने के पक्ष में जिरह करने लगता। जब वह पूरी तरह सल्ला हरतोला का साबित होने लगे तो उसे राम सिंह के लिए कुछ न कर पाने और अपने खच्चर होने से निराशा होती। वह फिर से इस प्रक्रिया को उलट कर विचार करना शुरू कर देता। इस वक्त वह जान गया कि यह प्रार्थना क्यों हो रही है? उसका विश्वास जीत रहा था कि राम सिंह सल्ला का नहीं हो सकता।

मुकेश ने फ़ोन काटते ही कहा, "गाँव का नाम कैरना बता रहा है। कह रहा है, उसकी माँ है, पिता जी गुज़र गये।"

गिरीश को आश्चर्य नहीं हुआ। सिर्फ़ एक गहरी निराशा उसकी नस-नस में समाती चली गयी।

आकाश में घनघोर घटाएँ घिरी थीं। मन में घटाओं जैसी ही घनघोर उदासी छायी हुई थी। गुंडौली मामले में उसकी एक छोटी-सी चूक से बड़ी गड़बड़ हो गयी। बहुत अकेलापन महसूस हो रहा था। रह-रह कर पत्नी की याद आती थी। वह होती तो उसे अपना हाल बताता, बल्कि उसके आगे रो दिया होता। रोने का मन हो रहा था, किन्तु पत्नी गाँव में थी। दोनों बच्चे वहीं पढ़ रहे थे। बच्चों की लम्बी छुट्टियाँ हों और खेती-बाड़ी का काम न हो, तभी वह आ पाती वरना जब छुट्टी मिल जाये तो गिरीश ही गाँव जाता था। आमतौर पर कभी पत्नी का काम नहीं निपटता था, कभी इसे छुट्टी नहीं मिलती थी। ऐसे में भी जब परिवार गुंडौली आता, तो एक कमरे के क्वार्टर में उनका दम घुटता। वह जानता था, ईमानदारी के जीवन में बच्चों की घुटन चुनौती खड़ी करती है। फिर भी खुद उसे पहले कभी ऐसा अनुभव नहीं हुआ। आज तो साँस ही रुक रही थी। उसने यादव जी को सब कुछ बताने का फ़ैसला कर लिया।

ड्यूटी पर पहुँचा तो बिना अफ़सर का मूड भाँपे सीधे बात की, "सर, बहुत गड़बड़ हो गयी। ये जो राम सिंह है, सल्ला हरतोला का नहीं है, सर जी।"

"नहीं है? क्या मतलब?"

"वहाँ से पचास-साठ किलोमीटर पहले एक जगह पड़ती है कैरना, वहीं का है।"

यादव फड़फड़ा कर अपनी सीट से उठ खड़े हुए और चीख़ने लगे, "पिछवाड़े में बम लगा रहे हो हमारे?"

"नहीं, सर।"

गिरीश के प्राण हलक में अटक गये।

"अबे, 'नहीं' कहने को अब बचा क्या है?" वे चिल्लाये चले जा रहे थे। गिरीश की समझ में कुछ नहीं आया तो भाग कर थानेदार के लिए पानी ले आया।

"उसका नाम तो वही है?" पानी पीने के बाद उन्होंने क्रोध को दबा कर पूछा।

"नाम वही है। दोनों के बाप का नाम भी मिलता-जुलता है। पूछताछ में उसने 'भौन सिंह' बताया था। वहाँ के लोग भवान सिंह को भी भौन सिंह बोल देते हैं।"

"यही नाम मिले थे इन मूर्खों को?" उसने अपनी खोपड़ी के पिछले हिस्से पर हाथ मारा, "लड़के भी दोनों भगोड़े...साला, किस चक्कर में फँसा दिया तुमने?"

गिरीश चुप। वे बाल नोंचने लगे, "इस साले दूसरे वाले का बाप क्यों नहीं मर गया? हैं?"

गिरीश कैसे बताता कि भवान सिंह क्यों नहीं मरा? उसने कहा, "ये राम सिंह कुछ महीने पहले ही दिल्ली आया था, सर। दिल्ली से राजानगर होता हुआ यहाँ पहुँचा।"

यादव होश में नहीं थे। अपनी पिस्तौल निकाल कर गिरीश को थमाते हुए बाले, "ये ले, मार के आ उसे गोली। दोनों के बाप ख़तम, क़िस्सा ख़तम।"

गिरीश हाथ में पिस्तौल लेकर काँपने लगा।

"चूतियापा तो तुमने कर दिया, पंडित।" थानेदार की शक्ल से आँख, नाक और कान ग़ायब हो गये, केवल चिन्ता दिखायी दे रही थी। गिरीश की चोटी से लेकर नाखून तक भय की लहर उठी और वह सिहर गया। पता नहीं, अब क्या हो?

"मैंने कन्फ़र्म नहीं किया था सर, फिर भी अनुमान लगाना तो मेरी ही चूक थी।" उसने डरते हुए कहा और थानेदार की पिस्तौल उनकी कमर में खोंसने लगा। थानेदार ने पूछा, उसे कैसे पता चला वह दूसरे गाँव का है? गिरीश ने गोरेलाल और मुकेश से हुई बातचीत सही-सही बता दी। वे सोच में पड़ गये। एकाएक पूछा, "तुमने मामा के उस आदमी का नाम क्या बताया?"

"गोरेलाल।... ये वही है सर, जिसने राम सिंह का फ़ोटो दिया था।"

थानेदार की शक्ल कभी बिगड़े, कभी सुधरे। गिरीश ने गरदन उठा कर ईश्वर के ठिकाने की ओर देखा। वहाँ बादल लगे थे।

"एक काम करो," उन्होंने कहा, "मामले को इस तरह समझो कि तुम्हें उसके गाँव का नाम गोरेलाल ने बताया। ठीक है?"

गिरीश ने गरदन हिलायी, "ठीक है।"

"गोरेलाल को बताया खुद राम सिंह ने।"

गिरीश ने फिर से गरदन हिलायी, "ठीक।"

"अब या तो गोरेलाल ने हमसे झूठ बोला या राम सिंह ने गोरेलाल से। समझ रहे हो ना?"

"जी।"

"हमें अपनी ओर से कुछ नहीं कहना। पुलिस पर जब आँच आएगी तब बोलेंगे।"

"जी जनाब।...वैसे, तब क्या बतायेंगे?"

"तुम झंडू हो क्या पंडित?" वे चिढ़ गये। अरे भाई, यही बताएँगे कि गोरेलाल के बयान के आधार पर जब पुलिस छानबीन के लिए सल्ला हरतोला पहुँची तो भवान सिंह ने उसे अपना बेटा बताया। उसके बेटे का नाम भी राम सिंह है और वो भी घर से भागा हुआ था। दोनों के बाप के नाम भी मिलते-जुलते। यहाँ मामा ऐसे फ़न्ने ख़ाँ कि लड़के का अता-पता ही नहीं पूछा। फ़ोटो भी गोरेलाल के मोबाइल में मिला। अब पुलिस फ़ोटो के साथ बाप की सूरत तो मिलायेगी नहीं। मिलायेगी क्या?"

गिरीश ने 'ना' में गरदन हिलाई और मन ही मन कहा— सूरत तो ऊपर वाला मिला कर देता है, घोड़े-खच्चर घंटा मिला सकते हैं कुछ?

"हमारा राम सिंह वही है, जो तुम्हारा था। भूल जाओ नये वाले को।"

गिरीश के सिर से एक भारी बोझ उतरा गया। थानेदार का मूड अच्छा रहा होगा वरना अब तक गालियों की बौछार कर देता। मातहतों को वह स्टॉफ कंसेशन बता कर दूर के रिश्ते की गालियाँ दागता था। चूँकि उनमें बैंगन, कद्दू, टमाटर वग़ैरह का उल्लेख होता, वह उन्हें वेज गाली कहता था।

सफ़र में जिज्ञासा की उम्र बच्चों के बराबर होती है। हर नई चीज़ को देख कर पुतलियाँ फैलती हैं। हर चीज़ का इतिहास, भूगोल और समाजशास्त्र समझने की तीव्र इच्छा होती है। साँसें हवा और मिट्टी की गन्ध को रक्त में घोलती चलती हैं।

स्मृति के दरवाज़े और खिड़कियाँ खुल जाती हैं, ताकि समूची यात्रा में आये शहर देवताओं की तरह वहाँ विराजमान होते चले जायें।

हर स्थान का एक अलग रंग होता है। अलग गन्ध होती है, जैसे चीड़ की गन्ध लिये हरा कैरना। गन्ने की गन्ध वाला मटमैला गुंडौली। इस सफ़र में धान, कापूस, मछली, नारियल, खारे पानी, सोंधी मिट्टी, पराँठा, पोहा, डोसा, जाने कितने प्रकार की गन्ध थीं और कितने रंग, पर दिल में कुछ उतरता नहीं था और दिमाग़ दर्ज़ नहीं कर रहा था। सब ऐसे दृश्यों की तरह थे जो, सड़क पर चलते हुए भी ट्रेन में बैठ कर देखे लगते। पलक झपकते दिमाग़ के ऊपर से निकल कर पीछे की तरफ़ भागते और ग़ायब हो जाते। वैसा ही भ्रम होता। ट्रेन भाग रही है कि पेड़? दूसरा भ्रम होता, वह (राम सिंह) सचमुच देख रहा है या कोई बेहद ख़ौफ़नाक स्वप्न चल रहा है?

फ़रारी यात्रा नहीं होती। यह यातना थी। इसमें चीजों को सायास दर्ज़ करने की चेतना नहीं थी, इच्छा नहीं थी। दूसरों से पूछ कर समझने की जिज्ञासा नहीं थी। जब आप दुनिया से भाग रहे होते हैं, तो उन क्षणों को यात्रा की तरह कैसे जी सकते हैं? टुकड़ों-टुकड़ों में चीज़ें दिखती थीं। खेत हैं, ट्यूबवैल है, बिजली के खम्भे हैं, दुकानें हैं, मिल की चिमनी है। रंग-रूप और वेशभूषा बदलते मनुष्य हैं, नई-नई आवाज़ें हैं, ध्वनियाँ हैं और बेमतलब का शोर है।

दिल-दिमाग़ दुरुस्त हों और डायरी हो तो नोट करते जाओ।

फ़रारी में डायरियाँ नहीं लिखी जातीं।

ज़्यादा वक़्त तो चौकन्ना रहने में निकल जाता है। चेहरों को चौकस निगाहों से देखते रहो। कोई ऐसा तो नहीं जो पहचान रहा हो? पहनावे, खान-पान और भाषा की सीमा से दूर पहुँच कर भी चौंकते रहो। ये मुझे क्यों देखे जा रहा है? बच्चू बाबू या मामा का आदमी तो नहीं? सादे कपड़ों में पुलिस वाला हो? क़ानून के हाथ लम्बे होते हैं और ज़ालिमों की टाँगें। कहीं भी पहुँच सकते हैं।

तीन दिन के सफ़र में निढाल हो चुका था। पिट्ठू को क़स कर सँभाले हुए था। मामी ने जैसा कहा, उसने अमल किया। तीन ट्रेनें बदली थीं। तीन ट्रेन, तीन दिन, तीन जुग। अब कहीं भी उतर कर लुढ़क जाने का मन था। भरपूर नींद ले, वरना उल्टी करेगा।

'राम जी, रास्ते में उल्टी कर लेना।' बसन्ती लड़की की बहन याद आयी। वही बसन्ती साड़ी वाली, जो उसकी दुल्हन बनते-बनते रह गयी। अब उसकी बहिन से कोई शिकायत नहीं। सम्भव है, उसके कथन में निश्छलता ही रही हो।

ट्रेन में मरे चूहे और सड़ी मूली की दुर्गन्ध क्यों आती होगी?

तीन दिन के सफ़र के बाद एक अजीब-सी बात हुई, जो एक नया अनुभव था। वह ये कि अपना शरीर हिलता हुआ लगा। जैसे ट्रेन हिलती है— झकड़क-झकड़क। वह हिचकोले खाता है। ट्रेन में नहीं है, लेकिन ऐसा क्यों लगता है कि है।

इन तीन दिनों में बिजली के खम्भों और पेड़ों की तरह कितने शहर गुज़रे, पता ही नहीं चला। नींद भी नहीं आयी। झपकियाँ आती थीं। कभी डर से तो कभी-कभी माँ की गन्ध आने पर चौंक कर उठ बैठता। बगल में बैठी कोई स्त्री बच्चे को दूध पिलाती हुई उसे घूर रही होती और उसके देखते ही आँचल ठीक करने लगती। उसका मन होता, उस स्त्री के सामने रो दे। उसके अन्दर थोड़ी करुणा जगे और दृष्टि की कठोरता कुछ कम हो। अब बर्दाश्त नहीं होता।

कोई पुरुष बगल में बैठा हो तो एक सवाल कुनमुनाता। पिताजी की गन्ध ऐसी ही होगी या कुछ और? वह उस गन्ध को साँसों में खींचता। कोई फ़ैसला नहीं कर पाता। इतना पता था कि पिता लोग हाथ पकड़ कर रास्ता दिखाते हैं। मुसीबत से बचा लेते हैं। उसके पिता नहीं हैं, तभी वह मुसीबत में है। होते तो वह निश्चिन्त होकर सो रहता। कौन जाने, बचपन में उसने भी पाइपिंग लगा हुआ नीला ब्लेज़र पहना होता। जैसा, वहाँ कैरना में, कभी-कभार घूमने निकले सेंट जोसेफ़ के बच्चे पहन कर आते थे। पॉकेट में मोनोग्राम लगे नीले ब्लेज़र की वह अतृप्त-सी चाह आज भी अन्दर से हुड़क की तरह उठती है। जेल में तो क़ैदी नम्बर लिखे हुए कपड़े पहनाते होंगे या वह सिर्फ़ फ़िल्मों में होता है?

वह कहाँ उतरा है और कहाँ जाना है, नहीं पता। बस, सोना है। नींद नहीं निकाली तो गिर पड़ेगा। इस पार्क में लुढ़क जाऊँ? यहाँ पुलिस वाले तो नहीं आते होंगे?

पुलिस की नौकरी और अपराध-बोध विरोधाभासी हैं। गिरीश निश्चित ही अलग मांस-मज्जा का बना था। यह अलग बनावट ही तो घुटन का सबब बनती है। वह घुट रहा था। घुटन से मुक्ति चाहता था। उपाय एक ही था। भवान सिंह और गंगा देवी को बता दे कि यह जो राम सिंह फ़रार है, उनका बेटा नहीं है। वह न कभी मिला, न फ़रार हुआ। पुलिस जो कह रही है, सरासर झूठ है। इसके लिए कहीं न कहीं वह भी ज़िम्मेदार है। वह ग़लत पहचान कर बैठा। गंगा देवी की उम्मीद से भरी आँखें उसके दिल-दिमाग़ में घर कर गयी थीं। कुछ ससुराल का रिश्ता भी बेवकूफ़ी करा बैठा। राम सिंह को खोजने की उसकी ईमानदार कोशिश का ही यह शर्मनाक नतीजा है। उसने जानबूझ कर कुछ नहीं किया। जब ग़लती समझ में आयी तो सुधारने के सारे रास्ते बन्द हो चुके थे। मामला हमारे थानेदार साहब के हाथ से भी निकल चुका था, मेरे बस में क्या होता?

उसे अपना खच्चर मुँह याद आया। घोड़ों और खच्चरों की निरीहता याद आयी। हिनहिनाहट सुनायी दी। फुर्र-फुर्र तो अपनी ही नाक के नीचे सुनी। कहना चाहता था, मेरे बस में केवल प्रार्थना करना था। वह भी व्यर्थ गयी।

हालाँकि उसने कुछ नहीं कहा।

कुछ कन्फ़ेशन चाह कर भी नहीं किये जा सकते। डिपार्टमेंट के ख़िलाफ़ जाना आसान है? कई युवा जिस पुलिस की नौकरी के लिए लाखों रुपया घूस देने को तैयार बैठे हैं, उसे वह दाँव पर लगा दे? इसी दुविधा के बाद उसने सब कुछ डिमरी को बताने का फ़ैसला किया था। वह उसके अलावा किसी पर भरोसा नहीं कर सकता था। उसके सिवा किसी बड़े आदमी को जानता भी नहीं था। उम्मीद थी, डिमरी जी कोई रास्ता निकाल लेंगे। ऐसा रास्ता, जिससे उसकी नौकरी बची रहे और भवान सिंह के परिवार को भी वस्तु-स्थिति का पता चल जाये। प्रायश्चित्त के रूप में यह कोशिश उसे करनी होगी। प्रयास और प्रार्थना के व्यर्थ होने पर प्रायश्चित्त ही शेष रह जाता है।

उसने डिमरी को सब कुछ बता दिया। इसी के बाद डिमरी ने चन्दन को सूचना दी थी कि यह जो गुंडौली काण्ड का आरोपी है, वह भवान सिंह का बेटा नहीं है। गिरीश ने महेश जी के बारे में भी कुछ बताया था। उनका नाम उसने डिमरी के मुँह से ही सुना था। दोनों के बीच सम्बन्ध कैसे हैं, यह अनुमान उसे नहीं था। इसके बाद तो डिमरी के भीतर समुन्दर की लहरों की तरह थोड़ी-थोड़ी देर में पुलक-सी उठने लगी थी। वह सुनता रहा। खुद को सावधान करता रहा। गिरीश को ये लहरें दिखनी नहीं चाहिए।

एक गिरीश था, जो हर बात निश्छल मन से उसके साथ साझा करता। वह केवल उतना ही बताता, जितना वह गिरीश की हैसियत समझता था और जितना उसे विश्वास में लेने के लिए ज़रूरी था। वह न निजी सुख-दुःख होता, न गोपनीय जानकारी। लेकिन गिरीश को लगता वे उसे बहुत मानते हैं, हर बात उससे साझा करते हैं। राजनीति ऐसी ही नाट्यशाला है। सफल अभिनेता वही है जो ऐसी मुख-मुद्रा बनाये कि लगे, समस्त भारतवासी इसी के चचेरे-ममेरे भाई-बहन हैं।

उसने डिमरी को घटना का ही नहीं, गवाहों के बयानों का ब्योरा भी दिया था। यह निश्चित ही उस घटना का सबसे संवेदनशील हिस्सा रहा होगा। इसे चन्दन से छिपा लिया गया। इस पर मथरेश ने भी टिप्पणी करने से इनकार कर दिया। आश्चर्य की बात थी, पर सच तो यह है कि घटना-क्रम की कुछ कड़ियाँ खुद गिरीश और डिमरी भी नहीं जोड़ पाये थे। डिमरी को अपने दूसरे स्त्रोतों से इतना ही पता लगा कि

गुंडौली वालों को कुछ 'बड़ा' कर डालने की सलाह सम्भवत: खरखराती आवाज़ वाले महेश जी ने ही दी और उन्हीं ने इस केस को जाने क्यों एक सौ अस्सी डिग्री घुमा दिया।

डिमरी को अपने विरोधी की क़ब्र खोदने का सुनहरा अवसर नज़र आ गया था। उसने चन्दन का इस्तेमाल किया। उसे भरोसा था कि जो कड़ियाँ वह जोड़ नहीं पा रहा, उन्हें चन्दन जोड़ लेगा। लेकिन चन्दन की ख़बर छपने के बाद डैमेज कंट्रोल की ज़िम्मेदारी, उलटा, डिमरी को ही सौंप दी गयी— मीडिया में तो आपकी पकड़ है। ज़रा देखो, यह सब क्या हो रहा है?

धुँधली तस्वीरों की साफ़ कहानियाँ

एक समय था जब पार्वती को लगता, गुम्मा रामू के कारण घर में सन्नाटा खिंचा रहता है। रामू के चले जाने से पता चला कि साँसों की आवाज़ भी उपस्थिति है। सन्नाटा वह है जो अनुपस्थित की ख़ाली जगह घेर लेता है। एक अदृश्य शून्य। रामू चार मूक दीवारों के बीच खड़ा स्तम्भ नहीं था। बेशक कम बोलता, पर था। चल कर बताता था कि वह बाक़ायदा है, लेकिन उसके दिल्ली चले जाने के बाद ख़ाली हुई जगह को लोहे जैसी वज़नी हवा ने घेर लिया।

मनुष्यों को हवा चाहिए, लेकिन इतनी नहीं कि मनुष्यों की जगह घेर ले। जैसे हवा को भी उतने ही मनुष्य चाहिए, जितने में उसके लिए जगह बची रहे।

जबसे रामू के ग़ायब होने की ख़बर मिली है, उम्मीदों की किरचें बिखर गयीं। वह दीवारों के साथ एकतरफ़ा संवाद के लिए अकेली रह गयी थी। भारी हवा को फेफड़ों में खींचना असह्य हो गया। रामू से सवाल करते कई बार थक जाती थी। पर हमेशा उम्मीद रहती कि वह है, उसे बोलना आता है और एक दिन खुल कर बोलेगा। घर के अन्दर रहने वाली इस उम्मीद को किसी ने चुपके-से अग़वा कर लिया।

ग़ायब लोग आख़िर कहाँ होते होंगे? वहाँ रामू की पसन्द का दाल-भात मिलता होगा? वह सोचती और हिचकियाँ भर कर रोती।

वह दिल्ली गया था तो सड़क को देखती थी, जिस पर जाने वालों के लिए ही नहीं, लौट कर आने वालों के लिए भी मील के पत्थर लगे होते हैं। सड़क को देखते रहने के लिए रामू की खटिया पर डेरा डाल लिया था। रात में उसी बाहर वाले कमरे में सोती। आएगा तो फ़ौरन नज़र पड़ जाएगी। पहले चाय बागान चली जाती थी काम पर। ख़ाली वक़्त में कढ़ाई, बुनाई और सिलाई के काम में लगी रहती। इधर एक स्वयं सहायता समूह से जुड़ गयी थी। दो पैसे की आमदनी हो जाती, लेकिन किसी को अधमरा कर रामू के ग़ायब हो जाने की ख़बर ने उसके हाथ लूले और

पैर लंगड़े कर दिये। काम पर जाना छोड़ दिया। उम्मीदों की बाहर वाली चारपाई पर लेटने की जगह अपनी अँधेरी कोठरी में लौट गयी, जहाँ इन दिनों कई अदृश्य हाथ दिवंगत चित्रकारों के ब्रश लेकर अन्धकार में गाढ़े काले रंग भरते हैं। जहाँ भविष्य के रंगीन सपने प्रतिबन्धित हैं। उसी कोठरी में वह पेट के बल उल्टा लेटकर सिसकती है, ताकि सिसकियाँ बिस्तर में घुट जायें।

ऐसा बवंडर पति की मृत्यु के बाद भी नहीं आया। उन दिनों नन्हे रामू के हाथ जब उसके गालों और छातियों को छूते तो वह शान्त हो जाती। अब स्पर्श से चेतना में प्रवेश करने वाला कोई हाथ नहीं है। न स्पर्श की भाषा है, न भाषा का स्पर्श। अन्दर तूफ़ान और बाहर घनघोर सन्नाटा है, उसकी आवृत्ति है, पुनरावृत्ति है। कितनी दहशत है इसमें? जाने कैसा हौल-सा (कुहासा-सा) लग गया है मन में। पहले लगता था, बाहर की खटिया में लेट कर रामू की राह देखते रहने से सीधे घर आना उसके लिए आसान हो जायेगा। भटकेगा नहीं। कहते हैं, देवता और पुरखे ऊपर से देखते हैं। वह जीवित होते हुए देखती है। अफ़सोस, देखने से भटके हुए लोग लौटते नहीं।

आधी खिड़की वाली कोठरी में लेटे-लेटे वह केवल सोच सकती है। सोचती रहती है, कुछ भी। सिर-पैर की बातें या बेसिर-पैर की। घर से निकलना भटकने की दिशा में पहला क़दम होता होगा। जब तक गया आदमी लौट नहीं आता, तब तक सुभेद्य है। पता नहीं कौन कहाँ दबोच कर रख ले या दौड़ाता रहे? क्या आश्चर्य कि परियों की तरह नचाता रहे और अनन्त आकाश में ले उड़े।

वह देर रात तक दरवाज़े खुले रखती है। सोचती है, कोई बाहर गया हो तो दरवाज़े खोल कर रखने चाहिए। कभी वह आये और 'खुल जा सिमसिम' कहने से भी न खुले तो? फिर कहाँ लौटेगा घर लौट आया आदमी? जाना और लौट आना हर विचार का केन्द्र होता है। इस केन्द्रीय स्थान में घोर निराशा है। सुबह सड़क को देखने से वैसी ही निराशा होती है। भटके हुए लोग कब लौटते होंगे? कोई दिन, कोई तारीख़, कोई वार?

इस जगत् की समस्त निराशाएँ अकेले रह गये लोगों के मन में बसती हैं, फिर भी प्राणों में इन्तज़ार पसरा रहता है।

...कोई दिन, कोई तारीख़, कोई वार?

स्याह रातें बेचैन न करें और दम न घोंटें तो वह अपने लिए रात को चुने। उजाला कभी न होने की कामना करे। रात अनवरत चलती रहे, चलती ही रहे। नियत घंटों का सफ़र तय करते-करते रात थक जाए। रात को गहरी नींद आ जाये और जागना भूल जाए। रात जाग जाये तो भी वह अपनी कोठरी में लेटी रहे और उसे

लेटे हुए और सिसकते हुए कोई देखे नहीं। वह खुद को भी न देखे। मानो दु:ख से ज़्यादा असह्य दु:ख को देखना हो। मृतक के शोक और लापता के दु:ख में उसके लिए बहुत अन्तर नहीं रह गया था।

डिमरी को मिले डैमेज कंट्रोल के निर्देश के तहत जो ख़बरें छपीं, उनमें इस बात पर अनावश्यक ज़ोर था कि राम सिंह सल्ला हरतोला के भवान सिंह का ही बेटा है और उसने एक व्यक्ति पर बच्चा-चोर होने के शक में हमला किया था। इसके बाद फिर से दो स्थानीय अख़बारों में भवान सिंह और गंगा देवी के घर का हाल छपा कि किस तरह वे आजकल गाय की सेवा कर रहे हैं और दूध पी कर मुटा गये हैं। किस तरह गाय का गोबर खेतों में डालने से दो-दो किलो की गोभी और हाथ भर की मूलियाँ उग रही हैं। किस तरह कुछ सामाजिक और सांस्कृतिक संगठनों ने राम सिंह को ढूँढ़ने में मदद करने का आश्वासन भवान सिंह को दिया है। और किस तरह इन्हीं संगठनों ने राम सिंह का मुक़दमा लड़ने के लिए वकीलों को तैयार रखने और सारा ख़र्चा उठाने का भरोसा दिलाया है।

आश्चर्य की बात थी।

आश्चर्य की एक और बात थी। इस दौरान पार्वती के पास एक स्थानीय संवाददाता आया भी तो उसने इस तरह सवाल किये, जैसे कटघरे में पार्वती हो। उसे राम सिंह के उसका बेटा होने पर शक था। वह प्रमाण चाहता था कि पार्वती सल्ला के राम सिंह पर अपना दावा कैसे कर रही है? नतीजतन जो ख़बर छपी, वह बेहद सामान्य और हास्यास्पद थी। अख़बार ने लिखा कि राम सिंह को दक्षिण भारत की किसी अभिनेत्री की तस्वीर मिल गयी थी। वह उससे प्रेम करने लगा और विक्षिप्त-सा हो गया। इसी मन:स्थिति में एक दिन घर से निकल पड़ा। माँ से सम्पर्क तोड़ दिया। अब बेटे के लिए माँ दिन-रात परेशान रहती है और उस नाम का हर व्यक्ति उसे अपना बेटा लगता है।

वाह रे चूतियमसल्फेट।

पार्वती, मीतू और रजनी अख़बार वालों को बताते कुछ और छपता कुछ था। थक-हार कर उन्होंने रामू के बारे में किसी तरह की जानकारी नहीं देने का फ़ैसला कर लिया।

वह अक्सर एक पुराना अख़बार हाथ में लिए और उसके एक ही पन्ने को टकटकी लगाये देखती रहती। न पकाने को मन था, न खाने को। मीतू और रजनी के घर से कभी कोई रोटी-सब्ज़ी व दाल-भात दे जाता। उसके सामने बैठ कर

ज़िद करता तो वह खा लेती, वरना दो कौर खाकर थाली एक तरफ़ सरका देती। मृत्यु-शोक में डूबे लोगों को भी भोजन का कौर मुँह में डाल कर जीवन की गति पकड़नी होती है, लेकिन उसकी मन:स्थिति ऐसी नहीं थी कि समझ पाये, जीवन का आधार अन्न है।

मीतू कई बार देर तक उसके साथ बैठ कर सांत्वना देती। आ जायेगा। उसे ढाढस बँधाने वालों में मीतू और रजनी ही थे। कभी-कभार दोनों की माँएँ, जब उन्हें अपनी गृहस्थी से फ़ुर्सत मिले, आ जातीं। थोड़ी देर बैठतीं और समझा कर चली जातीं। गाँव के लोग एकाध बार आये और अब सड़क से गुज़रते हुए आवाज़ दे कर पूछ लेते हैं, "रामू की कोई ख़बर?"

रामू की ख़बर बासी होने लगी।

पार्वती निपट अकेली हो चुकी थी। पहले मुहल्ले वाले आश्चर्य करते कि वह रोती क्यों नहीं? बाप रे, पत्थर का कलेजा निकला। इतनी कठोर कोई माँ कैसे हो सकती है? लेकिन बिना आवाज़ किये रोने का पता चला तो कहने लगे— भला ऐसे, बिना आवाज़, कोई रोता है? कोई बात हुई ये? सोच-सोच कर रोना कैसा? दु:ख आता है और पसर जाता है। उसे आदमी के अन्दर पनाह चाहिए। दु:ख को खदेड़ने के लिए धाड़ मार कर रोना पड़ता है।

एक दिन मीतू उसके पास बैठी सांत्वना दे रही थी कि अब भी सम्भव है, ये सल्ला के राम सिंह की करामात हो। अपने रामू ने फ़ोन खो दिया होगा। पार्वती ने ख़ाली आँखों से देखा। कुछ पल देखती रही। फिर उठ कर भीतर वाले कमरे में चली गयी। लौट कर आयी तो हाथ में वही मुड़ा-मुचड़ा अख़बार था, जिसे वह देखती रहती थी। उसमें राम सिंह का फ़ोटो छपा था और पार्वती के आँसुओं के दाग़ थे। फ़ोटो दिखाती हुई बोली, "यह जो आधी बाजू का स्वेटर रामू ने पहना है, इसे देख। रंग से समझ नहीं आता, लेकिन बुनाई पहचानती हूँ। मेरे हाथ की है।"

मीतू फफक-फफक कर रोने लगी। मानो पार्वती की जगह उसकी आख़िरी उम्मीद टूटी हो। पार्वती ने एक क़तरा नहीं बहाया। आँखें वैसी ही सूनी थीं। उसकी समझ में नहीं आ रहा था रामू के लिए उसकी माँ की आँखें इतनी सूनी और उसकी तर-ब-तर क्यों हैं। ऐसा क्यों हो रहा है?

उसका बस चलता तो मामी के दिये रुपये कभी ख़र्च न करता। वह उन्हें आख़िरी साँस तक बचा कर रखना चाहता था, लेकिन पेट आख़िरी साँस तक इन्तज़ार नहीं करता। वह पहले मरने को हो जाता है। जब मामी के दिये दो हज़ार

रुपयों को छोड़कर सारे पैसे चुक गये तो उसने मामी वाले पाँच सौ के पहले नोट को देखा और ढाबों पर नज़र दौड़ाने लगा। नीयत मसाला डोसा पर टिक गयी थी।

मन बहुत उदास था। गला भरा जा रहा था। कोई कन्धे पर हाथ रख दे तो आँसू निकल आयें, लेकिन किसी ने रखा नहीं। नहीं रखा, यह सोच कर भी वह खाते-खाते रो देना चाहता था। किसी दयालु आदमी के लिए रुलायी रोक रखी थी। फिर भी सोच लिया था कि अगर रो ही पड़ा और किसी ने पूछा कि लड़के रो क्यों रहा है तो कहेगा, साँभर में मिर्च है।

रुपये चुकते जाना चेतावनी थी। अब कहीं ठहर कर काम करना होगा। कभी-कभी भागते रहने से भी ज़िन्दगी रुक जाती है। ये जीवन और पेट कभी न कटने वाली गर्भनाल से जुड़े हैं।

वह रेस्ट्राँट के बाहर सड़क को देख रहा है। लोग एक हाथ से लुंगी सँभाले सड़क पार कर रहे हैं। उसे छोड़ कर सबको कहीं पहुँचना है। किसी को काम करना है, किसी को विश्राम। सड़क पर और सड़क के दूसरी तरफ़ दुकानों और घरों की छतों पर धूप पसरी है, पीली और थकी हुई। उसका रंग हमेशा कैसे बता देता है कि दिन खुशनुमा है या उदास? सम्भव है, हरेक को उसके मन की अवस्था के मुताबिक़ स्पेक्ट्रम का कोई रंग तेज़ तो कोई हल्का दिखता होगा।

उफ़्फ़, ये कैसा साँभर है कि डोसा गले से नीचे नहीं सरकता। इतनी मिर्च? आँख से निकलती है।

दो दिन पहले प्रिया का फ़ोन आया था। उसने कहा था, माँ विश्वास नहीं कर रहीं, कि वह ख़बर नहीं लिखेगा और कोई संकट नहीं आयेगा। बहुत चिन्तित थीं। उन्हें लग रहा था, अचानक कुछ हुआ तो पापा भी हैंडल नहीं कर पायेंगे। उन्होंने चन्दन के घर आने की जानकारी पापा को दे दी। पापा को बताने से पहले भारी दुविधा में थीं कि बताने का नतीजा भी शायद नहीं बताने जितना ही भयंकर हो। वही हुआ जिसकी आशंका थी। पापा तनाव में आ गये। बीपी 110/180 हो गया। डॉक्टर ने दवा बदलकर आराम करने की सलाह दी है और वे घर पर हैं। माँ का तनाव तो कम हुआ नहीं, पापा की चिन्ता अलग मोल ले ली।

उन्हें चिन्ता-मुक्त करने को, चन्दन के पास सिवाय आश्वासन के उस वक़्त कुछ नहीं था। गिरीश से मिलने के बाद उसे लगा अब उन्हें राहत भरी ख़बर दी जा सकती है। उनकी चिन्ताएँ, एक तरह से उसकी एंट्री के बाद ही बढ़ी हैं। इसलिए गिरीश से मिल कर लौटा तो रात में ही उसने प्रिया को फ़ोन कर दिया। संक्षेप में सब बता दिया।

प्रिया को समझाया कि पूरा केस आईने की तरह साफ़ है। आप लोगों को इसमें घसीटे जाने की सम्भावना नहीं लगती।

प्रिया पापा को समझाने में असफल हो चुकी थी। उन्होंने उल्टा उसे ही समझा दिया। पत्रकार बहुत चतुर प्राणी होते हैं। छल से काम लेते हैं। पुलिस वालों की तरह इन पर भी भरोसा नहीं कर सकते। हम तो चन्दन को जानते तक नहीं। बिना वज़ह कोई आपके लिए चिन्तित दिखे तो शक करना चाहिए। इसलिए भी करना चाहिए ताकि भरोसा टूटने से एक दिन हम खुद न बिखर जायें।

पापा बचपन से लेकर अब तक जो कुछ कहते आये, वह उसे हमेशा सच मानती रही। चाहती थी, उनका कहा एक-एक शब्द सच हो क्योंकि पापा उसके आदर्श थे। अब चाहती है, चन्दन के बारे में वे जो सोच रहे हैं, वह झूठ साबित हो।

प्रिया ने पूछा कि क्या वह एक बार आकर पापा को समझा सकता है? उसका स्वर सघन कृतज्ञता से बुना हुआ था। उसमें अपनत्व के बारीक़ धागों की नरमी थी। उसे चन्दन अपने रोओं पर महसूस कर सकता था। वह इनकार नहीं कर पाया। शाम को मिलने का वादा किया।

जब वह पहुँचा, प्रिया के पापा लॉन में टहलक़दमी कर रहे थे। प्रिया और उसकी मम्मी ड्राइंग रूम में बैठी इन्तज़ार कर रही थीं। प्रिया की नज़रें बार-बार खिड़की के शीशे से गेट की तरफ़ उठ जाती थीं। चन्दन ने बैठते ही वे बातें एक बार फिर दोहरा दीं जो प्रिया को बतायी थीं। हालाँकि उसे अन्दर से बड़ी कोफ़्त हो रही थी। यही काम है पत्रकार का? फिर भी बोले जा रहा था। तीनों सुन रहे थे। प्रिया दूसरी बार सुन रही थी। पहली बार जितने ही धैर्य से।

नलिन बजाज और उनकी पत्नी के चेहरे से बाढ़ के पानी की तरह तनाव उतरने लगा। उन्होंने चन्दन को खाना खा कर जाने के लिए रोक लिया। उसकी ना-नुकर पर उन्होंने ध्यान ही नहीं दिया। एक उम्र के बाद लोग दूसरों की 'ना' से शर्मिन्दा नहीं होते। नहीं बेटा, खाकर ही जाओ। माँ की सूई अटक गयी थी। पापा ने घर में शानदार बार बना रखा था। उन्होंने चन्दन के लिए आर्डबेग सिंगल माल्ट खोल दी। वह अन्त तक मना करता रहा कि उसे ड्राइव करना है, लेकिन उन्होंने एक-एक पैग यह कहते हुए बना लिया कि तब तक तो सब ग़ायब हो जायेगा। खुद उन्होंने पूरे दो घंटे में दो ही पैग लिये। चन्दन के लिए तीसरा भी बना दिया था। आग्रह कर साथ में कुछ न कुछ खिलाते रहे। पच्चीस साल पुरानी ह्विस्की के साथ उस दिन नलिन बजाज पच्चीस साल पीछे चले गये, अपनी युवावस्था और बेटियों के बचपन में। वह भी बेतकल्लुफ़ हो गया। कुल मिला कर रंग जम गया।

प्रिया पूरे समय उसके सामने बैठी रही और वह हर वाक्य बोलते वक़्त प्रिया को देख कर बातें करता रहा। उनकी बड़ी बेटी विवाहित थी, लेकिन उसके विवाह से वे बहुत खुश नहीं लगते थे। दामाद का उल्लेख करने से बार-बार बच रहे थे। ज़िक्र आता और टाल जाते। सारी उम्मीदें नये दामाद पर टिकी थीं जो अभी कहीं था नहीं।

उस रोज़ डिनर के बाद चन्दन रात के साढ़े ग्यारह बजे उनके घर से निकल पाया। जाते वक़्त वे उसके लिए 'मंकी शोल्डर' की एक बोतल, जिसके बाहर तीन बन्दर उभरे हुए थे, पैक करने लगे। चन्दन ने ले जाने से इनकार कर दिया। कहा कि वे उसे दुबारा नहीं बुलाना चाहते शायद, जबकि वह यहीं उनके साथ बैठ कर पीना चाहेगा। वे खिसिया गये थे।

रास्ते में यह ख़याल परेशान करता रहा कि उसका फ़ोकस अपने काम से हट रहा है। पत्रकार को ख़बर निकालने से मतलब होना चाहिए। इसके लिए घनिष्ठता बढ़ाने की ज़रूरत है क्या? इसका 'हाँ' और 'ना' में कोई स्पष्ट जवाब वह खुद को नहीं दे पाया। मतलब कि वह चाहता है और नहीं भी चाहता। यह उसे किस तरह से घनिष्ठता लगती है, इसका उत्तर भी उसके पास नहीं था। बस, उस दिन उसने अपने को चेतावनी दी। लड़कियों की आँखों में कभी नहीं देखना चाहिए।

उनकी माँ के बनाये भोजन और उनके पिता की शराब से भी दूर रहना चाहिए।

तीन दिन बाद कैरना का कोई आदमी अख़बार की कतरन लेकर आया था। तब जाकर पार्वती को पता चला कि राम सिंह को फिर से सल्ला हरतोला का बताया गया है। उसे छुड़ाने के लिए हर मुमकिन कोशिश करने के वादे किये जा रहे हैं। यही आदमी पार्वती की मदद के लिए चोरी-छिपे पहले भी आया था। ऐसे दो-एक शुभचिन्तक और थे। कभी अख़बारी कतरन दे जायें, कभी सौ-दो सौ रुपये मुट्ठी में भींचने की कोशिश करने लगें। हाथ छू लिया, इतना ही बहुत। इनमें सबसे बड़ा ठरकी मनोहरिया था। बाक़ायदा आठ-दस हज़ार लेकर आया था। मोटी गड्डी थी। भगवान जाने गिनती में सही-सही कितने होंगे? पल्ले में पैसा हो तो आदमी की ठरक भी बड़ी हो जाती है। हाथ पकड़ कर हथेली में रख रहा था और आँखों में डुबकी लगाने को तैयार था। पार्वती ने आँखें फेर कर हाथ खींच लिया। नहीं माना तो सख़्ती से इनकार करना पड़ा, "एक बार कह दिया ना, नहीं चाहिए तो नहीं चाहिए।"

पड़ोसी सोच रहे थे, यह पार्वती के लिए राहत की ख़बर है। मन के किसी कोने में उम्मीद जगी होगी। अख़बार में बार-बार छप रहा है तो हो सकता है, रामू उन्हीं दोनों का बेटा हो, लेकिन पार्वती को राम सिंह का आधी बाजू का स्वेटर याद आता।

सारी बातें बेमानी और ख़बरें झूठी लग रही थीं। एक ही बात मन को तसल्ली देने वाली थी कि कुछ लोग उसे छुड़ाने के इच्छुक हैं। क्या पता, यह जानने के बावजूद कि वह भवान सिंह और गंगा का बेटा नहीं है, वे उसे छुड़ाने का इरादा न बदलें। भले लोग तो दुनिया में होते ही हैं। वे उसी तरह हमारे आसपास मौजूद हैं, जैसे बुरे लोग, पर भले लोग धूप की तरह दृश्यमान और दयालु होते हैं। वे निःस्वार्थ भाव से भलाई कर देते हैं। उनके लिए क्या गंगा का बेटा और क्या पार्वती का? ऐसा हो जाये तो इसे वह शिवजी की ही कृपा मानेगी। शिवजी भी तो पार्वती और गंगा में से किसी के साथ भेदभाव नहीं कर सकने वाले हुए। उनके लिए क्या गंगा और क्या पार्वती? दोनों में से किसका अहित होने देंगे?

रजनी और कुछ दूसरे लोगों ने, जिनमें त्रिलोक जनरल स्टोर वाला भी शामिल था, पार्वती को समझाने की कोशिश की। ख़बर के हिसाब से तो जो फ़रार राम सिंह है, तुम्हारा बेटा नहीं हो सकता। तुम्हारा थोड़ा सीधा ज़रूर है, लेकिन इतना बेवकूफ़ और पागल नहीं कि बच्चा चोर को कचेल (कुचल) दे। फिर अपने माँ-बाप और गाँव का नाम ग़लत क्यों बताएगा? केवल मीतू थी जो उसे तसल्ली नहीं दे सकती थी। वह नज़रें झुकाये बैठी रही। जब दोनों पक्षों का सत्य से परिचय हो जाये तो तसल्ली भरे शब्द स्वतः ही कमज़ोर और हास्यास्पद हो जाते हैं। पार्वती उसके साथ स्वेटर का रहस्य साझा कर चुकी थी। मीतू ने गरदन उठायी तो उसने मीतू की आँखों में देखा, "तूने तो वह स्वेटर बुनते हुए देखा था, पूछा भी था कि ताड़ के पेड़ के लिए बुन रही हो?"

पार्वती का स्वर पर्वतीय लोकगीतों की तरह उदास था। लोग पूछने लगे कैसा स्वेटर और कौन हुआ ये ताड़ का पेड़? रामू की लम्बाई देख कर मीतू उसे 'ताड़ का पेड़' कहती थी। लोगों के सवाल का जवाब न पार्वती ने दिया, न मीतू ने। सब उनकी ओर देख रहे थे। वे दोनों उन निगाहों से बच रही थीं।

"चन्दन को फ़ोन करना है।" उसने मीतू से कहा। वह टालना चाहती थी। मीतू ने संकेतों में त्रिलोक और बाक़ी लोगों की मौजूदगी का ध्यान दिलाया। अभी करना मुनासिब होगा? दोनों मुँह सी कर उन लोगों के जाने का इन्तज़ार करने लगीं। ऐसी चुप्पियाँ घर आये लोगों को अवांछित बना देती हैं। उठना मजबूरी हो गयी। चन्दन का नाम सुन कर केवल रजनी उठते-उठते बैठ गयी। रजनी से न पार्वती कुछ छिपाना चाहती थी और न मीतू का ऐसा कोई इरादा था। उन लोगों के जाते ही मीतू ने चन्दन को फ़ोन लगा कर पार्वती के हाथ में थमा दिया। उसने बिना किसी भूमिका के स्वेटर की बात उसे बता दी।

चन्दन नहीं समझ पा रहा था कि उसे क्या कहना है? पार्वती को जो बात लगातार परेशान कर रही थी और जिसके लिए उसने फ़ोन किया, वह हालाँकि कुछ और थी। बोली, "समझ नहीं आता, बार-बार उसे भवान सिंह और गंगा का बेटा क्यों बताया जा रहा है? आप इसे समझने में मेरी मदद करो।"

चन्दन ने कहा, यही बात उसे भी परेशान किये हुए है। जितना अब तक पता चल पाया, वह बहुत अच्छी ख़बर नहीं है। मीतू और रजनी ने देखा, पार्वती के चेहरे का रंग उड़ गया।

"क्या पता चला?" उसने पूछा।

"यही कि किसी को बचाने के लिए उसे फँसाया गया है। ताक़तवर लोग हैं।" चन्दन को साफ़-साफ़ कहना पड़ा। कांस्टेबल गिरीश के साथ हुई बातचीत उसने पार्वती को बता दी। रामू ने जो कष्ट उठाये, उनकी कल्पना से वह कलप उठी। फ़रारी में वह कहाँ भटक रहा होगा, इस पर सोचना तो आत्मा को असह्य वेदना से भर दे रहा था। वह पत्थर पर और खड़खड़े बिस्तर पर सो सकता था, भूख बर्दाश्त करने का भी उसे अभ्यास था, लेकिन परदेस में रहना और पुलिस से भागना नहीं आता। भाग कर किसी के हाथ नहीं आना तो बिल्कुल भी आसान काम नहीं है।

सोच कर दर्द की एक तेज़ लहर उठी और पूरे शरीर को निचोड़ गयी। पूरी कहानी जानने के बाद उसका हृदय उस स्त्री के लिए अपार श्रद्धा से भर गया जो मामा बुद्धिनाथ की पत्नी थी और जिसने रामू को बचाने के लिए अपना सब कुछ दाँव पर लगा दिया। पता नहीं वो दो राक्षक (मामा और बच्चू) उसके साथ कैसा सलूक करते होंगे? उस औरत से मिलने, उसके पैरों में गिर जाने की इच्छा होने लगी। उसने मन ही मन उसका आभार व्यक्त किया। दुआ की कि उसके साथ सब ठीक हो।

भवान सिंह और गंगा कुछ दिन से चिन्तित थे। अपने पक्ष की ख़बरों के बावजूद मन में खुटका हो गया था। जिसे वे अपना बेटा समझ रहे हैं, कहीं वह सचमुच उसी औरत का न हो जिसके बारे में बताया जाता है कि उसने राम सिंह की ख़ातिर खाना-पीना छोड़ दिया। यह जानते हुए तो नहीं छोड़ा होगा कि वह भवान सिंह और गंगा का बेटा है। उसे भी थोड़ा विश्वास होगा। क्या होगा उसके विश्वास का आधार, कैसी होगी वह औरत और किस हाल में होगी? उसका तो पति भी नहीं हुआ जो उसे हिम्मत बँधाये।

भवान सिंह ने कैरना के पास सिल्टोंण गाँव में रहने वाले अपने एक रिश्तेदार से पार्वती के बारे में सारी जानकारी जुटायी थी। पति-पत्नी अक्सर उसके बारे में सोचते रहते थे। अनजाने में ही सही, हमारे बेटे की ख़ातिर ही तड़प रही ठैरी बेचारी। फिर मन में घूम-फिर कर वही ख़याल आता। कहीं यह लड़का उसी का न हो?

"एक बार उससे मिलना चाहिए।" एक दिन गंगा ने कहा। भवान सिंह ने सुझाव दिया कि जल्दी से वह स्वस्थ हो ले। तब दोनों चलेंगे। जब से गंगा के मन में यह शंका पैदा हुई कि राम सिंह पार्वती का बेटा हो सकता है, उसका स्वास्थ्य फिर से बिगड़ने लगा। हालाँकि शंका नाममात्र की ही थी, पर बीज की तरह मन की भूमि में पड़ चुकी थी। भय अंकुरित हो रहा था। बिगड़ते स्वास्थ्य के कारण वह कैरना जाने में असमर्थ थी। इच्छा बहुत थी। अन्त में तय हुआ, वही चला जाये।

रात में गंगा ने ठेकी (काठ के बर्तन) में गाय के दूध से दही जमा दिया। भवान सिंह ने तड़के खेतों से गोभी के चार फूल और डेढ़-दो किलो मेथी तोड़ी। फिर अनुमान से उन जगहों पर कुदाल मारी जहाँ अदरक हो सकती थी, क्योंकि ज़मीन के ऊपर पौधे सूख चुके थे। पाँच-छह अदरक के पंजे खोदे— केकड़े जैसे। अच्छी और स्वस्थ अदरक हुई थी। घर पहुँचकर गोभी के मोटे-मोटे पत्ते तोड़े, मेथी की गड्डियाँ बनायीं, घर में रखी गहत (कुलथी) की दाल एक पोटली में बाँधी, जो अभी दो-एक महीने पहले की फसल थी। सबको एक थैले में डाल कर चल पड़ा।

लोकल सवारियाँ ढोने वाली दो-तीन जीपें बदल कर ढाई घंटे में पहुँच गया कैरना। पार्वती का घर पूछा तो आराम से पता चल गया। वहाँ पहुँच कर अपना परिचय दिया। पार्वती हैरान रह गयी। अच्छा भी लगा कि वह उतनी दूर से यहाँ चला आया। आराम से बैठ कर स्टील के गिलास में चाय सुड़कते हुए भवान सिंह ने अपने बेटे के बारे में बताया और उसके बेटे के बारे में पूछा। सब जानने के बाद मतिभ्रम-सा हो गया। क्या कहे ऐसे में। बोला, "देखो, लड़का तुम्हारा भी खोया है, मेरा भी। हम ग्यारह साल से उसके लिए तिल-तिल मरे हैं, तुम्हारे दु:ख को मैं और मेरी घरवाली समझ सकते हैं।"

पार्वती सिसकने लगी, बिना आवाज़ किये। इसका उसने अभ्यास कर लिया था। बुक्का फाड़ कर रोने से भी क्या होगा? कोई असर तो होना नहीं। वह उसे सिसकते देख रहा था। सांत्वना की निरर्थकता का बोध उसे ग्यारह साल में भली-भाँति हो चुका। बोला, "अब राम सिंह तो एक ही है। या तो तुम्हारा लड़का होगा, या हमारा। मेरी घरवाली तुम्हारे दु:ख के बारे में सोच-सोच कर परेशान थी।

मेरे मन में भी यही बातें घुमड़ रही ठैरीं। इसीलिए सोचा, मिल आऊँ। उसकी तबीयत इन दिनों फिर से ख़राब रहने लगी वरना वो भी आती।"

पार्वती ने सिसकियों की रफ़्तार धीमी की। बोलती क्या, गुमसुम रही। वही बोला, "कोई हाथ पकड़ कर कितनी ही गरमाहट दे दे, आँसू बहा दे, धीरज रखने को कहे, उससे होता क्या है? जिसका इन्तज़ार कर रहे हो वह नहीं लौटता। वह तो तभी लौटेगा...।"

वह चुप हो गया। लम्बी चुप्पी के बाद कहा, "पता नहीं, कब लौटेगा? लौटने के लिए जीवित होना ज़रूरी हुआ।"

बात पार्वती के बेटे की चल रही थी और सोच रहा था वह अपने बेटे के बारे में। पार्वती अपने मौन में मीलों दूर निकल गयी। फिर से सन्नाटा खिंच गया। भवान सिंह को ही तोड़ना पड़ा, "कोई ऐसी बात ज़रूर है जिस कारण ईश्वर को आदमी से चिढ़ मचती है। वह हमसे बदला लेता है।"

"हमसे क्यों? हमने क्या किया?" उसने पूछा।

"ऐसा ही होता है। सब कमज़ोर को ही सताने वाले हुए। ईश्वर के स्वभाव को तुम मनुष्यों से अलग समझ रही हो?"

"फिर तो ठीक आदमी नहीं है वो...ईश्वर।"

ईश्वर से बातचीत जाने कब बच्चों पर आ गयी। ख़ूब रोये दोनों। पार्वती ने अपने अभ्यास का उल्लंघन कर दिया। असल में भवान सिंह का मक़सद तो यह पता लगाना था कि राम सिंह कहीं पार्वती का बेटा न हो, पर यहाँ आकर न वह अपना दु:ख छुपा पा रहा था, न उसका दु:ख देखा जा रहा था। ऐसा लगने लगा, जैसे लड़का एक है और तीनों का उससे रक्त-सम्बन्ध है—उसका, गंगा का और पार्वती का। वह एक वाक्य बोल कर रोने लगता। उसे इस तरह फूट-फूट कर रोते देख पार्वती का मन मोम की तरह पिघला और धरती पर फैल गया। उस पिघले हुए मन ने धरती के सारे दुखियारों से रिश्ता बना लिया। अपना दु:ख थोड़ा कम लगने लगा। उसने स्वेटर का प्रसंग नहीं छेड़ा। कैसे कहे कि अपने बेटे का स्वेटर पहचान लिया था? टूटे हुए आदमी को बिखेरने का साहस नहीं हुआ। लड़का तो इनका भी खोया है। क्या इनका दु:ख उससे कम होगा? उसके अन्दर से धरती के सभी दुखियारों के लिए दुआ निकलने लगी, भवान सिंह के परिवार के लिए विशेष तौर पर। भगवान करे मिल जाये इनका लड़का। हे भोलेनाथ, इनका भी ध्यान रखना। हर दुखियारे का रखना, प्रभु।

बार-बार भूल जाती थी कि प्रभु से वह नाराज़ है।

पार्वती ने उससे खाने के बारे में पूछा। वह सुबह इस हिसाब से खा कर चला था कि दिन भर कुछ न मिले तो भी काम चल जाए, पर उसे पता था पार्वती ने खाना-पीना छोड़ रखा है। चाहता था, खुद खाने के बहाने उसे खिला दे। बोला, "मेरी घरवाली की बीमारी के कारण आजकल दिन में भी रोटी ही बन रही है। अगर दाल-भात बनाओ तो खा लूँगा, पर खाना तुम्हें भी पड़ेगा। मुझ अकेले के लिए तो बिल्कुल झँझट मत करना।"

वह रसोई में जा कर खाने की व्यवस्था करने लगी। भवान सिंह के आग्रह से मन भीग गया था। उसने दो लोगों के लायक दाल और चावल निकाल लिए थे। भवान सिंह बाहर के कमरे से लगातार बोले जा रहा था। वह भीतर के कमरे से भात पकाते हुए सब सुन रही थी। कभी-कभी 'हाँ-हूँ' कर देती। हर शब्द के साथ उसके आँसू निकल पड़ते। ऐसा ही होता है सन्तान का दुःख। ग्यारह साल में भी नहीं भूलता। जैसे भवान सिंह का दुःख आज भी हरा है। अपनी मृत्यु तक क़तरा-क़तरा मरता होगा आदमी। उसे तो अभी सहते हुए जुम्मा-जुम्मा आठ दिन हुए। आगे जीवन बहुत लम्बा है। क्यों होता है इतना लम्बा? इससे तो मक्खी होते। झट जन्मो, फट मरो।

भोजन के बाद उसने खुद को सँभाला और भवान सिंह से बोली, "आप लोग भी अपना ध्यान रखना। सब ठीक होगा। आपका लड़का लौटेगा। मेरा मन कहता है। उसे लौटना ही पड़ेगा। ईश्वर लाख बुरा हो, बदले की आग में जल रहा हो, ऐसा अँधेर नहीं करेगा। मेरे लड़के का तो अब जो भी हो, पर तुम्हारा लौट आये।"

"अरे, ऐसा क्यों कह रही हो? तुम्हारा भी लौटेगा।"

"पता नहीं। मिल भी गया तो पुलिस लौटने देगी?"

"क्यों? उसने क्या किया?"

वह अपनी ही बातों से घिर गयी, लेकिन सँभाल लिया। यह नहीं कहा कि लड़का तुम्हारा नहीं, मेरा है। बोली, "मुझे लगता है, तुम्हारा लड़का वो होगा जो मिला था, मेरा वो होगा जो नहीं मिला।"

भवान सिंह कन्फ़्यूज़ हो गया। बोला, "दोनों एक साथ थे क्या?"

"क्या पता क्या था?" वह जवाब देने की स्थिति में नहीं थी। भवान सिंह ने पूछा, "मेरा लड़का तो बचपन में ग़ुस्सेबाज़ था, तुम्हारा भी था?"

"क्या कहूँ उस लाटे के बारे में?"

उसे 'लाटा' (सीधा-सरल के अर्थ में) कहते हुए पार्वती के आँसुओं का बादल फट पड़ा। एक फव्वारा-सा छूटा और सब जलमग्न हो गया। वह देखता रह गया।

ऐसा सैलाब? उस सैलाब में उसने अपने आँसू मिला दिये। आँसुओं का संगम बहुत देर चला।

अन्तत: भवान सिंह ने खुद को सँभाला और उसे ढाढस बँधाने के बाद अपने गाँव के लिए रवाना हो गया। देर हो रही थी अन्यथा उसका गाँव तक पहुँचना कठिन हो जाता। एक तो वाहन मिलने की दिक़्क़त, ऊपर से सड़क से गाँव तक जो पैदल रास्ता था, उस पर शाम के बाद लोग नहीं चलते। वहाँ झाड़ियों के कारण अगल-बगल दिखता नहीं। बाघ भक्क-से मुँह के आगे खड़ा मिलता है।

बेटे के लौटने तक बचे रहना था।

त्रिलोक मीतू के पीछे पड़ गया। कुछ महिलाएँ अलग बेचैन थीं। आख़िर स्वेटर का क्या चक्कर है? और ये ताड़ का पेड़ कौन हुआ? अरे, बताओ तो। मीतू टाल रही थी। लोग टलने को तैयार नहीं थे। बता ना? जिनकी बर्दाश्त की सीमा थी वे झल्लाने लगे। ऐसा परदा? इतनी ऐंठ? कुकुर योनि से छुटकारा जो मिल गया होता तो पता नहीं क्या करती?

उसे बताना पड़ा।

सुगबुगाहट हुई। सर्र-से कैरना के एक कोने से दूसरे कोने तक बिजली दौड़ गयी। कुछ लोग स्तब्ध रह गये। साँप सूँघ गया था। कुछ तन गये। रीढ़ कोंच दी हो जैसे। तो वो, जिसे सल्ला हरतोला का बता रहे थे, यही है? मतलब कि जो उसने किया, उसने नहीं किया बल्कि इसने किया? वाह भई। इश्क़ किया तो आसमान से और हिम्मत दिखायी तो बरमे से धरती छेद दी। हम तो इसे ऐसा-वैसा समझते रहे। मुलायम-सा लड़का। नाम का लम्बा-चौड़ा। ये तो बड़ा हेकड़ निकला, क़सम से।

'रामू की कोई ख़बर' कह कर दूर से निकल जाने वाले घर आने लगे। कुछ लोग दूर से घर को देखते। टीन की छत वाला दबा हुआ मकान दुमंज़िले मकानों से ऊपर उठ गया। बच्चे और किशोर गरदन उठाकर कहते, "रामू दद्दा का मकान। ये वाला।" युवाओं के सीने फूल गये।

बाघ ज़रूर देखता होगा। लूरी को, पार्वती को और घर को देख रहे बच्चों को।

प्रिया के हृदय में उसने शास्त्रीय संगीत की तरह प्रवेश किया। अतिथि वहाँ स्थायी होने लगा, मानो गीत का मुखड़ा हो गया। मम्मी-पापा ने क्या ख़ूब संगत की। साज की गति से ही नहीं, भाव-भंगिमा से भी गायक को उकसाया। इससे चन्दन के चारों ओर एक चमत्कृत कर देने वाला आभामंडल बनने लगा।

चन्दन की सुगंध फैलने लगी। फ़ोन वह राम सिंह के बारे में जानने के लिए करती लेकिन उसी प्रसंग को टालने की भरसक कोशिश करती। इसके बाद खुद को पड़ोसी की बेटी की तरह शक से भी देखती— राम सिंह के बहाने ये क्या चल रहा है, लड़की?

बहानेबाज़ियाँ आसक्ति का शुरुआती लक्षण हैं।

हालाँकि बार-बार अपनी ओर से बात करने में संकोच होता। अगली बार नहीं करने का संकल्प। लेकिन संकल्प भूला कैसे जाता था, पता नहीं। वह व्यस्त रहता। थोड़ा बचता भी था। लड़कियों से बचने वाले कुछ हट कर होते हैं। दुविधा में रहते हैं और दुविधा में डालते भी हैं। अजीब कहिये। ऐसे लोग खुद को ही नहीं समझ पाते। उसे बेचैनी होती कि चन्दन को उसी इंटेंसिटी के साथ बात करने की इच्छा क्यों नहीं होती? इससे घनघोर निराशा होने लगती। संकल्प मजबूत होता, लेकिन अगले किसी भी दिन टूट जाता।

कुछ दिन पहले प्रिया ने उसे माँ की ओर से डिनर का न्योता दिया। वह चूँकि देर से घर लौट पाता था और इन दिनों कुछ ज़्यादा ही देर हो रही थी, उसने माफ़ी माँग ली। बहुत बुरा लगा था उसे। गुस्सा आया। संकल्प दोहराया। किन्तु उसी बीच चन्दन ने राम सिंह मामले के डेवलपमेंट से अवगत कराने को फ़ोन कर दिया। कोई कली-सी तड़क कर खिली। ग़ुस्सा छू। अन्त में एक अफ़सोस। बातचीत उस दायरे से एक इंच बाहर नहीं गयी। ऐसा कोई संकेत नहीं कि राम सिंह उसके लिए भी एक बहाना है।

उसे लगता वह चन्दन को समझ ही नहीं पा रही। इस कदर अनासक्त कोई कैसे रह सकता है? अपने साथ कोई प्रयोग कर रहा है या कुछ गड़बड़ है उसमें?

दफ़्तर में स्थिति और पेचीदा हो गयी। गुंडौली काण्ड पर ख़बर अब नहीं लिख सकता था। नाराज़ उसे रहना चाहिए, उल्टा, जाने क्यों, सम्पादक चिढ़ा हुआ रहता। चन्दन को वितृष्णा होने लगी। भाड़ में जा। उसने सम्पादक की नाराज़गी का कारण जानने की कोशिश नहीं की। दोनों एक-दूसरे से नज़रें मिलाने से बचने लगे। उस दिन जो कुछ सम्पादक के कक्ष में हुआ, उसे लेकर मन के अन्दर भड़ास-सी रह गयी थी। जानता था, इस सिलसिले में सहकर्मियों से बात करना ठीक नहीं होगा। राजनीति पहले भी होती थी, लेकिन इधर के वर्षों में दफ़्तर टुच्ची राजनीति का अड्डा बन गया है। लोग दो खेमों में बँट गये हैं। एक अपने लोग, एक पराये। सीमा पार के हों जैसे। पलक झपकते सारी बातें सम्पादक तक पहुँच जाती हैं।

सम्भव है, उस दिन की झड़प के बाद परेश ने उन्हीं बातों को नमक-मिर्च लगा कर पहुँचा दिया हो।

परेश कुछ भी कर सकता था। उसके लिए सबसे बड़ी प्रतिष्ठा की बात थी, आगे निकलना। विचारधारा, नैतिकता जैसी बातें उसकी नज़र में दौड़ में पिछड़ गये लोगों का बहाना है। उसे लेकर आजकल एक और शंका ने घेर लिया था। इधर कुछ दिन से चन्दन के फ़ोन पर ब्लैंक कॉल आ रहे थे। कोई सुनता था, पर बोलता नहीं था। लग रहा था, कहीं परेश ही न करवा रहा हो। किसी फ़र्ज़ी नम्बर से खुद भी कर सकता था।

चन्दन परिश्रमी और कुशल व्यक्ति था। उसे घड़ियालों के मुँह से सूचनाएँ निकालना आता। ख़बर बनने योग्य सार को पकड़ लेने और इंट्रो में हाईलाइट करने की बेहतर समझ थी। अतीत की घटनाएँ उसकी स्मृति में और भविष्य की कल्पना में रहतीं। उसे पटाना या ख़रीदना आसान नहीं था। इन्हीं कारणों से वह निशाने पर रहता। सब उससे ख़तरा महसूस करते थे।

मनुष्य हैं तो कमज़ोरियाँ होती हैं। उसमें भी थीं, पर मुँहफट होना सबसे बड़ी कमज़ोरी थी। सैद्धान्तिक तौर पर साफ़गोई को प्रशंसनीय माना जाता है, लेकिन बर्दाश्त किसी को नहीं होती। साथी लोग अपनी बात भी उसके मुँह में डाल देते। बात वहाँ पहुँचा दी जाती जहाँ बर्दाश्त की रत्तीभर गुंजाइश न हो। मान लिया जाता कि ऐसा वह कह सकता है। चुगलियाँ क्रॉस चेक नहीं होतीं। दफ़्तर में एक तरह की गलाकाट प्रतियोगिता चल रही थी। उसे पता था और इधर वह धीरे-धीरे सीख भी रहा था। नौकरी करनी है तो ज़बान घर छोड़ आओ।

पिछले सम्पादक के दौर की एक घटना से उसने ख़ासतौर पर सबक़ लिया। ब्यूरो के एक साथी संजय ने एक बार दारू की झोंक में दफ़्तर से बाहर किसी से कह दिया कि पहले उसे दफ़्तर के तनाव के कारण नींद नहीं आती थी। फिर एक दिन किसी ने सुझाव दिया कि वह सम्पादक का पुतला बनाए, उसे सम्पादक जैसी ही कमीज़ पहनाए, कमीज़ की जेब में सम्पादक जैसा ही पेन लटका कर पुतले के सीने पर सम्पादक का नाम लिख दे। उसके बाद रोज़ रात को दफ़्तर से लौट कर पुतले को दो जूते लगाए, खाना खाए और अच्छी नींद ले।

क़िस्सा सुन रहे पत्रकार साथी ने पूछा कि उसने सम्पादक को जूते लगाये? संजय ठठा कर हँसा। 'हाँ-ना' में जवाब देने की जगह उसने कहा, "अब बहुत अच्छी नींद आती है।"

कहा जाता है कि वह सम्पादक अपने साथी पत्रकारों की जासूसी कराता था। उसने एक दिन संजय को बुला लिया। पूछा, "क्या हाल हैं, संजय जी?"

"अच्छे हैं, सर।"

"आपका बीपी तो ज़्यादा नहीं रहता?"

"है तो, सर। क्यों?"

"ऐसे ही पूछ लिया। बीपी में नींद नहीं आती ना।...क्या करते हैं?"

"दवा लेता हूँ।"

"ओह...वरना और भी उपाय हैं।"

संजय समझ गया कि सम्पादक तक बात पहुँच गयी। उसने अनजान बनते हुए कहा, "और कोई उपाय नहीं। मैंने होमियोपैथी, आयुर्वेद, देसी नुस्ख़े... सब ट्राई किया।"

"कुछ टोटके भी होते हैं। जैसे मिर्गी के मरीज़ को लोग जूता सुँघा देते हैं।"

संजय खिसिया गया, लेकिन उसने ज़ोर का ठहाका लगाया। सम्पादक ने पूछा, "आपके जूते का साइज़ क्या है?... यूँ ही पूछ रहा था। मैं दस नम्बर पहनता हूँ।"

उसने अपना जूता दिखाया। संजय के चेहरे का रंग उड़ गया। वह जानता था, सम्पादक इसी तरह बदतमीज़ी करता है। ग़नीमत थी कि उसने सीधे जूता नहीं खोल लिया।

इस सम्पादक के तो कान में 'का' कहने की देर है। चौंक जाता है। अच्छा, तो ये भी 'का' हैं? बात-बात में मज़दूरों, किसानों की, हक़ और बराबरी की बात करने वाले इस जींसधारी पर मुझे पहले ही शक था। हरकतों से ही 'लाल नमस्ते' लगता था।

उस वक़्त मीडिया सेंटर में चल रही प्रेस कॉन्फ्रेंस ख़त्म हुई थी। चाय के लिए जाते हुए पत्रकारों ने मन्त्री जी को घेर कर अनौपचारिक बातचीत शुरू कर दी। इस दौरान भी कुछ लोग ख़बर निकाल लेते हैं। कुछ मुँह लगे पत्रकार बेतुकी बातें और हँसी-मज़ाक़ करने लगते हैं। अभी मज़ाक़ चल रहा था। मन्त्री जी खुद भी बड़े हँसमुख हैं। पता नहीं चलता मज़ाक़ पर हँस रहे हैं या मज़ाक़ करने वालों पर। किसी ने विपक्ष को करारा जवाब देने के लिए उनकी प्रशंसा की। मन्त्री जी उसके कन्धे पर हाथ रखकर हँसने लगे। "प्लेट ख़ाली है, कुछ लेते क्यों नहीं?" उन्होंने पूछा।

चन्दन जानता था, वे जल्द ही मीडिया वालों से ठीक तरह से चाय-नाश्ता किये बिना नहीं जाने का साधिकार अनुरोध करेंगे और समय पर कहीं पहुँचने की विवशता बताते हुए एकाएक विदा लेंगे। वह भीड़ से हट कर एक कोने में चला गया।

फ़ोन बज रहा था। इससे पहले प्रिया के दो मिस्ड कॉल थे। वह फ़ोन कान पर लगा कर धीमे स्वर में बात करने लगा। प्रिया ने बताया वह मिलना चाहती है।

आजकल वह रात दस बजे तक ही दफ़्तर से निकल पाता था। कई बार महानगर संस्करण के लिए भी कोई स्टोरी करनी पड़ जाती थी। कभी-कभी सम्पादकीय पेज या अख़बार की साप्ताहिक पत्रिका के लिए कोई लेख लिखने को भी देर तक बैठा रह जाता। उस दिन ग्यारह बज जाते हैं। अख़बार के दफ़्तरों में उस वक़्त भी चहल-पहल रहती है, लेकिन वहाँ से निकल कर किसी से मिलने का सही समय नहीं रह जाता।

अभी उसे प्रेस क्लब जाना था। कुछ ही गज़ की दूरी है, पर चूँकि वहाँ लोकतन्त्र समर्थक लेखकों और कलाकारों का कोई कार्यक्रम था, समय लगने की सम्भावना थी। यहाँ से दफ़्तर जाकर कम से कम दो बड़ी स्टोरी करनी होंगी। बुद्धिजीवियों की ख़बर में सम्पादक की कोई रुचि नहीं। वह उन्हें उपेक्षा योग्य समझता है। चन्दन उनकी ख़बर लिखेगा तो भी डेस्क के लोग उसे या तो लगाएँगे नहीं या सिंगल कॉलम में भी कतर-ब्योंत के बाद लगाएँगे। वे सम्पादक के एक बार के निर्देश को भी नियम मान लेते हैं। बहरहाल, कितना ही जल्दी करे, आठ बजे से पहले किसी सूरत में नहीं निकल सकता था।

उसके घर से प्रिया के घर की दूरी लगभग तीस-पैंतीस मिनट है और दफ़्तर से पैंतालीस मिनट। आठ बजे भी निकला तो पहुँचते-पहुँचते नौ बज जायेंगे। इतनी देर से पहुँचने का कोई मतलब नहीं।

"कल आ जाऊँ?" उसने पूछा। प्रिया खिलखिला कर हँसी। बोली, "देख रही थी कि नहीं आने के कितने बहाने आपको आते हैं? चलिए, मैं ही आ जाती हूँ।"

उसने बताया चन्दन के घर से तीन किलोमीटर की दूरी पर उसकी मौसी रहती हैं। वह उनके घर पहुँची है। आठ बजे चन्दन के पास आने में उसे कोई दिक़्क़त नहीं थी।

कुछ दिन से पूरा घर बिखरा हुआ था। चन्दन परेशान हो गया था, लेकिन परेशान न होने के कई तर्क अपने आप को दे रहा था। प्रिया से उसने कहा, वह पूरी कोशिश करेगा ऑफ़िस से जल्दी लौटने की।

पौने सात तक उसने दो स्टोरी तैयार कर लीं। दो सिंगल कॉलम ख़बरें अभी बनानी थीं। यह पन्द्रह-बीस मिनट का काम था। समझ में नहीं आ रहा था सारा काम इतनी तेज़ी से कैसे निपट गया? उसने फ़ोन कर दिया कि पौने आठ तक घर पहुँच जायेगा।

ठीक आठ बजे सोसाइटी के गेट नम्बर दो से फ़ोन आया। उसके आने की सूचना थी। खिड़की से गेट दिखता था। चन्दन ने झाँका। वह विज़िटर रजिस्टर में

एंट्री कर रही थी। दिल्ली में यह सर्दी की शुरुआत थी। वह जींस के ऊपर पीला कोट पहने हुए थी।

उसने पन्द्रह मिनट पहले पहुँचकर ड्राइंग रूम समेट दिया था। प्रिया ने जब तक सेंटर टेबल पर रखे अख़बार और पत्रिकाएँ उलट-पलट कर देखीं, वह कॉफ़ी के दो मग हाथ में लिए किचन से लौट आया। बैठते ही उसने बताया कि अब उसके लिए राम सिंह मामले में ख़बर करना सम्भव नहीं होगा। सम्पादक और महेश जी के साथ हुई बातचीत उसने संक्षेप में बता दी। दूसरी ही मुलाक़ात में विस्तार से कहना ठीक नहीं लगा। वह महेश जी के नाम से परिचित थी। दिल्ली में सभी उन्हें जानते थे।

"बहुत सीधा मामला नहीं है, जैसा हमें लग रहा था।" कॉफ़ी ख़त्म करते हुए चन्दन ने कहा। एक परत हटती है तो जिज्ञासा होने लगती है कि दूसरी के नीचे क्या है? कभी लगता है अब मिल ही गया। कभी लगता है, प्याज़ के छिलके उतार रहे हैं।

वह दीवार पर टँगी मक़बूल फिदा हुसेन की पेंटिंग देखने लगी, जो ओरिजनल पेंटिंग का प्रिंट था। इसे कभी वह ललित कला अकादेमी से ख़रीद लाया था और फ्रेम करवा लिया था। राम सिंह मामले में यह उसका ठण्डा रेस्पांस था। चन्दन को प्रसंग का बदल जाना ठीक लगा। उसने पूछा वह साथ में डिनर करना चाहेगी? साढ़े आठ बजने को हैं वरना कुछ तैयारी की जाये।

पूछना औपचारिकता ही थी। वह समझ रहा था, इनकार कर देगी। अब तक घर की हालत देख कर अनुमान लगा लिया होगा कि अकेला है, कैसे बनाएगा?

एक कुक उसके लिए ब्रेकफ़स्ट और लंच बना जाती है। रात का खाना वह खुद बनाता है। उसने बताया। पत्रकारों के लौटने का कोई तय समय तो होता नहीं। कभी-कभी बहुत देर होने पर ऑफ़िस में खा लेता है। वीकएंड पर कई बार बाहर से मँगा लेता है, ताकि घर पर बैठ कर एकाध पैग लेते हुए आराम से खाये।

"चलो, मिल कर बनाते हैं।"

उसने कोट उतार कर डाइनिंग चेयर पर टाँग दिया। चन्दन की समझ में नहीं आया कि अब क्या करे? उसने कहा वह चाहे तो आराम से ड्रिंक लेते हुए खाना बना सकता है। वह मदद करती रहेगी। चन्दन का चेहरा देखने लायक था। पता नहीं था घर में क्या है और क्या नहीं? दिमाग़ काम नहीं कर रहा था। उसने सबसे पहले अपने लिए पैग बनाने का फ़ैसला किया।

गिलास में आइस क्यूब डाल ही रहा था कि प्रिया ने आश्चर्य जताया, "मुझसे तो पूछा नहीं?" उसका हाथ रुक गया। झेंप गया था। बिना पूछे दूसरा गिलास उठा कर उसमें व्हिस्की ढालने लगा।

"खाना बनाने का चक्कर छोड़ें। चिकन और कबाब ऑर्डर करते हैं, या कुछ और?" चन्दन ने पूछा। प्रिया की पसन्द के हिसाब से हैदराबादी मुर्ग बिरयानी ऑर्डर कर दी गयी। रेड मीट उसने कम कर दिया था। साथ में एक्स्ट्रा सालन और कबाब अलग से मँगा लिया गया। प्रिया सलाद तैयार कर चुकी थी। रोस्टेड पीनट्स के अलावा ड्रिंक्स के साथ खाने को घर में कुछ ख़ास था नहीं। चन्दन माइक्रोवेव में चार पापड़ रोस्ट कर लाया। कुछ ही देर में दोनों अपना-अपना गिलास लेकर आराम से सोफ़े पर बैठ गये। ज्यों-ज्यों व्हिस्की हलक में उतरने लगी, वह खुलने लगी। मौसी से अपने दोस्ताना सम्बन्धों पर बात शुरू कर दी। कहने लगी, वो एकदम बिन्दास हैं। लौटने में उसे देर भी हो जाये तो चलेगा। मौसाजी को थोड़ा सख़्त कह सकते हैं। वे फ़िलहाल टूअर पर हैं।

चन्दन के पास घुम-फिरा कर राम सिंह ही एकमात्र विषय था। फिर उसी पर आ गया। प्रिया के सीधे हस्तक्षेप के बिना रुकता भी तो क्या बात करता? शुरू में लड़कियों की ओर एकदम खिंचता है, लेकिन जैसे ही लड़की से सकारात्मक प्रतिक्रिया मिलती है, वह रक्षात्मक रुख़ अख़्तियार कर लेता है। पता नहीं यह कौन-सी ग्रंथि थी?

प्रिया की राम सिंह में अरुचि बढ़ती जा रही थी। ऐसा पहले कभी नहीं हुआ। वह बहुत सारी बातें करना चाहती थी, लेकिन राम सिंह की नहीं।

बिरयानी डिलीवर हो चुकी थी। कबाब के साथ ड्रिंक्स लेते हुए उसने राम सिंह पर अटकी चन्दन की सूई आगे खिसका दी, "आपने अब तक शादी क्यों नहीं की?"

"फुर्सत नहीं मिली।...तुमने क्यों नहीं की, बाय द वे?"

"फुर्सत ही फुर्सत है। कभी भी कर लूँगी।"

"और उस रिश्ते का क्या हुआ, जिसके चक्कर में अच्छा-भला राम सिंह हाथ से निकल गया?"

वो हँस पड़ी और उसे चोरी से देखा। चन्दन मन्द-मन्द मुस्कराता रहा। उसकी उम्र बत्तीस के आसपास थी और प्रिया की तीन-चार साल कम होगी। दोनों की ही शादी की उम्र थी। प्रिया ने पूछा, "प्रेम भी नहीं किया?"

"उसके लिए तो शादी से भी ज़्यादा फुर्सत चाहिए," वह फिर हँसा, "एक बार किया, आधा-अधूरा। फिर वो यू.एस. चली गयी। अब तक तो भूल भी गयी होगी।"

वह थोड़ा उखड़ गया था। इससे बातचीत का सिलसिला बिखर गया, जिसे चन्दन ने अपने अनाड़ीपन में और बिखेर दिया, "तुम और लोगी?"

उसने जिस तरह देखा, ज़ाहिर था कि उसे अच्छा नहीं लगा। चन्दन ने झट-से सफ़ाई दी, "तुम्हें मौसी के घर जाना है, इसीलिए पूछ रहा था।"

"मैंने मौसी के साथ भी ली है।" उसने ताना मारा, "जहाँ तक सही-सलामत पहुँचने की बात है, आप तो हैं?"

आख़िरी वाक्य के साथ उसने चन्दन की आँखों में देखा। चन्दन ने नज़रें हटा लीं। बोला, "हाँ, हूँ ना। मुझे फ़िक्र थी। बस।"

"डोंट यू वरी, आई कैन हैंडल...।"

इसमें भी तंज़ था। चन्दन ने उसके लिए थोड़ा छोटा पैग बनाया। शायद पन्द्रह-बीस एम.एल.।

"कहीं ऐसा तो नहीं समझ रहे कि ज़्यादा नशा होने पर यहीं रुक जाऊँगी?"

'अरे नहीं' कहते हुए वह झेंप गया। आख़िरी घूँट हलक में उतारते हुए प्रिया ने पूछा, "वर्जिन हो?"

यह बड़ा ही झन्नाटेदार सवाल था। वह मुस्कराना ही भूल गया।

"जवाब नहीं दिया?"

"बहुत पर्सनल है। नहीं?"

"मैं तो सब कुछ बता सकती हूँ।"

वह सुरूर में आ चुकी थी। चन्दन समझ रहा था। बोला, "रहने दो।"

प्रिया ने एक ही बार प्रेम किया था जब वह ग्यारहवीं में थी। असीम उत्साह से भरे उस प्रेम-सम्बन्ध में दोनों ने किसी चीज़ की कोई सीमा नहीं बाँधी। उस उम्र की ही कोई सीमा नहीं होती। कच्चे प्यार का वह सिलसिला दो साल शानदार ढंग से चला। एक बार उसके प्रेमी ने उसके सामने, मज़ाक़-मज़ाक़ में, उसकी सहेली की गरदन पर नाक रख दी और गहरी साँस खींच कर उसके बदन को सूँघ लिया। उसे थोड़ा-सा बुरा लगा, लेकिन हँस कर टाल गयी। उसी बीच प्रिया की बड़ी बहिन की शादी हो गयी। बड़ी ने पुरुषों के बारे में छोटी को जो बताता, वह उसके लिए इस धरती के समस्त पुरुषों का सत्य बन गया। उसने प्रेमी को सहेली सूँघने वाले उसी आईने में देखा। आईने में बाल आ गया था।

बाद के दिनों में भी लड़के आकर्षित करते रहे, लेकिन एक बार अपने आप को रोकना तय किया तो रोकती चली गयी। ध्यान पढ़ाई में लगा लिया। अब तो परिवार के लोग ही कहने लगे हैं कि यह (रोकना) कोई बहुत अच्छी बात नहीं। शादी तो करनी है। प्रेम-विवाह बुरी चीज़ नहीं है।

"नशे में उगल न दूँ, इसलिए रोक रहे हो या आपसे न उगलवा लूँ?"

स्मृतियों के गोदाम का ताला खोल कर बार-बार देखना नहीं चाहिए। चमकदार दिनों का कोई जश्न नहीं होता और दु:खदायी अतीत का कोई शोक। वह सोच रहा था।

"तो आप मुझे बचाना चाहते हैं या खुद को?" वह घूम-फिर कर एक ही बात पर आ रही थी।

"दोनों को।"

"थैंक्स।" उसने चन्दन को देर तक देखा, "यू आर वेरी ग्राउंडेड। डॉउन टु अर्थ।"

तारीफ़ सुन कर वह नशे की हालत में भी झेंप गया। यह तारीफ़ बेवज़ह लग रही थी। बिना किसी सन्दर्भ के इसका कोई मतलब नहीं था। उसे ज़्यादा नशा हो गया शायद या फिर इससे पहले बहुत कम पी हो... पता नहीं।

डिनर के बाद उसने पूछा, "तुम्हें छोड़ दूँ?"

"तुम्हारी बिरयानी खाने और दारू पीने तो आयी नहीं थी, मैं बताऊँगी मुझे कब जाना है।"

वह देखता रह गया। प्रिया ने अपनी भन्नाती हुई खोपड़ी को दो-तीन बार हिलाया और अपने लिए खुद ही ड्रिंक बनाने लगी। वह रोकना चाहता था, लेकिन समझ नहीं आ रहा था कैसे रोके?

वह लार्ज पैग बना ले, इससे पहले चन्दन ने उसके गिलास में आईस क्यूब डाल दीं। उम्मीद के मुताबिक़ उसने हाथ रोक लिया था, पर चन्दन का इरादा समझी नहीं। एक घूँट लेकर वॉशरूम जाने के लिए उठी, तो लड़खड़ा कर उसकी बाँहों में झूल गयी। उसने कहा, अब घंटा भर रुक कर ही जाना ठीक होगा। वह अब भी अपना वज़न उसकी बाँहों में डाले हुए थी। बोली, "तुम्हें घर छोड़ने की जल्दी है तो, ऐसे ही ले जाओ।"

वह खिलखिलायी। वह मुस्करा दिया।

जब उसने प्रिया को मौसी के घर छोड़ा रात के साढ़े बारह बजे रहे थे। रास्ते में उसने पूछा, "घर छोड़ने की ऐसी हड़बड़ी क्यों थी? तुम्हारी वर्जिनिटी को ख़तरा हो जाता?"

"नहीं। राम सिंह के साथ नाइंसाफ़ी हो जाती।"

वह हँस पड़ा। उसने दाँत पीस कर मुक्का दिखाया और हाथ हिला कर चली गयी। वह उसे घर के अन्दर जाने तक देखता रहा।

सम्पादक खुश लग रहा था। खुशी में वह ख़ूब कन्धे उचकाता है। गाल सुर्ख हो जाते हैं। चन्दन ने एक दिन पहले ही एक पूर्व मन्त्री के पुत्र पर ख़बर की थी। कारोबार में अनियमितताओं का मामला था। ख़बर की बड़ी चर्चा रही। कई बयान आ चुके कि सरकार को मामले की तुरन्त सी.बी.आई जाँच करानी चाहिए। कोई कहता, प्रवर्तन निदेशालय (ई.डी.) को जाँच करनी चाहिए। राजनीतिक गलियारों में हर कहीं इसकी गूँज सुनायी दे रही थी। पता नहीं, किसने दोपहर में सम्पादक को फ़ोन कर बधाई दे डाली। कोई मंत्री-वंत्री रहा होगा। वह 'सर, सर' कह कर लहालोट हो गया।

शाम के वक़्त चन्दन को चाय पीने बुला लिया। ख़ूब तारीफ़ की। कन्धे उचकाये। सही अवसर जान कर उसने राम सिंह का मामला छेड़ दिया, "गुंडौली की स्टोरी पर बहुत मेहनत की है, सर। मामले से रामबदन और उनके बेटे के तार जुड़े हैं। रामबदन दबंग हैं। उन पर महेश जी की कृपा बताई जाती है। मेरे पास महेश जी का फ़ोन भी आया था। शायद आपको भी किया हो?"

सम्पादक ने इनकार कर दिया। वह उसकी आज वाली और पिछली कई ख़बरों की तारीफ़ करने लगा। उसे एक ज़िम्मेदार पत्रकार बताया। फिर गुंडौली काण्ड का उल्लेख किये बिना पूछा, प्रमाण के बिना ख़बर छापने का नतीजा तो वह जानता होगा? वह खुद को, सम्पादक को और पूरे अख़बार को मुसीबत में डालना चाहेगा?

उसने इनकार में सिर हिला दिया। सम्पादक बोला, "कुछ सच्चाइयाँ अनदेखी करने लायक होती हैं या फिर पुख़्ता प्रमाण हों।"

चन्दन ने कहा, वह प्रमाण के साथ ही लिखेगा। सम्पादक ने 'अच्छी बात है' कहकर कन्धे उचकाये। बोला, "एक बात ज़रूर कहना चाहूँगा। एक राष्ट्रीय अख़बार के प्रिंसिपल कॉरसपोंडेंट को दो कौड़ी की ख़बरों के पीछे भागना शोभा नहीं देता।"

चन्दन ने कोई जवाब नहीं दिया। तय कर लिया कि प्रमाण तो वह जुटाएगा। ख़बर भी लिखेगा। सम्पादक रोके तो रोके। वही एक्सपोज़ होगा। कम से कम ऑफ़िस में तो शर्मिन्दगी झेलनी पड़े।

उसने एक बार फिर एम्स जाने का फ़ैसला किया। असद की अभी छुट्टी नहीं हुई थी। हालत में सुधार बताया जा रहा था और आई.सी.यू. से वार्ड में आ चुका था। शायद अब मुलाक़ात हो पाये।

वार्ड के बाहर ही तीमारदारों से मुठभेड़ हो गयी। पक्का पहरा दिये हुए थे। वह अन्दर जाने लगा तो उन्होंने रोक लिया। इस बार तीमारदारों में उसकी अम्मी भी थीं।

चचा ने उसे पहचान लिया। बोले, "बार-बार आने से कुछ बदलेगा नहीं। बताया तो था, ट्रक ने टक्कर मारी। अब थोड़ा सुधार है।"

चन्दन ने इधर-उधर देखने के बाद धीरे-से कहा, "पता है। ट्रक का नाम बुलबुल है।"

सुन कर तीनों के चेहरों पर, जिनमें अब्बा भी शामिल थे, हवाइयाँ उड़ने लगीं। असद की अम्मी ने फ़ौरन बुर्क़े से मुँह ढाँप लिया और रोने लगीं। अब्बा और चचा की आँखें ख़ौफ़ से सहम गयीं। चचा पढ़े-लिखे लगते थे और उन लोगों के वकील की तरह बीच में बोल पड़ते थे। उन्होंने तुरन्त कहा, "हमारे बच्चे को तो ट्रक ने मारा। ट्रक का नाम भी होता है, ऐसी बेबुनियाद बातें कोई अख़बारनवीस ही कर सकता है।"

उसने समझाया कि इस मामले में फैलाये जा रहे झूठ का पर्दाफाश होना चाहिए। वे लोग सहयोग करें। चचा ने झिड़क दिया, "अपना इरादा अपने पास रखिये। ख़बरनवीसों पर भरोसा कौन करता है? आप कुछ भी लिखिए, आपकी मर्ज़ी।"

उसने समझाना चाहा कि सच्चाई वह जानता है, तो यहाँ-वहाँ घुमाने का क्या मतलब? कहीं चल कर चाय पीते हुए बात करते हैं।

तभी उसकी नज़र सलवार-सूट वाली एक महिला पर पड़ी जो कुछ फुट की दूरी से उनकी बातें सुन रही थी। वह शायद कोई रिश्तेदार थी और मरीज़ के पास से उठ कर अभी-अभी आयी थी। यह उसका अनुमान था। बुर्क़े में नहीं थी, तो अनुमान ग़लत भी हो सकता था। क्या पता, किसी दूसरे मरीज़ के साथ हो? चचा ने चन्दन को बड़ी हिक़ारत से देखा और चाय पीने से साफ़ इनकार कर दिया, "हमें बख़्श दो।" उसको ग़ुस्सा तो बहुत आया, लेकिन खुद को उनकी जगह रख कर देखा तो ग़ुस्से पर नियन्त्रण कर लिया। संकट में फँसा आदमी नये झमेले नहीं चाहता, उसने सोचा।

असद की अम्मी अब तक सँभल चुकी थीं। बुर्क़ा पीछे कर उसकी तरफ़ हाथ जोड़ती हुई बोलीं, "हमें नहीं बेटा, हमारे बच्चे को बख़्श दो। अल्लाह का शुक्र है, बच गया। हम इसी में खुश हैं।"

"जी ठीक है, आप जैसा चाहें, लेकिन क्या मैं असद से एक बार मिल नहीं सकता?"

असद की अम्मी ने अपने शौहर को देखा। वे मुँह खोलें, इससे पहले उनके भाई ने 'नहीं' कह दिया।

उसने वादा किया कि वह इस मुलाक़ात का कहीं ज़िक्र नहीं करेगा। चचा झल्ला पड़े। अब्बा ने छोटे भाई की ओर देखा, जैसे कह रहे हों कि मिल लेने दो।

चचा वार्ड के बाहर जिस बैंच पर बैठे थे, उठ खड़े हुए। फिर पलट कर दो क़दम बड़े भाई की तरफ़ लपके, "मसले को उलझाने वाला कोई काम नहीं करना है, भाई जान। समझ रहे हैं ना? आपको इन्हें बताना चाहिए कि ट्रक वाले से समझौता हो चुका।"

"हाँ, हो गया जनाब।"

उन्होंने हड़बड़ा कर कहा। उसे बड़ी खीज हुई। कटुता से मुस्कराया। उठ कर जाने को हुआ कि तभी बातें सुन रही युवा महिला ने, जिसकी आँखें चुम्बक की तरह थीं, हाथ के इशारे से कहा कि वह बाहर आ रही है। उसी वक़्त असद के चचा ने 'अल्लाह हाफ़िज़' कह कर उसे ज़बरन विदा होने का संकेत दे दिया। चन्दन ने एक पल के लिए सोचा। डॉक्टर से मिलूँ? कोई फ़ायदा तो है नहीं। जितना उसे पता है (इलाज़ और उसमें हो रही प्रगति के सिवा), उससे ज़्यादा वे क्या बता सकते हैं?

ग्राउंड फ्लोर पहुँच कर वह कॉरीडोर से बाहर निकल आया और अस्पताल परिसर की सड़क के किनारे चहलक़दमी करने लगा। एम्बुलेंस लगातार आ-जा रही थीं, लेकिन उसकी नज़र अन्दर थी। दिमाग़ में सवाल था कि वह कौन हो सकती है और क्या बात करना चाहती है? दो मिनट में ही वह मरीज़ों और उनके सम्बन्धियों के रेले के साथ लिफ़्ट से बाहर निकलती दिखायी दी, जैसे धकेल कर फेंकी गयी हो। वह भीड़ से अलग होकर उसकी तरफ़ आने लगी। अगर वह अपने दिल से पूछे तो, उसकी चाल एकदम अलग थी और आँखों की तरह ही ध्यान खींचती थी। पास आने पर उसने 'हेलो' कहा और अन्दर चल कर दूसरी तरफ़ आने का इशारा किया। चन्दन बिना सवाल किये उसके पीछे चल पड़ा। वह उसे मुख्य कॉरीडोर से होते हुए बायीं तरफ़ आड़ में ले गयी। वहाँ सामने एक बन्द दरवाज़ा था। भूले-भटके मरीज़ या मुलाक़ाती ही उधर आते और ग़लती समझ आने पर फ़ौरन लौट जाते थे। वहाँ रिकॉर्ड रूम या स्टोर जैसा कुछ रहा होगा। दरवाज़े के पार, ऐसा नहीं लगता था, कोई रास्ता होगा। वह ऐसी जगह थी जहाँ कोई, ज़्यादा से ज़्यादा अपनी प्रेमिका का झटपट चुम्बन ले सकता था। किसी को चाकू घोंप कर भागने की गुंजाइश नहीं थी।

उसने बताया वह आयशा है, असद की कज़न। गुंडौली के पास ही एक स्कूल में पढ़ाती है। वॉशरूम जाने के बहाने उससे मिलने आयी है।

कोई उन्हें यहाँ इस तरह खड़ा देखे तो एक ही मतलब निकालेगा, उसने सोचा। आयशा ने बताया कि वे सब ख़ौफ़ज़दा हैं। बुरा मानने की बात नहीं है। वह उनकी हालत समझ सकता है। डरती वह भी है, लेकिन उनके जितना नहीं। वे चाहते हैं, वह भी डरा करे। बल्कि औरत है तो ज़्यादा डरना चाहिए।

अब तक वह उसकी बातों पर ध्यान केन्द्रित कर चुका था। वह कह रही थी, डॉक्टर और नर्स के अलावा किसी से बात करना उन्हें ग़ैरज़रूरी लगता है। चन्दन ने ट्रक के बारे में पूछा। वह ख़ौफ़ के बारे में बताती रही कि बहुत ज़्यादा है। सपने भी हौलनाक दिखते हैं।

"क्या दिखता है?"

"ज़ाहिर है, ख़ौफ़नाक मंज़र ही होता होगा। लड़का रात में हड़बड़ा कर जाग जाता है। कभी-कभी चिल्लाने लगता है।"

"ट्रक तो नहीं दिखता होगा, मैं जानता हूँ।"

"वह तो ईजाद है इनकी।" उसने कहा। चन्दन ने हक़ीक़त जाननी चाही।

"फ़िलहाल तो मसला दूसरा है। बाइक सवार गोल-गोल चक्कर लगाते हैं घर के चारों तरफ़।"

"ओह...कुछ कहते भी हैं?"

"कुछ नहीं। ख़ौफ़ क्या सिर्फ़ कहने से होता है?"

चन्दन ने सिर हिलाया, जिसका मतलब था कि वह समझ रहा है और सहमत है। धुँधली तस्वीरों से भी कहानियाँ स्पष्ट होती हैं।

"ये सब पशुओं के लिए हुआ या मनुष्यों के लिए?" उसने आयशा की आँखों में झाँका। मनुष्यों से उसका आशय बच्चा-चोरों से था।

"इससे कोई फ़र्क़ नहीं पड़ता एक ही बात है।" उसने इधर-उधर देखते हुए कहा। वैसे, उसने पूछा, "हम जानवरों से कम हैं क्या?" चन्दन को लगा वह टाल रही है। पूछा, "फ़र्क किससे पड़ता है?"

"शायद इससे कि ये हो क्या रहा है।" आयशा ने कहा। तभी उसका फ़ोन बज गया। वह हड़बड़ा गयी।

"वे लोग मेरी तलाश कर रहे हैं।" उसने कहा और फटाफट चन्दन का फ़ोन नम्बर लेकर दायीं तरफ़ मुड़ गयी। लगभग भागते हुए उसने कॉरीडोर पार किया। वह उसके पीछे चलने लगा। देखते ही देखते वह भीड़ के रेले के साथ, जिसमें मरीज़ को लिए एक स्ट्रेचर भी घुस गया था, लिफ़्ट में समा गयी।

गुनताड़ा

स्टोरी फ़ाइल करने के बाद समाचार सम्पादक के पास पहुँचा तो उसके चेहरे पर बिचौलियों जैसी लाचारी दिखायी दी। सम्पादक से बात करनी होगी। समाचार सम्पादक ने खिसियाहट छुपाते हुए कहा। हल्के-से दाँत निपोरे। चन्दन समझ गया। निर्देश होगा। उस वक़्त रात के आठ बज रहे थे। उसने चतुराई से काम लिया था। सम्पादक के जाने के बाद रात में स्टोरी फ़ाइल की। सोचा, दूसरे दिन जब सम्पादक जवाब तलब करे तो बता देगा कि उसके पास रिकॉर्डेड बयान हैं। हालाँकि स्टोरी में उसने न तो गिरीश का हवाला दिया था और न मधुरेश व आयशा का। चतुराई बेकार गयी। समाचार सम्पादक इस बीच सम्पादक को फ़ोन कर स्टोरी सुनाने लगा। चन्दन ने तुरन्त अपनी सीट पर जाकर डेस्क टॉप से स्टोरी सम्पादक को मेल कर दी, ताकि अगले दिन वह ये न पूछे कि उसकी जानकारी के बिना स्टोरी फ़ाइल करने के पीछे उसका इरादा क्या था? हालाँकि सामान्य स्थिति में इसी तरह स्टोरी फ़ाइल की जाती हैं। दैनिक अख़बारों के सम्पादक ज़्यादातर ख़बरें अगले दिन पढ़ पाते हैं। केवल ख़ास या विवादास्पद मामले ही उनके संज्ञान में लाये जाते हैं। सम्पादक मौजूद हो तो डेस्क के वरिष्ठ लोगों के साथ मीटिंग में लीड और सेकंड लीड वग़ैरह पर बात हो जाती है। हर स्टोरी पर फ़ैसला करने के लिए किसी अख़बार के सम्पादक के पास समय नहीं होता। यह काम समाचार सम्पादक या मुख्य उप-सम्पादक ही करते हैं।

सम्पादक ने स्टोरी सुनने के बाद उसे रोक लेने का निर्देश दिया और समाचार सम्पादक से कहा कि चन्दन से वे कल बात करेंगे। मतलब, रात में फ़ोन कर परेशान न किया जाये।

चन्दन के भीतर, गुब्बारे में हवा की तरह ग़ुस्सा भर गया। पुतला बनाने का ख़याल दस्तक देने लगा। घर पहुँच कर उस रात उसने तीन पैग लिए और बड़ी मुश्किल से सोया। अगले दिन सुबह साढ़े ग्यारह बजे जब सम्पादक दफ़्तर पहुँचा

तो वह पहले से मौजूद था। सूजे पपोटे लेकर कुछ पढ़ रहा था। सम्पादक ने तिरछी नज़र से उसे देख लिया। बीस मिनट बाद उसने बुलवा लिया। उस वक़्त सम्पादक के कम्प्यूटर स्क्रीन पर वही स्टोरी खुली थी। उसने चाय मँगायी और बड़े प्यार से समझाया, "आप पाँच-छह साल में प्रमुख संवाददाता बन गये, क्योंकि आपमें क़ाबिलीयत थी। मैं आपसे बचकानेपन की उम्मीद नहीं करता। ज़रा सोचिए, साबित कैसे करेंगे? आपने ख़बर में कोई ठोस सबूत नहीं दिया है। मुझे नहीं लगता आपके पास होगा।"

"सर, लोगों के बयान हैं। बाक़ायदा रिकॉर्ड किये हैं।"

"रिपोर्ट में तो बयान नहीं, आरोप हैं। और आरोप लगाने वालों में से किसी के नाम का ज़िक्र तक आपने नहीं किया है। सब सूत्रों के हवाले से है।"

"सर, नाम तो उनका भी नहीं है जिन पर आरोप लगाया गया है। लोगों ने नाम नहीं छापने की शर्त पर ही बयान दिये थे। ये आम लोग हैं जो ख़तरा मोल लेने से डरते हैं।"

"मतलब ख़तरा हम उठाएँ? कल कोई भी कोर्ट चला गया तो?"

"सर, इतना डरेंगे तो ख़बर कैसे लिखेंगे?"

"मुक़दमा होने पर मैनेजमेंट आपसे नहीं पूछेगा।" सम्पादक को ग़ुस्सा आ गया। उसे लगा, चन्दन की डरने वाली टिप्पणी उस पर है। बोला, "एडिटर आप नहीं, मैं हूँ।"

"चलता हूँ।" उसने कहा और कमरे से बाहर निकल गया। पत्रकारिता की पढ़ाई याद आयी। आई.आई.एम.सी. में उत्साह से भरे सारे भावी पत्रकारों के सपने याद आये। कहते थे, जिसे छिपाया जाये, वह छापने योग्य होता है। धारणा ध्वस्त हो गयी थी। सीखा-पढ़ा सब एक झटके में उलट-पुलट गया।

पत्रकार के लिए सबसे शर्मनाक होता है, ख़बर का रुक जाना। जब स्रोत को या पीड़ित को लगता है, संवाददाता ने सौदेबाज़ी कर ली। सिर झुक जाता है। उसे बहुत ग़ुस्सा आ रहा था। ठण्डे दिमाग़ से भी वह इसी तरह सोचता। ग़ुस्से में ही उसने तय किया कि ख़बर किसी दूसरे अख़बार को दे देगा।

अब झकड़क-झकड़क नहीं होती। शरीर झोंटे नहीं खाता। न नींद में, न अधजगे में। जागते हुए तो क़तई नहीं। इससे पहले कभी रेल-यात्रा नहीं की थी। लम्बी यात्रा का भी असर था। कुछ दिन रहा। कहते हैं, अभ्यस्त हो जायें तो नहीं होता। जैसे, शोर का अभ्यस्त होने पर शोर सुनायी देना बन्द हो जाता है। रेल-यात्रा का भी

अभ्यास ही होता होगा। जो भी हो, इस झकड़क-झकड़क और झोंटे खाने से क्या डरना? ख़याल डराते हैं। डराते हैं सपने। सपने रिपीट होते हैं। बच्चे को दूध पिलाने वाली स्त्री दूसरी बार नज़र आयी थी। बच्चे को कुक्कुर खाँसी का दौरा पड़ा था और माँ उसके मुँह में स्तन ठूँस रही थी। ऐसे में वह क्या करे, इसी असमंजस में था।

मीतू देख-देख कर हँसती है। हँस-हँस कर देखती है। बहुत-से अजनबी चेहरे दिखते हैं। उनके बीच मामा बुद्धिनाथ की आँखें चमकती हैं। वे बनियान और पजामा पहने स्टेशन पर खड़े होते हैं। घर में वे इसी तरह रहते थे। वह पसीना-पसीना हो जाता है। माँ जब भी दिखायी देती है, सुबह तसल्ली भरी होती है। मामी एक ही बार सपने में आयीं। छाती में भींच लिया था। दोनों हाथ आशीर्वाद में उठे हुए थे। छातियाँ मामी की और हाथ माँ के थे। माँ के हाथों की तरह वह मामी की छातियाँ भी पहचान गया था।

सपने में ही सही, माँ और अच्छे लोग मिले तो। प्रिया तो सपनों में भी नहीं आती। कितनी निष्ठुर है? उसे याद करने से ही मन के भीतर कोहरा छा जाता है।

शुरुआत में एक दिन बाघ घर से सामने से लूरी को घसीट ले गया। हल्ला मच गया था। पता नहीं, रजनी थी या मीतू, जिसने बताया कि बाघ लूरी को ले जा रहा है, लेकिन उसने देखा तो रूह काँप गयी। उसके दाँतों के बीच माँ की गरदन थी। वह चिल्लाता है। बताना चाहता है कि बाघ लूरी को नहीं, माँ को ले गया। पर मुँह से आवाज़ नहीं निकलती। वह चीख़ने के लिए दम लगाता है तो नींद खुल जाती है। घबराया हुआ था, लेकिन पसीने की चिपचिपाहट के बावजूद बड़ी तसल्ली हुई थी।

उस दिन माँ का हाल जानने के लिए मीतू को फ़ोन करने का बहुत मन हुआ। असल में, माँ से तो वह राजानगर के शोरूम में काम पकड़ने के बाद ही बात करना चाहता था। मन हमेशा ही होता, लेकिन अपने आप को रोक लेता। माँ के पास फ़ोन नहीं था और उससे बात करने के लिए मीतू या रजनी को फ़ोन करना पड़ता। उनको पता चलते ही पूरे इलाक़े में बात फैल जानी थी। लोग माँ की खिल्ली उड़ाते। कब हो रहा है रामू का ब्याह?

अब वे ख़याल धूमिल हो गये थे। सब कुछ बदल गया था। प्रिया को गँवा देने से भी बुरा घट चुका था। गाँव वालों की परवाह नहीं रह गयी। केवल माँ की चिन्ता होती, लेकिन सात महीना बन्द रहने से फ़ोन की बैटरी ही चुक गयी थी। पता नहीं कोई और ख़राबी आ गयी हो। चार्ज ही नहीं हो रहा था। अजीब मज़ाक़ है ज़िन्दगी। एक रास्ता बन्द हुआ नहीं कि सब बन्द होते चले जाते हैं।

चन्दन की रुक गयी ख़बर को इस्तेमाल करने में किसी ने रुचि नहीं दिखाई। जिसे भी बनी-बनायी ख़बर दी, उसी ने शक किया। कोई लफड़े वाला मामला होगा वरना उसके अख़बार में न छपी होती! जब कहीं से कोई उत्साहजनक रेस्पॉन्स नहीं मिला तो उसने एक न्यूज पोर्टल को सप्रेम भेंट कर दी। लो, जैसे चाहो लगाओ। चाहे जिसके नाम से लगाओ।

ख़बर लग गयी। चन्दन के नाम से ही लगी। सम्पादक की उस पर नज़र पड़ी या नहीं, उसे पता नहीं चला। अगर आपत्ति जताता तो चन्दन के पास जवाब तैयार था। उन्होंने नहीं छापी तो उसने दे दी। ख़बर के व्यूज़ लगातार बढ़ रहे थे। खुश होने की बात थी, लेकिन चिन्ता हो रही थी। सम्पादक परेशान करने पर उतर आये तो दूसरी जगह काम करने के आरोप में 'कारण बताओ' नोटिस दे सकता था।

डिमरी ने बहुत दिन बाद उसे फ़ोन कर बधाई दी और कहा कि उसे पता था, वही कर सकता है। हालाँकि डिमरी की उम्मीद के मुताबिक़ ख़बर का असर नहीं हुआ था। राजनीतिकों को अब ख़बरों और आलोचनाओं से फ़र्क़ नहीं पड़ता। इम्मूनिटी आ गयी। इस बात को उससे बेहतर डिमरी को समझना चाहिए था, लेकिन वह फिर भी बधाई दे रहा था। उत्साह बढ़ा रहा होगा। पीछे पड़े रहो प्यारे।

आगे बढ़ने के लिए सफल आदमी के पीछे लगे रहना जितना ज़रूरी है उतना ही ज़रूरी किसी को उसके पीछे लगाये रखना भी है।

गिरीश को इन दिनों जब भी भवान सिंह और गंगा का ध्यान आता, सीने में हूक-सी उठती। एक अजीब अधूरापन और बेचैनी थी। समझ में नहीं आ रहा था, ऐसा क्या हुआ जाता है? यह अपराध-बोध है क्या? उसके साथी पुलिस वाले तो जाने क्या-क्या झूठ-फ़रेब करते हैं, लेकिन उफ़ नहीं करते। बल्कि उन्हें अपने किये पर, अपनी तिकड़मों पर गर्व होता है। उसने तो जो किया, वह ग़लती से हुआ।

अपने आप को इस तरह समझाने से भी सीने का भारीपन व बेचैनी दूर नहीं होती थी। अन्ततः एक दिन उसने अपने साले को फ़ोन लगाया और कहा कि जब भी वह भवान सिंह के घर की तरफ़ जाये उनसे बात करा दे। साले ने बताया, उन्होंने एक पुराना फ़ोन ख़रीद लिया है। नम्बर उसके पास है। गिरीश ने भवान सिंह को फ़ोन लगाया। हालचाल पूछने लगा। भवान सिंह रमिया के बारे में पूछता रहा। कोई जानकारी ? चपेड़ लगाई?

"जानकारी तो नहीं है, पर लौट आएगा। उम्मीद रखो।"

"छोड़ देंगे?"

"पकड़ा ही कब था?"

"नहीं पकड़ा? तब तो घर आ जायेगा?"

"ठाकुर साब, खुशख़बरी ये है कि वो जो है...वो आपका लड़का नहीं है।"

"नहीं है?"

"नहीं।"

"लेकिन पंडित जी, आप ही ने कहा था, मेरा लड़का है?"

"मैंने सम्भावना व्यक्त की थी, लेकिन उसके बाद कुछ भी बताना आसान नहीं रहा। हालात ऐसे बन गये।" गिरीश ने सारी कहानी बयान कर दी।

"पुलिस अब भी कहेगी लड़का तुम्हारा है। मत कहना कि सूचना मैंने दी। कहना, अख़बार में छपा था।" गिरीश ने समझाया।

भवान सिंह सन्न रह गया। किसी तरह की प्रतिक्रिया नहीं। गिरीश को लगा, फ़ोन न कट गया हो। उसने दो बार 'हेलो' कहा तो भवान सिंह ने पूछा, "तो फिर मेरा लड़का कहाँ है?"

वह कैसे बता सकता था। कहा, "वहीं होना चाहिए...जहाँ था।"

भवान सिंह की तरफ़ से फिर कोई प्रतिक्रिया नहीं हुई तो गिरीश ने सांत्वना दी, "हम लोग ढूँढेंगे उसे। आप भी कोशिश करते रहो।"

"आप कुछ छुपा तो नहीं रहे, पंडित जी? कोई कह रहा था, फ़रार होने वालों को पुलिस ठाँ कर देती है?"

भवान सिंह की बातें सुन कर गंगा घबरा गयी। उसने बातचीत बीच में रोक कर गंगा को कस कर डाँट लगाई।

"अरे नहीं ठाकुर साहब, जो फ़रार है वो कैरना की पार्वती का बेटा है।"

गिरीश ने बताया। गंगा बदहवास-सी हो गयी। भवान सिंह ने फिर से पत्नी को डाँटा, "रोना मत शुरू कर देना। कुछ नहीं हुआ उसे। मैं सिर्फ़ पूछ रहा था।"

फ़ोन रखने के बाद भवान सिंह गम्भीर हो गया। उसका चेहरा देख कर गंगा की घबराहट और बढ़ गयी।

"मुझे चुप करा कर खुद रोनी सूरत क्यों बना ली?" उसने पूछा। भवान सिंह बोला, "गिरीश पंडित कह रहे हैं, वो हमारा रमिया नहीं है।"

"नहीं है ?"

"हाँ। पार्वती का लड़का है बल।"

"गिरीश कोई चाल तो नहीं चल रहा? हुआ तो पुलिस वाला ही?"

भवान सिंह ने माथा पकड़ लिया। टोपी उतारने-पहनने लगा। उसकी समझ में नहीं आ रहा था दु:खी होना चाहिए या खुश? जिस लड़के के खोने का दु:ख ग्यारह साल से भोग रहे थे, उसका नहीं मिलना खुशी की बात है या दु:ख की?

"मेरा दिमाग काम नहीं कर रहा।" उसने पत्नी से कहा। उसे 'ठाँ' सुनायी देती थी। मार ही न दिया हो। गंगा बुदबुदायी, "तुम्हें लगता होगा, अब रमिया नहीं मिलेगा?"

उसने जवाब नहीं दिया। उसी तरह सिर पकड़े रहा। टोपी एक तरफ़ रख दी। बिना टोपी के सोचता रहा। अपने बेटे के जीवित होने की उम्मीद का टूटना दु:ख नहीं है?

गंगा अपने सवाल की निरर्थकता जानती थी। जवाब उसे पता था और उसी जवाब के बारे में सोच कर सिसकने लगी। भवान सिंह ने समझाया कि रोना बेकार है। तबीयत बिगड़ जाएगी। वैसे भी, अभी कुछ नहीं कह सकते। पुलिस वाले ही दो तरह की बात कर रहे हैं।

फिर तो ऐसा सन्नाटा छाया कि हवा की साँय-साँय सुनायी देती थी। केवल गंगा की सिसकियाँ उसे तोड़तीं। भवान सिंह की समझ में नहीं आ रहा था पत्नी को किस तरह समझाए जब खुद को नहीं समझा पा रहा। उसने धीरे-से कहा, "तुझे रमिया की क़सम, सच-सच बताना, क्या तूने उसे मरा हुआ नहीं मान लिया था?"

बेटे की क़सम दे दिये जाने से वह असमंजस में पड़ गयी।

"पता नहीं। कभी लगता था ज़िन्दा होगा, कभी... कैसे बताऊँ, क्या लगता था?...ऐसे क़सम मत दिया करो।"

"मैं तो तेरा मन रखने के लिए कहता था, लौट आएगा।"

गंगा बहुत तेज़ रोयी। खेतों के एक छोर पर उनका अकेला घर था। शान्ति में शोर की सामर्थ्य बढ़ जाती है। उसकी चीख़ें दूर के घरों तक पहुँची होंगी। भवान सिंह उसे हिम्मत बँधाने लगा, "जब कोई मरता है तो आदमी कुछ दिन रोता है। इससे लिए तो ग्यारह साल से रो रहे हैं। बहुत हुआ।"

"तुम बड़े निर्दयी हो।"

"तू जो भी कहे, तीन-चार साल से इसी तरह सोचने लगा हूँ, पर ये गिरीश... ये पुलिस वाले जाने कहाँ से आ गये? इन्होंने उसे ज़िन्दा कर दिया। कर दिया था तो फिर अब मार क्यों रहे हो?"

"मेरा तो मन कहता है, लौटेगा।"

"पता नहीं।"

बिस्तर पर लेटी गंगा अपने बेटे को मरा हुआ मान तो रही थी, लेकिन पति से हौसला चाहती थी। हौसले की उम्मीद ख़त्म होने पर उसने रज़ाई ओढ़ ली। मुँह छुपा कर रोने लगी ताकि वह देख न पाए और उसे चुप कराने की कोशिश न करे। वह उसी तरह रोना चाहती थी, जैसे किसी की मृत्यु पर रोते हैं। भवान सिंह सब समझता था। उसे भी अवसर मिल गया। पता था, अब वह रज़ाई से मुँह नहीं निकालेगी। खुद उसका संयम टूट रहा था और आँखों के रास्ते बाहर आने को था।

पहाड़ी स्त्रियाँ रज़ाई के सहारे ख़ूब रो लेती हैं। कभी-कभी पत्नी का ओझल होना पति की भी आड़ बन जाता है।

रामबदन पाठक को जब पिछली बार बूढ़ा ठहरा दिया गया और बच्चू बाबू को बच्चा कह कर टिकट देने से इनकार कर दिया, उसी वक़्त उनके दिमाग़ में एक नयी तिकड़म ने अँगड़ाई ली थी। दो साल बाद लोकसभा-चुनाव होना है। इस बार लोकसभा के लिए दावेदारी ठोकेंगे। टिकट तो वे देंगे नहीं, लेकिन इससे अगली बार बच्चू जी के लिए अड़ने का अवसर मिल जायेगा।

कोशिश तो करनी पड़ेगी। मन में हल्की-सी उम्मीद भी थी। क्या पता, उन्हें ही दे दें। इसी उम्मीद में जनसम्पर्क अभियान शुरू किया। गाड़ी, पैदल, रिक्शा, ट्रैक्टर जो ज़रूरी लगा, उसी से गाँव-गाँव, क़स्बा-क़स्बा नाप दिया। ख़ूब पसीना बहाया। साल भर में पूरे लोकसभा क्षेत्र की परिक्रमा कर डाली। जानते थे, यह क़वायद बेकार नहीं जाएगी। खुद लोकसभा तो शायद ही पहुँचें, पर इस तरह ताक़त बढ़ा ली तो बच्चू जी को विधानसभा भेजने में कामयाब हो सकते हैं। जनसम्पर्क करते हुए सांसद बनने को भी मन हिलोर मारता था। इतना बड़ा इलाक़ा और इतनी बड़ी ठसक। बन जायें तो मज़ा ही आ जाये।

चुनाव के छह महीने पहले से टिकट के लिए ताड़ासन से लेकर शीर्षासन तक सब शुरू किया। सारी ताक़त झोंक दी, लेकिन टिकट ले उड़े सुमेर चन्द। क्या ही कहें अब उनकी शान में। एकदमै गुमनाम आदमी। रात ही रात चम्म-से सितारा बन गये।

समर्थक लगे फूँ-फाँ करने, 'फोड़ देंगे, फाड़ देंगे' टाइप। पार्टी बदल लेने की सलाह दे डाली। रामबदन हुए खुर्राट आदमी। मान्यता प्राप्त नेता न हुए तो क्या हुआ, राजनीति समझते थे। पूँछ में पटाखा बाँध कर कोई उन्हें हड़बड़ा नहीं सकता था। सेल्फ गोल काहे कर लें भय्या? पार्टी की स्थिति आगे भी मजबूत रहनी है। दूसरी पार्टी में न उनका कोई भविष्य है और न बच्चू जी का। वैसे भी, सच पूछो तो,

वे अपने लिए नहीं बच्चू जी के लिए ही गोटियाँ बैठा रहे थे। दूसरी पार्टी में गये तो कहीं के न रहेंगे। कई बार तो 'दल-बदलू' और 'बाहरी' कह कर ऐसे दुरदुराया जाता है कि आदमी का कुत्ता बन जाए। दूसरी पार्टी छोड़ कर आने के बाद बड़ी मुश्किल से इधर के लोग बर्दाश्त कर पाये हैं।

रामबदन की चुप्पी देख कर समर्थकों में से किसी ने ज़्यादा अक्लमन्दी दिखायी, "निर्दलीय लड़ लो, पंडित जी। जीत आपकी होनी है।"

उन्होंने झिड़क दिया। निर्दलीय लड़ कर वोटकटवा साबित होना है? उन्होंने सोचा। फिर तो बच्चू जी का पत्ता भी कटा समझो। अभी सब कुछ ख़त्म नहीं हुआ। अगली बार उन्हें मिल सकता है, बशर्ते उनके पैर खम्भे की तरह ज़मीन में मज़बूती से गाड़ दिये जायें। इसके लिए उन्होंने पहले ही प्रयास शुरू कर दिये थे। 'ढोर डंगर' नाम का ज़मीनी संगठन खड़ा हो चुका था। बेटे के लिए कुछ बड़े लोगों से बाक़ायदा आशीर्वाद ले चुके थे। विरोधी और ईर्ष्या करने वाले कहते रहें 'पशुओं का संगठन', लेकिन बच्चू जी ने बड़ी संख्या में बेरोज़गारों को उसमें खपा कर इस एहसास और शर्मिन्दगी से मुक्ति दिलाई है कि वे ठलुवे हैं। सभी पुलिस वालों की तरह गर्व से भर गये थे। एक-दूसरे को कड़क आवाज़ में 'जय-जय' कह कर अभिवादन करते। उन्हें विश्वास हो गया था, देश और समाज की बड़ी ज़िम्मेदारी उनके युवा कन्धों पर आन पड़ी है। बेरोज़गारों को बारोज़गार होने की अनुभूति कराना देश-हित में सबसे बड़ा काम है। फिर ये दसवीं-बारहवीं फ़ेल टाइप लड़के। एकदम बमबम हो गये थे। का बे जानते हो, ए.बी.डी.डी. से हैं? ए.बी.डी.डी. समझते हो ना बे, बम्बू कर देंगे तो 'बाप-बाप' करोगे, समझे?

रामबदन चाहते थे कुछ ऐसा किया जाये कि ऊपर तक सन्देश जाए— यह इलाक़ा रामबदन पाठक का है, बेटा। बहुत हुई उपेक्षा। यहाँ सेंधमारी अब नहीं चलेगी। इसके लिए ज़रूरी था, सुमेर चन्द को चुनाव मैदान में लोहे के चने चबवाना। किसी तरह जीत भी जायें तो कम से कम उनके इलाक़े से सुमेर के नाम पर कुत्ता टाँग न उठाये। चाहे जो भी जीते, उसके तलुओं से पसीना छूटना चाहिए। तब समझ आएगा, रामबदन की हैसियत क्या है?

पार्टी के वोट सुमेर चन्द के साथ थे। सबसे बड़ी मुसीबत था, यहाँ का विधायक मदनलाल। उसने अपने वोट सुमेर को ही गिरवाने हैं। मदनलाल को फोड़ना लगभग असम्भव था। रामबदन उसके नम्बर एक प्रतिद्वन्द्वी थे। झट-से चुगली कर देगा। पार्टी को भनक लगी तो फूँक मार कर झप्प से बुझा देगी बच्चू जी का दीया।

बच्चू जी जान रहे थे कि उनके बाप कोई गुनतान बिठाने के चक्कर में परेशान हैं। पूछा तो बाप जी ने व्यथा कह दी। बच्चू जी यों तो एम.बी.ए. फेल थे, पर तिकड़मी बहुत बड़े। दिमाग़ की जगह हाथ चलाने में विश्वास करते थे, लेकिन उस दिन दिमाग़ की बत्ती जला ली। नाउम्मीद थे। पता नहीं अगली बार उनके बाप उन्हें टिकट दिलवा पाएँ कि नहीं? ग़ुस्सा टिकट पा गये सुमेर चन्द पर भी था। इसलिए सारी रणनीति खुद तैयार करने में जुट गये।

दूसरे रोज़ शाम को रामबदन से बोले, "देखो पिताश्री, अगर खुल कर वोट काटने का काम किया तो हम डूब जायेंगे। मने, हमारा सपना डूब जायेगा।"

पिता पहले से चिड़चिड़ाये हुए थे। पलट कर बोले, "डेढ़ दिन लगा कर हमें वह बता रहे हो जो हम पहले से जानते हैं?"

"पर आप नहीं जानते कि करना क्या है।"

"रामबदन झल्ला गये। चालीस साल से दो ही काम कर रहे हैं। लोगों का कपार फोड़ना और राजनीति करना। जिस बात का समाधान हम नहीं निकाल पा रहे, अगर उसका इलहाम तुम्हें कुछ घंटे मुँह लटकाने से हो गया हो तो हमें भी बताओ?"

"आपकी उम्र क्या है?" बेटे ने पूछा। बाप जी ग़ुस्से से टेढ़े हो गये, "तुम्हें पता नहीं?"

सुन कर बच्चू जी हँसे। हँसी पिता की झल्लाहट पर आ रही थी। पूछा, "पार्टी ने टिकट तो आपको कभी दिया नहीं, ऊपर से पैंसठ की उम्र में रिटायर कर दिया। क्यों?"

"तुम्हारे पास कोई आइडिया हो तो बताओ, वरना फ़ालतू बात मत करो हमसे। समझे?"

बाप लगातार आपा खो रहे थे।

"उम्र के बहाने ही तो इनकार किये ना ?"

"हाँ, तो?"

"हम वही बात समझा रहे हैं, पिताश्री। थोड़ा भूमिका बाँध रहे थे, बस।"

"पहले तो ये 'पिताश्री' कहना बन्द करो। घर में रामायण-महाभारत खेल रहे हो?"

जब वे पिता से नाराज़ हों, उन पर व्यंग्य करना हो या नीचा दिखाना हो तो 'पिताश्री' से सम्बोधित करते थे। रामबदन 'पिताश्री' में छुपी उनकी अगाध 'श्रद्धा' और 'सम्मान' को समझते थे। सो, उखड़ गये। इससे हुआ यह कि पिता-पुत्र के बीच साइकोलॉजिकल वारफ़ेयर में पुत्र को बढ़त हासिल हो गयी। बच्चू जी ने बैक

फुट पर जाते पिता को समझाना शुरू किया कि वे न तो शरीर से कमज़ोर हैं, न मानसिक तौर पर। पुराने नेता नब्बे साल तक कुर्सी नहीं छोड़ते थे। आज भी बहुत सारे बुढ़ऊ सक्रिय राजनीति में हैं। ऐसे ही उम्र बढ़ने से आदमी बेकार हो जाता तो ढूँढ़-ढूँढ़ कर पिचासी पार के बूढ़ों को राज्यपाल न बनाते। आप तो अभी सरपट दौड़ते हो? और क्या-क्या करते हो... आप खुदै जानते हो। हम का बतावें?

रामबदन के पिता कभी पूरब से आकर इस इलाक़े में बस गये थे, पर तीन पीढ़ी बाद भी लड़ते-झगड़ते वक़्त ये लोग अपनी बोली-बानी पर उतर आते।

बच्चू जी अपनी ही बात पर हँसे। कोई और वक़्त होता तो रामबदन जूता हाथ में लेकर दौड़ा लेते कि बेटा, हम भी जानते हैं तुम क्या-क्या करते हो? लेकिन रामबदन को बात जँच गयी। अभी तो सचमुच चंगे-भले थे, फिर रिटायर काहे कर दिया? बीस साल बाद राज्यपाल बन सकते हैं, लेकिन आज सांसद और विधायक बनने लायक न रहे?

"हाँ तो बताओ, हमें टिकट देने में क्या दिक़्क़त थी?" उन्होंने पूछा। फिर अपनी तरफ़ से अनुमान भी लगा लिया, "हमारा दाग़ी रिकॉर्ड ना?"

"ना।" बच्चू बाबू ने दो बार गरदन हिलाई। बोले, "ये तो बढ़िया चीज़ है। स्पोर्ट्स कोटा समझ लो। असल में बात ये है कि एक तरफ़ लोग कहते रहे 'जियो रे बाहुबली' और दूसरी तरफ़ आपको मार दिये।"

बाप उछल कर खड़े हो गये। बच्चू के सिर पर मारने के लिए कुछ ढूँढ़ने लगे। "हम मर गये, हरामी? कैसे?"

"आप पहले बैठो।" बच्चू बाबू ने बाप को बैठने दिया। बोले, "ऐसे कि जो टेक्नोलॉजी से हार जाता है ना बाऊजी, लोग उसकी पीठ पर एक्सपायरी डेट लिख देते हैं। यों समझिये कि रात में सोये और अपने ही बच्चों ने लिख दिया बेस्ट बिफ़ोर 23-03-2020।

"अबे क्या अंड-बंड बोल रहे हो, भाँग खा लिये क्या सुबह-सुबह?" उन्होंने पूछा। बेटे के खोपड़े में पानी उड़ेलने का मन हो रहा था। वह बोला, "ज़रा शान्त होकर सोचिए, आप एक व्हाट्सऐप ठीक से नहीं कर पाते। कर पाते हैं?"

वे भी सिर हिला कर मान गये। नहीं कर सकते, लेकिन इससे क्या होता है?

बच्चू बाबू ने कहा, "आजकल ऐसे ही लोगों को बूढ़ा कहते हैं, वरना मर्द जब तक ज़िन्दा है, जवान है।"

बाप ने कहा, "चलो, मान लेते हैं, पर इस ज्ञान का अब क्या लाभ? सुमेर को पलीता लगाने का कोई उपाय हो तो बताओ। टेक्नोलॉजी बाद में समझ लेंगे।"

बाप को अब भी ग़ुस्सा आ रहा था जबकि बच्चू जी काफ़ी कूल लग रहे थे। पिछले अठारह घंटे में उन्होंने जो चिन्तन-मनन किया और अपने फ़ोन से जो होम वर्क किया, अब उसका डेमो देने की बारी थी। मोबाइल के स्क्रीन पर एक वीडियो चला कर फ़ोन बाप की ओर बढ़ा दिया। बड़े आत्मविश्वास के साथ बोले— इन्हें तो पहचानते हैं?

रामबदन ख़ूब पहचानते थे। यह सुनील भय्या की तस्वीर थी। दिल्ली की राजनीति में उनकी शेरछाप चवन्नी भी चलती थी।

"देखिए, अंग्रेज़ी बोल रहे हैं।"

सब जानते थे, उन्हें अंग्रेज़ी नहीं आती। रामबदन तो अच्छी तरह जानते थे। वीडियो देख कर आश्चर्य में पड़ गये, "ये कब सीख ली?"

"इनके बस का नहीं है। इसे डीपफ़ेक कहते हैं।"

पिताश्री बेटे का मुँह ताकने लगे। पुत्र ने बताया, "इसी को कहते हैं टेक्नोलॉजी।" रामबदन ने 'डीपफेक' को हिन्दी में समझाने को कहा। बच्चू जी बोले, "अनुवाद के चक्कर में आप डीपफेक की ऐसी-तैसी मत फेरो।"

"अरे, तो हम समझेंगे कैसे ?" बाप कसमसाये। बेटे ने कहा, "हाँ, ये भी सही है। तो फ़िलहाल आप इसे धतूरे के फूल जैसा सफ़ेद झूठ समझ लो। जल्दबाज़ी में ऐसा ही अनुवाद हम कर सकते हैं। यह आर्टिफ़ीशियल इंटेलीजेंस का कमाल है।"

रामबदन की जिज्ञासा बढ़ गयी। बच्चू जी सरल भाषा में समझाने लगे कि इसमें मशीन जो है, आदमी के व्यवहार की नकल कर लेती है। मशीन को इसके लिए ट्रेनिंग दी जाती है। आर्टिफ़ीशियल इंटेलिजेंस (एआई) के ज़रिए आवाज़ की नकल हो सकती है, होंठ वैसे ही हिल सकते हैं। सच पूछिए तो सुनील भय्या जी का वीडियो हमारे लिए प्रेरणा है। मैंने पता कर लिया कि ये कमाल होता कैसे है?

किससे पता किया ? रामबदन ने पूछा। पुत्र ने टेढ़ा जवाब दिया— "आप ऐसे टुच्चे सवाल मत पूछा करो, बाऊजी। शोभा नहीं देता। यही फ़र्क़ है आपकी और हमारी पीढ़ी में। आपका ये अड़तालीस हज़ार का घुमन्तू फ़ोन आज भी सिर्फ़ दो कौड़ी की कॉल करने और सुनने के काम आता है, जबकि सब कुछ इसी में है।"

कोई और वक़्त होता तो 'टुच्चे' और 'दो कौड़ी' जैसे भाषायी हमलों से रामबदन चिढ़ जाते, लेकिन बेटे के भविष्य के लिए चिन्तित बाप भी तो थे। उन्होंने सकारात्मक सोच को तरजीह दी। चलो अच्छा है, इसे वह तिकड़म आ गयी जिसे नहीं जानने पर जल्दी रिटायर होना पड़ता है।

"अब यह मुश्किल काम नहीं रह गया, बाऊजी," बच्चू जी ने कहा, "कोई भी कम्प्यूटर का अच्छा जानकार थोड़ी-सी मेहनत से कर सकता है। हमें कुछ कम्प्यूटर विशेषज्ञों की ज़रूरत पड़ेगी। कुछ पैसा खर्च होगा। चाहिए लेकिन भरोसे के आदमी। भाँडा फोड़ने वाले न हों।"

"हाँ तो, करोगे क्या? रामबदन ने पूछा।

"हैंडल उखाड़ देंगे उनका। पेंदे में कील ठोक देंगे। और का करेंगे?" बच्चू जी ने फ़ैसला सुनाया।

"ध्यान से...खुद के पेंदे में राँग का टाँका लगाने की नौबत आयी है।" बाप ने कहा। बच्चू तैश में आ गये, "जब तक समझेंगे, वोट पड़ चुके होंगे, बाऊजी। एक बार वीडियो वायरल हो गया तो सफ़ाई फिर कोई नहीं सुनता, चाहे सफ़ाई के सौ वीडियो बनवा लो। सगी घरवाली और बच्चे ना सुनें।"

"कैसा वीडियो बनाओगे?" रामबदन ने धीरे-से पूछा, जैसे टेक्नोलॉजी के आगे हार मान ली हो। बच्चू जी ने मेज़ पर पड़ा अपना मोबाइल फ़ोन उठा लिया। बोले "समझाते हैं, ज़रा आपके क़रीब आ जायें।"

तीन सीटर सोफ़े पर पिता के बगल में बैठते हुए बच्चू जी ने सुमेर चन्द का एक वीडियो दिखाया। वीडियो में सुमेर पार्टी की जिला स्तर की पदाधिकारी मंजुला के क़रीब बैठे गुफ़्तगू कर रहे थे। वीडियो किसी कार्यकर्ता के बेटे के जन्मदिन का था। वे दोनों लोकसभा का टिकट फ़ाइनल होने के तुरन्त बाद के इस समारोह में आगामी चुनाव पर चर्चा कर रहे थे। रामबदन भी बुलाए गये थे, पर टिकट कटने की ताज़ा-ताज़ा शर्मिन्दगी में गये नहीं। वीडियो में दोनों ख़ूब मुस्करा रहे थे और हाथ-गर्दन हिला-हिला कर बातें कर रहे थे। बच्चू जी ने वीडियो बाऊजी को दिखाते हुए कहा कि इसी से कोई खेल करवाते हैं।

रामबदन थोड़ा चिन्तित हो गये, "वैसे, इस औरत ने हमारा बहुत साथ दिया। हमारे टिकट के लिए हमेशा अड़ती-लड़ती रही।"

"पर अब तो पाला बदल लिया। ...हाँ, अगर कभी ...मतलब कुछ और बात हो तो छोड़ देते हैं।"

"तुम ज़्यादा हरामीपना तो हमसे करो मत, बच्चू। इस औरतिया से हमारा कोई लेना-देना नहीं। बस, एहसान याद आ रहा है।"

"एहसान के बदले पेंशन बाँध दोगे? पाला बदलते ही सारे एहसान मिट्टी हो जाते हैं। अब सुमेर चन्द के कान में फुसफुसाने का मज़ा चखे।"

"जो करो, सोच-समझ कर करो। राजनीति शुरू करने से पहले ही ग्रहण न लग जाये।"

"देखते जाइए, खुद नहीं समझ पाएगी हुआ क्या? सोचेगी, उससे अन्दर फटे बाँस-सी दोहरी आवाज़ वाली कोई दूसरी न रहने लगी हो।"

बच्चू जी ने गरदन और बालों को झटका देते हुए भूतनी बनने का उपक्रम किया और ठठा कर हँसे। रामबदन बेटे की हरक़त से डर गये।

दफ़्तर में खिचड़ी कब पकी, नहीं पता। ब्यूरो के संवाददाताओं में बीट बँटवारे की एक नई सूची जारी कर दी गयी। नोटिस बोर्ड पर टँग जाने के बाद ही चन्दन को पता चला। बदलाव के नाम पर सारी छेड़छाड़ उसी की बीट के साथ हुई थी। उसके हिस्से से राजनीतिक दलों, महत्त्वपूर्ण मंत्रालयों और बड़े राज्यों से जुड़ी बीट बाक़ियों में बाँट दी गयीं। दूसरे वरिष्ठ, प्रमुख और विशेष संवाददाताओं की बीट से चुनाव आयोग को छोड़ कर बाकी के आयोग चन्दन को दे दिये गये। राज्यों के नाम पर पूर्वोत्तर के राज्य रह गये। मंत्रालयों में कोयला और खान उसके पास आया, जहाँ से छह महीने में कोई ख़बर नहीं निकलती थी। राजनीतिक दलों के नाम पर कम्युनिस्ट पार्टियाँ बचीं जिनको अन्दर के पन्नों में भी जगह मिल जाये तो बड़ी बात थी। इसके अलावा उपराष्ट्रपति भवन। अब कर लो बेटा स्टोरी। पहले तीन लोग राज्यसभा कवर करते थे। अब उसका नाम हटा दिया गया था। ब्यूरो प्रमुख कह रहा था, "राज्यसभा के लिए दो आदमी काफ़ी हैं। लोकसभा में चार भी हो जायें तो दिक़्क़त नहीं है, पर देखते हैं सम्पादक क्या कहते हैं?"

एक तरह से राजनीतिक ख़बरें करने के रास्ते लगभग बन्द हो गये थे। चन्दन परेशान था। परेश मुस्करा रहा था। बाकी कुछ चुप थे तो कुछ भड़का रहे थे। चन्दन को सोचने के लिए वक़्त चाहिए था। एक बार तो इस्तीफ़ा देने का मन बना लिया। लेकिन कुछ शुभचिन्तकों ने ऐसा न करने की सलाह दी। थोड़ा झेल लो। सम्पादक आते-जाते रहते हैं। कोई दूसरा आ गया तो सब ठीक हो जायेगा। अभी शान्त रहो। उन्होंने कहा। कुछ लोग सम्पादक से मिल लेने की सलाह दे रहे थे। मिलना चाहिए या नहीं, वह फ़ैसला नहीं कर पा रहा था। कहीं ग़ुस्से में मुँह से कोई ऐसी-वैसी बात न निकल जाए। लेने के देने पड़ जायेंगे। अभी ग़ुस्सा शान्त होने तक इन्तज़ार करना ठीक होगा। मन में यह ख़याल भी आ रहा था कि इन्हीं मरगिल्ली बीटों से राजनीतिक ख़बरें निकाल कर लाओ, बेटा चन्दन। ऐसी कि सम्पादक तिलमिला जाये।

क्या करेगा, फ़िलहाल समझ नहीं आ रहा था। कुछ दिन छुट्टी पर चले जाने का ख़याल भी आ रहा था। केरल, लद्दाख, उत्तराखण्ड, कहीं भी। जहाँ दिमाग़ शान्त हो और दिल्ली के दाग़ी फेफड़े भी धुल जायें।

दोपहर में पार्वती टीवी पर समाचार देख रही थी। वह नियमित अख़बार मँगाने लगी है। सुबह से उसकी एक-एक ख़बर पढ़ती है। गुमशुदा वाले विज्ञापन तक पढ़ जाती है। दोपहर में चौका-बरतन के बाद उसने टीवी पर ख़बरें देखना शुरू किया था। एक-एक चैनल खँगालती रही। उसे लगता है, किसी भी चैनल पर उसके बेटे की ख़बर हो सकती है। तभी बाहर मनुष्य के पैरों और पशु के खुरों की आहट एक साथ सुन कर सतर्क हो गयी। आ गये क्या यमदूत? भैंस की पीठ से उतर कर सीधे इधर ही आ रहे हैं शायद।

उसी वक़्त कोई परिचित स्वर सुनायी पड़ा, "कहाँ हो?"

वह हड़बड़ा कर बाहर निकली तो घर के आगे भवान सिंह को खड़ा देख कर चौंक गयी। वह अकेला नहीं था। दो प्राणी उसके साथ और थे। एक स्त्री थी, जो उसकी पत्नी लगती थी और एक सुन्दर-सी गाय थी, सफ़ेद रंग की, जिसके कानों की किनारियाँ गुलाबी थीं और माथे व टखनों पर काला रंग टीके की तरह लगा था। भवान सिंह ने उसकी रस्सी थाम रखी थी।

"अरे तुम? ...और गाय लेकर?" पार्वती की आँखें आश्चर्य से फैल गयीं।

"पहले कहीं पर इसे बाँधने की जगह बताओ।"

पार्वती ने अनुमान लगाया कि शायद भवान सिंह गाय को गाभन कराने ले जा रहे हों। थक गये होंगे। चाय पीकर अपने रस्ते चल देंगे। अपना जैसा समझ कर चले आये होंगे। खोये हुए बच्चों ने हम लोगों के बीच एक रिश्ता तो बना ही दिया। दोनों का दु:ख एक जैसा हुआ। कैरना से गुज़र रहे होंगे, तो घरवाली को मिलाने ले लाये शायद।

घर के पीछे छोटी-सी जगह थी। उसने भवान सिंह को दिखा दी। उसने हाथ से हिला कर मकान के एक खम्भे की मज़बूती जाँचने के बाद गाय की रस्सी उस पर बाँध दी। पति-पत्नी हाथ-मुँह धोने लगे।

वह रविवार की सुबह घर से चला था। आज बुधवार था। सफ़र का कार्यक्रम इस तरह बनाया कि बुधवार की दोपहर तक कैरना पहुँच जाये। पत्नी पैदल आने की स्थिति में नहीं थी। स्वास्थ्य डावाँडोल चल रहा था। कभी बिगड़ जाये तो कभी सुधर जाये। ज़्यादा तनाव मोल ले लिया तो बिस्तर पकड़ लेती। उसने गंगा से कहा था कि बुधवार की सुबह जो भी वाहन मिले, पकड़ कर आती रहे। दो-तीन जीप

या बस बदल कर वह कैरना पहुँच जाएगी ढाई-तीन घंटे में। कैसे-कैसे आना है, सब बता दिया। इस सफ़र पर अकेले निकलने की हिम्मत जुटायी। क्यों और कैसे जुटायी, नहीं जानती। पता नहीं यह राम सिंह की माँ बताई जा रही उस औरत से मिलने की इच्छा थी या गाय के साथ बेटे की याद को हमेशा के लिए भुला देने की तैयारी। बस, उसे जाना था।

भवान सिंह को अपनी पैदल चलने की क्षमता पता थी, लेकिन गाय की नहीं। थक कर रुक गयी तो ज़बर्दस्ती नहीं कर सकता। उसने तय किया कि एक दिन में चौदह-पन्द्रह किलोमीटर से ज्यादा का सफ़र नहीं करेगा। पूरे रास्ते में उसने तीन पड़ाव डाले थे। दिन भर चल कर शाम को ऐसी जगह रुका जहाँ किसी परिचित का घर हो। तीसरा पड़ाव कैरना से लगगभ ग्यारह किलोमीटर दूर था। वहाँ कोई जानने वाला नहीं था। उसने बस्ती के पास रुक कर लोगों से जान-पहचान निकालने की कोशिश की। नतीजा यह हुआ कि एक दुकानदार ने अपने बरामदे में ठहरने की जगह दे दी। वह भला आदमी था। नीचे दुकान थी और ऊपर की मंज़िल पर उसका घर। कोई पशु उनके पास नहीं था। इसलिए गाय बाँधने की व्यवस्था नहीं थी। उसे भवान सिंह ने बाहर एक पेड़ से बाँध दिया। शाम को गाय दुह कर दूध उसने दुकानदार को दे दिया था। दुकानदार ने भीतर सोने की पेशकश की, पर उसने यह कह कर इनकार कर दिया कि बाहर ही ठीक है। उसे चिन्ता थी। दूसरे की अमानत हुई।

वह अपने साथ एक लाठी, एक कम्बल, गाय को पानी पिलाने के लिए एक छोटी बाल्टी और कुछ घास वगैरह लेकर चला था। गाय उसने जिस खम्भे से बाँधी, उसके सामने ही कम्बल ओढ़ कर लेट गया, पर आँख नहीं लगने दी। सोच रखा था अगर बाघ आ गया तो लाठी लेकर भिड़ जायेगा। हमला करने के लिए तीन-चार पत्थर भी पास में रख लिए थे। सुबह के वक़्त उसे झपकी तब आयी जब दुकानदार के घर की ऊपरी मंज़िल से खटर-पटर की आवाज़ें आने लगीं। उसने अनुमान लगाया कि वे लोग जाग गये। भरोसा हो गया था, अब बाघ हिम्मत नहीं करेगा। साढ़े पाँच बजे उसकी नींद फिर खुल गयी। सर्दी बहुत थी। कम्बल काम नहीं कर रहा था। गहरी नींद आना सम्भव नहीं था। फटाफट शौच के लिए गया, गाय दुही, तब तक दुकान वाले की पत्नी चाय के साथ आलू के दो तवा साइज़ पराँठे ले आयी। दूध दुकानदार के घर देकर छह बजे तक वह कैरना के लिए रवाना हो गया।

बिना रुके चलते हुए साढ़े ग्यारह बजे कैरना पहुँच गया था। फ़ोन उसने पत्नी को दे रखा था। कैरना पहुँच कर उसने किसी की तरफ़ पर्ची पर लिखा नम्बर बढ़ाते

हुए फ़ोन लगा देने का अनुरोध किया। उधर से गंगा ने कहा, वह कुछ देर पहले ही कैरना पहुँच गयी। वहाँ मोटर स्टैंड के पास बैठी है। वह मोटर स्टैंड पहुँचा तो गंगा को देख कर गाय रँभाने लगी। गंगा ने उसकी गरदन सहला कर कुछ देर उसे दुलारा और दोनों पार्वती के घर की ओर चल पड़े।

जब तक उन दोनों ने हाथ-मुँह धोया, पार्वती चाय बना लाई थी। चाय पीते हुए भवान सिंह ने पूछा, "सच-सच बताना, ये राम सिंह लड़का किसका हुआ? तुम्हारा या हमारा?"

"खोया हुआ लड़का ठैरा, जब तक मिल नहीं जाता तब तक जिसका भी समझ लो।" उसने कहा। फिर अचानक पूछा, "लेकिन ये सवाल क्यों?"

गंगा ने उसे ग़ौर से देखा, "क्या सही में तुम्हें पता नहीं है?"

पार्वती चुप हो गयी। गंगा उसके चेहरे को देखती रही और जवाब का इन्तज़ार करने लगी। पार्वती ने कुछ क्षण उसके भावों को पढ़ने की कोशिश की। फिर पूछा, पहले वे बताएँ कि उन्हें क्या पता है?

भवान सिंह ने बता दिया। कह रहे हैं हमारा लड़का नहीं है। यह सुनते ही गंगा रोने लगी। पार्वती की आँखें भी छलक आयीं। गंगा ने रोते-रोते पूछा, "जब ये आये थे यहाँ, तब क्या तुम्हें पता नहीं था?"

"पता तो था," पार्वती ने कहा, "लेकिन तुम लोगों का भरोसा कैसे तोड़ती? मैंने तो रामू का स्वेटर पहचान लिया था। मैंने ही बुना था।"

एक भागे हुए लड़के की वापसी पर दो परिवारों के जीने की उम्मीद टिकी थी। कई दिन से तिल-तिल टूट रहे भवान सिंह और गंगा आज पूरी तरह चकनाचूर हो गये। अब तक दूसरों से ही सुना था। समझ रहे थे कि लड़का पार्वती का भी हो सकता है। इसीलिए गाय लेकर आ गये, लेकिन अन्दर से एक झीनी उम्मीद बची थी। क्या पता पार्वती कह दे कि वह उसका लड़का नहीं है?

गंगा फिर से सुबकने लगी। भवान सिंह का गला भर आया और आँखों में पानी तैरने लगा। उसने गिरीश के साथ अपने परिचय की जानकारी देते हुए, जो कुछ उसने कहा था, सब बता दिया। छिपाने से तो लड़का उनका हो नहीं जाता। बीच-बीच में उसे अपनी भावनाओं पर खुद ही नियन्त्रण करना पड़ रहा था। उसे वे लोग याद आ रहे थे जो घर आकर कहते कि लड़के ने बहुत अच्छा किया। उसने पार्वती को बता दिया कि गाय उसे क्यों और कैसे मिली। बोला, "जब पता चल गया लड़का हमारा नहीं है तो फिर इनाम भी हमारा नहीं हुआ। इसीलिए तुम्हें सौंपने आ गये।"

पार्वती को बच्चा-चोर समझ कर घायल किया गया व्यक्ति याद आ गया। पता नहीं, सच क्या है? अगर रामू ने कुछ नहीं किया तो गाय उसकी कैसे हुई? और अगर किया, तो किसी के लड़के को घायल करने का इनाम वह क्यों ले?

"मैं गाय का क्या करूँगी ? मुझे तो मेरा लड़का चाहिए।" उसने कहा।

"गाय तुम्हारे लड़के की जगह तो नहीं ले सकती, लेकिन इस पर हमारा हक़ भी नहीं हुआ। हम कैसे रख सकते हैं ?" गंगा ने कहा। पार्वती ने समझाने की कोशिश की, "मेरे पास घर के पीछे थोड़ी-सी जगह हुई। तुम लोगों ने देख ही लिया। वहाँ खुले में कैसे बाँधूँगी? इतना पाला पड़ता है आजकल। इतनी ठण्ड हुई। तुम इसे ले जाओ।"

भवान सिंह ने बताया, तीन दिन और तीन रात लगा कर वह गाय यहाँ तक लाया है। वापस ले जाना सम्भव नहीं। छप्पर वह बना जायेगा।

बात छप्पर की नहीं थी। चूँकि भवान सिंह दम्पति ने गाय रख ली थी, इसलिए वह साफ़ नहीं कह पा रही थी कि उसे रखना ग़लत है। वह बहाने बना रही थी।

"सच बताऊँ, घास-पात का इन्तज़ाम करना मेरे बस की बात नहीं है। अपने खाने का जिसे होश नहीं उसके घर में तो गाय भूखी रह जाएगी।"

"सब हो जाता है। जब गाय आ गयी तो घास भी आ जाएगी।" गंगा ने कहा।

उनकी ज़िद के आगे पार्वती निरुत्तर हो गयी। दोपहर का डेढ़ बज चुका था। उन लोगों ने खाना नहीं खाया होगा, यह सोच कर बिना पूछे ही उनके लिए खाना पकाने लगी। भवान सिंह ने बाहर निकल कर सूरज की ओर देखा। समय और धूप की तपिश का अनुमान लगाया। पार्वती से बड़ियाँठ (बड़ी दराँती) माँगा और उसे लेकर जंगल की ओर निकल गया ताकि चार खम्भे और छप्पर छाने लायक लकड़ी काट लाए। गंगा रसोई में पहुँच गयी। खाना पकता रहा और एकान्त पाकर दोनों औरतों का दुःख खदबदाता रहा। अपना पूरा दुःख स्त्रियाँ कहाँ पुरुषों से साझा कर पाती हैं? दुःख को दबा कर रखने के लिए छातियों का होना ज़रूरी है।

छातियाँ पुरुषों के सामने घड़ी-घड़ी खोली नहीं जातीं।

दोपहर में गाय के रँभाने का स्वर सुन कर गंगा और पार्वती एक साथ पीछे वाले आँगन की ओर लपकीं। धूप में गाय को प्यास लग आयी थी। पार्वती ने एक बाल्टी में उसे पानी दिया और पुचकार कर पूछा— भूख लगी है?

जंगल से लकड़ियाँ काट कर लाने में भवान सिंह को दो घंटे लग गये थे। साथ में गाय के लिए थोड़ा घास भी ले आया था। साढ़े तीन बजे के बाद ही तीनों ने एक साथ भोजन किया। भोजन के बाद वह छप्पर बनाने में जुट गया। इसमें गंगा और पार्वती ने भी उसकी मदद की।

वह रात उन्होंने पार्वती के घर ही गुज़ारी। रात भर पति-पत्नी अपने बेटे की कहते रहे और पार्वती अपनी राम कहानी सुनाती रही। आधी रात तक वे लोग जगे रहे। ख़ूब सुख-दुःख कहे, बच्चों का बचपन याद किया, आँसू बहाये, आँसू पोंछे। रामू के दिल्ली जाने के बाद यह पहली रात थी जब पार्वती अकेलेपन से घबरायी नहीं, अन्यथा घुटन का ऐसा बवंडर उठता कि घर से निकल कर सड़क पर चले जाने और समूची धरती को उलट-पुलट देने की इच्छा होती। रामू की सलामती के लिए शिव से प्रार्थना करते हुए अन्दर ताण्डव होने लगता। जब मन शान्त होता तो किसी से अपना दुःख कहने की हूक उठती। कोई तो उसके सवालों का जवाब दे, जिसके जवाब से तसल्ली मिले। जिसमें आश्वासन हो।

दुःखों से घिरे व्यक्ति को सहानुभूति नहीं, आश्वासन चाहिए।

आयशा का फ़ोन था। कभी-कभार कर लेती है। कभी वह हालचाल पूछ लेता है। असद के अम्मी-अब्बा के दुःख और भय का ज़िक्र करने लगी। भागे-भागे फिर रहे अपने सगे भाई और अब्बू का भय भी उसी में शामिल था। अलग से कुछ नहीं कहा। बोली, "सब डरे हुए हैं। उतने ही जितनी हद होती है। उतने ही ग़मज़दा जितना कोई ऐसे में हो सकता है। आप अनुमान लगा सकते हो दोस्त, क्योंकि हर जाति और मज़हब का दुःख और भय एक जैसा होता है, पर हम सोचने-समझने को तैयार नहीं। इसीलिए ये दुनिया जॉर्ज ऑरवेल के 'एनिमल फ़ार्म' से बेहतर नहीं बन पायी (ऑल एनिमल्स आर ईक्वल। बट सम एनिमल्स आर मोर ईक्वल दैन अदर्स)।"

लम्बी थूथन लिये लाखों सूअर चिचियाने लगे, ऐन उसके मुँह पर। वह घबरा गया। फ़ौरन 'पशु' की जगह 'मनुष्य' को रख कर देखा और सोचा। मनुष्यों की हुँकार और चीख़-पुकार तो और भी भयंकर थी। बिना दाँत और नाखून इतने खूँख़ार। वह डर गया।

"अगर दुःख का कोई रंग हो, जैसे नीला, तो सबका नीला ही होता होगा।" आयशा ने कहा। चन्दन ने दुःख पर सोचा। असद की अम्मी का दुःख गंगा और पार्वती के दुःख से अलग कैसे हो सकता है? आँसू तो सबके आँख से ही निकलते हैं।

"समझ सकता हूँ।" उसने कहा। ऐसा नहीं कि समझता न हो।

"शरीफ़ और ग़रीब से निहत्था इस संसार में कोई नहीं।" उसने कहा। चन्दन हमेशा की तरह उससे प्रभावित हुआ। सचमुच। इसीलिए सबसे अधिक भयादोहन इन्हीं का होता है।

आयशा से अब दोस्ती हो गयी। जब भी फ़ोन करती है, 'दोस्त, कैसे हो?' कह कर शुरू करती है। सच पूछो तो कह देने से भी कुछ चीज़ें घटित होती हैं, मानो कह दिये जाने के इन्तज़ार में होती हैं। 'दोस्त' कहने से दोस्ती हो गयी। वह ऐसे परिवार से है जहाँ किसी को दोस्त कह देने भर से बाप-भाई पर बिजली गिर पड़ती है। दूसरे मज़हब का हो तो मत पूछो। क़हर टूटे। पर आयशा बहुत परवाह नहीं करती। ऐसी ही है। बिन्दास। कोई भी उसे पसन्द करेगा। उससे दोस्ती करना चाहेगा। ख़ूबसूरती अलग बात है। वह पढ़ी-लिखी और ज़हीन है। अपने परिवार में वही है जिसने किताबों से मुहब्बत की।

"इन दिनों अब्बू का ज़्यादा लिहाज़ करना पड़ता है। भाग-दौड़ असद के लिए करते हैं और परेशान इमरान के लिए रहते हैं। साफ़ दिखता है। वज़न भी गिर गया है। बड़े बेमन से खाते हैं। बात करते हुए झट-से आपा खो देते हैं।"

आयशा ने एक कारोबारी से शादी की थी। वह आसपास के हिन्दुओं-मुसलमानों को हमेशा ऊँचाई से या कार के साइड व्यू मिरर में देखता था। उनसे दूरी बनाये रखना पसन्द था। आयशा से कहता था, वही घुले-मिले अपनी बराबरी के लोगों से। उसका स्कूल के पुरुष सहकर्मियों से बात करना उसे क़तई पसन्द नहीं था। आयशा ने कहा, "स्कूली कामकाज की बात तो करनी पड़ेगी?" शौहर का मानना था, काम से बातों का क्या लेना-देना? नौकरी की यही शर्त है तो फिर छोड़ दो।

इसी बात पर तक़रार बढ़ी। आयशा ने उसे 'सिक' कह दिया। वह अपने कपड़ों तक की बुराई नहीं सुन पाता था, दिमाग़ के खिलाफ़ क्या सुनता? भयानक फूँ-फाँ मचा दी। एकदम कीला तोड़ने को तैयार। तक़रार इतनी बढ़ी कि तलाक़ की नौबत आ गयी। उसने नौकरी की जगह शौहर छोड़ दिया।

चन्दन ने असद का हाल पूछा। वह अपनी रौ में बोलती गयी, "हम ग़लत फंदे में फँस गये हैं, माई डियर फ्रेंड। मज़हब और जाति के लिए हम अपने अन्दर के मध्ययुगीन जुनून को छोड़ ही नहीं पा रहे। उसी जुनून को बार-बार ललकारा और उकसाया जाता है। उसी युग में हम अपने नायक और खलनायक ढूँढ़ रहे हैं। आश्चर्य होता है कि हम कैसे होते जा रहे हैं? दूसरों के मरने-कटने पर हमारे अन्दर सारंगी बजने लगती है। अपनों का मसला हो तो तुरही और मार्शल धुन बजती है। ये भयंकर है।"

वह किसी एक कम्युनिटी पर सीधे हमला नहीं करती। किसी एक की बात है भी नहीं। है क्या? बर्बर तो अपने-अपने लोगों को सभी बनाना चाहते हैं। उसने कहा था। क्यों न बनाएँ? हमारी कमज़ोरी उनकी रोज़ी-रोटी है। अन्दरखाने ये दोस्त होते हैं।

उसके पूछने पर आयशा ने बताया कि अब बाईक वाले रोज़मर्रा चक्कर नहीं काटते, लेकिन डरे हुए आदमी का क्या कीजिएगा? चार लोग बात कर रहे हों, तो ये सहम जाते हैं। मेरे अब्बू भी। पता नहीं क्या इरादा हो, क्या कर डालें? घर से निकलना बन्द हो गया। मुझसे कहते हैं, स्कूल से महीने-दो महीने की छुट्टी ले लो।

"ये क्या बात हुई? कब तक छुट्टी लेंगे? छुट्टी लेने से कोई महफ़ूज़ हो जाता है? वो लड़का, असद, लँगड़ा हो गया। शायद हमेशा के लिए। उसके एक पैर की हड्डी जगह-जगह से टूटी पड़ी है। उसके साथ बाक़ी भी लँगड़े हो गये। यह जाति-मज़हब का मसला है नहीं, लगता भले हो। ख़ौफ़ किसी की भी साँस में जाकर फँस सकता है। लोग पहले अकेले पड़ते हैं, फिर अकेले होकर मुश्किल में।"

वह चुप हो गयी थी। वह भी चुप रहा, लेकिन फ़ोन पर ज़्यादा देर चुप रहा नहीं जा सकता। बोली— ताज्जुब होता है, हम लोग कितने ख़ुदग़र्ज़ हो गये? जब तक हमारा कुछ न बिगड़े और छूट मिलती रहे तब तक आँख बन्द किये रहते हैं। उस आदमी को ही ले लो, जिससे मेरा तलाक़ हुआ। कइयों को चन्दा देता है, दोनों तरफ़ के लोगों को। मज़हब का वास्ता देकर कुछ लोग ज़्यादा भी ले जाते हैं। ईमान की बातें करता है, लेकिन सरकारी बाबुओं से ऊँच-नीच कराने में हिचकता नहीं। बड़ा बिज़नेसमैन नहीं है, मगर तेज़ी-से तरक़्क़ी कर रहा है।

वह चन्दन पर भरोसा करने लगी थी। इसलिए खुल रही थी। लेकिन बहुत ज़्यादा नहीं। बहुत ज़्यादा की कूवत अभी अपने अन्दर पैदा नहीं कर पायी। कैसे करे, जब सबसे ज़्यादा डरे हुए खुद उसके अब्बा थे, यानी असद के चचा जान, जो चन्दन को एम्स में मिले थे और बताने को तैयार नहीं थे कि यह वही असद है। उन्होंने एक ट्रक की बर्बरता का क़िस्सा गढ़ लिया था। ट्रक का। स्टीयरिंग पकड़ने के लिए न जिसके हाथ होते हैं और न ब्रेक मारने के लिए पैर।

आस्था जिगर में रहती होगी

पूरब में मुँह सामने पहाड़ होने से सर्दियों में साढ़े नौ से पहले धूप नहीं आती। सुबह के ग्यारह बजने को हैं। चटक धूप है। रजनी ने गरम कपड़े और रजाइयाँ जहाँ-तहाँ फैला कर खुद को धूप के हवाले कर दिया। दिन वैसा ही है रेंगता हुआ, जैसे हफ़्ते के बाक़ी दिन होते हैं कैरना में। ऊब और सुस्ती भरा। जोगी मुहल्ले में दाल-भात की गन्ध के साथ वही चिर परिचित दुर्गन्ध फैली थी। कौन जाने, खजैले मनुष्यों की थी कि चूहों के पेशाब या कुत्ते-बिल्लियों के गू की? मुहल्ले की औरतें कहती हैं, लकड़ियाँ जलने की होगी। वे दुर्गन्ध की अभ्यस्त हो गयी हैं। जो भी हो, यह हवा में थी, इसलिए मुहब्बत करने वालों के बीच भी मौजूद रहती। लोग कहते हैं, यह जोगी मुहल्ले की साँसों में समा गयी है इसलिए यहाँ के लड़के-लड़कियों की मुहब्बत कामयाब नहीं होती।

ठण्ड से ठिठुरे लोग छत व आँगन में बैठे हैं और गुनगुनी राहत में कोई व्यवधान नहीं चाहते। हे भगवान, सूरज ढलने तक यह ऊँघ और सुस्ती बनी रहे। पीठ और पुट्ठों पर धूप की सेंक लगती रहे। रात के लिए भी हड्डियों में धूप घुसेड़ लो रे बबा।

लेकिन ऐसा होता नहीं। सूरज अपनी गरमी लेकर चम्पत हुआ नहीं कि ठण्ड ने हड्डियाँ दबोचीं। यहाँ के बुड्ढे चेहरे को भी घाम तपाते हैं। मुहल्ले के किसी साठ पार बुड़ज्यू (बूढ़े) के शब्दकोश में 'टैनिंग' नहीं है। उसके साथ 'फ़ैनिंग' लगा कर खिल्ली उड़ाते हुए कहते हैं— हुँह, कुच्छ नहीं होता टैनिंग-फ़ैनिंग। खाल्ली की बात हुई। क्रीम बेचनी हुई सालों को।

सनस्क्रीन लोशन उनके लिए क्रीम हुई। मुँह में पोतने की हर चीज़ क्रीम।

जोगी मुहल्ले के बुड्ढों को अब समझ आ रहा है कि धन्धा इस संसार की धुरी है।

पुराने गानों का शौक़ीन और इश्क़ में नाकाम रजनी का भाई धूप में लेटा ब्ल्यूटुथ स्पीकर लगा कर गाने सुन रहा है— *सब कुछ लुटा के होश में आये तो क्या किया...*

मनुष्य योनि में जाने को आतुर मीतू को अंग्रेज़ी सुधारने का दौरा पड़ा है। वह बारामदे में कुर्सी डाल कर धूप सेंकने बैठी है। मुहल्ले का साझा कुत्ता लूरी उसके सामने खड़ा मन्द गति से पूँछ हिला रहा है। वह लूरी को अंग्रेज़ी में डाँट रही है—सिट डाउन यू ईडियट लूरी। यू डर्टी फेलो, गन्दगी के पुतले।

लूरी को अंग्रेज़ी नहीं आती। हिन्दी के अलावा कुछ कुमाऊँनी शब्द समझता है। दुत्कार की भाषा उसे बेहतर समझ आती है, जैसे हड़ि (हट)। इस नयी भाषा और सॉफ़्ट टोन में वह दुत्कार को नहीं समझ रहा था। बस, अपना नाम सुन कर औसत से तेज़ रफ़्तार के साथ पूँछ हिलाने लगा और जूठन देने वाली मीतू के पैरों में लोटने को हो गया। कुत्ता होने का दुर्भाग्यपूर्ण पक्ष यही है। टुकड़े देने वाले के सामने दुम हिलानी पड़ती है। मुँह उठा कर दिन-रात भौंकते रहने का कोई मूल्य नहीं। बिना चौकीदार का मुहल्ला है, भौंSकSते रहोSSS।...कद्दू-से।

मीतू को दौरा पड़ने का चक्र एक से तीन महीने का होता है। आम तौर पर महीने-दो महीने में पड़ जाता है। इस दौरा-ए-इंग्लिश के अलावा दिन की ख़ास बात यह थी कि पार्वती के दरवाज़े अब तक खुले नहीं थे। ऐसा कभी हुआ हो, किसी को याद नहीं। घर के द्वार और बद्रीनाथ के कपाट में यही अन्तर है। घर के दरवाज़ों का रोज़ खुलना ज़रूरी हुआ, ख़ासकर अकेले आदमी का। नहीं खुले तो माथा ठनकता है। ऐसी अलहदगी यहाँ के मुहल्लों में नहीं होती कि मृत देह से दुर्गन्ध आने का इन्तज़ार करें।

पार्वती धूप आने से पहले बहुत सारे काम निपटा लेती और कई बार अन्दर-बाहर जाती हुई दिखायी देती थी। पहले-पहल मीतू का ध्यान उधर गया। जहाँ बैठी थी, वहाँ से पार्वती का दरवाज़ा साफ़ नज़र आता है। वह अचानक उठी और लूरी से 'एक्सक्यूज़ मी' कहकर रास्ता माँगती हुई बन्द दरवाज़े की ओर चल दी। दरवाज़ा धकेला। अन्दर से कुंडी लगी थी। उसने खटखटाया। ज़ोर से 'नॉक-नॉक' बोला, लेकिन कोई आहट नहीं हुई। उसे दरवाज़ा खटखटाते देख छत पर ऊँघ रही रजनी पहले सतर्क हुई, फिर नीचे चली आयी। दोनों ने मिल कर आवाज़ लगाना और दरवाज़ा पीटना शुरू किया। मीतू ने कई बार 'हे ऑटी डार्लिंग, व्हेर आर यू' कहा।

रजनी ने उसे घूर कर देखा। जिसका मतलब था, फिलहाल कुकुर योनि में ही रह ले। मा़मला सी़रियस है!

वह चिन्तित दिख रही थी।

बहुत देर बाद दरवाज़ा खुला। तब तक कई लोग उस ओर देखने लगे थे। जोगी मुहल्ले वाले शहरी लोगों की तरह नहीं देखते कि लगे देख नहीं रहे।

यहाँ आँख फाड़ कर देखने का चलन है, मानो चचा ग़ालिब इसी मुहल्ले में रहे हों और इन्हीं के लिए लिख गये हों *'उनके देखे से जो आ जाती है मुँह पर रौनक़... ।'*

हिलते अपनी जगह से तभी हैं जब कुछ हो-हवा जाए वरना नस-नस में आलस्य पसरा रहता है। हिल गये तो कहीं और जा चिपके। कहते रहो, थोड़ा रास्ता दे दो। टस से मस नहीं होते। मदारी का तमाशा देखने वाले मुहल्लों में ऐसे ही फ़ुर्सतिया लोग रहते हैं। मीतू-रजनी सरीखे भी कई हैं जो दुनियादारी को ठेले पड़े हैं। जोगी मुहल्ले में दुनियादार बहुत हैं। जहाँ-तहाँ मिल जाते हैं। फ़ालतू कहीं के। हाथ में देसी मल्लम (मलहम) लिए फिरते हैं नामाक़ूल। शहरों में तो देसी मल्लम और नामाक़ूल नस्लें दुर्लभ हो गयी हैं।

दरवाज़ा खोल कर पार्वती लड़खड़ाती हुई वहीं दरी पर लेट गयी। दोनों ने उसकी हालत पर ग़ौर किया।

"क्या हुआ चाची? आर यू ऑल राइट?" मीतू ने पूछा। इतनी देर में रजनी ने उसे छू कर देख लिया। शरीर तप रहा था। उसने मीतू को बताया।

"मेरा बखत आ गया शायद।" पार्वती ने कराहते हुए कहा।

"आप उठो और इन्हीं कपड़ों के ऊपर शॉल डाल कर चलो। यमराज के इरादों पर पानी फेरते हैं।" मीतू बोली। पार्वती अस्पताल जाने को तैयार नहीं थी। बहाने करने लगी, "अच्छा तो, क्रोसिन ले आओ। उतर जायेगा।"

उसे पति की याद आयी, जिन्हें दो पैसे की गोली नसीब नहीं हुई। परिवार के लिए सत्रह रुपये बचा कर प्रस्थान कर गये। दोनों के ज़िद करने पर पार्वती ने एक आख़िरी कोशिश की थी कि गाय को घास डालनी है। भूखी है बेचारी। पर मीतू और रजनी नहीं मानीं।

डॉक्टर ने पूछा, "क्या समस्या है?"

"रात से बुख़ार आ गया।" पार्वती ने बताया। डॉक्टर बुख़ार का कारण जानना चाहता था, लेकिन समझ नहीं पा रहा था। उसने कुछ टेस्ट लिख दिये, जिनमें ख़ून की जाँच भी थी।

"कहीं चोट लगी हो या कोई घाव, फोड़ा वग़ैरह?" डॉक्टर को जैसे कुछ याद आया। पार्वती चुप रही। रजनी ने याद दिलाया कि डॉक्टर कुछ पूछ रहे हैं। वह रजनी की तरफ़ देखे बिना डॉक्टर से बोलती रही, "आप दवा दे दो, मैं ठीक हो जाऊँगी। मेरा बुख़ार एक गोली से उतर जाता है।"

डॉक्टर का पेंदा गरम हो गया, "तुम लोगों को समझ नहीं आता कि बुख़ार कोई बीमारी नहीं, बीमारी का लक्षण है। अकेले बुख़ार की दवा देने से कुछ नहीं होता। समस्या बताओ, वरना ये टेस्ट करवाने के बाद आना।"

"एकाध घाव पका तो है।" पार्वती ने बताया। डॉक्टर ने उसे घूर कर देखा और घाव दिखाने को कहा। उसने अपना स्वेटर खोला तो उसकी बायीं बाँह देख कर डॉक्टर के साथ-साथ मीतू और रजनी भी हैरान रह गये। उस पर छेद जैसे कई घाव थे। कलाई से थोड़ा ऊपर लगा एक घाव पिलपिला हो गया था। शायद पक गया था। एक निशान पेट पर भी था, जिसे वह साड़ी से छिपा रही थी। डॉक्टर ने लड़कियों की ओर देखा। लड़कियाँ आश्चर्य में डूबी थीं।

"ये कैसे निशान हैं, चाची?" मीतू ने पूछा। रजनी की आँखें अब भी फैली हुई थीं।

उसने कोई जवाब नहीं दिया।

"कैसे हुआ?" डॉक्टर ने सख़्ती से पूछा। पेंदे की गरमी से खून का ताप बढ़ने लगा।

"आप दवाई दे दो, डॉक्टर साब। घर में सारा काम छोड़ कर आयी हूँ।"

"तो मैं यहाँ फ़ालतू बैठा हूँ? तुम्हारे घर आया था बुलाने?" डॉक्टर उसे डपटने के बाद कुर्सी घुमा कर लड़कियों से मुख़ातिब हुआ, "ये नहीं बताएँगी। तुम लोगों को पता होना चाहिए घर में ऐसा कौन है जो इन्हें टॉर्चर कर सकता है?"

"घर में तो कोई नहीं है।" रजनी ने कहा तो मीतू ने फटाक-से उसके कथन की पुष्टि कर दी, "यस डॉक्टर, शी इज ऑल अलोन।"

डॉक्टर हैरान। उसने पार्वती से कुछ देर बाहर इन्तज़ार करने को कहा। वह डॉक्टर को गहरी निगाहों से टटोलती हुई बाहर निकल गयी। उसने लड़कियों से पूछा, "क्या वह नॉर्मल हैं? कभी कोई ऐसी हरकत... मतलब कुछ...?"

"पगलैटपना जैसा?" रजनी ने पूछा तो डॉक्टर ने 'हम्म' करते हुए बारी-बारी से दोनों को देखा। लड़कियों ने बताया, "एकदम ठीक-ठाक हैं। हम तो बचपन से जानते हैं।"

वह चिढ़ गया। बचपन की बात वह नहीं पूछ रहा। परेशान-सा होकर बोला, "तब तो घर में कोई है।"

"नहीं है।" मीतू ने कहा।

"तो आता होगा।" वह झल्ला पड़ा।

दोनों लड़कियाँ बुरी तरह डर गयीं। कौन आता होगा?

डॉक्टर ने पार्वती को अन्दर बुलाया और जबड़ा खुलवा कर देखा। लड़कियाँ हैरान थीं कि चुपके-से आने वाला मुँह के अन्दर क्या कर गया होगा? जबड़ा पूरा खुल रहा था। डॉक्टर ने पूछा, "इनमें से कोई घाव पिछले चौबीस घंटे का भी है? मतलब, कल या आज का?" पार्वती ने एक उँगली उठा कर बताया, एक घाव है।

टिटैनस का टीका तो लगवा ही देना चाहिए। उसने सोचा और बुख़ार के अलावा कुछ और दवाइयाँ लिख दीं, जिनमें घावों पर लगाने की ट्यूब भी थी। बुख़ार नहीं उतरने पर पाँच दिन बाद दुबारा दिखाने को कहा। लड़कियों ने टेस्ट के बारे में पूछा तो उसने कहा फ़िलहाल दवा दो, पाँच दिन बाद देखते हैं। उसने मरीज़ की गतिविधियों पर नज़र रखने की हिदायत दी। लड़कियाँ सन्नाटा खा गयीं। टीटी लगवाने के बाद लौटते हुए कुछ भी बोले बिना उन्होंने मेडिकल स्टोर से दवाइयाँ ख़रीदीं और पार्वती के साथ एक किलोमीटर तक चुपचाप चलती रहीं। रास्ते में पार्वती ने उनसे पूछा भी कि ऐसे चुप क्यों हो? दोनों ने कोई जवाब नहीं दिया।

जोगी मुहल्ला पहुँच कर वह घर के अन्दर घुसी तो दोनों लड़कियाँ बाहर ही ठिठक गयीं। इससे पहले ऐसा कभी नहीं हुआ था। बेधड़क घुसती थीं। उसने पलट कर देखा, "आओ।"

"बताती कुछ नहीं हो, डर लग रहा है।" मीतू ने चारों ओर देखते हुए कहा।

"डर?" पार्वती ने जिस तरह बंजर आँखों से देखा, दोनों लड़कियों को ब्रह्मांड का सर्वाधिक भयंकर रहस्य उन्हीं में दिखायी दिया। सिर से पैर तक दहल गयीं। रजनी ने मीतू का दुपट्टा कस कर पकड़ लिया, मानो वह खरोंचने वाला उन्हीं आँखों से बाहर आएगा। सामान्य स्थिति होती तो मीतू अन्धविश्वास पर घड़ी-घड़ी भाषण देने वाली सहेली से पूछती कि अब इस बारे में क्या ख़याल है, बहिन? पर अभी न मज़ाक़ का मन था और न बहस का वक़्त। वह खुद नहीं जानती थी किससे डर रही है? पार्वती से जवाब की उम्मीद थी, लेकिन उसने चुप्पी साध ली और ज़मीन पर बिछी उसी दरी पर लेट गयी जहाँ से उठ कर अस्पताल गयी थी। धूप से मुहब्बत के इस मौसम में खिड़की से आ रही हवा अच्छी लग रही थी। मीतू ने रजनी के कान में कहा, "कहीं भूत ने मना तो नहीं कर रखा? किसी को कुछ बताया तो तेरा दूसरा हाथ भी छेद दूँगा, रामू की माँ।"

रजनी की आँखों में ख़ौफ़ दिखायी दिया। भूत-प्रेत न हुआ तो कौन हो सकता है? मनुष्य या कोई पशु? ऐसा छेद करने वाला जानवर कौन-सा होगा?

रजनी की बात सुन कर मीतू और डर गयी। वह चाहती थी, पार्वती कुछ खा ले तो दवा दे दी जाए, लेकिन किचन की तरफ़ जाने की हिम्मत नहीं हो रही थी। उसने पार्वती से पूछा, घर में खाने को कुछ है? पार्वती ने कहा, वह थक गयी है, कुछ देर बाद बना लेगी। फिर लड़कियों की तरफ़ देख कर कराहते हुए पूछा, "अकेले में डॉक्टर क्या कह रहा था?"

मीतू खामोश रही। रजनी ने पार्वती की ओर देखे बिना बताया, "कह रहा था कोई है जो सूए से गोदता है।"

डॉक्टर ने सूआ का नाम नहीं लिया था। यह रजनी की अपनी कल्पना थी। मीतू हँसना चाहती थी, लेकिन उसके भय ने हँसी का फ़ाटक बन्द कर दिया। पार्वती ने लड़कियों की ओर पीठ कर ली। मीतू नाश्ता बनाना चाहती थी। रजनी ने भीतर के कमरे में जाने के ख़तरे समझा दिये और नाश्ता लाने के लिए अपने घर चली गयी।

पार्वती पलटी। दूसरी करवट उसे आराम नहीं मिल रहा था। आँखें मुँदी हुई थीं। मीतू अजनबियों की तरह घर के एक-एक कोने को देख रही थी। नज़रों से सब छान मारा। घर में कोई जानवर आता हो तो कहाँ से घुसता होगा? आदमी आता होगा तो उसका कोई चिन्ह, कोई ऐसी निशानी...? या फिर ऐसा अँधेरा और डरावना कोना जहाँ...? चाची का हाथ छेद कर खून तो नहीं पी रहा कोई? मन हुआ, पार्वती को आवाज़ दे। इस वक़्त खुली आँखों का सहारा बहुत था।

चाची की खुली आँखों का? इन आँखों की सुनसानी से तो प्रेत भी डर जायें।

रजनी नाश्ता लेकर लौटी तो पार्वती उठ कर अपने लिए अन्दर से पानी ले आयी। मीतू-रजनी घर के बाहर निकल कर बातें करने लगीं। रजनी ने अपनी आशंका मीतू के सामने रखी, "मुझे लगता है, रामू लौट आया। वो पागल हो चुका है और ये सब वही कर रहा है।"

उसने कुछ पल सोचा, फिर सहमति में तीन बार सिर हिलाया, "हो सकता है, इसी पागलपन में उसने बच्चा चोर समझकर अरसद को घायल किया होगा।" मीतू असद को 'अरसद' कह रही थी।

"तभी तो चुप हैं। कैसे बताएँ अपने लड़के का कारनामा? कैसे कहें वह पागल हो गया?" रजनी ने कहा।

"अरे, सबसे बड़ा डर तो ये होगा कि पुलिस ले जाएगी।" मीतू की राय थी। रामू पर उसे दया भी आने लगी। उस लड़की ने पागल कर दिया बेचारे को।

दोनों ने अनुमान लगाया कि किसी रात चुपके-से आया होगा और घर के अन्दर छुपा बैठा होगा। इस तरह सोचते हुए दोनों काफ़ी डर गयीं। अगर ऐसा है तो उन पर भी हमला कर सकता है।

छिपा कहाँ होगा, अन्दर वाले कमरे में?

रजनी ने बाहर से ही झाँक कर देखा। पार्वती ने नाश्ता कर लिया था। मीतू ने उसके हाथ में दो गोलियाँ रख दीं। उन्हें खा कर वह फिर से लेट गयी। दोनों लड़कियाँ बाहर के कमरे से ही अन्दर की तरफ़ नज़रें दौड़ाने लगीं।

अन्दर जाकर देखने की हिम्मत नहीं थी। दोनों वहीं बैठी फुसफुसा रही थीं। चारपाई के नीचे छिपा हो सकता है। अन्दर के कमरे में जो काठ का बड़ा सन्दूक है, उसके पीछे भी बैठा रह सकता है। वहाँ जगह है। वो है भी ऐसा कि जहाँ बैठ जाये, घंटों बैठा रहे।

पार्वती को नींद आ गयी थी। शायद न भी आयी हो। उनकी बातें सुनने के लिए नींद का बहाना भी कर सकती है। दोनों उठकर फिर से बाहर निकल आयीं। रजनी ने एक और सम्भावना की ओर ध्यान खींचा। कोई भरोसा नहीं, टॉयलेट में छुपा हो। टॉयलेट घर के पिछवाड़े था। दोनों बगल के सँकरे रास्ते से निकल कर बैकयार्ड में पहुँच गयीं। रजनी डण्डा उठा लाई थी। डण्डे से टॉयलेट का टीन का दरवाज़ा धकेला। उन्होंने तय किया था कि अगर रामू हुआ तो तेज़ी-से भागना है। झपटे तो सिर पर डण्डा मार देंगे।

दरवाज़ा आसानी से खुल गया। अन्दर कोई नहीं था। यहाँ नहीं होने का मतलब था, घर के अन्दर ही है।

बच्चू बाबू और कम्प्यूटर के जानकार उनके तीन विश्वसनीय मित्रों ने मिल कर कई दिन और रातों की मेहनत से कर दिखाया। सुमेर चन्द और मंजुला का ऐसा वीडियो तैयार हुआ कि बनाने वाले खुद हैरान रह गये। लॉचिंग पैड पर रखे उस धुआँधार वीडियो रॉकेट को देख कर एक साथी तो हँस-हँस कर दोहरा हो रहा था। बच्चू जी का कहना था ये आर्टिफ़ीशियल इंटेलिजेंस तो ग़ज़बै चीज़ है, भई। इससे तो दंगे करवा लो।

कम्प्यूटर विशेषज्ञ मित्रों में से एक ने कहा, "दंगे इसके आगे मच्छर के मूत बराबर हैं, बच्चू बाबू। एटम बम का बटन है ये। तबाही मचा दे। ज़लज़ला आ जाये।"

रामबदन हल्के में ले रहे थे। वैसे ही, जैसे लोग अपने बच्चों को लेते हैं। जब बच्चू जी ने वीडियो बन जाने की सूचना दी तो उन्होंने बहुत उम्मीद के साथ बेटे की तरफ़ नहीं देखा। कौन कद्दू में तीर मार लिये होंगे? फिर भी देखना चाहते थे। लड़के की खिल्ली ही उड़ा लें। बच्चू जी ने चेताया, "बाऊजी, आप देख नहीं पायेंगे और हम दिखा नहीं पायेंगे। जाने दें। जब वायरल होगा तो दिख जायेगा।" रामबदन शक खा गये। पता नहीं लौंडे-लपाड़ियों ने क्या बना डाला हो? खुद तो मरेंगे, मुझे भी ले डूबेंगे। वे बच्चों की तरह ज़िद पर आ गये। बच्चू जी को सरेंडर करना पड़ा। वीडियो देखने को दिया और खिसक लिए। तुम भी देख लो बुढ़ऊ।

वीडियो देखते हुए रामबदन धरती से दो फुट ऊपर उछल पड़े। अरे बाप रे ! इतना अश्लील और इतना वास्तविक? कौन कह सकता है, फ़र्ज़ी है। मुझे नहीं पता था लड़के इतने हरामी होंगे। ट्रेनिंग कहाँ से लिये होंगे साले?

वीडियो में सुमेर और मंजुला ने किसी तरह की चिपका-चिपकी, चूमा-चाटी नहीं की थी। फिर भी इतना भौंडा और अश्लील लगता था कि सिर शर्म से झुक जाए। उनकी बातचीत सभ्य समाज के कान पकाने को काफ़ी थी। मूल वीडियो में वे एक-दूसरे को सामान्य ढंग से देख रहे थे, लेकिन उनकी बातचीत ने उस देखने को घोर आपत्तिजनक बना दिया था।

बच्चू जी लौटे तो रामबदन ने दोनों हाथ जोड़ कर माथे से लगाते हुए टेक्नोलॉजी को प्रणाम कर दिया। असल में यह प्रणाम पुत्र के प्रति ही था। लेकिन चिन्तित भी हो गये, "उस बेचारी औरतिया का तो सत्यानाश हो जायेगा।"

सुन कर बच्चू जी गुर्राने लगे। "ये तो उसे सुमेर चन्द के साथ गुटर-गूँ करने से पहले सोचना था। वफ़ादारी ऐसे बदली जाती है?"

रामबदन और डर गये। उस औरत की बदनामी से अधिक अपने सुपुत्र के दिमाग़ से। बोले, "कई लोगों की वफ़ादारी उगते सूरज के प्रति होती है। बुरा मानने की बात नहीं।"

बच्चू जी की गर्दन पिता के शौर्य और पराक्रम का स्मरण कर ऐंठ गयी। "गुंडौली में आपका सूर्य अभी अस्त नहीं हुआ। इसलिए आपकी ओर से उस औरत की सज़ा हमने तय कर दी। अब आप हमारे उत्साह को लँगड़ी मत लगाओ।"

उन्होंने बाप के चेहरे को नहीं देखा जो चिन्ता से बदरंग हो गया था। एक तो वीर पुरुष को चिन्तित नहीं देख सकते थे, दूसरा, अभी बाप को ताकने से बड़ा काम बाक़ी था। बच्चू जी बिना लपेटे मांझे की तरह उसी में उलझे थे। वीडियो वायरल करना था। ऐसी ग़लती भूल कर नहीं करनी कि शक की सूई उनकी तरफ़ घूम जाए। सावधानी हटी, दुर्घटना घटी। समझदार आदमी शक के दायरे में दूसरों को धकेलता है। ऐसी धक्का-धकेल में बच्चू बाबू इतने अनाड़ी भी नहीं थे।

राम सिंह की दुनिया बहुत छोटी थी, मेंढक से थोड़ा बड़ी। अपनी दुनिया में अनुपस्थित चीज़ों का उसके लिए कोई अस्तित्व नहीं था। छोटी-छोटी खुशियाँ थीं और नन्हे-से सपने। मसलन, कम से कम दो जोड़ा पैंट-कमीज़ हों, ब्लॉक प्रमुख के भाई के जैसी एक बढ़िया जैकिट। एक तोता, साथ में खड़े कान और झबरी पूँछ वाला एक कुत्ता पालने का मन था जो बाघ पर झपटने के लिए उसके 'शू' कहने

भर का इन्तज़ार करे। एक दिन इस लायक बनना था कि रोज़ाना उबले अण्डे खा सके और हफ़्ते में एक दिन घर में इजा की पसन्द की खीर बने। एक नौकरी हो, वरना स्टेशनरी की दुकान तो कम से कम हो ही। सुबह रोज़ कुत्ते के साथ जंगल-जंगल घूमे, बस।

ईश्वर से माँगने को भी कुछ ख़ास नहीं था। कुछ ज़्यादा पता हो तो शायद पाना चाहे। अपनी नदी, अपने जंगल और अपनी माँ के साथ खुश था। इनके साथ समय के सिवा पल्ले से कुछ भी ख़र्च नहीं होता था। समय उसके पास ख़ूब था। प्रेम ज़रूर कर बैठा। सचमुच प्रेम ही था, यह भी नहीं जानता। उसके पीछे दिल्ली क्यों चला गया, पता नहीं। प्रिया के घर से क्यों भागा, नहीं मालूम। शायद क्षणिक आवेश ही रहा हो। निकल गया था तो भगीरथ की बात का इतना बुरा क्यों लगा, नहीं जानता। मामा ले गये तो चला गया, लेकिन मामा और बच्चू बाबू का कहर उस पर क्यों टूटा, नहीं पता।

पिछले दिनों सड़क किनारे पंक्चर लगाने वाले के पास काम मिल गया था। अच्छा आदमी लगता था। काम करने वाले भी ठीक थे। भाषा समझ में नहीं आती थी तो मुस्कराते रहते थे। सभी के हाथ-पैर कालिख से सने रहते। वह तो पूरा भूत बन जाता। एक दिन कार का टायर पैर में गिरने से चोट लग गयी। लँगड़ा कर चलता रहा। उस रोज मालिक को उस पर दया आ गयी। वह घर से लाया खाना खा रहा था। खाते हुए उँगलियाँ सान लेता था। थोड़ा खाना बच गया। जूठा। मोरु कूट्टन जैसा कोई नाम बताया। पूछा, खायेगा? उसे भूख लगी थी। डिश का नाम भी आकर्षक था। नीयत डोल गयी। फिर क्या जूठा?

कैरना वालों को लगता था, वह कपाल पर जो लिखा लाया है, उसे भाग्य कहते हैं। इसी को कहते हैं? ये? जूठा मोरु कूट्टन? उसने कपाल को छुआ और झट-से हाथ हटा लिया। एक दिन किसी ने हवा भराते वक़्त उससे पैसे पूछे। बातचीत से वह उत्तर भारतीय लगा। वह भी राम सिंह की हिन्दी सुन कर चौंका। पूछताछ करने लगा। कहाँ का रहने वाला है, यहाँ कैसे पहुँच गया वग़ैरह-वग़ैरह। राम सिंह दूसरे ही दिन ग़ायब। उस आदमी की भाषा गुंडौली और आसपास के इलाक़े की लगती थी। लगा, वहाँ ठहरने में ख़ैर नहीं।

छह घंटे हो चुके थे। पार्वती का हालचाल जानना था और दवाई भी देनी थी। सूरज चार बजे ही पश्चिम वाले पहाड़ के पीछे डूब गया था। उस तरफ़, जहाँ सजेड़ा गाँव है और चोटी पर मन्दिर है। उधर थोड़ी-सी लालिमा बची थी।

कैरना में झुटपुटा हो चला था। औरतें आग तापने की तैयारी में लकड़ियों और कोयलों का इन्तज़ाम करने लगी थीं। बुड्ढों ने टोपियाँ डाट ली थीं और बुढ़ियों ने मोज़े-कनटोपे। रजनी-मीतू चौकस निगाहों से हर दिशा में देखती हुई पार्वती के घर में घुसीं। पता लगाना था, रामू कहाँ छुपा है और डर भी लग रहा था। अचानक जाने किस दिशा से हमला कर दे। साला हाथ में सूआ लिए होगा।

पार्वती ने घर में रौशनी कर दी थी। स्वेटर के ऊपर शॉल ओढ़ कर अख़बार पढ़ रही थी। बुख़ार उतरा हुआ लग रहा था। दोनों को अच्छा लगा। अब शायद कुछ बोलें। घावों पर मरहम अब तक नहीं लगाया था। मीतू ने चुटकी बजा कर कहा, "चाची ब्लाउज़ उतारो, मैं दरवाज़े बन्द करती हूँ।"

पार्वती ने तिरछी नज़रों से देखा। रजनी मुस्कराने लगी। मीतू ने सफ़ाई दी, "दवाई लगानी है, भई।"

वह वैसे ही बैठी रही। मीतू और रजनी ने उसकी शॉल हटायी और स्वेटर उतार कर ब्लाउज़ खोलने की कोशिश की। वह आनाकानी करने लगी।

"घाव हाथ में हैं।" उसने कहा। दोनों का शक बढ़ता जा रहा था। ज़रूर घर में कोई मर्द छुपा है। तभी शरमा रही हैं।

रामू के सिवा कौन हो सकता है? आज तक तो चाची ने किसी को हाथ नहीं धरने दिया वरना मुहल्ले के टोही जत्थों की निगाह से कोई बचा है? चक्कर चला नहीं कि उन्हें बास लगी। यों भी, फिसलना होता तो मनोहरिया कम चौड़ा-चकला है? बात-बात में नोट लहराने वाला। हर लिया होता चाची का मन।

मीतू शिकायत करने लगी कि पार्वती को उन दोनों पर भरोसा नहीं। पार्वती को आश्चर्य हुआ। ऐसी बातें क्यों कर रही होगी? मीतू ने कहा, वे दोनों इतनी पागल नहीं हैं कि दुनिया में ढिंढोरा पीट दें। अगर रामू आ गया था तो उन्हें बताना चाहिए था।

"रामू आ गया? क्या कह रही हो? तुम लोगों ने देखा उसे?" पार्वती बदहवास-सी यहाँ-वहाँ ढूँढ़ने लगी। ब्लाउज़ का एक हुक खुला था, उसे झटपट लगा लिया।

मीतू ने कहा, "अब ये स्वाँग छोड़ दो चाची। हमारी समझ में आ गया है। तुम्हें रामू ने ही गोदा।"

पार्वती निराश होकर पहले अपनी जगह बैठी, फिर दोनों हाथों से माथा पकड़ लिया। आँखें कसकर बन्द कर लीं। दोनों ने एक-दूसरे को देखा। यह उनके जासूसी अभियान में नया मोड़ था। आँखों ही आँखों में कोई संकेत हुआ। मीतू उठ कर पार्वती के बगल में बैठ गयी और उसका सिर सहलाने लगी। रजनी ने आकर उसका बायाँ हाथ अपने दोनों हाथों के बीच थाम लिया।

धीरे से पूछा, "चाची, ये सब क्या हो रहा है, कुछ तो बोलो? हम लोग सच में बहुत डरी हुई हैं। आपकी चिन्ता हो रही है।"

पार्वती के पेट और छातियों में हल्का-सा कम्पन हुआ। कम्पन रफ़्तार पकड़ने लगा। वह लेट गयी और हौले-हौले सिसकने लगी। दोनों लड़कियों ने फिर से एक-दूसरे को देखा। आँखों-आँखों में एक राय बनी कि कुछ तो गड़बड़ है। कुछ है छुपाने लायक़।

"मैंने किया।" बर्फ़ का पहाड़ धँसक गया। बर्फ़ धँसकने जैसा ही निस्तेज स्वर था, कहीं दूर से आता हुआ। उन दोनों की पुतलियाँ फैल गयीं। यह क्या कह रही हैं चाची? अपने आप को ऐसे यातना देना आसान है? नहीं। अभी भी असल बात छुपा रही हैं। सूएबाज़ को बचा रही हैं शायद।

दोनों डर भी गयी थीं। अगर खुद किया है तो हिल ही न गयी हों।

"मैं पागल नहीं हूँ।" पार्वती ने कहा, जैसे उनकी उधेड़बुन को सुन सकती हो। साँस फूलने लगी। हाँफने से थक गयी थी। उसने करवट बदल ली। वे दोनों संज्ञा-शून्य हो गयीं। पागल नहीं हैं तो ऐसा क्यों कर रही हैं?

उसने उनके अन्दर उठा यह सवाल भी सुन लिया। धीरे-से उठी और तकिये के सहारे बैठ गयी। स्वेटर उतार देने से ठण्ड लगने लगी थी। पास में पड़ा शॉल उठा कर ओढ़ लिया। हँफनी को नियंत्रित किया। बोली, "रामू के बारे में जानने के बाद कुछ सूझ नहीं रहा था। दिमाग़ निचुड़ गया था।"

दोनों उसी तरह अविश्वास के साथ देखती रहीं।

"नींद आती नहीं थी। आ जाये तो चैन नहीं था। सपनों में पुलिस वाले डण्डे से उसके हाथ का खाना गिरा देते। उनके बूटों की आवाज़ दिल पर लगती थी।" वह सिसकने लगी। शॉल एक तरफ़ गिर गया। दोनों लड़कियों ने उसका एक-एक हाथ थाम लिया।

रामू का स्वेटर पहचानने के बाद वह निराशा में डूबती चली गयी। सच प्रकाश की तरह अपना गवाह खुद था और वह लाचार थी। कहाँ जाये उसे ढूँढ़ने? बेटे के लिए कुछ नहीं कर पाने का गहरा अफ़सोस था। भगवान की निष्ठुरता ज़्यादा परेशान कर रही थी। पूछती रहती थी उनसे। तुम ऐसे कब से हो गये? भगवान चुप। भगवान की चुप्पी आदमी का मनोबल तोड़ देती है। आस्था हिल जाती है।

कोई फ़ायदा नहीं सिर पटकने का। उसने सोचा और साड़ी का फंदा तैयार कर लिया। कई रात कोशिश करती रही, पर नाकाम रही। रात को साड़ी लेकर बैठी रह जाती। बस, दो मिनट रामू को याद कर लूँ, फिर लटकती हूँ। पानी पी लूँ, फिर लटक लूँगी।

कभी सोचती, नदी में बाढ़ आ जाये तो कितना अच्छा हो? पानी में कूद कर मरना ज़्यादा आसान है। कभी ज़हर खाकर मरना आसान लगता।

सोच लिया था, मरना तो है, क्योंकि जीना मुश्किल हो गया था। भयानक अकेलापन था। असहाय होने की अनुभूति उससे भयंकर थी, लेकिन मरने के ख़यालों के बीच एक बात हमेशा परेशान करती। कभी किसी दिन तो रामू आएगा? जेल में ही मिलने जाना पड़े। जाने कितने दु:ख और तकलीफ़ झेल कर आयेगा? प्रेम में भी धोखा खा कर बैठा ठैरा। वह न रही तो रोने के लिए भी कितना अकेला पड़ जायेगा?

मीतू की आँखें डबडबा आयी थीं। रजनी ने उसे ग़ौर से देखा। थाह लेने की कोशिश की। क्या हो सकता है ये? क्या चल रहा है मीतू के अन्दर?

पार्वती बोलती जा रही थी।

बार-बार उस यंत्रणा का ख़याल आता जो रामू भुगत रहा होगा। जाने कहाँ-कहाँ भटकता होगा भूखा-प्यासा? कौन देता होगा उसे खाना? इतना शर्मीला है, नहाता कहाँ होगा? सोने को मिलता होगा?

डरावने ख़यालों से मुक्ति नहीं मिल रही थी। एक निवाला मुँह में डालती तो बाहर को आता।

मीतू की आँख से एक आँसू टपका। रजनी का गला रुँधने लगा। पार्वती उन्हें देखते हुए भी नहीं देख रही थी। बोले चली जा रही थी, जैसे किसी ने दु:ख पर बोलने को कहा हो।

फिर एक रात, जब नींद नहीं आ रही थी, वह बेचैन होकर इधर-इधर टहलने लगी। अचानक उसे लकड़ी की सेल्फ पर रखा पेचकस दिखायी दिया, जिससे रामू घर में बिजली का छोटा-मोटा काम किया करता था। उसने पेचकस उठा लिया। रामू को याद कर भयंकर हूक-सी उठी। उसने पेचकस मार कर अपनी बाँह गोद दी।

बहुत दर्द हुआ, लेकिन तसल्ली मिली। जानती थी, इससे रामू की तकलीफ़ कम नहीं होने वाली। बस, अपने अन्दर का तूफ़ान शायद थम जाये। रामू के बराबर तकलीफ़ सहने का एहसास राहत देने वाला था। दो-तीन दिन बाद लगा, यह पीड़ा कम है। उसे और चाहिए। बहुत तीव्र। दर्द की ऐसी लहर उठनी चाहिए कि आत्मा सिहर उठे।

"तुम दोनों सोचोगी, यह पागलपन है। नहीं है। एक लाचार औरत और क्या कर सकती है? तुम मेरी जगह होते तो क्या करते? हम तकलीफ़ सहने की अपनी क्षमता को परखने के सिवा और क्या कर सकते हैं?"

उसने साड़ी थोड़ा-सा सरका कर पेट का निशान दिखाया, “ये परसों रात का है। गोदना चाहती थी, लेकिन नहीं हो पाया। सिर्फ़ पेचकस रखकर ज़ोर से घुमा दिया था।”

वह चुप हो गयी। लग रहा था, बोल-बोल कर थक चुकी। पेट का घाव छुपाना भी उसे ज़रूरी नहीं लगा। घाव लाल होने लगा था। मीतू अपनी रुलाई छुपाने के लिए घर के भीतर भागी, लेकिन छुपा नहीं पायी। इतनी तेज़ धाड़ मारी कि बाहर बैठी रजनी भी फफक-फफक कर रोने लगी। पार्वती ने फिर से आँखें मूँद लीं। बोलने में गला रुँध रहा था। कमज़ोरी बढ़ने लगी थी। वह बेख़बर पड़ गयी, मानो समस्त इन्द्रिया मुर्दार हो गयी थीं।

सुबह से हल्की बूँदाबाँदी हो रही है। सर्दियों में ऐसी बारिश के बाद तापमान गिर जाता है। हिमपात के आसार बनने लगे हैं। पहाड़ों के लोग मौसम की इस करवट को ख़ूब पहचानते हैं। सल्ला हरतोला के लोग घरों में हैं या खेतों और जंगलों से फटाफट लौट रहे हैं। स्त्रियाँ अपने बच्चों को गरम कपड़े, मोजे-टोपी-मफ़लर पहना कर ठण्ड से बचाव की तैयारियाँ कर रही हैं। अकेला भवान सिंह है जो खेतों की गुड़ायी में लगा है। उसके कपड़े गीली मिट्टी में लिथड़ गये हैं। काम को लेकर वह सनकी और ज़िद्दी क़िस्म का है। वर्कहॉलिक्स धुनी होते हैं, ये उन्मादी है। ऐसा उन्मादी ही पहाड़ों की खेती से पेट भर सकता है।

उन्हें रात ही भनक लग गयी थी। बारिश रुकते ही जैकिट-कोट डाटे पाँच ख़बीस ऐन मुँह के सामने आ खड़े हुए। उनका नेतृत्व तन्नू दा कर रहा था, जिसने भवान सिंह को गाय दी थी। वह नेता बनने की प्रचंड महत्त्वाकांक्षा में कुछ भी करने को तैयार रहता। ऐसे स्वघोषित नेता यहाँ हर किलोमीटर पर मिलते हैं। तन्नू थोड़ा अलग है। वह आमतौर पर ख़बीसों की परेड करा कर सामने वाले पर दबाव बनाने में कामयाब हो जाता है। किसी दबंग या लालची आदमी से पेच कसने के लिए दूसरे अहिंसक उपाय करता है। वह धमकी वग़ैरह पूरी विनम्रता के साथ देता है, लेकिन भवान सिंह को सांकेतिक भाषा समझ नहीं आ रही थी। फिर ग़रीब और कमज़ोर आदमी हुआ, चाहे जो कह लो। तन्नू दा ने आवाज़ दी, “ओये बौने, इधर आ।”

मिट्टी में सना वह तन्नू के क़रीब पहुँच कर हाथ बाँधे खड़ा हो गया।

“क्यों बे, ये क्या सुन रहा हूँ? गाय कहाँ गयी?”

“जब लड़का मेरा नहीं, तो गाय पर मेरा क्या अधिकार?”

"अबे चूतिया, तू तय करेगा कि लड़का किसका है? हमारी बात का कोई मतलब नहीं? और वो लड़के का पुरस्कार था जो हमने दिया। तू बाप का माल समझ कर किसी और को दे आया?"

"वो औरत कह रही है, उसने स्वेटर से लड़के को पहचान लिया था।"

वह गिड़गिड़ाने लगा। गिरीश का नामोल्लेख उसने नहीं किया। उसका ख़याल ज़रूर आया था। दूर जंगल में ख़ाकी वर्दियों के बीच खड़ा साफ़ दिखायी दिया। वहाँ से ठाँ भी सुनायी दी थी, पर तन्नू से उसने कुछ नहीं कहा।

"अबे गँवार, बेटे को सूरत से पहचानेगी या स्वेटर से? गाय हड़पने ने लिए उसने कुछ भी कह दिया और तूने मान लिया?"

तन्नू दा ज़ोर-ज़ोर-से बोलने लगा। भवान सिंह को पहली बार पता चला कि झूठ बोलने वाले कितने आत्मविश्वास से भरे होते हैं? मन कसैला हो गया। समझ नहीं आ रहा था, इनका क्या स्वार्थ होगा? कहीं ऐसा तो नहीं, इन्हें भी कुछ पता न हो और गाय दे आने का बुरा लग गया हो? तो फिर अपशब्द नहीं बोलने चाहिए भले आदमियों को।

"तेरा क्या फ़र्ज़ था रे?" तन्नू ने पूछा। भवान सिंह ने उसकी ओर देखा, मानो पूछ रहा हो कि क्या था?

"पहले हमसे पूछना था।"

कितने विनम्र और दयालु होते थे ये लोग। रंग क्यों बदल लिया होगा? बहुत बुरा लगा होगा शायद। उसने सोचा। अपनी ग़लती के लिए उसने माफ़ी माँग ली। बोला, "अब तो दे आया। औरत वह बहुत भली है। गाय का पूरा ध्यान रखेगी।"

"अबे, बात समझ में नहीं आ रही तेरे?" तन्नू दा का साथी चिल्लाया। उसने साफ़-साफ़ कह दिया कि गाय वापस लेकर आ, वरना ठीक नहीं होगा। भवान सिंह ने बताया, उसे गाय पहुँचाने में तीन दिन लगे। अब तीन दिन लगा कर फिर से वापस लाना आसान नहीं है। हिम्मत ही नहीं है। आजकल बदन टूटा-टूटा लगता है।

आख़िरी दो वाक्यों पर उन लोगों ने ध्यान ही नहीं दिया। साथी ने कस कर हड़काया। भले तीस दिन लग जायें, वापस लाना होगा। उसने हाथ जोड़ कर कहा, "रास्ते में बाघ का डर लगा रहता है। पाप मेरे सिर आएगा।"

"पाप की ऐसी की तैसी। तुझे गंगा-स्नान हम करवाएँगे वरना कोसी में डूबेगा। सोच ले।" तन्नू दा ने अन्तिम चेतावनी दी और बड़बड़ाते हुए निकल गया। एक साथी ने 'कल ही निकल लेना, रे' कह कर आकाश की ओर देखा। मौसम बिगड़ रहा था। कभी भी आकाश से रुई के फाहे जैसे बरसने लगेंगे।

उसे गाँव में किसी के घर से देसी अण्डे उठाने थे। बर्फ़ गिरने से पहले अंडे-मुर्गी का जुगाड़ ज़रूरी था। वह तन्नू के पीछे-पीछे चल पड़ा। बाक़ी तीन भी भवान सिंह को घूरते हुए तन्नू और दूसरे ख़बीस के पीछे हो लिये। भवान सिंह खड़ा रह गया। उस पर वज्रपात हुआ था।

उस रात भारी हिमपात हुआ। रात न होती तो वह खेतों से न लौटा होता। उसे नींद नहीं आ रही थी। वर्षों पुराने लिहाफ़ की रूई सिमट कर गुठलियाँ-सी बन गयी थीं और उससे ठण्ड नहीं रुक रही थी। तन्नू और लिहाफ़ ने पूरी रात बेचैन किये रखा। सुबह सारे ऊँचे टीले सफ़ेद हो गये, पेड़ उम्रदराज़ लगने लगे थे। सबसे ऊँची चोटी, जिसे वहाँ के लोग 'धुरा' कहते हैं, बर्फ़ से पट गयी थी। वह बिस्तर पर लेटे-लेटे थकान मससूस कर रहा था।

मीतू और रजनी छत पर गुमसुम बैठी थीं। पार्वती का अभूतपूर्व और आत्मपीड़क क़िस्सा उन्होंने किसी से साझा नहीं किया। मूर्खताओं का उपहास तो कर सकते हैं, लेकिन कोई संकट में हो तो टुच्चापन नहीं होता। बेरहम आदमी ही कर सकता है। दोनों का सोचना था, दु:ख किसी पर भी आ सकता है, बिना बताए। जैसे पार्वती चाची पर आया अचानचक। जोगी मुहल्ले में ढिंढोरा पीटने से क्या होगा? पता नहीं लोग कितना समझेंगे? यों भी किसी के बस का कुछ है नहीं। समाधान केवल एक था। कोई रामू को लौटा लाए। कौन है ऐसा माई का लाल?

पर इतना तो करना होगा कि खुद को तसल्ली मिले। लगे कि कुछ किया। रामू को न सही, कम से कम चाची को उबारने का कोई रास्ता खोजना होगा।

दुनियादारी को आदतन ठेलने वाली दोनों लड़कियाँ इसी पर विचार-विमर्श के लिए रजनी लोगों की छत पर आयी थीं ताकि एकान्त में बात हो सके, लेकिन कुछ सूझे तो कोई बोले? बातचीत इस चिन्ता के साथ शुरू हुई कि चाची की स्थिति बहुत ख़राब है। हताश लगती हैं। कोई भयावह क़दम भी उठा सकती हैं।

"किसी से सलाह लेनी चाहिए।" मीतू ने बहुत देर सोचने के बाद कहा। रजनी ने झट से पूछा, "चन्दन से बात की जाए?" वह चिढ़ गयी, "वो क्या करेगा? चाची उसके लिए बासी ख़बर बन चुकी होंगी अब तक। दिल्ली का चालू पुर्जा।"

सलाह तो ले सकते हैं। दी तो ठीक, नहीं दी तो कम से कम बात फैलेगी नहीं। यहाँ वाले तो हल्ला काट देंगे। करना-धरना किसी ने कुछ नहीं। ऐसा सलाहकार यहाँ हुआ भी कौन?

मीतू ने उसी चिढ़ी हुई टोन में कहा— "घंटा सलाहकार है वो?"

रजनी का मुँह उतर गया।

"तू इतना ही फड़फड़ा रही है तो कर ले बात। मुझे उसकी सूरत से नफ़रत है।" मीतू ने नज़र फेर ली।

"फड़फड़ाने की बात नहीं है", रजनी ने कहा, "कोई तो हो रास्ता सुझाने वाला। सुझाएगा या नहीं, इसका पता तभी चलेगा जब बात करेंगे।"

मीतू ने कोई जवाब नहीं दिया। रजनी ने दयनीय चेहरा बना लिया।

मनोज त्रिपाठी और जीवन दोपहर से पहले पहुँच गये थे। पार्वती ने उन्हें पहचान लिया। घबराहट बढ़ गयी। पता नहीं क्या ख़बर लेकर आये हैं? बिना वज़ह कोई नहीं आता। फिर उसके जीवन में अच्छा कब हुआ? उसके हिस्से का कुछ बुरा बच गया होगा। कहते हैं वो (ईश्वर) परीक्षा लेता है। झूठ। ढुँग (पत्थर) कहीं के।

उन्होंने पार्वती को बताया कि उसका हाल चन्दन से पता चला।

अच्छा, तो ख़ैरियत पूछने आये हैं। उसने सोचा और सिर थोड़ा झुक गया। ग़लती तो की थी। समझ गयी, चन्दन को रजनी या मीतू ने बताया होगा। ज़्यादा शक रजनी पर था। वही चन्दन को फ़ोन मिलाने को आतुर रहती है। पार्वती का सिर थोड़ा और झुक गया। क्या सोचते होंगे ये लोग?

उस दिन छत पर रजनी ने मुँह लटका लिया तो मीतू पिघल गयी थी। कोई पसन्द आने लगे तो ऐसा ही दयनीय हो जाता है आदमी। उसने सोचा। रजनी बेबस है। कर लेने दो मन की। इसका भी मोहभंग हो।

रजनी ने उसी वक़्त चन्दन को फ़ोन मिलाया और विस्तार से बता दिया। पीछे से मीतू बड़बड़ाती रही। पार्वती की दास्तान सुन कर वह चिन्तित हो गया था। जान कर अच्छा लगा कि संकट से गुज़र रही उस औरत के लिए लड़कियाँ फ़िक्रमन्द हैं। फ़िलहाल उसने दोनों में से एक को रात में पार्वती के घर रहने की सलाह दी। कहा, "मैं कुछ दोस्तों से बात करता हूँ। मुझे भी तुरन्त कुछ सूझ नहीं रहा। यह बहुत चिन्ताजनक है।"

मीतू को पहली बार एहसास हुआ कि जितना वह सोच रही है, उतना आत्मकेन्द्रित वह नहीं है। रजनी के लिए तो चन्दन को लेकर शंका करने का प्रश्न ही नहीं था। फ़ोन पर उसे हरदम बाँसुरी सुनायी देती। बाँसुरी में मोरपंख खुँसा होता।

चन्दन ने सबसे पहले मनोज भाई और जीवन से बात की। उन पर भरोसा था। व्यक्ति के सरोकार उसे विश्वसनीय बनाते हैं। फिर कुछ ही किलोमीटर दूर रहते थे। तुरन्त मदद भी वही दोनों कर सकते थे। मदद करने की नीयत और जज़्बा भी था।

पिताजी और अम्मा को भी एक दिन यूँ ही पार्वती की स्थिति से अवगत करा दिया और सुझाव दिया कि जिस दिन मन हो, एक बार मिल आयें।

मीतू और रजनी को चन्दन की सलाह सही जान पड़ी। वे दोनों रात पार्वती के घर सो गयी थीं। उसकी चारपाई उन्होंने बाहर वाले कमरे में लगा दी। रामू की खटिया के बगल में, जिसमें उन दोनों को सोना था। देर तक यहाँ-वहाँ की बातों में उसका मन बहलाती रहीं। मनोहरिया का ज़िक्र चल पड़ा। मीतू ने कहा, "आपने उसकी सही फाड़ी।" पार्वती की आँखें फैल गयीं। क्या मतलब हुआ इसका? मीतू ने कहा, "मतलब, सही किया पैसे मुँह पर मार कर। देखने लायक होगा उसका झंड मुँह।"

पार्वती हँस पड़ी। दोनों को अच्छा लगा, उसे भी। अकेलापन दूर हुआ। भवान सिंह और गंगा से मुलाक़ात के बाद आज एक बार फिर काँच की तरह काटता सिलसिला टूटा। कोई इन लड़कियों की तरह हाथ पर हाथ धर दे तो दु:ख को अविराम हड्डियाँ रेतने से भटकाया जा सकता है।

ठण्ड से ठिठुरे मनोज भाई और जीवन जब पहुँचे, पार्वती गाय दुहने और घर की साफ़-सफ़ाई करने के बाद नहा चुकी थी। सजेड़ा के पहाड़ में धूप आ चुकी थी और कैरना में धूप का अभी नामोनिशान नहीं था। सुबह पार्वती के साथ चाय पीने के बाद दोनों लड़कियाँ अपने-अपने घर चली गयी थीं। संयोग से मीतू जब नहा कर तौलिया तार पर डाल रही थी, उसने दो लोगों को पार्वती के घर घुसते देख लिया। दोनों बातें करते आ रहे थे। उनके मुँह से भाप निकलती दिखायी दी। दूर से मुँह ढंग से दिखायी नहीं दिये। वह रजनी को साथ लेकर बिना बुलाये पहुँच गयी। उन दोनों ने पार्वती को सवालों का सामना करने के संकोच से बचा लिया।

वह नज़रें झुकाये बैठी थी। मनोज भाई ने सीधा सवाल किया, "इस तरह कौन करता है?"

उसने सिर उठाया। मीतू, रजनी ने सहमति में सिर हिलाया। मनोज भाई का स्वर थोड़ा ऊँचा हो गया। ख़ूब लताड़ लगायी, "ऐसे समय में, जब उसे आपकी ज़रूरत है, आप ये सब कर रही हैं?"

जीवन को लगा, मनोज भाई का ये तरीक़ा ठीक नहीं। अपनी तरह से समझाने लगा, "बेटे को अभी आपकी ज़रूरत है। आप ही हिम्मत हार गयीं तो क्या होगा? अपने को अकेला मत समझो। हम सब आपके साथ हैं।"

वे लोग डेढ़-दो घंटे बातें करते रहे। पार्वती को समझाते रहे। उसे लगने लगा वे अपने लोग हैं, जैसे अपना परिवार। काफ़ी हल्का महसूस कर रही थी।

बातचीत के बीच कई बार उसकी आँखें डबडबायीं। बीच में मीतू और रजनी रसोई में घुस कर सबके लिए चाय बना लाई थीं। दोनों लड़कियाँ मनोज भाई और जीवन से इतनी बेतकल्लुफ़ हो गयीं कि उन्होंने पार्वती का शॉल हटा कर बाहों के निशान उन्हें दिखा दिये। पार्वती ने घबरा कर पेट पर हाथ रख लिया था। नादान लड़कियों का भरोसा नहीं। पेट दिखाने लगें।

दोनों ने देखा और नज़रें हटा लीं। उफ़। कोई कैसे अपने को गोद सकता है?

मनोज भाई ने पार्वती से उसका खाता नम्बर पूछा तो वह थोड़ा हैरान हुई। उनसे चन्दन ने कहा था। आई.एफ.एस. कोड भी माँगा था। पार्वती को कुछ-कुछ समझ में आ रहा था कि क्यों माँग रहे हैं? खुद्दारी जागने लगी। बोली, "आप लोग ऐसे ही साथ खड़े रहो। मुझे और कुछ नहीं चाहिए।"

वह रोने लगी। मनोज भाई और जीवन ने आश्वासन दिया कि उन्हें कोई अकेला नहीं छोड़ रहा। सब साथ खड़े हैं।

उन्हें विदा करते वक़्त जब उसने 'आते रहना' कहा तो फिर से थोड़ा कमज़ोर पड़ी। डगमगायी। गला भर्रा गया, लेकिन संयम बनाए रखा। आँसू रोक कर शक्ति अर्जित करनी होगी, पूरी दृढ़ता से। उसने मन ही मन संकल्प लिया, जो उसके चेहरे की दृढ़ता में स्पष्ट दिखायी दे रहा था।

तिकड़मों में बच्चू जी रामबदन के बाप थे। पिताश्री को पुराने दौर के खुर्राटों वाली हर घात आती थी, लेकिन डिजिटल दौड़ में पिछड़ गये बेचारे। दूसरा, पुराने ज़माने के आदमी थे तो ग़लती से अपने दौर का थोड़ा-मोड़ा दया-भाव अन्दर बचा रह गया था। बच्चू जी के लिए आदमी बोलने वाला एक बकरा था, जो गला रेतते वक़्त 'मै-ऐं' की जगह 'अम्मा' कहता है। दिल कसाई और दिमाग़ शातिर। बड़ा ही डेडली कॉम्बिनेशन है। बेरहमी पर उतर आयें तो रूह कँपा दें। बसूला लेकर सुमेर चन्द और मंजुला की इज़्ज़त के पीछे पड़ चुके थे।

उन्होंने लड़कों के ज़रिये जेबकतरों के पेशेवर गिरोह से एक नशेड़ी पर नज़र रखवायी। आठ हज़ार में सौदा तय हुआ था। चार लड़कों के उस गिरोह ने कई दिन प्रहलाद नशेड़ी का घर तक पीछा किया। ढंग से रेकी की थी।

आख़िर वह दिन भी आ गया जब एक घुप्प अँधेरी गली में प्रहलाद से लड़कों की मुठभेड़ हुई। वह टल्ली होकर लौट रहा था। वे शराब के ठेके से ही उसका पीछा कर रहे थे। गली में एक लड़के ने सिगरेट मुँह में लगा कर उससे माचिस माँगी। दो ने 'नमस्कार, भाई साहब' कहते हुए अगल-बगल से घेरा बना लिया।

चौथे ने बड़ी सफ़ाई से उसकी जेब से फ़ोन निकाल लिया। नशेड़ी को घर जाकर पता चला। पूरी तरह आश्वस्त भी नहीं था कि गिर गया या घर आते ही कहीं रख छोड़ा? वह खाना खा कर सो गया।

प्रहलाद का फ़ोन एक हाथ से दूसरे हाथ में पहुँचता हुआ रात में ही बच्चू जी के पास आ गया। वे अपने लड़कों के साथ उसी रात दूसरे शहर पहुँच गये, जहाँ दूसरी पार्टी के उम्मीदवार का घर था। गाड़ी में बैठे-बैठे उन्होंने चार फ़ोन नम्बरों पर वीडियो भेज दिया। इनमें दो नम्बर तो सुमेर चन्द के विरुद्ध खड़े उसी उम्मीदवार के समर्थकों के थे, जिसके इलाक़े में वे थे और जो सुमेर को कड़ी टक्कर देने की स्थिति में था। एक नम्बर किसी अन्य पार्टी उम्मीदवार के रिश्तेदार का था। चौथा नम्बर उसी फ़ोन में मौजूद व्हाट्सऐप ग्रुप का था। चारों पर वीडियो भेजने के बाद उन्होंने चोरी के फ़ोन को पहले वाले मज़बूत उम्मीदवार के घर से एक किलोमीटर दूर नाले में फेंक दिया। गाड़ी में बैठे-बैठे बर्गर खाया और चल दिये।

ब्रह्ममुहूर्त से पहले-पहले वे घर लौट आये थे। चोरी का फ़ोन लेकर न अपने घर गये, न अपना फ़ोन साथ ले गये। बुलबुल और साथियों को भी उन्होंने फ़ोन घर रख कर आने की हिदायत दे रखी थी। तड़के उन्होंने स्नान किया और चादर तान कर सो गये। अब परिणाम का इन्तज़ार था। बस, उल्टा न पड़े वरना बाक़ी तो जो हो, पिताश्री को झेलना मुश्किल हो जायेगा। ज़िन्दगी भर उनकी सूई इसी ग़लती पर अटकी रहेगी।

राजन जी ने पहली रात एक मोटा उपन्यास पढ़ कर ख़त्म किया था। यह मनोज भाई और जीवन के कैरना आने के तीसरे दिन की बात है। फ़ुर्सत में थे। पत्नी को भी कोई ख़ास काम नहीं था। दोनों पार्वती से मिलने चल दिये। चन्दन की अम्मा अपने साथ फल, सब्ज़ियाँ और खाने-पीने की चुटुर-मुटुर चीज़ें ले गयी थीं। पार्वती उस वक़्त गाय को कुट्टी (चारा) देकर उसका माथा सहला रही थी। थोड़े ही दिनों में उससे गहरा लगाव हो गया। रामू और गाय में उसे कई समानताएँ नज़र आने लगी थीं।

दरवाज़े पर पुकार सुन कर वह भागी हुई आयी। कहीं रामू की कोई ख़बर न हो? साथ बैठे तो बातों का सिलसिला चल पड़ा। चन्दन की अम्मा समझाने लगीं। इस तरह हिम्मत हारने से कुछ नहीं होगा। पार्वती चुपचाप सुनती रही। वे चुप हुईं तो बोली, "आपका बेटा साथ न देता और रजनी-मीतू कन्धे से कन्धा मिला कर खड़ी न हुई होतीं तो मैं सचमुच हिम्मत हार चुकी थी। आपके बेटे ने ही त्रिपाठी

जी और जीवन को यहाँ भेजा। वे भी बहुत अच्छे लोग हैं। भगवान सबको आपका जैसा बेटा दे।"

अपनी ग़लती पर उसे पछतावा था। बताने लगी, हर वक़्त बेटे का दुःख याद आता था। ज्योंही झपकी आती, बड़े ही बेढंगे सपने आने लगते। असहाय-सी हो गयी थी।

"तुम मानती हो, मरने के बाद हम लम्बे विश्राम पर चले जाते हैं— चिरनिद्रा में?" चन्दन के पिता, जो चुपचाप बैठे थे, पहली बार बोले। उनका सवाल पार्वती से था। दोनों औरतों ने उनकी तरफ़ देखा। पार्वती ने अनमने ढंग से 'हाँ' में सिर हिलाया। उन्होंने माथा सहलाया, "अगर उस नींद में भी सपने आते हों? नहीं टूटने वाली नींद का सपना भी तो नहीं टूटता होगा?"

पार्वती को लगा, ये बात तो उसने सोची ही नहीं। यह तो बहुत भयंकर है। मर गयी होती तो रामू का सपना चलता ही रहता। उसका चेहरा फक पड़ गया। डरावने सपनों का टूटना बहुत ज़रूरी है।

वे पार्वती के चेहरे पर आते-जाते भावों को देखते रहे। पार्वती ने उन्हें देखते हुए देख लिया। गरदन हिला दी, जैसे उनकी बात से सहमत हो। राजन जी बोले, "खैर, मैं ऐसा नहीं मानता। इसलिए इसे फिलहाल छोड़ देते हैं।" उन्होंने पत्नी की ओर देख कर कहा, "मुझे जोसेफ़ श्कवोरस्की का कथन सही लगता है। कि आदमी के बाद कुछ भी नहीं रहता— न नाम, न स्मृति, न ख़ालीपन। कुछ भी नहीं।"

उन्होंने इस बारे में पत्नी से पहले भी चर्चा की थी।

"आत्मा रह जाती होगी?" पार्वती ने थोड़ा संकोच के साथ प्रश्न किया। श्कवोरस्की कौन है, वह नहीं जानती थी। एक-दो कोशिशों में श्कवोरस्की नाम का उच्चारण भी उसके लिए कठिन था।

"आत्मा के अजर-अमर होने की बात तब माननी चाहिए जब आपको पक्के तौर पर पता हो कि वह है। अगर लगता है कि है, तो एक और कल्पना करो।"

"क्या तुम भी...? जाने दो।" पत्नी ने रोकना चाहा, लेकिन राजन जी रुके नहीं।

"सिर्फ़ कल्पना करने को कह रहा हूँ।" वे हँसे, "सोचो कि शरीर मर गया और आत्मा पेड़ पर, किसी जंगले में या टूटी कुर्सी पर बैठ कर सब देख रही है। न छू सकती है, न बोल सकती है और न किसी के लिए कुछ कर सकती है। वह अपनों के लिए सशरीर जितना तड़पी थी, उससे कहीं ज़्यादा उसे अब तड़पना पड़ रहा है।"

पार्वती को घबराहट होने लगी। राजन जी बोले, "घबराओ नहीं। मरने के बाद न जीव रहता है, न आत्मा। जीवन एक बार है, यह स्पष्ट दिखता है। दुबारा मिलता हो, इसकी प्रामाणिक जानकारी किसी को नहीं। लगभग असम्भव बात है। इसलिए सब कुछ इसी जीवन में है। इससे बाहर और इसके बाद सब मिथ्या है। कल्पना।"

"और जिसे जीवन-मरण का चक्र...?"

उन्होंने पार्वती की बात पूरी नहीं होने दी। बोले, "मरते ही हम सब जीवन-मरण से मुक्त हो जाते हैं।"

एक ही जीवन है, यह भरोसा करते हुए उसे बहुत निराशा हुई। इस विचार को झटक दिया तो यह सोच कर रगों में खुशी की लहर दौड़ने लगी कि कितने अच्छे और पढ़े-लिखे लोगों के साथ बैठ कर कितना जानने-समझने को मिल रहा है? ठीक कहती है मीतू। हम तो कुकुर योनि में ही हुए। अपने लिए तो जीवन का मतलब दो जून की रोटी, कपड़ा, छत और घड़ी की सूइयाँ था। अगर इनकी बात सच है, तो यही एक जन्म हो। फिर कुछ भी न हो। एक हम हैं कि इसे छोड़ कर अगला सुधारने की चिन्ता में रहते हैं। मान लो हो ही, और अगले जन्म में गू खाने वाला सूअर बन गये, तो क्या फ़ायदा हुआ?

उसने सोचा और मन ख़राब हो गया। मौत से बुरा तो शायद ही कुछ हो।

जब वे दोनों विदा ले रहे थे, पार्वती ने फिर कहा, "आपके बेटे का बड़ा एहसान है। उनकी वज़ह से आप लोगों से मिल पाई, त्रिपाठी जी और जीवन जैसे शुभचिन्तक भाई मिले। चन्दन ने और आप लोगों ने रास्ता दिखा दिया।"

इस प्रशंसा से राजन जी को बड़ा संकोच हुआ। बोले, "नौकर की कमीज़ (उपन्यास) में एक जगह ज़िक्र आता है कि दिन या रात को देखने के लिए किसी तरफ़ नहीं देखना पड़ता। इसे दिखाने के लिए उँगली का इशारा नहीं करना पड़ता, कि वो देखो, दिन खड़ा है।"

वे आगे बढ़ गये। पार्वती के साथ-साथ श्रीमती राजन की आँखों में भी सवाल था कि आख़िर क्या कह गये? उन्हें भी लगा अपने कथन की गाँठें खोलनी चाहिए। पलट कर बोले, "राह आपके आस-पास ही होती है। वहीं से शुरू होती है जहाँ आप खड़े हैं। खुद दिख जाती है किसी दिन।"

"मुझे तो, सच कहूँ, आप लोगों ने दिखायी वरना आज नहीं तो कल, मेरी आत्मा वो सामने वाले चीड़ के पेड़ पर बैठी तड़प रही होती।"

यह कहकर उसने अपनी ग़लती पर जीभ काट ली। उसे आत्मा की बात नहीं कहनी चाहिए थी। उसने चीड़ के पेड़ की ओर उठी उँगली धीरे-से नीचे कर ली।

राजन जी और उनकी पत्नी की नज़र पेड़ की ओर उठ गयी। बहुत ऊँचा पेड़ था। उसकी फुनगी पर पार्वती के बैठे होने की कल्पना से उनकी पत्नी को हँसी आ गयी। वे झेंप गये।

शनिवार था। प्रिया ने चन्दन को फ़ोन किया कि वह तीन बजे एम ब्लॉक के कैफ़े कॉफ़ी डे में मिल सकता है? व्यस्तता इन दिनों ज़्यादा थी, लेकिन उस रोज़ मंडी हाउस जाना था। राष्ट्रीय नाट्य विद्यालय में काम था और कुछेक पत्रिकाएँ भी ख़रीदनी थीं। कनॉट प्लेस बगल में ही तो है, उसने सोचा और राज़ी हो गया। हालाँकि पूछा, "कोई ख़ास बात?" प्रिया ने कहा, "ऐसे ही। मेरी छुट्टी है। चिल करेंगे।"

तीन बजे दोनों कॉफ़ी के मग हाथ में लिए एक-दूसरे के सामने थे। प्रिया ने बताया, उसने पार्वती के खाते में पाँच हज़ार रुपये ट्राँसफ़र कर दिये हैं। असल में, अभी पिछले दिनों प्रिया का फ़ोन आया तो उसने पार्वती के बारे में बता दिया था। उसे भी ऐसे में तुरन्त क्या सूझता? बोली, मैं पार्वती आंटी के लिए कुछ पैसे भेज सकती हूँ। उन्हें पैसों की ज़रूरत होगी। चन्दन ने माना कि पैसों से आत्मविश्वास लौटेगा, लेकिन जिस दिशा में वह स्त्री निकल पड़ी है, पैसे उसे लौटा ला सकते हैं?

"तो?" प्रिया ने पूछा था।

"नहीं जानता।" उसने कहा था। इसके बावजूद प्रिया ने ख़ाता नम्बर वग़ैरह माँग लिया था।

चन्दन ने मनोज भाई और जीवन की ओर से भी कुछ पैसा भेजे जाने की जानकारी दी। दोनों ने मिल कर साढ़े तीन हज़ार भेजे थे। प्रिया जानती थी, उसने भी कुछ भेजा होगा, पर बताएगा नहीं। अब तक वह उसकी आदतों से वाक़िफ़ हो चुकी थी। वह मुस्करा दी। जो विचार कुछ दिन से मन में चल रहा था और जिसके लिए ख़ास तौर पर उसने कॉफ़ी पीने का कार्यक्रम बनाया, उसे साझा करना चाहती थी।

"क्यों न पार्वती आंटी से मिलने चला जाए?" उसने पूछा। चन्दन ने कहा, "ख़याल तो अच्छा है, लेकिन फ़िलहाल दस-बारह दिन बहुत व्यस्तता है। उसके बाद सोच सकता हूँ। तुम पहले जाना चाहो तो हो आओ। अच्छा रहेगा। मेरे घर पर ठहरना।"

अनरोमेंटिक आदमी। उसने सोचा। बोली, "अकेले जाकर क्या बात करूँगी? और फिर वो लोग जाने किस तरह रिएक्ट करें?"

प्रिया के लिए पाँच हज़ार रुपये सामान्य बात हो सकती थी, पर मीतू और रजनी के लिए नहीं। जब से पता चला उसके प्रति सकारात्मक विचारों का सोता फूट पड़ा।

मीतू को लगा, लड़की बुरी नहीं है। किसी के लिए इतनी नफ़रत ठीक नहीं। उसने खुद को समझाया। रजनी उसकी उदारता के गीत कई जगह गाती फिरी। यह पहले की गयी निन्दा को डाइल्यूट करने की कोशिश ही रही होगी। मीतू की माँ और त्रिलोक की पत्नी यह सोच कर खुश हुए कि पार्वती से अब उधार की रकम वापस मिल जाएगी। आदमी के संकटग्रस्त होने पर उधार का पैसा डूब जाता है। जोखिमों का अनुमान लगाने वाले देते नहीं, उदार-दिल वसूल नहीं कर पाते। दोनों मान चुके थे, डूब गया। जब बहू के आगमन के साथ उसके अच्छे दिन आते दीख रहे थे, तब दिया था। हालाँकि हज़ार-पाँच सौ से ज़्यादा किसी का नहीं होगा। जोगी मुहल्ले में पाँच सौ का नोट अब भी कई दिन चलता है। नोट का मूल्य हर जगह लिखे हुए से अलग होता है।

शायद नहीं।

नोट का मूल्य हर हाथ में अलग होता है।

मनोज भाई ने कुछ नेताओं के नाम, मजमून में मामूली हेर-फेर के साथ, पत्र लिखे थे। उन्हें लेकर वे और जीवन एक रोज़ पार्वती के पास कैरना पहुँच गये और मीतू-रजनी की मौजूदगी में पढ़ कर सुना दिया। पत्रों में घटना-क्रम का संक्षिप्त ब्योरा देते हुए राम सिंह के अपना पुत्र होने का दावा किया गया था। लिखा था, जिन अज्ञात कारणों से उसे सल्ला हरतोला के भवान सिंह और गंगा देवी का बेटा बताया जा रहा है, सम्भव है उन्हीं कारणों से उसे दोषी ठहराने की कोशिश की जा रही हो, जबकि वह घटना-स्थल पर बाद में पहुँचा। अगर इसका निष्पक्ष तौर पर पता लगाया जाये तो स्थिति स्वत: ही स्पष्ट हो जाएगी। इस बात का हवाला देते हुए कि वह उत्तराखण्ड का स्थायी निवासी है, यह भी लिखा गया था कि यथाशीघ्र उसका पता लगा कर उसकी बेसहारा माँ की सहायता की जाये और राम सिंह की सुरक्षा सुनिश्चित हो।

"कुछ और तो नहीं लिखना?" उन्होंने पार्वती से पूछा। उसने मीतू और रजनी को देखा। मीतू-रजनी ने गरदन हिला दी। उन्हें परफ़ेक्ट लगा। पार्वती बोली, "आप लोग तो काफ़ी पढ़े-लिखे और जानकार हो। मेरे हिसाब से बहुत अच्छा है।"

थोड़ा सोच कर उसने हिचकते हुए कहा, "अगर भवान सिंह जी के बेटे के बारे में भी लिख देते तो और अच्छा होता। क्या पता, वे उसे भी ढूँढ़ लायें।"

मनोज भाई ने कहा, एक पत्र में एक ही बात लिखी जानी चाहिए वरना मामला उलझ जाता है। ये मिल जाये, फिर उनके लिए भी कुछ करेंगे। पार्वती चुप हो गयी।

उन्होंने सभी पत्रों में पार्वती के हस्ताक्षर कराये और उसे विश्वास दिलाया कि पत्र जल्दी ही भेज देंगे। उम्मीद है, कुछ न कुछ होगा।

इन दिनों भरी दोपहरी में धुँध के कारण दिल्ली बीमार-सी रहती है। कहते हैं, यह स्मॉग है। प्रदूषण ख़तरनाक स्तर तब बढ़ा हुआ है। सूरज नदारद रहता है। रात में तारे और आसमान, दोनों लापता मिलते हैं। कई वर्षों से दिल्ली की सर्दियाँ कुछ ऐसी ही होने लगीं। वह बहुत दिनों बाद नीला कोट निकाल कर उसे ब्रश से झाड़ रहा था। जैसे दिल्ली आकर आकाश को देखना छोड़ दिया था, वैसे ही पत्रकारिता में आकर कोट पहनना लगभग भूल गया था। तभी पार्वती का फ़ोन आ पड़ा। हाथ रोक कर उसने फ़ोन कान से लगाया। पार्वती बताने लगी, वह गुंडौली जाना चाहती है। चन्दन हैरान रह गया। वह स्त्री, जो कभी घर से बाहर नहीं निकली, अचानक गुंडौली? क्या करेगी वहाँ? किससे मिलना चाहती है?

"किसलिए?" उसने पूछा।

पार्वती ने कोई जवाब नहीं दिया। संकोच हो रहा था कि चन्दन पता नहीं क्या सोचे?

"अचानक?"

"उस औरत से मिलने का मन है।"

"और?"

"और कुछ नहीं।...वैसे, उन लोगों से मिलना ठीक रहेगा?"

"बच्चू बाबू लोगों से? वो लोग...नहीं। बेकार है।"

वह कुछ नहीं बोली। चन्दन ने पूछा, कब जाने का इरादा है? उसने कहा, पता नहीं। उसका साहस देख कर मन में सम्मान तो जागा, फिर भी सन्नाटे में आ गया था। पार्वती ने थोड़ा हिचक के साथ कहा, जिस दिन भी वह उधर से आने को तैयार हो, वह यहाँ से चल पड़ेगी। चन्दन ने बताया, इन दिनों तो बहुत व्यस्त चल रहा है। अभी भी मीटिंग है दफ़्तर में। लेकिन जब भी वक़्त होगा, चलेंगे। उसने पार्वती को जल्दबाज़ी नहीं करने का सुझाव दिया।

वह मान गयी। बोली, उसके लिए आना मुश्किल भी हो तो कोई बात नहीं। भगवान ने चाहा तो एक दिन मामी से मिलना होगा।

भगवान ने चाहा? चन्दन को आश्चर्य हुआ। रजनी ने कहा था चाची की भगवान से आस्था डिग गयी। आजकल ढुंग भगवान कहती हैं।

आस्था शायद मनुष्य के हृदय में नहीं, जिगर (लिवर) में रहती होगी, इसीलिए फिर उग आती है।

लोकसभा चुनाव के ऐन पहले धूमधड़ाका हो गया। बच्चू जी के चेले 'धूमधड़क्का' कहते थे। बाक़ियों के लिए 'हंगामा' था। सुमेर और मंजुला का वीडियो तेज़ी-से वायरल हो रहा था। ऐसी लपटें निकल रही थीं जैसी किसी ने लंका लगा दी हो। पर ये तो ऋष्यमूक पर्वत था। पूँछ अपनी, ठिकाना अपने बिरादरों का। दूत ने ऋष्यमूक पर्वत पर ये क्या कर दिया?

सुमेर चन्द को जम कर लताड़ पड़ी। ये क्या कर डाला? शर्म आनी चाहिए। ऐन चुनाव से पहले जहाज़ डुबाने का इरादा तो नहीं था? अगर था बेटा, तो तुम्हें चुल्लू भर भी नसीब ना होगा। साँसों में थूक अटकने से मरोगे।

सुमेर के गुरु बलराम भाईजी तो बिफर पड़े। उन्हीं ने सुमेर चन्द के लिए टिकट की पैरवी की थी। सुमेर के साथ तू-तड़ाक से बात करते थे। बन्द कमरे में बैठा कर बोले, "ठरक बड़े-बड़ों को चढ़ै सुमेर, पर कान्नोंकान ख़बर ना होती। तुम साले तो खुल्लमखुल्ला ...?"

"अजी कुछ ना किया, कसम से।"

"गू खाने का भी टैम हो, मौक्का हो, जगै हो। तमने तो पब्लिक (प्लेस) में गपागप कर दी।"

सुमेर चन्द सफ़ाई देते रह गये, "बच्चों की कसम... ऐसी बात्तें न कदी कीं, न कर सकूँ हूँ।"

"तो इस वीडियो में तू ना है? और वो जनान्नी? ...उसकी गरमी तो मैं बाद में लिकाड़ूँगा।" नेता जी ने दाँत पीस कर गंदा इशारा किया।

सुमेर चन्द बहुत शर्मिन्दा थे। समझ नहीं पा रहे थे यह सब क्या हो गया? कहाँ पर चूक हुई? आवाज़ उन्हीं की, चेहरा उन्हीं का, फिर उन्हें याद क्यों नहीं पड़ रहा? जिस कार्यकर्ता के घर जन्मदिन का उत्सव था, उससे पता कर लिया— खाणे-पीणे में कदी किसी ने नशा-वशा न मिला दिया हो? पर यह तो मन को तसल्ली देने की बात थी। नशे का खुद को पता न चले, ऐसा कैसे हो सकता है। फिर घरवाली तो फूलों की खुशबू पकड़ ले करै। आत्ते ही बता दे चम्पा से लिपट के आये कि चमेली से?

चुनाव प्रचार जोरों पर था और वे मुँह छुपाये घर में बैठे थे। पत्नी और सयाने बच्चे अलग लानत भेजते। घर में बैठना मुश्किल हो गया और बाहर मुँह दिखाना।

ऊपर से हर मिनट फ़ोन बजता। सीनियर लोग पूछते, "एक औरत के चक्कर में सरेआम लार टपका दी?" कार्यकर्ता यों तो छुपते फिर रहे थे, लेकिन सहानुभूति जताने को चुपचाप फ़ोन घुमाते— बुरा हुआ जी। पर हौसला रखो। मर्दानगी के पक्ष में भी कुछ न कुछ सॉलिड वोट होते हैं।

एक मुँह लगा बोला, "जो हुआ, सो हुआ। दूध का धुला कोई ना हो। खराब टैम चल रा था, सो पकड़े गये। इश्क़ में योई सबतै बड़ी खराबी हो, आदमी हद से ज्याद्दा हिम्मती होजा करै... पर कोई ना...इश्क़ भी ज़रूरी चीज़ हो।"

"अबे हरामी, तू मेरी तरफ़ है या विरोधियों के? मैं कहूँ कुछ ना किया, तू इश्क़ बता रा।" सुमेर चन्द चिल्लाए। उन्हें लगा, वे पागल हो जायेंगे।

मंजुला को पति ने चोटी पकड़ कर ख़ूब घसीटा। जम कर लात-घूँसे चलाये। ज़बान से अलग मारा, "आवारा, फ़ालतू औरत...वीडियो में आकर इज़्ज़त का फ़ालूदा कर दिया। कहाँ से पाया तूने इतना अश्लील मुँह? इस गटर को खोलने से पहले आसपास देख लिया होता?"

वह दबंग औरत बर्दाश्त कर गयी। वीडियो आने के बाद से ही वह सुन्न पड़ गयी थी। समझ नहीं आ रहा था मुँह तो उसी का हिल रहा है, लेकिन इतनी बेहूदा बातें कब बोल गयी? ऐसे वीडियो की सफाई भी क्या दे? क़ानूनी सलाह लेने की सोच रही थी।

बहुत दिनों तक इन्तज़ार करने के बाद भी पत्रों का कोई जवाब या पावती नहीं आयी। मनोज भाई बेचैन थे। उन्होंने अपने सम्पर्कों के ज़रिये इस प्रक्रिया में तेज़ी लाने के प्रयास शुरू किये। कई जगह फ़ोन कर डाले। एक नेता जी का निजी सचिव पूछने लगा, "वह औरत बेवजह क्यों परेशान हो रही है, त्रिपाठी भाई?"

जीवन उस वक़्त मनोज भाई के घर बैठा था। एक प्लेट में सन्तरे छील कर रखे थे। उन्होंने निजी सचिव को बताया कि उसी का लड़का भागा-भागा फिर रहा है। परेशान तो वही होगी। निजी सचिव ने कहा, जब अपराध में किसी और के बेटे का नाम आया है तो इसका लड़का क्यों फ़रार हो गया? ऐसी चुल क्यों मची थी उसे?

निजी सचिव की बात पर मनोज भाई ने माथा पीट लिया। वह कोई भी तर्क सुनने को तैयार नहीं था। वे झल्लाने की हद तक पहुँच चुके थे। फिर भी सन्तुलन बनाने की कोशिश की। अन्त में निजी सचिव ने हाथ झाड़ लिए, "गुमशुदगी की रिपोर्ट लिखवाओ जी। न मिले तो बताना।"

यह बहुत ही निराशाजनक रवैया था। जीवन ने आश्चर्य जताया कि यह आदमी इतना जड़-बुद्धि कैसे हो सकता है? मनोज भाई ने कहा, "कुटिल लगता है। नहीं समझने का नाटक कर रहा है।"

दो-तीन दिन बाद एक और स्थानीय नेता से सम्पर्क किया। उसने कहा, "हम मदद करने से इनकार नहीं कर रहे, लेकिन मामला चूँकि दूसरे राज्य का है तो, हमारे हाथ में ज़्यादा कुछ है नहीं। आप समझ सकते हो। फिर भी हम उनसे निवेदन करेंगे। जो भी बन पड़ेगा, करेंगे। थोड़ा समय दीजिये और उसकी माँ से धैर्य रखने को कहिये।"

मनोज भाई एकदम खामोश हो गये थे। अन्दर या तो ग़ुस्सा उबल रहा था या फिर उत्साह ठण्डा पड़ चुका था। चेहरे पर एक स्थायी खिसियाहट दिखायी देती थी।

चन्दन ने गाँव जाने के लिए शनिवार का दिन तय किया था। प्रिया को सूचित कर दिया कि हफ़्ते भर की छुट्टी ले ली। वह इस यात्रा को लेकर बहुत उत्साहित थी। खुशी छलक पड़ी। इसी उत्साह में दिन भर गुनगुनाती रही। शाम को उसने घर में बात की। नलिन बजाज फट पड़े। कड़ी मेहनत से उच्च मध्यवर्ग में पहुँचे बजाज को अपने कम्फ़र्ट ज़ोन से बाहर निकलना पसन्द नहीं था। लड़कियों का तो बिल्कुल नहीं। जहाँ जायें, पूरी सुरक्षा सुनिश्चित होने के बाद। सारे आरामदेह साज़ो-सामान के साथ। सिरदर्द, बुख़ार वग़ैरह की गोलियाँ भी साथ हों। दुनिया को वे उसी तरह देखना चाहते थे, जैसा उनके हिसाब से उसे होना चाहिए। यह दुनिया चूँकि अपनी तरह की थी, इसलिए वे कुढ़ते रहते। हर ग़लत चीज़ का तोड़ खोजते फिरते। उम्र बढ़ने के साथ उनकी कुढ़न बढ़ती जा रही थी।

मन में कई तरह की चिन्ताएँ-आशंकाएँ उठ रही थीं। इस दुनिया में पागल और बदतमीज़ लोग बहुत हैं। पार्वती और कैरना वाले बेटी के साथ पता नहीं किस तरह पेश आयें? चन्दन पर भी आँख मूँद कर भरोसा करने का मन नहीं था, क्योंकि वह खुद उसी इलाक़े का रहने वाला था। उनका कहना था, अगर उस परिवार की मदद ही करनी है तो कुछ दे-दिला कर छुट्टी करो। वहाँ जाने का कोई मतलब नहीं है। अपने मन में उन्होंने अधिकतम बीस-पच्चीस हज़ार की रकम सोच ली थी। प्रिया ने समझाने की काफ़ी कोशिश की। वे फ़ैसला बदलने को तैयार नहीं थे। मम्मी ने नसीहतों का पिटारा खोल दिया कि वे लोग माँ-बाप हैं, दुश्मन नहीं। उसका बुरा नहीं चाहते। आज़ादी भी पूरी देते हैं, लेकिन एडवेंचर के लिए आग में कूदने की इज़ाज़त नहीं दे सकते।

उसकी एक अच्छी-सच्ची कोशिश को 'एडवेंचर' कहे जाने पर वह भड़क गयी। पिता भी चिल्लाने लगे। तुम ही लायी थी उसे। सीधा-साधा लड़का बता कर।

"हाँ तो अब मैं ही कुछ करूँगी।" उसने फ़ैसला सुना दिया। बात बिगड़ती देख पिता सँभालने पर उतर आये, "हमने उसके साथ बुरा सलूक किया होता तो हमारी ग़लती थी। वो खुद भागा। उसके बाद उसने क्या किया और क्या नहीं, इसकी ज़िम्मेदारी हम पर नहीं आती।"

"चन्दन को देखिए, उसकी क्या ज़िम्मेदारी है? उसके साथ दिल्ली आया था वो लड़का?"

"उसमें और हममें फ़र्क़ है।"

"सोशल स्टेटस की बात कर रहे हैं?"

"नहीं। हममें लड़ने-भिड़ने की हिम्मत नहीं।"

पापा का स्वर बदल गया। समझाने लगे। समझाते हुए एकदम तरल हो गये। शायद इमोशनली डील करने की कोशिश कर रहे थे। बोले, उनकी उम्र भी एक कारण है, जो वे इस तरह सोचते हैं। झँझटों में पड़ने की हिम्मत अब उनमें नहीं रही।

वे चुप हो गये मानो थक गये हों। आँखों में पानी तैरने लगा। पिता की आँखें देख कर वह सचमुच जज़्बाती हो गयी। उनकी चिन्ता होने लगी। शायद हाईपर टेंशन और शुगर ने उन्हें मन से कुछ ज़्यादा ही कमज़ोर कर दिया है।

घर में तीन दिन तक बहस होती रही। सबके अपने तर्क थे। तीनों खुद को अपनी-अपनी जगह सही समझते थे। बजाज और उनकी पत्नी बूढ़ों की तरह हर जोखिम से घबराते थे और नकारात्मक ख़यालों से घिरे हुए थे। प्रिया किशोरों की तरह ज़िद्दी हो गयी थी और माता-पिता से कुछ ज़्यादा ही अपेक्षा करने लगी थी। उसे लगता था, सारी आशंकाएँ उनके दिमाग़ का फ़ितूर हैं। उन्हें भी उसकी तरह सोचना चाहिए। उम्र कोई रुकावट नहीं होती। माता-पिता को लगता, ज़िद्दी लोग घर बैठे आफ़त बुला लेते हैं। यह उसी का आह्वान कर रही है।

वह ग़ुस्से से भरी रहती। मम्मी-पापा से बात करना बन्द कर दिया था। अन्ततः उन लोगों को झुकना पड़ा। नलिन बजाज ने सशर्त इज़ाज़त दे दी। शर्त यह कि वह केवल एक दिन रुक कर लौट आये। इस दौरान लगातार उनके सम्पर्क में रहे। उन्हें गाँव में उसकी सुरक्षा को लेकर चिन्ता थी। बोले, चन्दन है, इस भरोसे इज़ाज़त दे रहे हैं। प्रिया की समझ में नहीं आया कि वह खुश होये या दुःख मनाये? चन्दन पर भरोसा कर लेने की खुशी थी, लेकिन लड़की है और किसी के साथ होने से ही सुरक्षित या असुरक्षित है, इस सोच पर अफ़सोस हुआ। जो भी हो, वह जाना चाहती थी और इस बहस का अन्त भी।

पिता ने अपनी गाड़ी लेकर जाने और होटल में रहने का निर्देश दिया। उसने गाड़ी ले जाना स्वीकार कर लिया, क्योंकि इससे किसी भी आपात स्थिति में लौटना आसान होता। लेकिन कहा, वहाँ चन्दन का घर है तो होटल में क्यों रुकेगी? सब कुछ ठीक रहने पर उसने पूरा हफ़्ता गुज़ारने का मन बना लिया था, किन्तु अभी पापा से कहना सही नहीं लगा।

बातों-बातों में आयशा ने बताया कि स्कूल से सचमुच लम्बी छुट्टी लेने की इच्छा होने लगी। आते-जाते कुछ लोग पीछा करते हैं। मूँछों पर ताव देते हैं और हँसते हैं। पुलिस में शिकायत करने को कहा तो, अब्बू माने नहीं। बोले, हँसने और ताव देने की क्या शिकायत करेंगे? फ़ोन के दूसरी ओर चन्दन एकदम खामोश हो गया। स्तब्ध। क्या कहे शर्मनाक, दु:खद, चिन्ताजनक? इस तरह कहने का कोई मतलब नहीं था। तसल्लियाँ झूठी हों, लोग तब भी देते हैं, पर इस मामले में तो झूठी तसल्ली भी नहीं दे सकता था। बहुत सोचा। बोला, "ये तो एक स्त्री की मॉडेस्टी के ख़िलाफ़ है। उसकी गरिमा का उल्लंघन। शिकायत करना चाहें तो बनती है।"

एक और बात साझा करने की इच्छा हुई। एक तरह से कह देने का हौसला मिला। यह भी लगा कि शायद थोड़ा हौसला आयशा को भी मिले। उसने बताया, कुछ समय से उसका भी पीछा किया जा रहा है। ऐसा लगता है, दूर से कोई बराबर नज़र रखता है। कभी लगता है, उसका भ्रम है। आयशा को हैरानी नहीं हुई। चन्दन बोला, कभी-कभार ब्लैंक कॉल भी आते हैं। अभी हाल में किसी ने फ़ोन पर धाराप्रवाह गालियाँ दीं। मैंने आराम से पूछा, कौन हैं आप? उसने 'तेरा बाप' कह कर फ़ोन रख दिया।

उसे चन्दन की चिन्ता होने लगी। अगर यह सिर्फ़ डराने के लिए नहीं हुआ तो गम्भीर बात है।

"डराने का इरादा ही लगता है या फिर शरारत हो। देखता हूँ।" उसने कहा और दोनों तरफ़ खामोशी छा गयी। एकाएक वह विषय बदलने के लिए मजाक़ पर उतर आया, "ये बताइये, कैसे हैं आपके खड़ूस अब्बू?"

"खड़ूस ही हैं।" उसने कहा। दोनों एक साथ हँस पड़े, लेकिन खुल कर नहीं हँसे। चन्दन असद के हालचाल पूछने लगा, ताकि बातचीत की दिशा बदली रहे। कई बार अपना ही ध्यान भटकाना ज़रूरी हो जाता है।

अपार श्रद्धा में बल्ली होना

जिस रोज़ कैरना के लिए रवानगी थी, प्रिया तड़के ही चन्दन के घर पहुँच गयी। वही किशोरियों-सा उत्साह। चन्दन के साथ सात दिन। अकेले। दो बार लाँग ड्राइव, पहाड़ों पर घूमना, बातें करना, साथ खाना-पीना...। चन्दन से मिलने के बाद जाने ऐसा क्या हुआ? दस साल पुराना अल्हड़पन लौट आया, जब सोलह-सत्रह की रही होगी।

हग किया तो कस कर पकड़ लिया। उसने प्रिया की पीठ पर हाथ रख कर मामूली-सा कसाव बनाया, ताकि जेस्चर से पता चले वह भी उत्साहित है और उसे अच्छा लगा। अच्छा न लगा हो, ऐसा निश्चित ही नहीं था। बस, एक संकोच था जिससे बाहर नहीं निकल पा रहा था। पता नहीं राम सिंह की प्रेमिका को छीनने का संकोच था कि कोई और दुविधा? बाक़ी सब तो, उसके हिसाब से नॉर्मल ही था। प्रिया इसे फुटेज खाना मान रही थी। हग करने की इस प्रक्रिया में मिली गरमाहट से दोनों के अन्दर सनसनी-सी हुई। अब प्रिया का ईगो आड़े आ गया। अपनी भावनाएँ भी तो व्यक्त करे पट्ठा।

उसे तैयार होने में घंटा भर लगा। तब तक प्रिया ने कॉफ़ी बना ली। चलते हुए उसने गाड़ी की चाबी चन्दन को थमा दी। यह स्नेह ही नहीं, विश्वास व्यक्त करना भी था। चन्दन पर उसकी बौछार पड़ी थी, ठीक हृदय में।

रास्ते में वह सड़क पर नज़रें टिकाये उससे बातें करता रहा, प्रिया उसका चेहरा देख कर। कभी-कभी जब वह कनखियों से देखता तो असहज हो जाता। मुरादाबाद बाईपास पर टॉल प्लाज़ा शुरू होते ही उसने प्रिया से पूछा, गाड़ी वह चलाना चाहेगी? प्रिया ने कहा, "ठीक है, पहाड़ों पर आपको ही चलानी है।" गाड़ी किनारे लगा कर उन्होंने अपनी-अपनी सीट बदल ली।

"अब तुम्हें देखने की बारी मेरी।" सीट बेल्ट बाँधते हुए चन्दन ने कहा। वह झेंप गयी। एक बार खुल जाने के बाद आगे के लिए साहस बढ़ जाता है।

आगे के सफ़र में दोनों काफ़ी बेतकल्लुफ़ हो गये। रास्ते में उन्होंने नाश्ता किया और तीन बजे के आसपास हल्द्वानी व काठगोदाम के बीच एक रेस्ट्राँट में लंच। ख़ूब वक़्त था। ख़ूब सारी बातें कीं। कॉलेज की, बचपन की और घर-परिवार की। बीच-बीच में पार्वती का ज़िक्र भी आ जाता।

काठगोदाम के बाद पहाड़ी इलाक़ा शुरू हो गया। चन्दन ड्राइविंग सीट पर बैठ गया था। प्रिया पहाड़ों को देख कर मुग्ध होती रही। एक जगह झरने के पास गाड़ी रोकी तो बताने लगी, पहाड़ उसे बहुत पसन्द हैं। वह अपने पिता से हमेशा कहती है एक घर पहाड़ में होना चाहिए, जहाँ खिड़की से हिमालय दिखायी दे।

चन्दन मुस्करा कर रह गया। इस मुस्कराहट के मर्म तक वह नहीं पहुँच पाई होगी, उसने सोचा। ज़रूर दलालों ने उनसे कहा होगा यह रही ज़मीन और इसके साथ वह रहा आपका हिमालय। उधर पहाड़, इधर जंगल और ये सनसनाती हुई शुद्ध ऑक्सीजन।

अठखोल पहुँचने पर वह जज़्बाती हो गयी। बोली, यह सफ़र हमेशा याद रहेगा। हो सकता है, आज से दस-बीस साल बाद वह इसे याद कर नॉस्टेल्जिक हो जाए।

जिस वक़्त वे लोग घर पहुँचे, शाम हो रही थी। अठखोल में काफ़ी सर्दी थी। सड़कें सुनसान थीं। इक्का-दुक्का कुत्ते नज़र आये, जिन्होंने पूँछ टाँगों के अन्दर कर रखी थी। प्रिया ने कार में बैठे-बैठे ही पतला जैकिट पहन लिया था। राजन जी ने बड़ी गर्शजोशी से स्वागत किया। अम्मा ने अपनी सामर्थ्य भर सत्कार। जैकिट के ऊपर ओढ़ लेने के लिए अपनी एक नयी शॉल उसे दे दी। बहुत संकोच और औपचारिकता पंजाबियों की लाइफ़ स्टाइल नहीं है। वह भी कुछ ही देर में घुल-मिल गयी। अम्मा ने लड़की के अकेले यहाँ तक आ जाने के मायने निकालने शुरू कर दिये। "भरोसा करती होगी चन्दन पर, तभी तो आयी।" उन्होंने राजन जी से कहा। "घरवालों ने भी ऐसे ही नहीं भेज दिया होगा। कुछ तो देखा-समझा होगा।"

राजन जी चुप रहे। उन्हें जल्दबाज़ी में किसी नतीजे पर पहुँचना पसन्द नहीं। अम्मा ने बेटे के साथ-साथ प्रिया को भी टटोलना शुरू किया ताकि उन दोनों के बीच कुछ हो तो पता चले। चन्दन ने साफ़ इनकार कर दिया। "ऐसा कुछ नहीं है। लड़का-लड़की अच्छे दोस्त भी होते हैं। फिर प्रिया तो पार्वती आंटी के लिए आयी है।"

प्रिया ने न स्वीकार किया, न इनकार। मुस्करा कर टाल गयी। जानती थी, अभी उन दोनों को ही कुछ पता नहीं। 'ना' कहने का मन नहीं था। दिल में कुछ तो था। दोस्ती से थोड़ा अलग। झुठलाया कैसे जाता? लेकिन स्वीकार करने जैसी बात भी नहीं थी।

देखा जाये तो राम सिंह जैसा तो नहीं, एक फ़ासला चन्दन और उसके बीच भी था, जो यहाँ पहुँच कर साफ़ पता चलता था। वह एक सामान्य मध्यवर्गीय परिवार से था, लेकिन शिक्षा ऐसे फ़ासलों को अक्सर पाट देती है। चन्दन पढ़ा-लिखा था और पत्रकारिता का पेशा इतना मामूली भी नहीं। पैसा भले ज़्यादा न हो। प्रेम में, अगर वह है, ये सारे कैलकुलेशन नहीं चलते। दिमाग़ करता रहे 'पन्द्रह जमा पच्चीस', दिल तो 'पंख वाली नाव' होता है। प्रिया उस नाव पर सवार थी।

सुमेर चन्द ने हिम्मत जुटा कर मंजुला को फ़ोन लगाया। गिड़गिड़ा कर बात करने लगे। 'बहन-बहन' कह कर थक नहीं रहे थे। मंजुला तो एकदम हत्थे से उखड़ गयी, "तेरी हिम्मत कैसे हुई फ़ोन करने की? तेरी वजह से मैं बर्बाद हो गयी।"

वह सीधे तू-तड़ाक पर उतर आयी थी। सुमेर ने ठण्डे दिमाग़ से काम लिया। बताया कि वे खुद परेशान हैं। उन्हें नहीं पता कैसे हुआ।

"खुद ही सोचो, मैंने या तुमने किस वक़्त ऐसी अश्लील बातें कीं?"

मंजुला फिर से उस शाम की घटनाओं को याद करने लगी। सुमेर विनम्रता के प्रदर्शन में पानी-से पतले हो रहे थे, "ये वीडियो फ़र्ज़ी है, मेरी बहिन। ऐन चुनाव से पहले मेरे ख़िलाफ़ साजिश रची गयी है। तुम बेवज़ह लपेटे में आ गयीं। अब इसमें मेरी ग़लती है तो मैं तुम्हारा गुनहगार हूँ।"

"फ़र्ज़ी है तो अब तक उस आदमी का पता क्यों नहीं लगा लिया? मेरे कान में 'बहन-बहन' कहने से क्या होगा?"

"मैं पता लगा रहा हूँ। ये कोई छोटा मामला नहीं है। वीडियो में ऐसा फ़र्ज़ीवाड़ा कोई आसान बात है? आवाज़ हमारी, चेहरा हमारा लेकिन जो सुनायी दे रहा है, वह हमने कभी बोला ही नहीं।"

"मैं पागल हो जाऊँगी। समझ में कुछ नहीं आ रहा।" मंजुला तड़प कर बोली और रो पड़ी। उन दोनों की बातों पर कान लगाये बैठे मंजुला के पति ने ताना मारा, "दोनों मिल कर मुझे बना रहे हो? बेवकूफ़ समझा है?"

मंजुला ने पति का ग़ुस्सा सुमेर चन्द पर उतार दिया। चिल्लाने लगी, "चल फ़ोन रख। पहले वीडियो को फ़र्ज़ी साबित कर, फिर करना बकवास। और सबसे पहले इस आदमी को चार जूते लगा कर जाना। जीना हराम कर दिया इसने।"

सुमेर चन्द मंजुला की स्थिति समझ रहे थे। उसे हुई तकलीफ़ के लिए माफ़ी माँगना चाहते थे, लेकिन उससे पहले फ़ोन कट गया।

बहुत परेशान थे। किस-किस को मनाएँ और किस-किस को सफ़ाई दें? पार्टी हाईकमान की चिन्ता सबसे ज़्यादा खाये जा रही थी। घर आये एक शुभचिन्तक ने समझाया कि सीधे-सीधे इनकार करो। मैंने कुछ नहीं किया, जी। ये सब विपक्ष की साजिश है।

"मैंने किया भी नहीं।" सुमेर ने कहा। शुभचिन्तक ने सलाह दी कि अगर किया हो तब भी ऐसा ही कहना चाहिए। ना जी, नहीं किया।

"मैंने नहीं किया।"

शुभचिन्तक ने कहा, "यही तो मैं भी कह रहा हूँ। सैंत-मैंत में ये कहना बेवकूफ़ी है कि मुझे याद नहीं आ रहा, ये क्या हो गया? मार रोना-धोना...। समर्थकों का मनोबल बढ़ाने के लिए अंगद की तरह अड़े रहो, बस। कोई बाल भी टेढ़ा कर दे तो तुम्हारी टाँग के नीचे से निकल जाऊँ।"

मन तो हुआ शुभचिन्तक के बाल नोंच दें, लेकिन जज़्ब कर गये। अन्ततः कई दिन बाद उन्होंने प्रेस कॉन्फ्रेंस कर उस वीडियो में अपने होने से साफ़ इनकार कर दिया। बोले, "फ़र्ज़ी है।"

"तो फिर आपका चेहरा?" एक पत्रकार ने पूछा। उन्होंने कहा, "फ़र्ज़ी है।"

"वो महिला?"

"वो भी फ़र्ज़ी है।" उनके मुँह से निकल गया। पत्रकार ने ज़बान पकड़ ली, "वो महिला फ़र्ज़ी है?"

"अरे नहीं, मतलब ये कि वह जो कह रही हैं वीडियो में, वह फ़र्ज़ी है। बनाया गया है।" सुमेर ने स्पष्ट किया, पर पहले से खार खाये सुमेर चन्द के समर्थक सवालबाज़ी से उखड़ गये। कुछ सयानों ने बड़ी मुश्किल से शान्त किया। अभी कुछ नहीं करना, प्रेस से बात हो रही है, नंगे हो जाओगे।

समर्थकों ने प्रण किया कि पत्रकार की यह हरक़त उन पर उधार रही, किसी दिन सूद सहित चुकता करेंगे।

आई.टी. महारथियों से लेकर हैकर्स तक काम पर लगा दिये गये थे। पता लगाओ किसने साज़िश की, लेकिन पता ही न चले। जिस फ़ोन नम्बर से सबसे पहले वीडियो भेजा गया उसका सिम क्या, डिवाइस भी ग़ायब था। उसके गुम होने की रिपोर्ट दर्ज़ थी और अगली सुबह सिम भी बन्द करवा दिया गया था। इसके बावजूद फ़ोन वाले प्रहलाद को सुमेर के आदमी ढोलक की तरह दोनों तरफ़ से बजा चुके थे। जिन्होंने इसे हवा दी, उनमें विरोधी दलों के कार्यकर्ता ज़्यादा थे। मौक़ा मिलते ही उन्हें भी फोड़ने की योजना बन चुकी थी।

विशेषज्ञों की राय थी कि यह आर्टिफ़ीशियल इंटेलिजेंस का कारनामा हो सकता है। है या नहीं, इसकी जाँच चल रही थी। अन्ततः ऊपर से कहा गया कि अब जो भी है, बाद में देखेंगे। फ़िलहाल साज़िश के कुछ प्रमाण जुटाओ, चाहे तैयार करो।

लोगों का टूटा हुआ भरोसा फिर से कायम करना आसान है? झूठ खुद भले प्रतिष्ठित न हो, सत्य को संदिग्ध बना देता है। सुमेर चन्द बेहतर जानते थे, क्योंकि इस धरती पर झूठ के बीज उन्होंने कई बार बोये। इस बार उन्हीं का चरित्र चपेट में आ गया था। ऐसे में क्या करना चाहिए, यह न उनकी समझ में आए, न चुनाव लड़ाने-जिताने वाले खिलाड़ी समझ पा रहे थे। बहू-बेटियों की सुरक्षा का मसला था। सुमेर चन्द किसी के घर जाते तो अच्छे-भले परिचित भी अन्दर बैठाने में हिचकते। कैसे घर में घुसा लें उसे, जिसकी नीयत का भरोसा नहीं?

मंजुला चारदीवारी में क़ैद हो गयी। राजनीति में उभर ही रही थी कि बँटाधार हो गया। वह गालीगुफ़्ता करने वाली मर्दाना औरत बेशक थी, मुँहफट और वाचाल भी थी, लेकिन नेताओं के आगे बिछने वाली नहीं थी। पर ऐसा रायता फैला कि तार-तार हो गयी। लोग कहने लगे, "दारू पीकर बक गयी होगी। नशे में कुछ लोग उग्र और उद्दण्ड हो जाते हैं, भाई।"

एक तोहमत और लगी। पति बर्दाश्त नहीं कर पा रहा था। अपमान को कण्ठ में धर लिया। तहख़ाने से पिताजी के ज़माने का गणासा निकाल लाया था और उस पर अँगूठा फेरते हुए हर वक़्त धार देखता रहता। पत्नी इसे सुमेर पर हमले का पूर्वाभ्यास समझ रही थी। एक दिन पति ने ग़लतफ़हमी दूर कर दी। उसे कपड़े बदल कर आते देखा तो बोला, "तू अगर घर से निकली तो डेढ़ टाँग की रह जाएगी। आधी ड्राइंग रूम में सजा दूँगा।"

सुमेर चन्द ने हारी हुई बाज़ी पलटने के प्रयास शुरू कर दिये। अपने लोकसभा क्षेत्र के विधायकों और तमाम छोटे-बड़े नेताओं से घर-घर जाकर चिरौरी की। मदद करें। चुनाव तक साथ रहें। यह सबके सम्मान का प्रश्न है। रामबदन से भी अनुरोध किया। इनकार कोई चाह कर भी नहीं सकता था। रामबदन आगे बढ़ कर मतदाताओं से मुख़ातिब हुए, "देखो जी, अगर बहू-बेटियों की सुरक्षा चाहते हो तो सुमेर चन्द जी को संसद भेजना होगा। बड़े चरित्रवान आदमी हैं। ये जो अश्लील मुँह होते हैं, दरियाई घोड़े की तरह गिलगिले होते हैं। साफ़ पहचाने जाते हैं। इनका देखो, कितना सूखा और सौम्य मुखड़ा है?"

एक दिन सुमेर चन्द ने गिड़गिड़ा कर हाथ जोड़ लिये, "बड़े भाई, अब इस बहू-बेटी प्रसंग को रहने ही दो।"

रामबदन गम्भीर हो गये। बोले, "अगर आप उम्र और अनुभव में मुझे बड़ा मान रहे हैं तो, मेरी राय में, भरोसा जीतना पड़ेगा। बताना होगा कि साजिश हुई है और आपके रहते सबकी बहू-बेटियाँ सुरक्षित हैं।"

"कहने से कुछ नहीं होता।"

"देखो भाई, कहने से ही होगा। करके नहीं दिखा सकते कि लो देखो, हम किसी से गन्दी बातें नहीं कर रहे।"

"हाँ, लेकिन मतदाता तो...?"

"बहुत बड़ा हरामी होता है मतदाता। अपनी असफलताओं का बदला जनप्रतिनिधियों से लेता है। उसकी स्मृति को मटियामेट किये बिना कुछ नहीं होगा। इसके लिए बार-बार कहना होगा कि हमने नहीं किया।"

इस क्लोज़्ड डोर मीटिंग में शामिल एक विधायक और कुछ दूसरे नेताओं ने माना कि बात में दम है। मदनलाल चुप लगाये रहे। अपने प्रतिस्पर्धी की 'हाँ' में 'हाँ' मिलाना ग़लत लगा। सुमरे चन्द असमंजस में पड़ गये। सचमुच बहू-बेटियों की बात करनी चाहिए या ध्यान भटकाने वाले दूसरे मुद्दे उठाना ठीक रहेगा?

चन्दन और प्रिया के लिए अम्मा दोपहर का खाना पैक कर रही थीं। उन दोनों को मनोज भाई व जीवन को साथ लेकर निकलना था। ऐन उसी वक़्त कार्यक्रम में मामूली तब्दीली आ गयी। मनोज भाई का फ़ोन आ पड़ा। अचानक दोनों की पत्नियाँ भी चलने को तैयार हो गयी थीं। अब वे मनोज भाई की कार से जा रहे थे।

प्रिया ने पिताजी और अम्मा को ले चलने का सुझाव दिया। सुन कर उन्हें ही नहीं, चन्दन को भी अच्छा लगा। वे तैयार हो गये। चन्दन ने रजनी को कुल आठ लोगों के पहुँचने की सूचना दे दी। कैरना में उन लोगों के आश्चर्य का ठिकाना नहीं रहा। इतने लोग? उन्होंने इधर-उधर से माँग कर दस-बारह प्लास्टिक की कुर्सियाँ, पेड़ों की छाँव से थोड़ा हट कर आँगन में लगा दीं। फटाफट चाय-पानी और कप-गिलास का इन्तज़ाम किया।

जब चन्दन, उसके माता-पिता और प्रिया जोगी मुहल्ला पहुँचे, सब धूप में बैठे उन्हीं का इन्तज़ार कर रहे थे। मनोज भाई, जीवन और दोनों की पत्नियाँ पहले पहुँच चुके थे और नीले आकाश के नीचे लाल कुर्सियों पर बैठे थे। मेल-मुलाक़ात के बाद पार्वती और दोनों लड़कियाँ सबके लिए अदरक-काली मिर्च की चाय बना लायीं। तब तक अठखोलिये और बाक़ी लोग गपशप करने लगे। भवान सिंह का

कैरना आना और गाय पहुँचा जाना एकाएक ही बातचीत के केन्द्र में आ गया। इस घटना से यहाँ कई लोगों को यक़ीन होने लगा था कि साहसी राम सिंह पार्वती का बेटा हो सकता है। अकेले ही जंगलों में घूमने और नदी किनारे बैठे रहने की हिम्मत सबको नहीं होती। इसका साहस तो पहले से दिखता था। हम ही नहीं देख पाये।

कुछ ही देर में शौर्य-गाथाकारों का प्रसंग छिड़ गया। फिर अचानक लोकतन्त्र की चिन्ता शुरू हो गयी। मनोज त्रिपाठी का कहना था, कोई इसे एक झटके में बर्बाद नहीं कर सकता। अभी बहुत मज़बूत है। ईंटें खिसकाने का ख़तरा ज़रूर है। ऐसी कोशिशें होती रही हैं, होती रहेंगी।

चाय आ गयी थी। मनोज भाई अपना कप थाम कर अचानक राजन जी से मुख़ातिब हुए, "प्रिंसिपल साब, ग़लत कह रहा हूँ?"

मनोज भाई की उम्र अड़तालीस के आस-पास होगी। बाक़ी लोग राजन जी को 'अंकल' या 'चाचाजी' कहते थे, लेकिन मनोज त्रिपाठी शुरू से ही उन्हें 'प्रिंसिपल साहब' कह कर सम्बोधित करते। राजन जी थोड़ा दुविधा में दिखने के बाद सँभले, "अमरकान्त (इन्हीं हथियारों से) का सुरंजन शास्त्री कहता है— स्वतन्त्रता, राष्ट्रीयता और जनतंत्र का कोई निजी, संकीर्ण, जातीय, धार्मिक अथवा तानाशाही रूप नहीं हो सकता...।" वे मुस्कराये और मनोज भाई की ओर देखा, "अपने कथन को इस कसौटी पर परखें तो ख़तरा है या नहीं, इसका अनुमान हो जायेगा।"

चाय पीने के बाद बातचीत असल मुद्दे पर केन्द्रित हुई। इस दौरान लोग छतों, झरोखों और अपने-अपने आँगनों से झाँकने लगे थे। जोगी मुहल्ले में ये कैसी मीटिंग चल रही है? कुछ गर्वीले नौजवान वहीं जुट आये। कुछ प्रिया में रुचि रखने वाले युवा भी थे। क़रीब से देखना चाहते थे। वह सूफ़ियाना सूती सूट में थी। चमक-दमक की उम्मीद करने वाले सादगी का सौन्दर्य देख कर, उल्टा ज़्यादा चकित थे।

पार्वती ने पहली बार अपने मन की बात रखी, "सोचती हूँ, धरने पर बैठ जाऊँ।"

सब चौंक पड़े। ये उसे कैसे सूझा? उसने बताया, "मीतू और रजनी के साथ चर्चा चल रही थी। इन्होंने मज़ाक़ में कहा था, धरना दे दो, चाची। तभी से सोच रही हूँ।"

राजन जी काफ़ी देर बाद बोले, "डॉक्टर ग्लास कहता है...।"

जीवन हँस पड़ा, "ये किस उपन्यास का पात्र है?"

उसे देख कर चन्दन, उसकी अम्मा और मनोज भाई मन्द-मन्द मुस्कराने लगे। बाक़ी लोग, जिन्होंने राजन जी की सोहबत नहीं की थी, मुस्कराहटें देख रहे थे।

राजन जी ने टूटी हुई रिदम को फिर से पकड़ा, "ज़लमार सॉडरबैरिए के उपन्यास 'डॉक्टर ग्लास' का नायक।"

पर वे सचेत हो गये। जीवन समझ गया, उसने ग़लती कर दी। भूल सुधार की कोशिश में उन्हें प्रोत्साहित किया, "क्या कहता है ग्लास, चाचा जी?"

राजन जी ने एक-एक कर सबके चेहरे देखे। कोई हँस तो नहीं रहा? आश्वस्त होने पर बोले, "ऐसा कोई खुशगवार सपना नहीं होता जिसके लिए क़ीमत न चुकानी पड़े।"

इस कथन को धरने के लिए उनकी सहमति मान लिया गया। हालाँकि काफ़ी देर बहस हुई। अन्ततः इस विचार को सभी की स्वीकृति मिल गयी। केवल मीतू ने सवाल किया, "धरने की जगह प्रदर्शन न किया जाए?"

सबने उसे चौंक कर देखा। लड़की शार्प लगती है। मनोज भाई ने सोच रहे थे, लेकिन मीतू ने तुरन्त ही कह दिया, "मुझे असल में, ग़ुस्सा आ रहा है। पथराव करने का मन होता है।"

सब हँसने लगे। ये तो नासमझ निकली। मनोज भाई ने सोचा। वहाँ इकट्ठा भीड़ में से किसी ने हाथ उठा कर मीतू का समर्थन किया, "हम तुम्हारे साथ हैं। हमें राम सिंह पर गर्व है।"

राजन जी कुछ और कहना चाहते थे, लेकिन कहते-कहते रुक गये। नहीं, कोटेशन नहीं। उन्होंने सोचा। बोले, उग्रता ठीक नहीं। विरोध में क्या, प्रेम में भी नहीं होनी चाहिए।

"विरोध में तो समझ आता है, लेकिन प्रेम में?" प्रिया ने पूछा। वह पहली बार बातचीत में शामिल हो रही थी। राजन जी ने माथा सहलाया, जैसे विचारों की निकासी के लिए ज़रूरी हो, "असल में, प्रेम के अणु में सहिष्णुता और अहिंसा की केन्द्रीय उपस्थिति है। न तो सड़क पर गला फाड़ने से प्रेम साबित होता है और न गला पकड़ कर प्रेम करवा सकते हैं। 'अन्ना कैरेनिना' पढ़ा होगा तो ब्रोंस्की से अन्ना के उग्र प्रेम का नतीजा जानते होंगे। ज़्यादा बोलना ठीक नहीं। आप लोग समझदार हैं।"

उन्होंने भीड़ की तरफ़ शक की नज़र से देखा और चुप हो गये। चन्दन, जीवन और मनोज भाई ने उपन्यास पढ़ा था। राजन जी भाषण न देते, तब भी वे उग्रता से दूर रहना पहली शर्त मानते थे। सभी चुप हो गये थे। सन्नाटे के इस अवकाश में प्रिया ने तय किया कि वह 'अन्ना कैरेनिना' ज़रूर पढ़ेगी, जबकि रजनी ने अन्ना के बारे में किसी दिन चन्दन से पूछना तय किया। उग्र प्रेम को लेकर दोनों लड़कियों के मन में उग्र जिज्ञासा पैदा हो गयी थी।

इसी दौरान वीणा ने एक बुनियादी सवाल उठा दिया, "जब इस प्रदेश का मामला नहीं है तो यहाँ धरना-प्रदर्शन करने का क्या मतलब?" लेकिन ऐसा करना व्यावहारिक माना गया। पार्वती और दूसरे लोगों को लेकर कहीं और जाना आसान नहीं था। यहाँ करेंगे तो भी बात वहाँ तक पहुँचेगी।

प्रिया ने पापा को अठखोल पहुँचने से लेकर अब तक की हर सूचना दी थी। यह भी बता दिया कि राम सिंह के घर पहुँचे हैं। चन्दन के मम्मी-पापा साथ में हैं और कई दूसरे लोग भी हैं। उसने वहाँ के कुछ फ़ोटो उन्हें व्हाट्सऐप कर दिये। उन्हें चैन मिला तो उसने भी राहत की साँस ली। अब उनका बीपी कंट्रोल में आ जायेगा।

लंच के बाद एक दौर की बातचीत फिर से चलनी थी। मनोज भाई की पत्नी, जिनके गालों में हँसते हुए गड्ढे पड़ते हैं, अपनी हँसी के साथ अपना डिब्बा सबकी ओर बढ़ा रही थीं। चन्दन ने कहा, "वैसे, धरना-प्रदर्शन करते रहना चाहिए।" सब उसकी ओर देखने लगे। मनोज भाई के मुँह में बड़ा-सा कौर था। उन्होंने उसे चुभलाना रोक दिया। वह बोला, "एक तो मिल-बैठ कर खाना बहुत अच्छा लग रहा है। ज़ाहिर है, ये हमारी एकता के लिए अच्छा है। दूसरा, सत्ताएँ भूलने और भुलाने लगती हैं कि प्रतिरोध हमारा अधिकार है। इस तरह हम ज़ंग लगने से भी बच जाते हैं।"

मनोज भाई ने बाएँ हाथ की उँगली तीन-चार बार हिलायी। वे 'सही बात' कह कर समर्थन कर रहे थे। प्रिया ने प्रशंसा भरी निगाहों से चन्दन को देखा। रजनी ने पहले प्रिया को देखा, फिर चन्दन का मुँह देखती रही और आवाज़ पर ध्यान देने लगी। किसी-किसी की आवाज़ में जादू होता है, उसने सोचा।

शाम घिरने लगी थी। गालों में गड्ढे वाली को अपने कुत्ते का ध्यान आ गया था। चन्दन की अम्मा को घर चल कर बेटे और प्रिया के लिए खाना बनाने, तार में टँगे कपड़े उठाने और दूसरे बहुत सारे कामों की चिन्ता सताने लगी। चलने से पहले तय हुआ कि अगले दिन जीवन, मनोज भाई, चन्दन और प्रिया फिर से आयेंगे।

चुनाव प्रचारकों को रणनीति बदलनी पड़ी। पार्टी कैडर्स से कहा गया, उम्मीदवार को भूल जाओ, पार्टी को जिताओ। हालाँकि कोई शक नहीं कि सुमेर चन्द आदमी चरित्रवान हैं और उन्हें फँसाया गया है, लेकिन चरित्रवान न भी हों तो क्या फ़र्क़ पड़ता है? खुल्लमखुल्ला किसी के घर में घुस कर अंट-संट बोलने लगेंगे? बहू-बेटियों की इज़्ज़त अपने हाथ में होती है और सुरक्षा घर में। बहुत बुरा समय चल रहा है।

महिला कार्यकर्ताओं ने स्वीकृति में गरदन हिलाई और झुका ली। ग्राम प्रधान, बी.डी.सी मेम्बर, ब्लॉक प्रमुख, कुछ न कुछ सबको बनना था। सवाल कौन करता कि चुनाव प्रचार के लिए घर से निकलना ठीक रहेगा?

रणनीति में बदलाव के तहत सबसे अहम सुझाव यह दिया गया कि कोई जवाब मत दो। कोई सफ़ाई नहीं। विजयी राजाओं की कथाएँ सुनाओ, धोखों और आक्रमणों की चर्चा करो। और हम सबको उबारने वाले चूँकि देवता ही हैं, तो श्रद्धा के साथ उनका स्मरण करो।

बोलते-बोलते वह अपार श्रद्धा में झुकने की जगह बल्ली की तरह सीधा हो गया।

रामबदन अलग रणनीति पर काम कर रहे थे। नहा कर सूर्य को अर्घ देते, टीका लगाते और उजले कपड़े पहन कर तड़के ही निकल पड़ते। सुमेर चन्द का नाश्ता-पानी करने के बाद घर-घर जाकर उनका चरित्र-चित्रण करते ताकि सारा ध्यान चरित्र पर जाए। हालाँकि समझ चुके थे कि केवल दूसरों का काम बिगाड़ने से अपने काम नहीं बनते। हमारी व्यक्तिगत ताक़त का पता चलना ज़रूरी है। यही बात वे बच्चू जी से कहते, "देखो बच्चू, कुछ अलग करना होगा। कोई धूमधड़ाका। गुंडौली में अपने होने का एहसास कराये बिना काम नहीं चलने वाला।"

बात बच्चू बाबू के भेजे में छप गयी।

खिड़की के पर्दे हटे थे। चन्दन की नींद खुल गयी। बाहर झाँका तो 'चीड़ों पर चाँदनी' फैली थी। रात का कौन-सा पहर था, पता नहीं। फिर से सोने की कोशिश की, पर नींद ग़ायब हो गयी। बाहर जाने को मन किया। उसने जैकिट डाली और सिगरेट-लाइटर उठाकर सधे क़दमों से घर के बाहर निकल आया। तेज़ हवा चल रही थी। सर्दी बहुत थी। पेड़-पौधे ठिठुरे हुए थे। उसने एक हाथ जैकिट के जेब में डाल लिया। दूसरे से सिगरेट के कश खींचता रहा। झींगुरों के स्वर सन्नाटे में घुल कर एकाकार हो रहे थे। सन्नाटे का संगीत पहाड़ों को उदास कर रहा था। जितने सुन्दर, उतने ही तन्हा थे पहाड़। चाँदनी ने उनके अकेलेपन को और अधिक उद्‌घाटित कर दिया था।

सिगरेट ख़त्म होने के बाद भी मन अन्दर जाने को नहीं था। सन्नाटे को तोड़ती जलतरंग जैसी कोई हल्ली खनक बार-बार ध्यान खींच रही थी। शायद अम्मा या पिताजी ने कहीं कोई विंड चाइम टाँग दी होगी। उसने सोचा और खनक से ध्यान हटाने की कोशिश की। ध्यान फिर-फिर वहीं जा रहा था। प्रिया चूड़ी-पायल तो

पहनती नहीं, फिर ये खनक-झनक? विंड चाइम उसी कमरे के आस-पास टँगी हो सकती है।

गाने को मन हो आया। सुर कई बार इधर-उधर होते हैं, फिर भी ठीक-ठाक गा लेता है। रात्रि का दूसरा पहर समाप्ति पर होगा या बीत चुका हो, वह झिंझौटी में बन्दिश गुनगुनाने लगा— *गोरी के पायल झ-न-नन बाजे।*

अन्तरा में पहुँचा तो प्रिया की नींद खुल गयी।

घर का आर्किटेक्चर पुराना था। तीन बेडरूम एक क़तार में थे। तीनों की खिड़कियाँ और एक-एक दरवाज़ा बरामदे में खुलता था। प्रिया ने बाहर झाँक कर देखा। चन्दन अपनी धुन में गा रहा था। *...नाचत चन्दा नील गगन में...गोरी के पायल...*।

आधी रात को चाँदनी में बैठ कर गायन! उसे सुखद आश्चर्य हुआ। बालों को हेयर बैंड से बाँधा, शॉल ओढ़ी और दबे क़दमों से बाहर निकल आयी।

प्रिया पर नज़र पड़ते ही उसने गाना बन्द कर दिया। क्या पता, संगीत को उससे बेहतर समझती हो और कच्चा सुर पकड़ ले। प्रिया के आग्रह के बावजूद फिर नहीं गाया। ऐसा चंचल गीत गाने का संकोच भी उसके मुख पर था।

"नींद नहीं आ रही है क्या?" प्रिया ने पूछा।

"टूट गयी।"

"बाहर बहुत सर्दी है ना?"

"हाँ, बहुत।...पेड़ों पर फैली चाँदनी देख कर आ गया।"

राजन जी 'गोरी के पायल' नींद में सुन रहे थे। गुनमुन की आवाज़ों से जाग गये। पत्नी को भी उठा दिया। खिड़की बन्द थी। पर्दे हटे थे। अन्दर से बाहर साफ़ दिखायी दे रहा था। पत्नी से बाहर देखने को कहा। उन्होंने पहले तो कुनमुना कर अनिच्छा जताई, लेकिन जब राजन जी ने चन्दन और प्रिया के बाहर मौजूद होने की सूचना दी तो उठ बैठीं। दोनों बेड पर बैठे-बैठे शीशों के दूसरी तरफ़ झाँकने लगे।

"चाँदनी तो पूरी धरती पर फैली है।" प्रिया ने चुहल में मुस्करा कर कहा।

"अन्दर से सिर्फ़ पेड़ दिखायी दिये।"

वह अपनी बात पर मुस्करा रहा था। वह भी मुस्करा कर उसके बगल में बैठ गयी और नज़रों की हद तक देखती हुई बोली, "मैं सोयी रहती तो कितना कुछ खो देती? कितना ख़ूबसूरत है ये नज़ारा... और समय का ये पल।"

सर्दी से प्रिया की आवाज़ कँपकँपा रही थी। बालों की कुछ लटें हेयरबैंड से निकल कर हवा में उड़ रही थीं। वह विशालकाय नीली दीवार पर पेंटिंग की तरह टँगे चाँद को देखे जा रही थी। यहाँ का आकाश नहाया हुआ लगता था।

"ठण्ड लग रही हो तो अन्दर चलें?" चन्दन ने पूछा। चोरी से उन्हें देख रही माँ ने ध्यान से सुना और माथे पर हाथ मारा, "मैं समझ रही थी, ये लड़का कुछ और कहेगा।"

प्रिया ने कुछ देर और बैठने का आग्रह करते हुए गहरी साँस खींची, "इतनी अच्छी सुगन्ध किसकी है?"

"रात की रानी— नाइट ब्लूमिंग जेस्मिन।"

"आजकल के बच्चों की बातचीत फ़िल्मों जैसी होती है।" राजन जी ने कहा। पत्नी ने पूछा, "प्रेम में?"

"हमेशा।"

"ये उसके कन्धे पर सिर रखेगी?"

"मुझे नहीं लगता।"

"लड़का ही रोमांटिक नहीं है।...तुम्हारा जैसा।" पत्नी ने छेड़ा और रज़ाई में घुस गयी।

राजन जी भी बड़बड़ा कर सो गये, "प्रेम करते होंगे तो सिर नहीं रखने से भी छुपेगा नहीं।"

उन्होंने पत्नी की तरफ़ पीठ कर ली।

प्रिया ने चन्दन के कन्धे पर सिर रख लिया और ज़ोर की साँस खींच कर कहा, "ये (खुशबू) तो चन्दन की है।"

रामबदन और बच्चू जी के दुर्भाग्य से चुनाव सुमेर चन्द ही जीते। एकदम बमफोड़ जीत थी। ख़ूब पैसा झोंका था। पार्टी को जनसमर्थन था ही। चरित्रहीनता का कलंक मिटाना भी प्रतिष्ठा का प्रश्न बन गया था। मदनलाल के विधानसभा क्षेत्र से कुछ कम वोट ज़रूर मिले, पर इतने कम नहीं कि बाप-बेटे को कूदने का मौक़ा मिल जाता। रामबदन सदमे में चले गये थे और बच्चू बाबू बौखलाये घूम रहे थे। बौखलाहट में उन्होंने कई लोग पीट डाले, कइयों को बुलबुल और उनके चेलों ने सड़क पर दौड़ा-दौड़ा कर मारा। कुछ मामलों में तो थाना-पुलिस हो गयी। बड़ी मुश्किल से निपटारा हुआ। तंग आकर एक दिन बाप ने बेटे पर गुलेल चला दी, "तुमसे उम्मीद थी धूम-धड़ाके की और तुम लगे टुच्चई करने। नम्बर कट जायेंगे बेटा, याद रखना। लिखित परीक्षा में फेल होने पर साक्षात्कार में नहीं बुलाया जाता।"

बच्चू जी के भेजे पर ठक-से लगी। बैठ गये चिंतन-मनन करने। कुछ समय के लिए तो ध्यानस्थ हो गये। ध्यान टूटता तो अपने लड़कों से सलाह-मशविरा करते।

धूम-धड़ाके की योजना बनाते। दिमाग़ पक गया, पर झोंके रखा कि बेटा कुछ बड़ा सोचो। हाथी बराबर।

तभी एक दिन मुख़बिर ने ख़बर दी, "बाबू, मौक़ा है धूम-धड़ाक्के का। देख लो।" वह देर तक कान में फुसफुस करता रहा। बच्चू बाबू के दिमाग़ की नसें तिड़-तिड़ करने लगीं। एकाएक उन्होंने खुश होकर लौंडे की पीठ ठोक दी। वाह बेटा। गजबै ख़बर लाये हो। इसी खुशी में अंगड़ाई ली और अपने कमांडर-इन-चीफ़ को बुलवा लिया, "आओ जल्दी। छोटका गाँड़फाड़ ख़बर लाया है।" बुलबुल जब तक जुल्फ़ें झटकाते हुए आये, मार कचौड़ी, पकौड़े और लड्डू ठुँसा कर छोटके की ख़ातिरदारी होती रही। घर से निकाल कर एक अद्धा दिया और बोले, "पैंट में खोंस लो, घर जाकर पीना।"

बुलबुल के साथ बैठ कर पूरी रणनीति बनायी। एक-एक क़दम की और एक-एक मिनट की योजना लिख कर तैयार की। शाम होने से पहले बुलबुल से बोले, "सारा काम पन्द्रह मिनट में निपटाओ। सोलहवें मिनट में पुलिस को सूचना देकर खिसक लो।"

बुलबुल ने गरदन हिलायी। ठीक। उन्होंने कहा, "अब फ़ौरन निकलो। फँसने की नौबत आये तो गोला-बारूद झोंक कर निकल आओ। फिर भी कोई मुश्किल खड़ी हो तो दूसरे नम्बर पर फ़ोन करना, जो घनश्याम के नाम से लिया है। हम कुमुक लेकर पहुँच जायेंगे।"

पहुँचने की ज़रूरत नहीं पड़ी। बुलबुल काम कर आये। ग़ज़ब धूम-धड़ाक्का हुआ। धमक ऊपर तक पहुँची थी। हड़बड़ी में एक गड़बड़ी कर आये थे, पर जश्न के माहौल में बच्चू बाबू को नहीं बताया। बड़े-बुजुर्गों ने और बाप ने बच्चू जी की पीठ थपथपा कर कहा— खुशी की लहर दौड़ायी है बेटा, बदले में खुशी ज़रूर मिलेगी। जब हम फूल चढ़ाते हैं तो आशीर्वाद भी बरसते हैं।

इसी खुशी में बुलबुल ने बच्चू बाबू के फ़ार्म हाउस में पार्टी रख ली। गुंडौली के बाहरी इलाक़े में स्थित इस फ़ार्म हाउस में एक ठीक-ठाक घर बना था। कुछ आउट हाउस जैसे थे, शायद नौकर-चाकरों के लिए हों। बीचों-बीच एक लकड़ी का मचान था। उसका फ़र्श लकड़ी का था। मचान की खोपड़ी के ठीक ऊपर सिंगल पिलर के सहारे शानदार छतरी तनी हुई थी। उसके नीचे बैठ कर काण्डकारी लौंडों ने बोतलें खोल रखी थीं। छक कर पी गयी। जो बोतल से मुँह लगा कर टशन में पी रहे थे, वे बहकने लगे थे। उनमें से एक बुलबुल की तरफ़ देख कर हर पाँच मिनट बाद 'जियो राजा' कह देता और झूमते हुए साथियों को देखता रहता। उस पर किसी का ध्यान नहीं था।

एक लड़के ने नाचना शुरू कर दिया। वह मोटी आवाज़ में ऐसे गाने लगा जैसे नारे लगा रहा हो— *गज्जब भय्या ठस्सक ठाँय, बिन गोली के कर्राये धाँय*। पता नहीं चला कि वह 'कर आये' को 'कर्राये' कह रहा था या 'कर रहे' को। फिर कोई और गाने लगा *बुलबुल भय्या ठस्सक ठाँय...*।

बुलबुल ने पीछे की जेब से आधा झाँक रहा कट्टा निकाल कर हवा में गोली दाग दी। उनकी देखा-देखी कुछ और कट्टे चल पड़े। फार्म हाउस से गोलियों की आवाज़ अव्वल तो शहर तक पहुँचती नहीं थी, पहुँच भी गयी तो किसी में पुलिस के पास जाने का साहस नहीं था। पुलिस सब जानती थी। इन्तज़ार करती रहती कि कभी कोई लाश गिरे तो फ़ार्म हाउस के अन्दर घुसने का अवसर मिले। उन्होंने सुन रखा था, वहाँ विलायती शराब और जंगली गोश्त चलता है। अब हवा में जरा-मरा की ठाँय-ठाँय के लिये काहे को हाथी की टाँग के नीचे से निकलना?

एकाध बार किसी बड़े अधिकारी ने पुलिस को फ़ोन किया था, "ज़रा देखो, शिकायतें आ रही हैं।" पुलिस ने फटाक-से सफाई पेश की, "रात में जो है सर, जानवर फसल उजाड़ देते हैं। इसलिए किसान लोग उन्हें भगाने के लिए पटाखे छोड़ते रहते हैं, सर। अपनी फसल जान से प्यारी होती है उन्हें सर, चैन से सो नहीं पाते।"

नशे में धुत्त दो शराबी बच्चू बाबू की याद में रोने लगे कि अनुपस्थित काहे हो गये? उन्हें सब फीका-फीका लग रहा था। बच्चू बाबू पुलिस की झाँय-झँझट में फँसे रह गये थे।

पहले दिन की मीटिंग के बाद, जब चार लोग दुबारा कैरना गये तो शंकर दा को भनक लग गयी। दोस्त लोग दो दिन से कैरना में मीटिंग के बहाने पिकनिक कर रहे हैं। सुबह-सुबह उन्होंने मनोज भाई को फ़ोन लगाया। बहुत ख़फ़ा थे। मनोज भाई ने समझाया। दुकान का हरजा होगा, इसलिए साथ नहीं लिया। शंकर दा बड़ी मुश्किल से शान्त हुए। बोले, अब जब भी जाना हो वे साथ चलेंगे। भूलना मत। पत्नी को बताया तो उसने भी चलने की ज़िद पकड़ ली है। कहती है, बीस साल हो गये खुले आसमान के नीचे बैठ कर खाना खाये। औरतों को खुला आसमान कहाँ मिलने वाला हुआ?

शंकर दा और उनकी पत्नी के आने का पता चला तो राजन जी व मनोज भाई की पत्नी ने भी जाने का फ़ैसला कर लिया, पर अगले दिन अम्मा ने कार्यक्रम बदल दिया। बोलीं, "प्रिया को कहीं घुमा ला, कैरना कल चलेंगे।"

एक दिन छोड़ कर जाने का प्रस्ताव सबको इसलिए सही लगा क्योंकि अगले दिन शंकर दा की दुकान बन्द रहती थी। अब उन दोनों के पास पूरा दिन था। वह प्रिया को ट्रैकिंग पर ले गया, अठखोल से चार किलोमीटर दूर। जंगल के बीच से गुज़रते हुए पक्षियों को सुनना पर्यटकों के लिए उस रास्ते का सबसे बड़ा आकर्षण था। यहाँ के लोग अनसुना करते हैं। हँसते हैं। चिड़ियों की चीं-चुर्र भी कोई सुनने की चीज़ है? धत्। ये शहर के लोग भी। वहाँ चीख़ें नहीं सुनायी देतीं और यहाँ चुर्र-मुर्र सुनने चले आते हैं।

वह ट्रैक एक झरने के पास ख़त्म होता था। वहाँ मकानों के बराबर पत्थर थे। जब वे दोनों पहुँचे, दूर-दूर तक कोई नहीं था। झरने के शोर में कुछ भी बोलना और सुनायी देना मुश्किल हो रहा था। दोनों एक सलेटी पत्थर पर लेट गये। पीठ के बल लेटे-लेटे चुपचाप नीले आकाश को देखते रहे। सर्दियों की गुनगुनी धूप में नींद आने लगी थी। प्रिया ने धीरे-से हाथ बढ़ा कर उसका हाथ थाम लिया और आँखें मूँद लीं।

वह ऐसे ही अवसर की तलाश में थी। चन्दन के साथ कुछ समय अकेले गुज़ारने को मिल ही नहीं रहा था। इसीलिए चलने से पहले उसने अम्मा के गले लग कर उनका शुक्रिया अदा किया था। अम्मा थीं तो स्त्री ही। प्रिया के स्वीकार किये बिना ही समझ गयीं कि उसके मन में कुछ है, पर यह समझना अनुमान ही तो होता है।

मन में क्या है, कोई समझ सका? धरती के भीतर बहने वाली नदी को सतह से देखा जा सकता है? लोगों के अनुमान होते हैं। है कि नहीं है? हाँ, है। ना, नहीं है। जिसके भीतर कल-कल करती है, वही जानता है। कभी तो, जिससे जाकर मिलना चाहती है, वह भी नहीं सुन पाता। भीतर बहने वाली कितनी ही अनसुनी नदियाँ अपने ही पानी में डूब जाती होंगी।

चन्दन ने रजनी को रात में ही बता दिया था कि अगले दिन ग्यारह लोग आ रहे हैं। वह अब अच्छी लगने लगी थी। निश्छल थी। उसके चरित्र की प्रचंड आक्रामकता और चपलता उसे विशिष्ट बनाती थी। फिर बहुत ध्यान भी रखती थी। अच्छा लगता था। बाक़ी कुछ मन में नहीं था। सही में, कुछ भी नहीं। अच्छा लगने का कोई और मतलब हो, ज़रूरी नहीं। अगर सचमुच इसका कोई और मतलब होता है तो उसे प्रिया में तलाशना शायद अच्छा लगे।

शायद या सचमुच?

ग्यारह लोगों के आने की बात से पार्वती के घर में भगदड़ मच गयी। रजनी और मीतू के माता-पिता भी अठखोलियों से मिलना चाहते थे। दो-एक युवक भी, जो रजनी और मीतू के कॉलेज में पढ़ते थे, प्रिया के आकर्षण में बँधे बैठक का हिस्सा बनने के इच्छुक थे। बहुत बड़ा जमावड़ा होने वाला था। पार्वती के हाथ-पैर फूल रहे थे, लेकिन दो दौर की बैठकों से उम्मीदों को पंख लग गये थे। रामू को लौटाने वाली सड़क यही लोग बनायेंगे, उसे पूरी उम्मीद हो चली थी।

लच्छू अलग बावला हुआ जा रहा था। दुकान की छुट्टी उसके लिए त्योहार की तरह आती है। नहा कर बालों में तेल लगाता है, धुले हुए कपड़े पहनता है, सीटी बजाता है और ख़ूब अगड़म-बगड़म गुनगुनाता है। उस दिन के दो मुख्य कार्यक्रम रहते हैं। दिन भर यहाँ-वहाँ डोलते हुए गोपुली के क़िस्से सुनाना और रात में शंकर दा के घर पर टीवी चलवा कर कोई फ़िल्म देखना। कभी-कभार शंकर दा उसे एक पैग खींच लेने को भी कह देते हैं। वह उनकी पत्नी से छिपा कर गटाक-से गले में उतार लेता है। इस बार की छुट्टी उसके लिए एक नया आकर्षण लेकर आयी थी। गोपुली के सारे क़िस्से सुना डालेगा। उसने तय किया और चलने की ज़िद पकड़ ली। उत्साह में सुबह से लग कर कई लोगों के लिए आलू-पूड़ी, रायता, चटनी अकेले तैयार करता रहा। शंकर दा ने मनोज भाई से कहा, "श्रीमती जी को अपने साथ ले जाना। लच्छू को आप लोगों के साथ भेजना ठीक नहीं। महिलायें हैं। गड़बड़ कर देगा। हम दोनों स्कूटर से आयेंगे।"

मनोज भाई हँसने लगे। वे 'गड़बड़' का मतलब समझते थे। गड़बड़ मतलब गोपुली का क़िस्सा। हालाँकि शंकर दा उसे सख़्त हिदायत देकर साथ ले चलने को राज़ी हुए थे, लेकिन लच्छू का कोई भरोसा नहीं। उमंग में आते ही उसे गोपुली सूझती है। उन्होंने कहा, घंटे भर का रास्ता है, लछुआ मुँह बन्द नहीं रख पाएगा।

अठखोल वाले जब कैरना पहुँचे, मीतू अंग्रेजी को लेकर भारी संशय में पड़ गयी। इससे पहले ऐसा कभी नहीं हुआ था। हमेशा लगता, अंग्रेज़ी भाषा का ज्ञान ही है जो कैरना वालों को मनुष्य योनि में पहुँचा सकता है। पहले दिन जब उसने प्रिया को किसी से फ़ोन पर बात करते सुना तो उसकी धारणा पुष्ट हुई। उसने तय मान लिया था कि वह सही सोचती है। अंग्रेज़ी ही वह शय है। उसके सामने अंग्रेज़ी का एक शब्द मुँह से नहीं निकल पाया। वह हीनता-बोध से ग्रस्त हो गयी थी। उसकी समझ से प्रिया की सुन्दरता और सम्पन्नता अपनी जगह थी, लेकिन सबसे बड़ी बात जो उसे विशिष्ट बनाती है, वह अंग्रेज़ी थी अन्यथा वह अपने आप को इतना छोटा महसूस न कर रही होती।

वह बड़ी शिद्दत से सोच रही थी।

मीतू और रजनी के कॉलेज में पढ़ने वाले एक रोमियो सहित कुल जमा इक्कीस लोग जुटे थे। बातचीत शुरू हुई। प्रिया का कहना था, रामू को वे लोग रोज़ देखते थे। रोज़ देखने वाले को देखने की आदत पड़ जाती है। दोष दिखायी देते हैं, चरित्र की विशिष्टता ओझल हो जाती है। रामू के अन्दर जो निश्छलता थी, वह दूसरों से अलग थी। उसे पशु-पक्षियों और प्रकृति से इसलिए लगाव था क्योंकि उसके हृदय में छलकती हुई करुणा थी। ऐसे खरे लोग मनुष्यों के प्रति क्रूर नहीं हो सकते।

रोमियो पलकें झपकाना भूल कर उसे देखता चला जा रहा था। ऐसी परम सुन्दरी? ऐसे परम सुन्दर विचार? पार्वती भावुक होने लगी। सार्वजनिक रूप से रामू की प्रशंसा और उसका बचाव करने के लिए वह मन ही मन प्रिया की एहसानमन्द हो गयी थी। उसे लेकर जो ग़ुस्सा था, वह पहले ही धुल चुका था। रामू से प्रेम नहीं करती, यह जान कर थोड़ा दु:ख ज़रूर हुआ, लेकिन उसने खुद को समझाया कि उस जैसी, पेशे से इंजीनियर और बड़े घर की लड़की रामू से क्यों प्रेम करेगी?

यहीं, इसी बिन्दु पर, मीतू के मन में संशय का जन्म हुआ। क्या सचमुच वह अंग्रेज़ी ही है जो मनुष्य योनि में पहुँचाती है? उसका सोचा-समझा सब उलट रहा था। वर्षों से बनायी एक मज़बूत धारणा सिर के बल खड़ी हो गयी थी। कहीं यह करुणा और प्रेम ही तो मनुष्य योनि में नहीं पहुँचाते, जिनकी कोई भाषा नहीं होती? जिन्हें मनुष्य, पशु, पक्षी सब समझते हैं और बिना बोले व्यक्त कर सकते हैं? रामू की जो विशेषता कभी उसकी पकड़ में नहीं आयी, यही तो नहीं थी? यही करुणा और प्रेम में पगी निश्छलता, जिसे प्रिया ने पहचाना। जो प्रकृति प्रदत्त थी और, जैसा कि प्रिया ने कहा, छलकती थी।

अचानक ही उसे निश्छलता और करुणा की वह सुवास, जो रामू छोड़ गया था, अपने आस-पास महसूस होने लगी। वह ज़ोर से साँस खींच कर उसे अपनी साँसों में भर सकती थी। रामू कब लौटेगा? जब लौटेगा, वैसा ही होगा जैसा प्रिया ने उसे देखा था? हवा और पानी की तरह हमारी निश्छलता और करुणा दूषित तो नहीं होते होंगे?

उस मीटिंग में धरने को लेकर ज़्यादातर बातें तय हो गयीं। जब शंकर दा ने धरने के दिन हुड़का (पर्वतीय वाद्य यंत्र) बजाने का सुझाव दिया, तो लच्छू के मुँह में खुजली शुरू हो गयी। बोला, "गोपुली की तरह हिम्मत हो तो सब हो जाता है।"

"चुप...चुप...आगे एक शब्द मत बोलना।" शंकर दा एकाएक सतर्क हो गये। मनोज भाई, जीवन, शंकर दा की पत्नी और चन्दन हँसने लगे। बाक़ी लोग आश्चर्य में पड़ गये।

"सबको अपने विचार रखने का हक़ है। बोलने दीजिए, शंकर भाई साहब।" वीणा ने कहा।

"अजी, इससे पास विचार नहीं, कच्यार (कीचड़) है।" शंकर दा ने बताया।

"इतना भोला तो है बेचारा।" चन्दन की अम्मा बोलीं। इसके बाद लच्छू ने इन्तज़ार नहीं किया। शुरू हो गया—एक था हरिया। पहलवान टाइप। ख़ूब दण्ड पेलने वाला। सुबह-शाम डेढ़-डेढ़ सेर तो दूध पी जाता।

शंकर दा रुआँसे हो गये। अब ये हरिया गोपुली के साथ पता नहीं क्या कर डाले?

"तो जी एक दिन गोपुली नहा कर शीशे के आगे खड़ी थी। उसका बदन अजगर की तरह ऐंठ रहा ठैरा।"

अब ये ग़लत दिशा में चल पड़ा। शंकर दा ने सिर पकड़ लिया। लच्छू ने कहा, "क्यों ऐंठ रहा था, ये मैं नहीं बताऊँगा। वरना शंकर दा...समझ लो कि जाते हुए ग्यारह की जगह दस लोग ही रह जायेंगे।"

"हाँ, जाते हुए तू कम हो जायेगा अश्लील आदमी, मुँह बन्द कर ले।" शंकर दा खड़े हो गये और ग़ुस्से से काँपने लगे। लच्छू ने झट-से मुँह बन्द कर लिया। लेकिन बहुत नाराज़ लग रहा था। उसे अश्लील कहने से बुरा लगा। लेकिन उससे भी बुरा बीच में टोकने और क़िस्सा रोकने से लगा। वह शंकर दा की नौकरी छोड़ देने की हद तक सोचने लगा था।

प्रेम-फल अनन्नास

गुंडौली और आसपास के इलाक़ों में रामबदन और बच्चू बाबू की खुशियों को ग्रहण लगने की कई कहानियाँ चल निकलीं। कोई नहीं जानता, कौन-सी सच थी? विश्वसनीय सभी थीं। अपनी समझ और श्रद्धा के मुताबिक चाहे जिस पर भरोसा कर लो। पहली बार किसी घटना के बाद लोग दो-तीन नहीं, दर्जन भर धड़ों में बँट गये थे।

पहली कहानी पुलिस रिकॉर्ड में थी। उस पर सबसे ज़्यादा भरोसा मुख्यधारा के मीडिया को था। आधिकारिक बयान के मुताबिक़, घटना के बाद इलाक़े में तनाव पैदा हो गया था। धारा 144 लगानी पड़ी। बच्चा चोर समझ लिये गये तीन लोगों में से दो फ़रार बताये जा रहे थे। मीडिया ने उन लोगों के नाम जानने चाहे, लेकिन बच्चा चोर न होने के बावजूद फ़रार क्यों हैं, यह नहीं पूछा। राम सिंह की धर-पकड़ में हुई प्रगति के बारे में सवाल किये, लेकिन असद को घायल करने वाले बाकी लोग कौन थे, यह नहीं पूछा।

ऐसे बहुत सवाल थे पूछे जाने लायक, लेकिन पूछे नहीं गये। अलबत्ता सोशल मीडिया में ज़्यादा ही बहसबाज़ी हो रही थी और दो धड़ों में गाली-गलौज शुरू हो गयी थी। बच्चा चोरी के शक में घटी घटना के बाद आस-पास के गाँव-क़स्बों में लोग बच्चों की सुरक्षा को लेकर चिन्तित हो गये थे। गली-मुहल्लों में घूमने वाला हर अजनबी, जो पहनावे से साधारण लगता, संदिग्ध हो गया था।

दूसरी कहानी यह थी कि बच्चू जी को सूचना तो मिली गौ-तस्करी की, लेकिन बुलबुल तिवारी के हत्थे चढ़े तीन पैदल। काण्ड कर डालने की जल्दी में रहे बुलबुल। आरोपी बताये जा रहे तीनों शख़्स तो नशे-पानी के चक्कर में उस सुनसान इलाक़े की तरफ़ निकले थे। कुछ लोगों का कहना था, इश्क़-मुहब्बत का मामला रहा। भीड़ देख कर लगे भागने। बुलबुल की पलटन ने पीछा किया तो एक हत्थे चढ़ गया। लड़कों ने आव देखा न ताव, वहीं लिटा लिया। एक और कहानी के मुताबिक़,

मामला कुछ था ही नहीं। तीनों ऐंठ कर चल रहे थे, इन्हें बर्दाश्त नहीं हुआ। कर दिया अधमरा। मामले ने तूल पकड़ा तो रामबदन और बच्चू की शातिर खोपड़ियों ने पुलिस से मिल कर कहानी बना दी कि बच्चा चोर थे, वरना मौक़े से कुछ तो बरामद हुआ होता। कोई बच्चा, कोई हथियार, टैम्पो, गाय, बैल, बछड़ा, लड़कियाँ।

कुछ कहते थे, रहे होंगे बच्चा चोर। कुछ कहते थे, कहानी ही थी। इश्क़बाज़ी की कहानी से भी एक और कहानी फूटी कि लड़की को बच्चू बाबू की बिरादरी की बता रहे हैं। उन्होंने एक तीर से दो निशाने साध लिये। लौंडे के मार-मार कर भुस भर दिया और वाहवाही भी लूट ली।

लड़कों को पशु-तस्कर बताने वाले अपनी पर अड़े थे कि मझोला खुर्द गाँव से टैम्पो में आ रहे थे तीनों। ढोर-डंगर रक्षा संगठन के मरजीवड़ों ने काम तो बढ़िया कर दिया था, पर सुमेर चन्द ने बाज़ी पलट दी। इस कहानी से भी शाखों की तरह कई कहानियाँ फूट रही थीं। एक शाखा के लोग कहते, सुमेर चन्द को पता लग गया था कि चुनाव में उनके तलुवों से पसीना छुड़ाने में किसका हाथ रहा? वे बच्चू बाबू और बुलबुल तिवारी का कुछ उखाड़ना चाहते थे, पर उखाड़ नहीं पा रहे थे। महेश जी के आशीर्वाद से उन्होंने बच्चू बाबू के खाते से सारा श्रेय रेज़गारी सहित निकाल लिया। सबसे बड़ी दिक़्क़त पुलिस अधिकारियों को पेश आयी। एक हुए इलाक़े के दबंग तो दूसरा हुआ सांसद। ऊपर के दबाव अलग। किसके मन की करें? अन्त में उन्होंने सुमेर चन्द को घटना का नेरेटिव बदल कर सन्तुष्ट किया, तो रामबदन को उसकी आँच से बचा कर। बच्चा चोरी का नेरेटिव तो सुमेर चन्द के इशारे पर तैयार हुआ था, लेकिन आरोपी लड़के स्थानीय निकले। ठीक-ठाक परिवारों से थे। बच्चा चोर कैसे बना दें? तब इसे बच्चा चोरी के शक में हुई घटना बना दिया। सुमेर चन्द किसी सूरत में नहीं चाहते थे, इस काण्ड का श्रेय लेकर रामबदन और बच्चू बाबू अपनी चौड़ाई बढ़ा लें। उन्होंने सारी चर्बी छाँट दी। लोग समझते रहे, बुलबुल और बच्चू को बचाने के लिए ये रामबदन की व्यूहरचना है, जबकि रचयिता तो सुमेर चन्द रहे।

कुछ घाघ क़िस्म के लोग मानते थे कि यह सब खरखराती आवाज़ वाले महेश जी की मध्यस्थता के बिना नहीं हुआ होगा। वे रामबदन और सुमेर चन्द, दोनों के शुभचिन्तक हैं, पर काम अपने हिसाब से करते हैं। उनकी करवट का पता नहीं चलता। चूतड़ बायीं तरफ़ झुकाएँगे और बैठेंगे दायें। इस काण्ड में सिद्धान्ततः उन्हें रामबदन की तरफ़ होना चाहिए था। वे उसी तरफ़ झुकते हुए दिखायी भी दिये, लेकिन बैठे सुमेर चन्द की करवट। कोई गणित रहा होगा। इसके बाद रामबदन

मुश्किल में पड़ गये। आँच बच्चू बाबू के साले बुलबुल तक पहुँचती लग रही थी। तब उनके लिए बलि का बकरा ढूँढ़ा गया।

अब रामबदन से राम सिंह बकरे तक की कहानी के बीच में क्या-क्या हुआ, राम ही जानें।

ये तो सच है कि महेश जी बहुत बड़े वाले घुन्ना हैं। न कुछ सोचते हुए समझ आते हैं और न करते हुए दिखायी देते हैं। अपने ही पिछवाड़े को कनफ़्यूज़ कर दें, दूसरों का क्या कहें? उन्हीं की नकल इन दिनों सुमेर चन्द करते हैं। अब जैसे खुल कर तो सुमेर चन्द ने गाली-गलौज और तू-तड़ाक करने वाली मंजुला तक से बदला नहीं लिया, लेकिन ले लिया। जब-जब माफ़ी माँगने के इरादे से मिलने आयी, कहलवा दिया साहेब व्यस्त हैं, इन्तज़ार कल्लो। इन्तज़ार करा-करा के बेइज़्ज़त किया। लोग देख-देख कर हँसते। हँस-हँस कर देखते। इसे कहते हैं खून की लस्सी फेंटना।

मंजुला बड़ी उत्साहित थी कि जब सुमेर चन्द दाग़ लगने के बावजूद एम.पी. बन गये तो वह भी राजनीति में वापसी कर सकती है। दाग़ जहाँ लगे हैं, वहीं धुलेंगे। लेकिन अफ़सोस। सुमेर चन्द ने नलका, हैंडपम्प सब उखाड़ दिया। धो ले रानी बिना पानी।

मंजुला ने ज़हर का घूँट पीकर अपनी स्थिति पर विचार किया। बहुत सोचा। लौट कर रामबदन की तरफ़ जाती हुई पगडंडी दिखायी भी दी, किन्तु हिचक थी। एक तो उगते सूरज तो प्रणाम करने गयी और झुलस कर लौट रही थी, जिसकी शर्मिंदगी थी। दूसरा, जब रामबदन को ही पार्टी ने कभी मान्यता नहीं दी तो वह उनके साथ घास छीलेगी? उनकी औलाद को लेकर तो और बड़ी हिचक थी। अभी पार्टी में कुछ नहीं थे और महिलाओं की शरण-स्थली अपनी टाँगों के नीचे बताते थे। खुल्लमखुल्ला कहते भी थे। बाद में तो नवाब साहब दुमंज़िले से मूतेंगे। बचे मदनलाल, तो वे ठहरे उनके पति के पुराने जानी दुश्मन। मंजुला को समझ नहीं आ रहा था राजनीति को 'गुड बाई' कहने का वक़्त तो नहीं आ गया?

बुड्ढों की मुहब्बत बिस्तर से, ख़ासकर पहाड़ी बुड्ढ़ों की। सर्दियों में तो खाओ, पीयो और घुस जाओ। ठण्ड बर्दाश्त से बाहर न हो तब भी डरना हुआ। बीमार होकर लुढ़क ही न जायें। अप्रैल आने पर माना जाता बूढ़ों को एक साल का एक्सटेंशन और मिल गया। वैसे भी, बिस्तर में नहीं घुस कर कौन-सा कद्दू में तीर मारना हुआ?

चन्दन के माता-पिता इस डरने से बहुत डरते हैं, लेकिन शुभचिन्तकों का क्या करें? बिस्तर पकड़े रहने की सलाह देते हैं। पैर बाहर मत निकालना। ठण्ड पैरों से चढ़ती है। सिर मत निकाल लेना, कान से घुसती है। राजन जी सोचते हैं, ऐसी नसीहतों से तो सूरमाओं की भी 'फतेहपुर' हो जाये। एक टाँग गंगा में, एक जमुना में। बचा लो फटने से।

रात नौ बजे तक भोजन करने और गपशप के दो-तीन दौर के बाद अम्मा और पिताजी अपने कमरे में जाने की तैयारी करने लगे। कुछ देर और बैठ सकते थे, पर सम्भव है, प्रिया और चन्दन को प्राइवेसी देना चाहते हों। लड़के को लड़की पसन्द है तो, क्या पंजाबी और क्या कुमाऊँनी? खुश रहें, क्या करना?

चाँद आज और बड़ा था, लगभग पूरा। ज़्यादा दूधिया। बेचैन आत्माओं को ज़्यादा बेचैन और ल्यूनेटिक बना देने वाला। शायद पूर्णमासी थी या उससे पहली रात। चन्दन ने प्रिया से कुछ देर बाहर बैठने को कहा, चाँदनी के नीचे बल्कि उसने कहा, अपने स्पोर्ट्स शू पहन लो। दोनों ने हुड वाले मोटे-मोटे जैकिट पहले ही डाट रखे थे। प्रिया को आश्चर्य हुआ। उसे क्या हो गया? जूते पहन लेने का आग्रह समझ में नहीं आया। चाँदनी रात में कहीं घुमाने ले चलने का इरादा होगा महाशय का। वाह! बड़े रोमांटिक हो रहे हैं जनाब। वह मन ही मन खुश हुई और बिना सवाल किये जूते पहन कर उसके साथ घर से बाहर निकल आयी। चन्दन ने खुद भी ट्रैक पैंट के नीचे जूते पहन लिए थे। बारामदे में पीली रौशनी ने नीचे उसी जगह बैठ गया जहाँ पहले दिन बैठा था।

"क्या हुआ, चलना नहीं?" प्रिया ने पूछा। उसने थोड़ी देर बैठने को कहा। बोला, "वह आता ही होगा। गाते हुए आएगा। उसका पीछा करना है।"

चौंकने की बात थी। कौन गाता हुआ आएगा और उसका पीछा क्यों करना है? चन्दन ने शराबी के बारे में सब बता दिया और उसको लेकर प्रचलित कथाएँ भी। फिर घड़ी देखी। सचमुच, उसी वक़्त वह नमूदार हुआ। काला कोट और आसमानी रंग की ऊनी टोपी पहने। चाँदनी का गीत गाता। प्रिया का मुँह खुला रह गया, आँखें फटी। चन्दन ने बताया कि अभी चौथे घर के सामने कुत्ते के भौंकते ही ये 'हट साले कुकुर' कहेगा और फिर से गाता हुआ निकल जायेगा। उसने 'कुकुर' का मतलब भी बताया। बस, उसी वक़्त हमें उठ कर फटाफट उसके पीछे चल देना है।

प्रिया को यह जासूसी जैसा रोमांचक प्रस्ताव लगा। ऐसा मज़ेदार काम उसने कभी नहीं किया था। जीवन में पर्याप्त सुख और आराम था, लेकिन हर वक़्त चौकन्ने रहने वाले दो बेटियों के माँ-बाप की निगाहों के नीचे। ऐसे अनुभवों से वह वंचित रही।

वह लड़खड़ाता हुआ जब उनके सामने से निकला तो उसने चन्दन की ओर झुक कर उसकी आवाज़ की प्रशंसा की। खिड़की से चोरी-छिपे उन दोनों को देख रहे राजन जी और उनकी पत्नी एक-दूसरे की तरफ़ झुकने के मायने निकालने लगे। वे लड़की को पहले ही पास कर चुके थे।

शराबी जब पन्त जी के घर के पास पहुँचा तो कुत्ता सचमुच भौंकने लगा। उसने 'हट साले भनचकिया (अपशकुनी) कुकुर' कहा और फिर से गाता हुआ आगे बढ़ गया। ये दोनों उठे और हुड सिर पर चढ़ा कर तेज़ी-से उसके पीछे हो लिए। पता नहीं प्रिया को क्या सूझा कि उसने चन्दन की बाँह थाम ली। वे शराबी की ही रफ़्तार से उसके पीछे चलने लगे। ज्योंही गाना ख़त्म हुआ, उसने दूसरे गाने के लिए गला साफ़ किया। चन्दन ने ऐन उसी वक़्त टोक दिया, "हेलो, भाई साब।"

शराबी ने पलट कर देखा, "हाँ जी... हेलो जी?"

"आप अच्छा गाते हैं।"

वह दूसरा गीत गाते हुए आगे बढ़ गया। कोई प्रतिक्रिया नहीं की। साँस फूलने से रिदम थोड़ा बिगड़ने लगी थी। आधा किलोमीटर तक वे लोग उसके पीछे-पीछे चलते रहे। कड़ाके की सर्दी में हाथ-पैर सुन्न होने लगे थे। अचानक एक जगह पहुँच कर उसने उन दोनों को पलट कर देखा और वहीं रुकने का इशारा किया। वे रुक गये। वह दबे क़दमों से एक घर में घुस गया और बारामदे के अन्धकार में ग़ायब हो गया। कुछ ही पलों में वह एक भारी-भरकम पोटली कन्धे पर टाँगे अन्धकार से बाहर निकला। हाथ पोटली के नीचे लगा रखा था। चारख़ाने की चादर में लिपटी वह चीज़ काफ़ी वज़नी लगती थी। उसे उठा कर चलने में शराबी पहले से ज़्यादा लड़खड़ा रहा था। 'आओ' कहते हुए वह दूसरी दिशा में निकल गया। प्रिया को लग रहा था, कहीं गठरी में लाश न हो। हमसे कहे गड्ढा खोदने में मदद करो। उसने मज़ाक़ की तरह यह बात चन्दन से कही। चन्दन हँस पड़ा। प्रिया ने उसकी बाँह कस कर पकड़ ली। लगगभ दो सौ गज चल कर शराबी ने एक पेड़ के नीचे पड़े लकड़ी के तख़्त पर पोटली रख दी। 'ठक' की आवाज़ हुई।

"लाश बजती नहीं।" चन्दन ने हँस कर कहा।

इस तख़्त पर गर्मी में एक परिवार आड़ू, ख़ूबानी, प्लम और काफल बेचता था। गर्मी के अन्त और बरसात के शुरुआती दिनों में वे लोग भुट्टे बेचा करते। सर्दियों में कभी-कभार गाँव से लाई सब्ज़ियाँ सजाये दीखते। यह जगह वीरान थी, क्योंकि शराबी के घर को छोड़ कर यहाँ आसपास कोई घर या दुकान नहीं थी। पर चूँकि क़स्बे से बाज़ार की तरफ़ जाने वाला रास्ता यहीं से होकर गुज़रता, इसलिए दिन में लोग नज़र आ जाते थे। रात में सन्नाटा छाया रहता।

उसने पोटली खोली तो हारमोनियम निकला। उन दोनों को हँसी आ गयी। शराबी ने उन पर ध्यान नहीं दिया। तख़्त पर बैठ गया। दोनों से एक कोने में बैठ जाने आग्रह करने लगा। वे पास में ही चट्टान की तरह खड़े एक बड़े पत्थर पर बैठ गये, जिसमें दिन के वक़्त भुट्टे बेचने वाले के बच्चे चढ़े रहते और फिसलपट्टी खेलते थे।

शराबी ने हारमोनियम को धौंकनी दी— *साँवली-सी इक लड़की, आरज़ू के गाँव में / गुलमोहर की छाँव में, इन्तज़ार करती थी...*

कड़ाके की सर्दी में खुले आकाश के नीचे एक अपरिचित शराबी का गायन और उसके दो श्रोता। प्रिया ने चाँद को देखा, धरती पर दूर तक नज़र दौड़ायी। सामने आराम फ़रमा रहा घना जंगल, तो पीठ पीछे अधलेटी-सी पहाड़ी थी। जंगल और पहाड़ ने चाँदी के रंग की पारदर्शी चूनर ओढ़ रखी थी। बाज़ार जाने वाली सड़क पर चाँदनी बिखरी पड़ी थी। आवारा डोलते दो कुत्ते कभी-कभी काली झाड़ी की तरफ़ मुँह कर भौंकने लगते। यह दृश्य झीने उजाले और साँवले अँधेर की ऐसी धुँधलकी पेंटिंग जैसा था, जिसे कोई साधारण कलाकार शायद बना न पाये। पहाड़, सड़क, झाड़ी और कुत्तों के रंग पर पड़ रहे चाँदनी के प्रभाव को अलग-अलग दर्शाना कितना मुश्किल होगा?

चन्दन का फ़ोकस शराबी की कहानी पर था। गाना ख़त्म होने से पहले दोनों पास आकर तख़्त के एक कोने में बैठ गये थे।

"बहुत अच्छा, लेकिन ऐसे सड़कों पर क्यों गाते हो?" चन्दन ने शराबी को साँस लेने तक की मोहलत नहीं दी। शराबी हँसा। फीकी हँसी थी। पूछने लगा, दिन के उजाले में उसने उन दोनों को कभी नहीं देखा। चन्दन ने कह दिया, "हाँ, हम नहीं निकलते। तुम निकलते हो?"

उसकी उम्र का अनुमान लगा कर उसने 'तुम' कहा था। शराबी बमुश्किल छब्बीस का लगता था।

"हाँ। काम पर जाता हूँ।"

"क्या करते हो?"

"ट्यूशन पढ़ाता था। अभी छोड़ दिया। बी.एड. किया है। रँगाई-पुताई का काम करता हूँ। मज़दूरी समझो।" उसने कहा। फिर खुद ही सफ़ाई देने लगा। ख़र्चा-पानी निकल आता है। उसका आशय दारू के ख़र्च से था।

"सुना है, किसी ने प्रेम में धोखा दिया?"

वह चुप हो गया। काफ़ी देर बाद बुदबुदाया, "दे गयी।"

उसकी आँखों का पानी चाँदनी के रंग का हो गया। नारियल पानी जैसा। आवाज़ भर्रा गयी। बातों-बातों में पता चला, वह काजल से प्रेम करता था। चन्दन के लिए चौंकने वाली बात थी। उसका मुँह खुला रह गया। शराबी ने बताया, उसकी (शराबी की) इजा (माँ) को पता था। उसे काजल पसन्द नहीं थी। साँवली थी ना? काजल के चरित्र पर भी उसे शक था। अब वह शराब पीकर लौटता है तो इजा रोती है। कभी-कभी बहुत गालियाँ देती है। अब क्या फ़ायदा? गालियों की वह परवाह नहीं करता, लेकिन आप लोगों को ख़राब लगेगा, यही सोच कर इतनी दूर ले आया वरना आराम से बरामदे में बैठते। वहाँ कुर्सियाँ हैं। हवा भी नहीं लगती।

शराबी ने ऊनी टोपी को कानों तक खींच लिया। उस ठण्डी रात में हवा चाकू की तरह तीखी हो गयी थी। चन्दन और प्रिया कुछ नहीं बोले। चुप्पी उसी ने तोड़ी, "इजा को कोई पछतावा नहीं।"

"काजल तो समझती थी, उससे कोई प्रेम नहीं करता?" चन्दन ने वे बातें नहीं कहीं जो चिट्ठी से बाहर की और सुनी-सुनायी थीं। शायद शराबी हर्ट होता।

"यही अफ़सोस है।" शराबी ने कहा और उदास हो गया। उसके बाद सन्नाटा छा गया। प्रिया समझने की कोशिश कर रही थी। काजल का क़िस्सा उसे पता नहीं था। चन्दन ने सोचा, वह उसे लौटते हुए बताएगा।

"अपनी ज़िन्दगी इस तरह क्यों बर्बाद करते हो?" प्रिया ने समझाने की कोशिश की। उसने अनुमान लगाया कि किसी काजल के प्रेम में उसका यह हाल हुआ है। उसे शराबी से सहानुभूति होने लगी थी। वह रोने लगा। काजल जीते-जी जान नहीं पाई कि कोई उसे प्रेम करता है। वह करता था। उसने काजल को ट्यूशन पढ़ाया था। तभी हुआ था यह सब। वो उसे 'सर' कहती थी। वह कैसे बता सकता था उसे? तभी तो उसने इजा से कहा, जाकर उसके घर वालों से बात करे, लेकिन वह तैयार नहीं हुई। एकदम काठ का कलेजा है उसका।

सब चुप हो गये। चन्दन और प्रिया उसे बोलने का अवसर दे रहे थे।

"तभी से पढ़ाना छोड़ दिया।" उसने कहा और अगला वाक्य धीमे-से बोला, "इजा से तो ऐसा बदला लूँगा कि जीवन भर याद रखेगी।"

"ले ही रहे हो।" प्रिया ने कहा। ठण्ड से थरथराती अपनी ही आवाज़ उसे अपरिचित लग रही थी। शराबी ने बात का रुख़ मोड़ने के लिए बताया कि शुरू में वह बहुत देर तक प्रिया को लड़का समझता रहा। वह हल्के-से हँसा। इस पर चन्दन और प्रिया ने एक-दूसरे को देखा। चन्दन को वह कहीं से 'लड़का' नहीं लग रही थी।

"बदला लेने का विचार छोड़ दो।" प्रिया ने समझाया।

उसने कहा, वह तो पुत्तू से भी लेगा। उससे नफ़रत है उसे। पुत्तू उन लड़कों में से एक था जो काजल को छेड़ते थे। अपना इरादा बताने से उसके मन का बोझ उतर गया लगता था। वह चुप हो गया। फिर अचानक ही पूछा, "काजल के घर के दोनों तरफ़ जो रात की रानी महकती है, वो किसने लगायी?"

"किसने?" प्रिया ने पूछा। अब उसे भी शराबी में रुचि हो गयी थी।

"मैंने। रात में लगाये थे दोनों पौधे। उसको पता नहीं था। अब तो बहुत बड़े हो गये।"

"बहुत अच्छी सुगन्ध है। पूरा इलाक़ा महकता है।" चन्दन ने कहा।

"वह ऐसी ही थी। रात की रानी, बेला, जूही, चमेली...।"

सब चुप हो गये। शराबी आँखें मिचमिचा कर शून्य में देखने लगा।

"अब भटकने से क्या होगा?" प्रिया ने पूछा।

"उससे बात करनी है एक दिन।"

"कैसे?" चन्दन ने याद दिलाना चाहा कि अब तो वह नहीं है।

"आत्मा से। घर के आसपास भटकती होगी ज़रूर।" उसने कहा। उसे इस बात का गहरा दु:ख था कि लोग खुद ही तय लेते हैं कि उन्हें कोई प्यार नहीं करता। किसी ने कहा नहीं तो इसका यह मतलब निकाल लिया जाये? बोला, "उसे बताना चाहता हूँ कि कोई उसके लिए अभी भी भटकता है।... और यह कि किसी के लिए कोई चुपचाप रात की रानी यूँ ही नहीं लगाता।"

चन्दन बताना चाहता था कि आत्माओं से बात-मुलाक़ात नहीं हुआ करती, लेकिन यह उसके प्रेम की अवमानना ही होती। कुछ नहीं बोला। प्रिया भी उसके सम्मान में खामोश हो गयी। उसने दोनों हाथों को आपस में रगड़ कर गरम किया और चादर में हारमोनियम लपेटने लगा।

"बहुत भारी है।" हारमोनियम उठाते हुए उसने कहा। इसके सिवा वापसी में एक शब्द नहीं बोला। चन्दन हारमोनियम उठाने में उसकी मदद करना चाहता था, लेकिन उसने चादर की पोटली कन्धे पर चढ़ा ली और नीचे से हाथ लगा कर तेज़ी-से चलने लगा। घर के पास पहुँचने और अलग होने से पहले केवल एक और अन्तिम वाक्य बोला था, "काश! मैंने जीते-जी उसे बता दिया होता।"

इस आख़िरी वाक्य से चन्दन और प्रिया की वह रोमांचक और रूमानी रात बहुत उदास हो गयी। घर के पास पहुँच कर रात की रानी की सुगन्ध नथुनों में भरने का ख़याल धूमिल हो गया। चारों तरफ़ चाँदनी बिखरी थी, लेकिन उन्हें उकसाने के लिए नाकाफ़ी। दोनों इस तरह लौटे, जैसे अकेले-अकेले भटक रहे हों।

दो आत्माओं की तरह?

नहीं। दो शराबियों की तरह।

आयशा अब अपनी निजी बातें भी शेयर करने लगी थी। दोस्ती सबसे सुन्दर रिश्ता है। सारे बन्धनों से मुक्त, किन्तु सबसे मज़बूत। दिल खोल कर दिखाने का सबसे विश्वसनीय ठिकाना। उसने फ़ोन किया था। बताने लगी, उसके लिए एक रिश्ता आया है। लड़के को बचपन से देखा है। बहुत ही वाहियात है। उसने इनकार कर दिया, पर अब्बू ज़िद में लगे हैं। मुझे तो शौहर नाम की चीज़ से डर लगने लगा।

"हाँ तो, थोड़ा सोचने-समझने का वक़्त माँगिये उनसे।" चन्दन की टिप्पणी थी। बातों-बातों में उसने यह भी बता दिया कि कुछ दिन से वह राम सिंह के गाँव में है। उसकी वापसी और पूरे मामले की निष्पक्ष जाँच के लिए उसकी माँ धरना देने वाली है।

आयशा को खुशी हुई, लेकिन अफ़सोस भी था कि चाह कर भी उनकी कोई मदद नहीं कर सकती। कहने लगी, एक बोझ पहले से ही दिल में है और हमेशा रहेगा। कई बार पूछे जाने के बावजूद बता नहीं पाई कि उस शाम क्या हुआ था? वह उस दिन की बात कर रही थी जब असद, उसका भाई और भाई का दोस्त घिर गये थे और असद पर हमला हुआ था।

चन्दन ने कहा, बोझ कैसा? नहीं बताने की वजह अब वह समझता है। उसे कोई शिकायत नहीं। पहले ज़रूर बुरा लगता था जब उसके अब्बू मुँह नहीं खोलते थे और उसने भी साफ़-साफ़ कुछ नहीं कहा था। ऐसी ख़ामोशियों से आमतौर पर बहुत कोफ़्त होती है।

वह जानती थी कि खामोशी तो उनका परिवार अब भी अख़्तियार किये हुए है। वह परिवार के लिए खामोश है। वे शायद ही कभी अपना मुँह खोल पायें। शायद ही कभी वह वक़्त लौटें।

धरने से एक दिन पहले की बात है। भवान सिंह और गंगा बिन बुलाये कैरना पहुँच गये। सब लोग हैरान। "कैसे आ पड़े?" पार्वती ने पूछा। भवान सिंह ने कहा, "ऐसे ही। धरने के बारे में पता चला था।"

सुनने वाले और भी आश्चर्यचकित। उनके इस धरती पर होने-नहीं होने का मतलब कैसे नहीं है? अनुपस्थित लोग ऐसे किसी के लिए उपस्थित हो जाते हैं?

हुआ यों कि भवान सिंह के परिचित सोबन ने अख़बार में धरने की ख़बर पढ़ी थी। वह सीधा उसके घर पहुँच गया। बोला, "अरे भवान सिंह, कैरना की एक औरत तुम्हारे लड़के को अपना बता रही है?"

भवान सिंह ने पूछा, "किसे बताया उसने?"

वह बोला, "अख़बार में छपा है। कोई पार्वती है। कह रही है, राम सिंह उसका बेटा है और निर्दोष है। उसे सही-सलामत वापस लाया जाए। इसके लिए वो धरना देने वाली है।"

असमंजस था। बताये कि नहीं। भवान सिंह ने कई बार टोपी उतार कर और पहन कर सोचा। बोला, लड़का तो पार्वती का ही है। सोबन हथप्रभ रह गया। कैसी बात करते हो, राम सिंह तुम्हारा लड़का नहीं है?

"किसी के कह देने से वो मेरा लड़का हो जायेगा?" वह उत्तेजित हो गया। उसे तन्नू दा याद आ गया था। उसके तने हुए छोकरे याद आये। इससे पहले हुआ यों कि उसने घर जाकर पत्नी को तन्नू दा के साथ हुई बातचीत के बारे में अक्षरश: बता दिया था। गंगा चिन्तित हो गयी थी। दोनों के बीच विचार-विमर्श हुआ कि अब किया क्या जाये? पार्वती से गाय वापस कैसे माँगें? नहीं दी तो तन्नू और उसके लड़के इसी तरह परेशान करेंगे। अभी तो गाली-गलौज कर रहे हैं, पता नहीं आगे क्या करें?

अन्तत: तय हुआ कि तन्नू को गाय की क़ीमत दे दी जाये और छुटकारा पाएँ। लेकिन पैसे नहीं थे। जेबें और बक्से झाड़ कर कुल छह सौ तीस रुपये निकले। अजीब स्थिति थी। गंगा को पार्वती का गाय रखने से मना करना याद आया। बोली, "अभी भी चाहें तो वह गाय दे देगी, लेकिन किस मुँह से माँगेंगे?"

"तो?"

"मेरे झुमके बेच दो।"

गंगा के पास ज़ेवरों के नाम पर केवल झुमके थे। गुलोबन्द (गले में पहनने का आभूषण) का उसे बड़ा शौक़ रहा। वह जीवन भर सोचता रह गया कि एक न एक दिन उसके लिए बनाएगा, पर हो नहीं सका। झुमके बेचने को तैयार नहीं था। गंगा ने समझाया कि इज़्ज़त से बढ़ कर कुछ नहीं होता।

उसने कहा, वह तन्नू से बात करके देखेगा। हो सकता है, गुस्से में यों ही धमका रहा हो। नहीं माना तो छह सौ रुपये देकर मोहलत माँग लेंगे। ...फिर तो बेचना ही होगा।

उसने सिर से टोपी उतार कर ख़ूब देर तक सोचा। ठीक कहती है पार्वती। ग़रीब की ज़िन्दगानी खाल्ली हुई— बेमतलब की। रोटी-भात के लिए जीना और मर जाना।

अगले दिन वह तन्नू के घर पहुँच गया। पता चला, तन्नू कहीं गया हुआ है। उसकी घरवाली ने बड़ी हिक़ारत से देखा। कहा, "दस काम हुए। घर में थोड़ी बैठे रहते हैं?"

काम वैसे कुल जमा डेढ़ हुए। आधा काम कमीशनख़ोरी, बाक़ी फुल टाइम नेतागीरी और धौंसपट्टी।

भवान सिंह लौट कर घर पहुँचा तो पीछे-पीछे तनुवा। उसके पीछे उसकी फ़ौज।

"ले आया रे गाय?" उसने दूर से ही आवाज़ दी। भवान सिंह ने टोपी उतार कर हाथ में ले ली, "गाय तो नहीं ला सका, पंडित जी। यही कहने आपके पास आया था। अब जो फ़ैसला करो।"

वह बौखला गया। भवान सिंह को पता था, ऐसा कुछ होगा। गालियाँ भी दे सकता है। तन्नू ने 'ये रहा फ़ैसला' कह कर उसे वहीं खेतों में पटक दिया। बाक़ी की कसर तनुवे की फ़ौज ने गालीगुफ़्ता से पूरी की। पति को पिटता देख घर के अन्दर काम कर रही गंगा भागी आयी। बीच-बचाव करने लगी, "गाय के पीछे जान लोगे क्या? हम पैसे दे देंगे।"

तन्नू भड़का हुआ था। बोला, "है औक़ात तो दे दस हज़ार।"

"पहाड़ी गाय हुई, इतनी महँगी कैसे हो गयी? लोग मुफ़्त में नहीं ले रहे।" भवान सिंह ने अपनी छिली हुई कुहनियों से ध्यान हटा कर कहा। दस हज़ार की रकम सुन कर वह हैरान रह गया था। तन्नू दा के सेनानी ज़बान चलाने से बिदक गये। एक हाथ उठा कर आगे बढ़ आया। गंगा ने चेतावनी दी, "ख़बरदार! हम तुम्हारे पास गाय माँगने नहीं आये थे। तुमने खुद दी। अब क़ीमत माँग रहे हो और मारपीट भी कर रहे हो?"

"तो तुम्हें बेचने के लिए दी थी? इनाम की चीज़ को बेच दोगे?" सेनानी ने सीना तान लिया।

वह ख़ूब ज़ोर-ज़ोर-से बोलने लगी, "झूठ मत बोलो। बेची नहीं है। जिसका इनाम था, उसे दे आये। फिर भी पैसे देने को तैयार हैं। जो सही क़ीमत है, देंगे।"

उसने सोच लिया था, चार हज़ार से ज़्यादा नहीं देने। भवान सिंह तीन हज़ार सोच रहा था। वह अन्दर से छह सौ रुपये लायी और तन्नू को थमा दिये। बोली, अभी इतने पकड़ो। एक-दो दिन में ये रानीखेत जा कर मेरे झुमके बेच आयेंगे। बाक़ी के तब देंगे।"

"छह हज़ार से कम नहीं लूँगा।" तन्नू ने धमकाते हुए कहा। गंगा ने कह दिया, "चार हज़ार से एक पाई ज़्यादा नहीं दूँगी, वरना गाय के बदले दूसरी गाय ले जाना।"

गंगा को ग़ुस्सा आ गया था। वह ऊँचा सुनती और ऊँचा ही बोलती थी। इससे क्रोध का घनत्व वैसे ही बढ़ा हुआ लगता। तन्नू ने पैसे जेब के हवाले किये और गालियाँ देता, बड़बड़ाता अपनी फ़ौज के साथ लौट गया।

इस घटना के बाद भवान सिंह को तन्नू और उसके सेनानियों के घृणा हो गयी। वह ज़िद्दी आदमी तो था ही। अन्दर से नाराज़गी और ग़ुस्सा भी था। जब उसे पार्वती के धरना देने की सूचना मिली तो उसने गंगा के साथ कैरना जाने का फ़ैसला कर लिया। पत्नी ने भी समर्थन किया, "ठीक कहते हो। हमारा लड़का तो मिला नहीं, पार्वती का ही मिल जाये। सोच लेंगे हमारा जीवन अकारथ नहीं गया।"

वह सिसकने लगी।

"अब रोना-धोना शुरू मत कर देना। खुशी-खुशी चल। कौन जाने, पार्वती से गाय नहीं पल रही हो और वापस ले जाने को कहे। लाकर इसके आगे धर देंगे।" उसने पत्नी को समझाया।

उसे भवान सिंह की बात जँची नहीं, "गाय का अब ज़िक्र भी नहीं करना पार्वती के सामने। सोच लेंगे, झुमके भी उस लड़के के लिए बेच दिये जो हमारे बेटे का नाम-राशि है। हो सकता है, इसी का कोई पुण्य-फल मिल जाए।"

उसने समझा दिया। उनके पास कैरना जाने का किराया नहीं था। भवान सिंह एक हज़ार रुपये कुशाल से उधार माँग लाया। उसका बड़ा सहारा है। उसके पास न हुए तो अत्तर वाली आमा दे देती है। आमा में एक ही कमी है। साथ में अत्तर की एक गिट्टी भी थमा देती है। कहती है, किसी को बेच देना और सारे पैसे एक साथ लौटाना।

अगले दिन वे दोनों कैरना जाने के लिए रानीखेत रुकते हुए निकले। तय किया था कि वापस आकर कुशाल के रुपये उसे लौटाएँगे और गाय की रक़म तन्नू के मुँह पर मार देंगे।

आयशा ने असद की अम्मी को बता दिया कि राम सिंह के गाँव में कई लोग जुटे हैं। उन्होंने ध्यान से सुना, लेकिन चुप रहीं। आयशा को उनकी चुप्पी पर हैरानी हो रही थी।

"आख़िर आप कुछ कहती क्यों नहीं?"

उन्होंने गहरी साँस छोड़ी और आयशा को देखा, "बोलने को कुछ है?"

"उस औरत से तो बात कर सकती हैं?" आयशा ने थोड़ा चिढ़ कर कहा।

"इतनी पढ़ी-लिखी और ज़हीन लौंडिया को ये भी नहीं मालूम कि तुम्हारे अब्बू को पता चला तो क्या होगा?" असद की अम्मी ने उसकी आँखों में आँखें डाल कर पूछा। जान रही थीं कि उनके शौहर भी भाई का ही साथ देंगे, पर कहा नहीं। थोड़ा रुक कर बोलीं, "और, ज़रा सोचो, हमसे किसने बात की? किसने पूछा हमारा हाल? कितना अकेला छोड़ दिया था?"

आयशा के पास कोई जवाब नहीं था। असद की अम्मी ने पानदान खोल कर एक गिलौरी मुँह में डाली और उसे चबाती रहीं। सोचती रहीं। फिर अचानक पीकदान में थूकने के बाद बोलीं, "फ़ोन लगाओ।"

वह कुछ क्षण उन्हें देखती रह गयी। आवाज़ इतनी स्पष्ट थी कि कोई भ्रम नहीं हो सकता था। जो वह सुन रही थी, वही कहा गया था। उसने फ़ौरन चन्दन को फ़ोन लगाया। चन्दन ने मीतू और रजनी के नम्बर दे दिये। कहा, "इन दो लड़कियों में से कोई भी बात करा देगी।"

पार्वती के लाइन पर आते ही उसने ताईजी को फ़ोन थमा दिया। खुद दरवाज़े पर नज़र टिका ली। कोई आये तो सावधान कर देगी। उन्होंने अपना परिचय दिया और हिचकी भर-भर रोने लगीं। उधर से पार्वती रो पड़ी। दोनों औरतें रोती रहीं। कोई बात ही नहीं की। क्या बात करतीं? आँसुओं में हर बात तो शामिल थी। फ़ोन रखने से पहले असद की अम्मी ने जो शब्द बोले, वे तसल्ली के थे कि सब्र से काम लें, बेटा जल्दी लौटेगा। उन्होंने उसके लौटने के लिए दुआ पढ़ी। पार्वती को होश आया कि उसने तो कुछ भी नहीं कहा। अपने बेटे के लिए ही रोती रही। उसने फ़ौरन उनके बेटे का हाल पूछा और अपना ध्यान रखने को कहा। बातचीत ख़त्म हुई।

अब्बू से बात छुपा ली गयी। पूरे घर में किसी को हवा नहीं लगने दी। पता चलता तो वे सबसे पहले उसी पर भड़कते, "कैसी बेअक़्ली की बात कर दी? ये तुम्हारा जाती मसला नहीं है, पूरे ख़ानदान की सलामती का सवाल है। तुम्हें पता है कि तुम्हारा भाई भागा-भागा फिर रहा है अब तक? असद का क्या हाल हुआ, तुम्हारे सामने है। भूल गयीं क्या?"

आयशा का भाई इमरान अब तक लौटा नहीं था, न दोनों भाइयों का दोस्त ताहिर लौटा। महीनों बीत गये। हालाँकि दोनों सुरक्षित थे। दोनों ही अपने-अपने रिश्तेदारों के घर दुबके हुए थे। सारा काम-काज, घर से निकलना, घूमना, सब बन्द था। खुद ही क़ैद हो गये थे। मुक़दमा तो कोई उनके ख़िलाफ़ दर्ज़ नहीं हुआ था, फिर भी पुलिस वाले ढूँढ़ रहे थे। सबसे बड़ी बात थी कि ख़ौफ़ ज़्यादा था।

पुलिस वाले काफ़ी समय तक गुंडौली में उनके घर चक्कर काटते रहे। ग़नीमत है कि नाते-रिश्तेदारों के घर कोई नहीं पहुँचा। दो पुलिस वाले ऐसे थे जो आयशा के अब्बू को बाज़ार में भी मिल जायें तो झट-से टोकते, "क्यों मियाँ, लड़का लौटा कि नहीं?"

अगर वह कह देती कि कब तक डरें, अब्बू? वे चिल्ला पड़ते, "डरना पड़ता है। तुम नहीं समझोगी। इमरान, असद और... तुम सभी, किसी बात के नतीजे पर ग़ौर करने के लिए तैयार ही नहीं होते। ज़रा सोच कर देखो। वो मोटर साइकिल सवार...ये पुलिस वाले... और रहमान मियाँ के साथ जो हुआ?"

वे रहमान मियाँ का क़िस्सा दोहराते।

रहमान मियाँ हमारे अब्बू की फूफी के लड़के। चालीस के होंगे। कभी दबंग क़िस्म के आदमी रहे। अब तो बाल-बच्चेदार हैं। पेशे से मोटर मैकेनिक। चुपचाप काम करते हैं, फ़ुर्सत में सिगरेट फूँकते हैं और शाम को गोश्त लिये घर लौट आते हैं। बदमाशियाँ उन्होंने भी बहुत कीं। मुमकिन है, कोई मसला रहा हो। पुरानी रंजिश वग़ैरह, लेकिन अब तो शराफ़त की ज़िन्दगी जी रहे थे। अभी पिछले साल की बात है। घर लौट रहे थे। हाथ में गोश्त का थैला था। किसी ने टोक दिया, "क्या ले जा रहे हो बे मियाँ?" ये जवाब में थोड़ा कर्रा बोल गये। अगले दिन काम पर जाते वक़्त कुछ लोगों ने घेर लिया। मार-मार कर सड़क पर लिटा लिया। ऐसी-ऐसी बातें बोलने को कहते रहे कि नानी याद आ गयी। उच्चारण ही न कर पायें। जाने किस बात की माफ़ी मँगवायी। दो-चार होते तो शायद पुराने रहमान मियाँ बन कर लपेट लिये होते। "ऐसी क्या गुस्ताख़ी कर दी हमने, भाई जान?" वे पूछते रह गये। उन्होंने कहा, "गुस्ताख़ी नहीं करने की गारंटी भी तो नहीं दी, मियाँ।"

अब्बू के दशहत की रफ़्तार तभी से बढ़ी। शुरुआत पता नहीं कब हुई? अभी क्लाइमेक्स चल रहा है। उनके बारे में सोच कर ही आयशा के चेहरे पर हवाइयाँ उड़ने लगीं। ताईजी पर क्या गुज़रेगी, इस ख़याल से तो दम ही घुटने लगा।

शुरू दिन ज़िला मुख्यालय पर बैठने का कार्यक्रम बना था। अगली बैठकी में इसमें तब्दीली कर दी गयी। कैरना से अपना किराया ख़र्च कर वहाँ कम ही लोग जा पाते। तय हुआ कि तहसील के सामने बैठा जाए। तहसील आना स्थानीय लोगों के लिए आसान होगा। पैदल पहुँच सकते हैं। अठखोल वालों के संगी-साथी तो कहीं भी पहुँच जायेंगे। यों भी उनके लिए ज़िला मुख्यालय और कैरना की दूरी में कोई ज़्यादा फ़र्क़ नहीं था।

धरने की पहली शाम से ही पार्वती के घर जुटान शुरू हो गया। भवान सिंह, गंगा देवी, पार्वती के भाई-भाभी और उनके बच्चे पहली रात पहुँच चुके थे। प्रिया, चन्दन, चन्दन के माता-पिता, मनोज भाई, उनकी पत्नी, जीवन, वीणा, शंकर दा, उनकी पत्नी, लच्छू और उनके धरने-प्रदर्शनों में अक्सर शामिल होने वाली कुछ महिलायें और पुरुष कार, मोटर साइकिल, स्कूटी, सवारी जीप और बस से तड़के पहुँचे। कुछ लोगों के आने का सिलसिला अब भी जारी था। आयशा के लिए चाह कर भी आना मुश्किल रहा। गुंडौली में मामी को पता होता, तब भी किसी सूरत में न आ पातीं। आयशा की ताई की तरह वहीं से उनके लिए दुआ की होती— ईश्वर करे, राम सिंह अपने घर लौट आये। यह कहते हुए उनकी छातियों में हूक-सी उठी होती, जैसे अपनी औलाद के लिए उठा करती है।

मीतू और रजनी धरने के सारे इन्तज़ाम सँभाल रही थीं। साथ के कुछ लड़के और लड़कियाँ उनका हाथ बँटा रहे थे। इनमें प्रिया की 'परम सुन्दरी' कल्पना में खो जाने वाला रोमियो भी था, जिसकी आँखें लगातार उसे ढूँढ़ रही थीं। मीतू-रजनी के माता-पिता ही नहीं, जोगी मुहल्ले के कई लोग धरने पर जाने के लिए सुबह से तैयार बैठे थे। कुछ लोग फटाफट खाने-पीने और चौका-बरतन का काम निपटा रहे थे, ताकि समय पर पहुँच सकें। कुछ लोगों के लिए राम सिंह की ख़ातिर तहसील तक जाना पुण्य कर्तव्य बन गया था। उन्होंने बिना कहे अपने अन्दर हवा भर ली और फूल गये थे।

रजनी का उत्साह पिछले कुछ दिनों से धीरे-धीरे ठण्डा पड़ रहा था। तैयारियों के दौरान वह चन्दन के निकट जाने की कोशिश करती रही। चन्दन उसे पहले से अधिक महत्त्व दे रहा था, लेकिन एक कर्मठ साथी की तरह। उसी तरह जैसे बाक़ियों से घुल-मिल गया था। अगर सुनार के तराज़ू में तौलें तो मीतू से उसका महत्त्व रत्ती भर ज़्यादा होगा, पर उसे इससे बहुत ज़्यादा चाहिए था। बल्कि पूरा। प्रिया से तुलना करते हुए उसे एहसास हो गया कि पूरा उसे नहीं मिल सकता। प्रिया बातें करते-करते उसकी बाँह थाम लेती, नाश्ता तक कई बार एक प्लेट में करते। वह ऐसा कभी नहीं कर पायी। सारी आक्रामकता धरी रह गयी। न चन्दन ने ही कभी अपनी प्लेट उसकी ओर बढ़ायी।

नज़रों से भी चीज़ें समझ आती हैं। महिलाएँ तो बहुत आसानी से पढ़ लेती हैं। रजनी पढ़ चुकी थी। इसके बावजूद खुद को झुठलाती। लेकिन धरने का दिन क़रीब आते-आते सब बेमानी लगने लगा। सारी उमंग शिथिल पड़ रही थी। उसने खुद को सँभाला। हर ज़िम्मेदारी सही से निभाने का प्रण किया। राजन जी की बात को याद

किया कि गला पकड़ कर प्रेम नहीं किया जा सकता। एक ही नतीजे पर पहुँची। यह प्रेम केवल अपने हिस्से की तड़प है। वह जितनी है, प्रेम का हासिल उतना ही है। वही मुकम्मल है, जिसे उसका भाई पा चुका था।

प्रेम पीड़ा के शिखर पर लगने वाला फल है।

अपना-अपना अनन्नास।

हिटलर के चित्र, मुसोलिनी का चौराहा

तहसील के सामने धरना स्थल पर दरियाँ बिछ गयी थीं। उस जगह को क़नातों से घेर दिया था। हवा नहीं लगेगी और लोग वहीं बैठ कर घाम तापेंगे, यह सोचा गया। क़नातों में हाथ से बनाये पोस्टर लटकाये जा रहे थे। बीचों-बीच बैनर टँग गया था। एक माइक, कुछ डफ़लियाँ, मंजीरे, ढोलक और हुड़के का इन्तज़ाम हो चुका था ताकि साथी गाते-बजाते रहें, गाने-बजाने से राह चलते लोग भी जुट सकें। धरना-स्थल पर गाये जाने वाले जनगीत तय कर लिए गये थे। गीतों की दो-तीन रिहर्सल हो चुकी थीं। इतने कम समय में जो इन्तज़ाम हुआ और जितने लोग जुट गये थे, उसकी उम्मीद नहीं थी। आयोजक उत्साहित थे और जोगी मुहल्ले के लोग हैरान। पार्वती के सम्पर्कों को देख कर सबसे ज़्यादा हैरान उसके भाई-भाभी थे।

नौ बजे तहसील के सामने पहुँचना था। अभी सूरज पहाड़ की ओट में ही था। कड़ाके की सर्दी थी। फिर भी एक जत्था ठीक समय पर पहुँच चुका था। माइक वग़ैरह ठीक-ठाक कर दिये थे। तभी कुछ पुलिस वाले भी आ गये। उन्होंने लड़कों को हिदायत दी कि सड़क घेरने की ग़लती मत करना। वे दूर से लड़कों को देखते रहे। लगभग पौने दस बजे पार्वती और बाक़ी लोग पहुँचे। चलने से पहले उसने गाय को सानी-पानी दिया और उसकी गर्दन पर हाथ फेरा। मन ही मन कहा, "रामू जब लौटेगा तब तू जानेगी कि वह हू-ब-हू तेरा भाई है। सच्ची।"

जो प्रमुख माँगें थीं, उनकी दफ़्तियाँ बनायी जानी थीं, लेकिन इस काम में देर हो गयी। अच्छी राइटिंग वाले कुछ युवा धरना स्थल पर ही फटाफट दफ़्तियाँ तैयार करने में जुटे थे। पार्वती के बैठते ही मनोज भाई ने लोगों को सम्बोधित करना शुरू किया।

उम्मीद के विपरीत मीडिया के कुछ लोग पहुँच गये थे। वे पार्वती से बातचीत कर रहे थे। जिन सवालों में वे उसे उलझाते, उनका जवाब मनोज भाई या राजन जी दे रहे थे। कुछ अब भी मानने को तैयार नहीं थे कि राम सिंह पार्वती का बेटा है।

उन्हें इसके पीछे कोई खेल लगता था। ऐसे लोगों से भवान सिंह और गंगा को मिलवा दिया जाता। जो पत्रकार फिर भी सन्तुष्ट नहीं हुए, उन्हें राजन जी ने उपन्यासों के कोटेशन पेल कर ख़ूब छकाया। टैंट के एक कोने में माइक पर लगातार जनगीत गाये जा रहे थे। पुलिस वाले बीच-बीच में किसी की काँख में डण्डा घुसेड़ कर सड़क छोड़कर खड़े होने की हिदायत देते रहते। धरना देने वालों ने उनसे उलझने की कोशिश नहीं की। बीच-बीच में कुछ लोग राम सिंह के साहस का बखान करते हुए नारे लगाना शुरू कर देते। यह अलग ही मुसीबत थी। आयोजकों को उन्हें टोकना पड़ रहा था, "भाई, हम कह रहे हैं राम सिंह ने कुछ नहीं किया, आप लोग कह रहे हो उसी ने किया और बड़ी हिम्मत का काम किया है। ये क्या बात हुई?"

साथियों में से कुछ का कहना था, एस.डी.एम. कहीं खिसक न लें, ज्ञापन अभी दे दिया जाए। बात सही थी। ज्ञापन तैयार था। राजन जी, चन्दन, मनोज भाई, जीवन, वीणा और प्रिया मिल कर एस.डी.एम. को ज्ञापन सौंप आये। उनके मुँह से एक शब्द नहीं निकला। मुस्कराये और चुपचाप रख लिया।

अठखोल की बैठकी होली में शंकर दा की ढोलक मशहूर थी। आज उन्होंने हुड़का बजा कर कैरना वालों को चकित कर दिया। यह सब देख कर लच्छू का मनोबल बढ़ गया। पिछली नाराज़गी को वह भूल चुका था। एक बार माइक ख़ाली हुआ तो कहने लगा— माइक ख़ाली बरबाद जा रहा है, तब तक मैं गोपुली का क़िस्सा सुना दूँ? शंकर दा ने कस कर डाँटा। तब जाकर उसकी हुड़क दबी।

अगले दिन से पार्वती के कानों में फिर वही सन्नाटा गूँजने लगा जो उसके जीवन में स्थायी भाव की तरह आ गया था। मीतू और रजनी कई दिन की भागदौड़ के बाद थक गयी थीं और आराम कर रही थीं। मीतू तो एक बार कुछ देर के लिए मिलने आयी, लेकिन रजनी नहीं पहुँची। वह चन्दन के विदा लेते वक़्त रो पड़ी थी। उसके बाद की झेंप थी या कि निराशा से उपजा अवसाद, वह बिस्तर में पड़ी थी। अब जाकर उसे अपने भाई की हालत का एहसास हुआ और उससे सहानुभूति होने लगी थी। प्रेम इतना ही मारक होता है। ज़रूरी और असह्य, दोनों साथ-साथ। भाई को देख-देख कर उसका मन रोने को होता था। दर्द यह अपना ही था। भाई तो बहाना होता।

पार्वती उदास थी, किन्तु निराश नहीं। जान चुकी कि कोई आपके सन्नाटे से हमेशा के लिए आपको नहीं निकाल सकता। दु:ख सबके जीवन में आते हैं।

खुद ही निकलना पड़ता है। रो-धो कर जैसे भी निकलें। रोना भी ज़रूरी है। रोना चाहिए ख़ूब कस कर। मनोज भाई कहते हैं, आँसू सेफ़्टी वॉल्व होते हैं। गुबार निकल जाता है।

उसे लगता है, उबरना अलग मसला है। गुबार निकलने के बावजूद धीरे-धीरे ही उबरते हैं। रो लिए और दु:ख का अन्त हो गया, यह नहीं होता। ऐसा होता तो आँसू अनमोल होते।

अपने दु:ख को बाहर खड़े होकर देखना आ जाये तो उबर सकते हैं। ऐसे देखना, जैसे वह दूसरों का हो। ऐसी आत्म-विस्मृति। हालाँकि आसान नहीं है इस तरह देखना, जैसे दूसरे की खिड़की से उसका शयन-कक्ष देखना हो। वहाँ एक स्त्री है जो अपने पुत्र के लिए विलाप कर रही है। उस स्त्री को या उसके पुत्र को आप नहीं जानते। देख कर मन उदास होता है, लेकिन आप तटस्थ हैं।

दु:ख हर किसी की खिड़कियों और दरवाज़ों के भीतर रहता है। भीतर रहने वालों की हड्डियों में समाया होता है। वहीं टीसता है। सारे दुखियारों का एक रिश्ता है। खून का नहीं, दु:ख का रिश्ता। रहिमन दुखिया सब संसार...।

वह अपने को आगाह करती है। यह जीवन केवल अपना सुख-दु:ख नहीं है, उसके बाहर भी है। अपने विलाप से बाहर निकल। बाहर, जहाँ बाक़ी का जीवन है। विलाप के अलावा। अपने दु:ख पर नियन्त्रण रखना सीख, पार्वती। अगर ईर्ष्या, अहंकार और खुशी की अति ठीक नहीं तो दु:ख की भी नहीं है। वैसे भी, राजन जी कहते हैं, एक ही जीवन है।

पार्वती बाहर निकलने का अभ्यास करने लगी है। बाहर आकर भीतर देखती है, खिड़की से। भीतर विलाप करती स्त्री गंगा है। राम सिंह की माँ। सूरत बदलती है तो किसी और की माँ लगती है, जिसका बेटा मरणासन्न है, जिसका मर चुका, जिसका...।

इस तरह का अभ्यास उसने अठखोल वालों से मिलने के बाद शुरू किया जो अकारण ही उसके लिए खड़े हो गये थे, नि:स्वार्थ। बगल में खड़े होना और जिजीविषा जगाना बड़ी बात है। जब आप निपट अकेले होते हैं, तो हाथ बढ़ा कर आपकी ओर आने वाले की उपस्थिति इतनी विराट् होती है कि अकेलापन उसमें बिला जाता है। यही है उनकी सोहबत का हासिल। उसने दूसरे दुखियारों की और उनके कड़े संघर्ष की कई कथाएँ उन साथियों से सुनीं। उस स्त्री का क़िस्सा सुना जो पराये बच्चे के लिए मामा और बच्चू नाम के दो ज़बरजंडों के नहीं डरी। दो-दो मर्दों के साथ आनन्दपूर्वक बीत रहे अपने जीवन में खुद ही भूचाल ले आयी।

एक अनजान लड़के की ख़ातिर, जिससे उसका कोई सम्बन्ध नहीं था। उस औरत के पैर छूने का बहुत मन है। उससे मिलने एक बार वह गुंडौली ज़रूर जायेगी।

एक वो औरत है, जिसका बेटा अब भी ठीक नहीं हुआ है और जिसे घायल करने का आरोप रामू पर है। इसके बावजूद जिसने फ़ोन कर रामू के लिए दुआ की। इसी का असर है कि अपना दुःख न्यून और सूक्ष्म हो गया।

मनुष्यता के दर्शन से दुःख का न्यूनन सम्भव है।

और भी कई हैं, जिन्होंने उसके लिए जोखिम उठाए हैं। उनके बारे में तो पार्वती को आधी-अधूरी ही जानकारी है। भवान सिंह और गंगा को ही देख लो। उसे नहीं पता कि उन्होंने गाय का मूल्य चुकाने के लिए कान के झुमके बेच दिये और धरने में शामिल होकर तन्नू दा से दुश्मनी मोल ली।

रुपये के बारे में भवान सिंह की धारणा थी कि यह भूख से बचाने और देनदारों से पिंड छुड़ाने के काम आता है, किन्तु रुपये देकर पिंड छूटा नहीं। जब भी वे टकराते हैं, मज़ाक़ उड़ाने से नहीं चूकते। 'ठरकी' कह कर पार्वती से उसका रिश्ता जोड़ते रहते हैं। बहुत अश्लील बातें करते हैं और अश्लील तरीक़े से हँसते हैं। वह क्रोध को काबू करता है और सल्ला हरतोला छोड़ने की ज़िद को बढ़ाने लगता है। कुछ और कर भी नहीं सकता। वे तने हुए लोग हैं और वह झुका हुआ।

नहीं जानता कि मुखर औरतें और कमज़ोर आदमी हमेशा सॉफ़्ट टार्गेट होते हैं।

यह वसन्त की शुरुआत है। आड़ू-खूबानी और प्लम के पेड़ों पर सफ़ेद व गुलाबी फूलों के टोकरे लद गये हैं। मधुमक्खियों और भँवरों की गुनगुन से लदी और फूलों की महक से सराबोर हवा इठला कर बहती है। गुंडौली में यह आमों में बौर आने और सरसों फूलने का मौसम है। खेतों ने पीली चूनर ओढ़ रखी है। हर तरफ़ पीला रंग बिखरा पड़ा है। यह प्रेम की ऋतु है, पंख वाली ऋतु। ऋतु के पंखों में उल्लास बैठा है, जिसे वह चौतरफ़ा बिखेर रही है। लेकिन कैरना में पार्वती, सल्ला हरतोला में गंगा-भवान सिंह और गुंडौली में असद व उसके चाचा का परिवार अभी पतझड़ में ही ठहरे हैं। सूखी पत्तियाँ टूटती हैं, झरती हैं और क़दमों तले रौंदे जाने से चर्र-मर्र करती हैं। वे ठूँठ बने देख रहे हैं। उदास मौसम अगले मौसमों तक खिंच गया है। एक ही समय में दो जगह दो अलग-अलग मौसम। वसन्त और पतझड़। ऋतुओं का ऐसा भेदभाव? इतनी तुच्छता!

दिल्ली के प्रेस क्लब में तो अब ऋतुओं का पता ही नहीं चलता। नीम की पत्तियाँ डर-डर कर खो-खो खेलती हैं। बीयर की बोतलों का उफान गरदन तक

आते-आते परास्त हो जाता है और कॉपी के प्यालों में झाग चित्त पड़ा रहता है। नीम थरथराता है।

उल्लास का डेरा इन दिनों रामबदन के घर है। फूलों की गन्ध और बसन्ती रंग अटा नहीं रहे। मौसम की मादकता से मेज़बान और मेहमान, सभी की पलकें बोझिल हैं। बच्चू बाबू अपने साले बुलबुल तिवारी के गले में बाँहें डाले दोस्तों के साथ ठहाके लगा-लगा कर बधाइयाँ स्वीकार कर रहे हैं। नम्रतावश भी झुकते नहीं। बुलबुल का मन तो बार-बार कट्टा चलाने को करता है। पृष्ठभूमि में पूजा और मंत्रोच्चार के स्वर अब भी गूँज रहे हैं। जश्न के माहौल में उनकी छह सौ गज़ की हवेली इतरा रही है।

पार्टी की मैराथन बैठक के बाद सुमेर चन्द और रामबदन में समझौता करा दिया गया। दो वर्ष बाद विधानसभा का चुनाव होना है। उन दोनों के बीच ये रोज़ की किटकिट पार्टी के हित में नहीं मानी जा रही थी। उनसे कहा गया कि अब तक जो हुआ, सो हुआ। आगे से उनकी आपसी तक़रार का कोई भी ग़लत सन्देश नहीं जाना चाहिए। रामबदन ने छूटते ही कहा उन्हें बड़े-बड़े आश्वासन देकर पार्टी में शामिल करवाया गया, लेकिन टिकट के नाम पर हर बार ठेंगा दिखा दिया जाता है। इतने समर्पण के साथ काम करने के बाद शिकायतें भी हम ही से हैं? सुमेर चन्द ने भी अपनी शिकायतें रखीं। उनमें से ज़्यादातर रामबदन से थीं। अन्त में, सबसे पहले, सबसे ज़्यादा असन्तुष्ट रामबदन को आश्वासन मिला कि अगली बार बच्चू बाबू का टिकट पक्का समझो। अच्छा काम कर रहे हैं।

सुमेर चन्द ने पूछा, "तो ये मेरी इज़्ज़त उछालने और अधिकृत उम्मीदवार के खिलाफ़ जाकर पार्टी विरोधी काम करने का इनाम हुआ?" रामबदन ने इस आरोप पर कड़ी आपत्ति जतायी। सुमेर चन्द के पास पुख़्ता जानकारी तो थी, किन्तु प्रमाण नहीं। रामबदन उल्टा सुमेर चन्द पर चढ़ पड़े, "इन्होंने तो बच्चू बाबू के सारे किये धरे पर पानी फेर दिया। शर्म आनी चाहिए।" इस पर सुमेर चन्द चिल्लाने लगे, "तुम्हें शर्म नहीं आयी फ़र्जी वीडियो बनवाते वक़्त?"

दोनों को ही डपट कर चुप करा दिया गया। मिल कर काम करने की सख़्त हिदायत दी गयी। दोनों के बीच गुंडौली की एक मौक़े की सम्पत्ति को लेकर भी खींचतान चल रही थी। उस पर रामबदन का क़ब्ज़ा था, जबकि सुमेर चन्द नज़र गड़ाये हुए थे। महेश जी के कहने पर उस सम्पत्ति का आधा हिस्सा रामबदन ने सुमेर चन्द के लिए छोड़ दिया। जाओ ऐश करो। यह परोक्ष तौर पर बेइज़्ज़ती का मुआवज़ा था।

अन्तत: समझौते के नतीजे से दोनों पक्ष सन्तुष्ट हो गये। हालाँकि दो साल बाद बच्चू बाबू को टिकट दिये जाने की केवल गारंटी मिली थी, लेकिन ज़बानी बात पर भरोसा करने के सिवा और कोई चारा भी नहीं था। रामबदन और सुमेर चन्द ने एक-दूसरे का हाथ पकड़ कर देर तक हिलाया और अपनी मर्दानगी के प्रदर्शन के तौर पर पुरज़ोर तरीक़े से दबाया भी। उसके बाद देर तक गले मिले। इस आयोजन की ख़ास बात यह थी कि पार्टी के वरिष्ठ नेताओं ने बाहर खड़े बच्चू बाबू को अन्दर बुला लिया और हाथ मिला कर उनका कन्धा थपथपाया— जियो बेटा। यह सबसे बड़ी बात थी। मदनलाल इससे ख़फ़ा दिख रहे थे। उन्होंने वरिष्ठ लोगों को गुंडौली काण्ड की याद दिला कर बच्चू बाबू और रामबदन की जीती हुई बाज़ी पलटनी चाही, "टैंपो से एक लड़का घसीट लिया, तो कौन-सा तीर मार दिया?"

सबने चौंक कर देखा— कौन-सा काण्ड? कौन-सा लड़का? मदनलाल ने आख़िरी उम्मीद की तरह सुमेर चन्द की तरफ़ देखा। सुमेर चन्द दूसरी तरफ़ देखने लगे, जैसे कह रहे हों—हमें नहीं पता, तुम्हीं जानो।

मदनलाल कोई और पैंतरा चलते कि उससे पहले महेश जी ने उनके कन्धे पर हाथ रख दिया आप किन पचड़ों में पड़ गये? उन्होंने खरखाते हुए कहा। दो साल रह गये, तैयारी कीजिए। और रोज मन्दिर जाया कीजिये।

मदनलाल को गुंडौली से सटे दूसरे चुनाव क्षेत्र से टिकट देने के अलावा भविष्य में कुछ और भी महत्त्वपूर्ण ज़िम्मेदारी सौंपे जाने का आश्वासन मिल गया। पिछली बार उन्होंने बगल वाले क्षेत्र से ही टिकट माँगा था। ना-नुकर कर नहीं सकते थे। ऊपर से सुमेर चन्द के गुरु ने कान में कह दिया, "जितना मिल रहा है, ज़्यादा है। ख़ुश रहना सीखो।... और कौन-सा अभी से बच्चू को टिकट थमा दिया जो पिनपिना रहे हो?"

रामबदन के घर इसी खुशी में पूजा-पाठ के बाद जश्न चल रहा था, जिसमें दल-बल के साथ सुमेर चन्द शामिल थे। मदनलाल नहीं आये। स्वास्थ्य का बहाना बना लिया। अगली दावत सुमेर चन्द के घर होना तय था। अगरबत्ती की सुगन्ध अभी हवा में घुली हुई थी और मामा ने रस-रंजन की व्यवस्था कर ली थी। मामा का दलीय राजनीति से सीधे कोई लेना-देना नहीं था। फिर भी सबके साथ अच्छे सम्बन्ध थे। कहते हैं, मामा ने देर रात के लिए कुछ विशेष व्यवस्थाएँ की थीं। ऐसी बातों की पुष्टि चूँकि होती नहीं, इसलिए अटकलें ही लगायी जा सकती थीं।

रामबदन ने मंजुला को नहीं बुलाया। उसने इस उम्मीद के साथ खुद ही फ़ोन कर लिया कि शायद उन्हें उसकी याद आ जाये। रामबदन बोले, "कार्यकर्ताओं को बुलाया नहीं है। एक को बुलाओ तो बाकी बुरा मान जाते हैं।"

मंजुला स्तब्ध रह गयी। उम्मीद नहीं थी, रामबदन इतनी जल्दी मुँह फेर लेंगे। उन्होंने ज़ोर का झटका देने के बाद ढील दी, "लेकिन तुम तो अपनी हो, आ सकती हो। आ ही जाओ। यहाँ की व्यवस्था देखो। सुमेर चन्द से मेल-मिलाप कराने की कोशिश करूँगा।"

उसने पति के गणासे को स्टोर रूम में डाल कर ताला मारा और बन-ठन कर निकल पड़ी। उसे पहली बार लगा कि कार्यकर्ताओं के बीच पकड़ से ज़्यादा बनने-सँवरने का महत्त्व है। सुमेर चन्द लगातार उसकी अनदेखी करते रहे और रामबदन तिरछी नज़र से बराबर तौलते रहे। बच्चू बाबू दूर से ही बाप की हरकतें ताड़ रहे थे। वह घंटों अलग-थलग पड़ी हुई अपमानित महसूस करती रही। जब बहुत सारे मेहमान चले गये और बेइज़्ज़ती से उसका झाग निकल गया तो रामबदन ने आवाज़ दी, "अरे भई, इतनी दूर क्यों बैठी हो?"

वह लगभग रोने की हालत में उठ कर आयी। तब जाकर उन्होंने सुमेर चन्द से मिलवाया और कहा कि गाली-गलौज तो उसने की है, इसलिए माफ़ी माँग ले। सुमेर चन्द से उन्होंने पुरानी बातें मटियाने का अनुरोध किया। उनसे पहले ही तय हो चुका था कि वे एक बार में हँस कर माफ़ न कर दें, बल्कि यह जताएँ कि उसने इलाक़े के सांसद से बदतमीज़ी की है। सुमेर चन्द ने एक वाक्य नहीं बोला। मंजुला ने फिर से माफ़ी माँगी। उन्होंने गरदन हिला दी, "चलो, ठीक है।"

इस तरह मंजुला को माफ़ी दिलवा कर रामबदन ने उसे एहसान तले दबा लिया। हालाँकि यह न रामबदन को माफ़ी लगा और न मंजुला को। इससे बड़ा एहसान तो उन्होंने दिल्ली से आये महेश जी से मिलवा कर किया। वे खरखरा कर हँसे। उनका हाथ उठा कर मंजुला ने खुद ही अपने सिर पर रखने की कोशिश की थी। महेश जी शरमा गये थे। वे फ्रोज़न शोल्डर से पीड़ित आदमी। ज़्यादा ऊँचा हाथ उठा नहीं पाए और पीठ पर हाथ रख कर आशीर्वाद दे दिया। मंजुला ने तय कर लिया कि महेश जी के चरण नहीं छोड़ने। चाहे आशीर्वाद लेने हर महीने दिल्ली जाना पड़े। दिल्ली के आशीर्वाद की बात ही अलग है।

पार्वती के बेटे के लिए अठखोल, दिल्ली और कैरना वालों ने जो किया, सब एक तरह से निष्फल रहा। बेटा जब तक सकुशल लौटे नहीं, सब निष्फल ही है। फ़रियादें जहाँ सुनी जाती हैं, वहाँ तक उसकी पहुँच नहीं है। इसलिए उसके हाथ में कुछ नहीं था।

राम सिंह खुद भी भाग-भाग कर थक चुका। कोई कितना भागे और कहाँ तक? एक दिन तो ठहरना पड़ता है। इस बार का पड़ाव एक किसान के पास डाला है। अच्छा लग रहा है। किसान मोतियों की खेती करता है। बड़ा स्वप्निल-सा काम है। सीप के अन्दर न्यूक्लियस रोपना, तालाब में लटका कर छोड़ देना। उन्हें शैवाल खिलाना, देखभाल करना और साल भर बाद मोती निकालना। उसके लिए यह सीपियों से बातें करने का खेल है, जैसे कैरना में मछलियों और चिड़ियों से चलता था। मालिक से कह कर उसने एक सीपी गोद ले ली। कहा, इसका मोती मेरी माँ का रहा। मालिक मुस्करा दिया था। दिन में एक बार वह उस सीपी से ज़रूर कहता— बड़ा मोती देना, बैणी (बहन)। सबसे सुन्दर।

पता नहीं यहाँ की सीपियाँ उसकी भाषा समझती होंगी कि नहीं? भाषा यहाँ एक बड़ी समस्या है। टूटी-फूटी हिन्दी जानने वालों की बदौलत काम चलाना पड़ रहा है। खान-पान भी रास नहीं आता, लेकिन भूख तो लगती है। अलग-अलग प्रान्तों और शहरों में अब तक जो काम मिला, उसने किया। भूख करवाती थी। भूख और काम का अन्योन्याश्रित रिश्ता है। उन कामों की गिनती दहाई में या थोड़ा कम हो सकती है। कुछ ऐसी जगहें भी थीं जहाँ दो दिन से ज़्यादा नहीं टिका। उखड़ जाने के लिए किसी पुलिस वाले की भेदती निगाहें काफ़ी होतीं। भय के आधिक्य से भ्रम हो जाता है। इन दिनों भ्रम और यथार्थ में अन्तर करना उसके लिए मुश्किल हो गया है।

बेशक शरीर अब झोंटे नहीं खाता। ट्रेन की झकड़क-झकड़क नहीं सुनायी देती। सुनायी देती तो भी क्या फ़र्क़ पड़ता? मामा और बच्चू बाबू की झकड़क-झकड़क तो साथ चल रही है। फ़र्क पड़ता है दहशत से। वह जागते हुए हो या नींद में। नींद में लगता है, बाघ लिये जा रहा है। जागने पर घंटों दहशत बनी रहती है। फ़िलहाल खुद को वक़्त के हवाले कर दिया है— जो होगा, देखा जायेगा। गरदन पर लटकी तलवार के नीचे जीना है, तो जीना होगा। उसने खुद को समझा लिया है।

झूठ बोलने में वह बहुत असहज हो जाता है। फिर मालिक इतना भला आदमी कि उससे झूठ बोलने में किसी को भी हिचक हो। कुछ होते हैं ऐसे निर्दोष चेहरे, जिनके सामने सच बोलने का मन करता है। अगर इसी आदमी ने पकड़वाना है तो पकड़वा दे। एक न एक दिन तो यह होना ही है। उसने सब कुछ सच-सच बता दिया। मालिक कुछ देर उसे देखता रहा। फिर टूटी-फूटी हिन्दी में कहा, "किसी को बोलने का करके मेरे को बोल दिया, अच्छा है।" उसे राम सिंह की कहानी सुन कर दु:ख हुआ था। अपने मन में हिन्दी का वाक्य तैयार करने के बाद बोला, "किसी और को बोलके टीक नईं।"

माँ से बात करने की बड़ी इच्छा थी। फ़ोन ठीक कराना चाहता था। सारे नम्बर उसी में थे। मालिक ने समझाया कि फ़ोन करना सुरक्षित नहीं है। सब कुछ बर्बाद हो सकता है। अभी कुछ वक़्त इन्तज़ार करे। उसे बड़ी मेहनत लगी थी समझाने में। रामू मान गया।

पार्वती मन को समझा रही थी। लड़का जहाँ होगा, जैसा होगा, इतने दिनों में जीना सीख गया होगा। हद से ज़्यादा सरलता जीवन को कठिन बना देती है। उसे सीखना ही पड़ेगा। हालाँकि यह तसल्ली उसके लिए पर्याप्त नहीं थी। मन फिर भी अशान्त था।

जब से रामू के लिए अपने ही बराबर तड़प उसने मीतू के भीतर देखी, थोड़ा राहत मिली है। लोग अब कहते हैं, प्रिया ने तो रामू से कभी प्रेम किया ही नहीं, बेवजह माँ-बेटे ने कहानी बना दी। नहीं किया उसने। फिर भी रामू से एक छोटे-से परिचय में इस परिवार की हो गयी। रामू के भीतर की निश्छलता और करुणा को उसने पहचाना। उस तत्व से, उसी के कारण, मीतू का परिचय हुआ। क्या यह कम है?

प्रिया की आँखों में चन्दन के लिए सितम्बर की खिली हुई धूप-सी जो देखी है, वह सच हो। उसे खुशी होगी। वह सोचती है। वही उजास कभी रामू की आँखों में प्रिया के लिए देखी थी। याद करने से दु:ख होता है, लेकिन रामू पर ही कैसे अटकी रहे? चन्दन और प्रिया भी उसके अपने हो गये हैं। जो रामू को नहीं मिला, चन्दन को मिल जाये। रजनी की आँखें भी तो ठीक वैसे ही चन्दन के लिए दिपदिपाती थीं। प्रेम में किसके हिस्से क्या आ जाये, कोई नहीं जानता। प्रेम को ही कोई नहीं जान पाया। कोई सुख कहता है, कोई तड़प। जिसे जो मिल जाये। अपने हिस्से का सुख या अपने हिस्से का दु:ख। जैसे रजनी को मिला, जो आजकल अपने भाई की तरह सुबह से ग़ज़लें सुनती है, ज़ार-ज़ार रोती है और कभी-कभी भाई के सिर पर हाथ फेरने लगती है। उसकी आँखों में हरदम बदरी-सी छायी रहती है।

रामू जहाँ होगा, उसकी आँखों में तो घनघोर घटाएँ होंगी। तूफ़ान ही न हो। लेकिन वह क्या करे? अपने बादलों, अपनी बारिशों और अपने तूफ़ानों से खुद ही लड़ना होता है। उसे भी लड़ना होगा।

प्रिया और चन्दन लौटते हुए एक अजीब-से तनाव से गुज़र रहे थे। कुछ भी अच्छा नहीं लग रहा था। वह चुपचाप कार चला रही थी। नज़रें सड़क पर और दिल-दिमाग़ कहीं और था। सफ़र से वापसी बहुत रोमांचक कभी नहीं होती, यह सच है, लेकिन इस कदर उदास भी नहीं करती। ऐसा तो नहीं ही लगता कि हाथ

से कुछ फिसल रहा है। क्या फिसल रहा है? यह जो फिसल रहा है, फिर हाथ आने वाला था कि नहीं? कैरना से लौटते वक़्त उसने रजनी से पूछा था कि इतनी उदास क्यों हो? अगर 'कोई' है तो उसे पकड़ कर रखना। रजनी ने कहा था यह जो है, पानी है समझो। उम्र की तरह है। दोनों कभी मुट्ठी में बन्द नहीं होते। उनके साथ बहते रहो। पिछड़ गये तो गये, बह गये तो बहते गये। तब भी तो गये।

चन्दन कभी-कभी तिरछी नज़र से उसे देख लेता। अचानक एक सुनसान और चौड़ी जगह पर उसने गाड़ी किनारे लगा दी। क्या हुआ? चन्दन ने पूछा। उसने कोई जवाब नहीं दिया। आँखें डबडबायी हुई थीं।

"क्या बात है?" उसने फिर पूछा।

लगा, वह रो देगी। उसने स्टीयरिंग व्हील पर सिर रख लिया। चन्दन की समझ में नहीं आया क्या करे? जब कुछ नहीं सूझता तो कई बार स्मृति मदद करती है। फिर यह तो कल की ही बात थी। उसे आयशा याद आयी। उसने झट प्रिया का हाथ पकड़ लिया, अपने दोनों हाथों के बीच। ऊपर वाले हाथ से उसके हाथ को थपथपाता रहा, बोला नहीं। प्रिया की बहुत तेज़ रुलाई छूटी। अन्दर जो घुमड़ रहा था, एक ही स्पर्श के साथ बाहर निकल आया। जब रो ली और नज़र उठा कर चन्दन को देखा तो हैरान रह गयी। चन्दन की आँखों में उसके लिए अपार स्नेह था। उसने सही पहचाना था। संयोग से उसी क्षण प्रिया को अठखोल के शराबी का पश्चाताप याद आया— काश, उसने काजल को बता दिया होता।

वह बता देना चाहती थी ताकि देर न हो जाये। चन्दन भी कसमसा रहा था। कुछ कहना चाहता था। लेकिन किसी ने कुछ नहीं कहा। कुछ नहीं बताया। न प्रिया ने, न चन्दन ने। दोनों ने एक-दूसरे की खामोशी का अनुवाद अपनी भाषा में कर लिया होगा। फिर कहने की आवश्यकता कहाँ रह जाती है?

जहाँ शब्दों की सीमा ख़त्म होती है, वहीं अनकहे के अनुवाद का प्रवेश द्वार होता है।

यह जगह कहाँ है, उसे आयशा ने बताया था। धरने के बाद वे लोग कैरना से घंटा भर पहले ही लौटे थे कि आयशा का फ़ोन आ पड़ा। प्रिया अठखोल की उस आख़िरी रात में जश्न मनाना चाहती थी, लेकिन लौटने का ख़याल उदास किये हुए था। अम्मा अपने समूचे ज्ञान और चतुराई से उस उदासी को समझने की कोशिश कर रही थीं। उसे वे अपने से अलग नहीं होने दे रही थीं।

चन्दन फ़ोन लेकर छत पर चला गया। आयशा ने बताया कि आना चाह कर भी वह नहीं आ पाई। उससे कोशिश तक न हुई। उसे अफ़सोस था।

उसने रहमान मियाँ का क़िस्सा और अब्बू की दहशत के बारे में बताया। बोली, "हमेशा वही क़िस्सा। डरते हैं और डराते भी हैं। कहते हैं, जिनसे रोज़मर्रा की दुआ-सलाम है, भीड़ में वे भी अनजान बन जाते हैं। ये कैसा दौर आ गया? देख कर जितनी दहशत होती है, उससे ज़्यादा सोच-सोच कर होती है।"

उसने बताया, उस शाम की घटना के बारे में मुँह बन्द रखने से सबसे ज़्यादा तकलीफ़ में वह खुद है। चन्दन कुछ नहीं बोला। आयशा ने कहा, "अब्बू ने पाँच साल पहले इमरान को ट्राँसपोर्ट का धन्धा शुरू करवाया था। हमारे पास एक मारूति वैन और एक कार है। दोनों टैक्सी में चलती हैं। तीन टैंपो हैं। 'शबनम ट्रांसपोर्ट' के नाम से गुंडौली मार्केट में एक छोटी-सी दुकान है। वहीं से सारा कारोबार चलता है। रिटायरमेंट के बाद दुकान पर अक्सर अब्बू बैठते हैं। भाई का काम फ़ोन से चलता है।"

हुआ यों कि कोई मझोला खुर्द से बैल ख़रीद कर लाना चाहता था। इमरान भाई जब चाय की दुकान पर थे तो उसका फ़ोन आया था। भाई ने किराया बताया। एक बैल के लिए उसे किराया ज़्यादा लगा। भाई ने मज़ाक़ में कहा एक गाय भी ले आओ। उसे बात जँच गयी। समय तय हो गया।

कोई उनकी बातचीत ज़रूर सुन रहा होगा। हालाँकि भाई ने ध्यान नहीं दिया। उस दिन एक ही टैम्पो ख़ाली था क्योंकि उसका ड्राइवर छुट्टी मार गया था। इमरान खुद जाने को तैयार हो गया। उसका दोस्त ताहिर भी मझोला खुर्द से गुड़ लाना चाहता था। उनकी दुकान पर गुड़ की बहुत खपत है। इत्तेफ़ाक़ से इमरान और ताहिर की बातचीत अब्बू ने सुन ली। उन्होंने गाय लाने से मना कर दिया। बोले, ठीक नहीं है। भूखे नहीं मर रहे। कम खा कर खुश रह लेंगे।

भाई को इरादा बदना पड़ा। गाय और बैल लाने वाले को उन्होंने फ़ोन कर दिया और हँस कर बताया कि उन्होंने वहाँ से गुड़ लाने का इरादा कर लिया है। अब्बू गुड़ और गोबर साथ लाने को मना कर रहे हैं। सुन कर अब्बू को भी हँसी आ गयी।

उस दिन भाई के कहने पर असद भी उन दोनों के साथ चल पड़ा था। ताहिर ने गुड़ के अलावा चावल भी लाद लाने का इरादा कर लिया था। लौटते हुए उन्होंने गुंडौली में एंट्री की ही थी कि लड़कों ने घेर लिया। टैंपो की तलाशी तक असद मियाँ पिट चुके थे। तलाशी लेते ही ग़लती उन लोगों की समझ में आ गयी। तभी इमरान और ताहिर को उन्होंने भागने दिया।

चन्दन स्तब्ध था। इतनी छोटी-सी बात और इतना बड़ा बतंगड़? हालाँकि पत्रकार होने के नाते वह इसे पूरी तरह सत्य नहीं मान सकता था। यह आयशा का पक्ष था, लेकिन पीड़ित पक्ष के रूप में उसे इसका थोड़ा लाभ मिलता था।

दिल की सुने तो उसे आयशा की बात पर यक़ीन होता था। बोला, "कुछ लोगों का बस चले तो पृथ्वी की धुरी हिला दें।"

"हाँ। और ये पृथ्वी अपनी धुरी पर सही-सलामत घूम रही है तो, शायद उस प्रेम के कारण जो यहाँ बचा है। जब तक यह रहेगा, पृथ्वी को बचा कर रखेगा। कोई भी और कितना भी शक्तिशाली व्यक्ति और उसकी नफ़रत उसे हिला नहीं पायेंगे।"

उसने थोड़ा रूक कर कहा, आदमी पैदाइशी क्रूर नहीं होता दोस्त। हम सबकी जीवन-यात्रा के बीज हमारे बचपन में छिपे होते होंगे। संगीत प्रेमी और चित्रकार हिटलर इतना क्रूर कैसे हो गया? क्रूरता के बीज उसके पिता एलोइस (मारिया अन्ना की अवैध सन्तान) के बचपन और परवरिश में हो सकते हैं। उन्हें एलोइस की मूँछों और माँ क्लारा की आँखों में ढूँढ़ा जा सकता है। वह हिटलर में आया होगा। उसे उसके अध्यापकों के, पिता के बर्ताव और उसकी गुस्सैल प्रवृत्ति में तलाशा जा सकता है। उसके बनाये चित्रों को देख कर आर्किटेक्ट हिटलर को ढूँढ़ने की जगह उनकी भयंकर भव्यता, डरावने सूनेपन और गगनचुम्बी इच्छाओं को देखा जाना चाहिए। उनमें हिटलर की महत्त्वाकांक्षा को देखना चाहिए जो उसकी क्रूरता के मूल में रही हो सकती है। महत्त्वाकांक्षाएँ भी हमें क्रूर बनाती हैं, यार। अपनी शक्ति, सामर्थ्य और वैभव का भोंडा प्रदर्शन भी इसी की परिणति है। मनुष्य के प्रति मनुष्य की इतनी गहरी नफ़रत बहुत भयंकर चीज़ है। स्त्रियों को प्रेम करने से यह साबित नहीं होता कि हिटलर के वहाँ प्रेम के लिए इफ़रात जगह थी। अपने बच्चों को प्रेम करने से भी साबित नहीं होता। आप आतंकवादी और अल्लाह की राह पर चलने वाले एक साथ नहीं हो सकते।

अन्त में उसने जो कहा था, वह चन्दन के दिल में रात की रानी की तरह खिल गया और महकने लगा था। उसी की मदहोश कर देने वाली सुवास उसके भीतर समा गयी थी। आयशा ने फुसफुसा कर पूछा, "किसी के होंठों पर होंठ रखना क्या है? प्रेम?"

चन्दन घबरा गया। समझ नहीं आया क्या जवाब दे? हाँ या ना?

"हाँ।" उसने कहा। आयशा को पता चल गया कि 'हाँ' कहते हुए उसके होंठ थरथराये।

"हाँ, हो सकता है।... बल्कि है। लेकिन हर किसी के यहाँ नहीं। कहीं-कहीं तो यह ख़ालिस तृष्णा है। गला तर करने की इच्छा। प्यास।"

"तो प्रेम क्या है?" चन्दन ने उसी तरह फुसफुसा कर पूछा। तुरन्त ही समझ आ गया कि उसे फुसफुसाने की ज़रूरत नहीं थी।

"पता नहीं। शायद जो दूसरों में छलके और सन्तोष आपको दे। कोई स्वप्न, तृप्ति, कोई संगीत, गन्ध, स्पर्श, कोई अच्छी किताब। आँख से गिरती एक बूँद, एक अभेद्य खामोशी, निश्छल उल्लास, बच्चे की किलकारी, चैन की नींद। कुछ भी, जिसके होने पर सन्देह न हो।"

उसके अन्दर से आवाज़ आ रही थी— हाँ, ठीक कहती हो। लेकिन वह गूँगा हो गया। फ़ोन पर केवल उसकी साँसों को सुना जा सकता था। वह सुन रही थी और बोल रही थी।

लेकिन कोई चीज़ नष्ट नहीं होगी, यह मानकर उसे बचाना नहीं छोड़ सकते दोस्त। बचाने वालों की विनम्रता नष्ट करने वालों की आक्रामकता से कभी भी हार सकती है।

राजन जी ने एक बार उससे कहा था, "शब्द निरर्थक नहीं होते। उन्हें ध्यान से सुनो। नाद को सुनो। उसमें अर्थ है। संसार की समस्त ध्वनियों को ख़ूब कान देकर सुनना चाहिए। उसी तरह जैसे हम चीज़ों को और रास्तों को आँखें खोल कर देखते हैं। कभी-कभी अपने को देखना और अपने कहे को सुनना भी ज़रूरी होता है।"

उसे पिता की बात याद थी। हमेशा याद रहती है। जिस पल प्रिया की आँख से पहला आँसू गिरा, उसने आयशा के कहे को पिता के कहे से समझा। अचानक ही कुछ गूँजा। एक नाद, जिसमें संगीत था। उसने कान देकर सुना। प्रेम को बचाना दोस्त, तभी पृथ्वी बचेगी।

फिलहाल इस प्रेम को तो बचाये। उसने सोचा और अपने दोनों हाथों के बीच प्रिया के हाथ के लिए जगह बना दी थी। यह करते हुए उसे अफ़सोस अगर कोई था तो राम सिंह के लिए, जिसके भीतर, कहीं किसी शहर में, एक नदी सूख न रही हो। जहाँ उसके कहे को सुनने वाला कोई न हो।

भवान सिंह से तन्नू दा ही नहीं ग्राम प्रधान नैनवाल भी निराश था। उसने इस बीच तन्नू और उसके आदमियों के साथ कई दौर की बैठकें की हैं। उसका कहना था, "कहाँ गाँव में एक साथ दो सड़कें लाने की योजना थी, कहाँ ये सब हो गया। ऊपर से, मैंने गाना भी तैयार कर लिया था राम सिंह पर।"

उसने अचानक ही तन्नू का कन्धा झिंझोड़ कर कहा, "वो जो सारंगी बजाने वाला है ना जगदीश, वही जिसे जगुवा सारंगी बोलते हैं, उसे धुन बनाने को भी कह दिया था।"

"कौन-सा गाना, हमें भी तो सुनाओ।" तन्नू खुशामद करने लगा। नैनवाल ने बताया, अभी दो ही पंक्तियाँ लिखी हैं। तन्नू ज़िद करने लगा। दो ही सुना दो। वह भौंहों और माथे पर बल देकर गाना याद करने लगा। बोला— सारा-रारा-रा... सारा-रारा-रा...रमिया ने मारा, सारा-रारा-रा।

सबने एक साथ उसकी तारीफ़ की। वाह। मज़ा आ गया। मन ही मन सब हँस रहे थे। इसमें मुसोलिनी की रची पंक्ति कौन-सी है?

गीत सुना कर वह उदास हो गया। ग्राम प्रधान बनने का शोक-सा मनाने लगा। भारी अफ़सोस था उसे। एम.ए. करने के बाद किस पचड़े में फँस गया? नेट-फ़ैट करता, पी-एच.डी. करता, कहीं असिस्टेंट प्रोफ़ेसर बन गया होता। लाख रुपये तनख़्वाह उठा रहा होता। गीत और कविताएँ लिखता, सो अलग।

तन्नू के एक साथी ने कहा, "और क्या? जितना नालियाँ-खड़ंजे बनाने में कमाते हो, उतने तो एक्ज़ाम ड्यूटी और कापियाँ जाँचने के मिल जाते।"

दूसरे साथी ने कहा, "बुरा मत मानना, ये जो गाँव वाले मुसलीन कहते हैं ना आपको...।"

"कौन कहता है, नाम बताओ?" वह बिदक गया।

"वो सब छोड़ो दद्दा, मुद्दे की बात ये है कि जो भी कहते हैं, वो आज 'सर-सर' कह रहे होते आपको। आप उस लौंडे के बारे में ये 'सारा-रारा' नहीं लिख रहे होते।"

नैनवाल की समझ में नहीं आया यह उसकी तारीफ़ है या खिल्ली उड़ाई जा रही है? वह क्रोधित लग रहा था। तन्नू ने झट विषय परिवर्तन कर दिया। कहा, "इस भवान सिंह ने तो सड़क के काम को पलीता लगा दिया। सबसे बड़ी चिन्ता वही है। नैनवाल बोला, "सड़क तो देर-सबेर बन जायेगी। चिन्ता की बात ये है कि बिना मूर्ति का चौराहा कैसा लगेगा? चौराहे श्मशान घाट जैसे नहीं लगने चाहिए, तन्नू भाई।"

सुनसान चौराहे की कल्पना ने या किसी और बात ने मुसोलिनी को फिर से विचलित कर दिया। बोला, "किसी के बाप को ये अधिकार नहीं है कि बेटे के पराक्रम को फुस्स कर दे। वीर पुरुष राष्ट्र की धरोहर होते हैं।"

शान्त हुआ तो तन्नू के कन्धे पर हाथ रख दिया, "इस आदमी को मनाओ, यार। किसी भी तरह मनाओ।"

तन्नू भी चिन्तित लग रहा था। मुसोलिनी ने फ़ैसला सुनाया, "सबसे पहले गाय की रकम लौटाओ।"

तन्नू के मन में हिचक-सी हुई। बोला, "लौटा देंगे तब भी नहीं मानेगा। बहुत हरामी आदमी है।"

मुसोलिनी ने थोड़ा वक़्त लेकर सोचा। बोला, "एक नई गाय भी दे देंगे। मैं दूँगा अपनी जेब से। तुम चिन्ता मत करो। बस, तुम लोग उससे माफ़ी माँगो और किसी भी तरह पटाओ। वरना देखो, गाँव का एक बहादुर लड़का, जिसकी वजह से सिर ऊँचा हुआ था, कैरना का हुआ जा रहा है। हमारा चौराहा सूना हो जायेगा, भाई।"

वह बिना बने चौराहे की तरह सूना हो गया था।

तन्नू और उसके साथी एक किलो बर्फ़ी लेकर पहुँच गये भवान सिंह के घर। गलबहियाँ डाल कर समझाने बैठे।

"लड़का बहुत जल्दी मिलेगा। ऊपर तक बात हुई है। खुद नैनवाल जी ने की है। ऊपर वाले कहते हैं, लाकर देंगे। हमने कहा, हम जो ग़ुस्से में ले आये थे, वह लौटा देंगे। बोले, ठीक है। पति-पत्नी ने ग़लती ज़रूर की है, पर हैं तो बहादुर के माँ-बाप। अपने लोग हुए।"

तन्नू ने गाय की रकम उसके हाथ में रख दी, जो ले गया था। बोला, "एक गाय भी आ रही है पीछे-पीछे। नैनवाल जी भिजवा रहे हैं। लड़का भी आया ही समझो।"

भवान सिंह ने रुपये हाथ में लेकर देखे। तन्नू को लौटाते हुए बोला, "नहीं चाहिए। पहले रमिया को लाओ।"

उसने बर्फ़ी का डिब्बा भी उनकी तरफ़ सरका दिया।

खेती और दाल-भात-रोटी के अलावा इस संसार की बहुत कम चीज़ों से उसका परिचय है। जिस रुपये को पहचानता था, वह भी रहस्य बन गया था। पहले वे लोग लौटाने के लिये परेशान कर रहे थे और अब लेने के लिए। कभी दाँत पीस कर उँगली हिलाते हैं, कभी गले में हाथ डालते हैं। क्या है ये चक्कर?

बहुत निराश है। छोटे बेटे के लौटने की उम्मीद ख़त्म हो जाने के बाद अब एक ही इंच्छा बची है। मँझला, जो तराई में बस गया, एक बार आने को कह दे। वे बिना सोचे, बिना चूँ किये चल दें। मोहभंग हो चुका। सारा जीवन जिस ज़मीन का दाना-पानी भोगा, वह अब बेगानी लगती है। इतने बदज़बान लोग और ऐसे चरित्र-हत्यारे।

सभी निराश हैं। धरने के दिन मीडिया वालों ने न तो विजुअल दिखाये और न अख़बारों में ही ठीक से ख़बर छपी। राजन जी कहने लगे हैं सारे उपकरण व्यर्थ और औज़ार भोंथरे हो चुके। तसल्ली से ज़्यादा कुछ हासिल नहीं होता। जन-आन्दोलनों का समर्थक चन्दन अगले धरने के बारे में पूछने पर मीतू को कोई जवाब नहीं देता।

अठखोल वाले कहते हैं, शायद व्यस्त हो। आयशा को लगता है, किसी दबाव में है या संकट में है। हालाँकि वह कहता है, कुछ नहीं है। उसका वहम है। वह यों ही चौंकता है। आसपास कोई होता नहीं।

प्रिया को वह दिल की बात बताना चाहता है कि कुछ भी करते हुए उसे डर लगता है। इसके अलावा यह कि रामू उन दोनों के बीच में जाने कहाँ से चला आता है? रामू के अन्दर सूख रही नदी का ख़याल बार-बार क्यों आता होगा? क्या वह बता सकती है कि उसके साथ क्या हो रहा है?

लेकिन प्रिया से अब तक कहा नहीं।

जीवन ज़्यादातर चुप रहता है। मनोज भाई छेड़ने पर ही बोलते हैं। कहते हैं, "अहिंसा को परास्त करने की ज़िद इन दिनों बढ़ती जा रही है। चिट्ठियाँ, ज्ञापन, विज्ञप्तियाँ, अपील, याचिकाएँ, आँसू, जनगीत, कविताएँ और कहानियों व उपन्यासों के कोटेशन पचाना लोकतंत्र को एक दिन बीमार कर देगा। बहुत बीमार।"

वे दमे के मरीज़ की तरह ख़ूब खाँसते हैं।

एक पार्वती ही है, जिसने उम्मीद की बाहर वाली खटिया पर लेटना छोड़ा नहीं। आधी रात तक अन्धकार में झाँकती रहती है। उसने पलकों को झपकने से रोक रखा है। उसे लगता है, उस गहन अन्धकार में कोई जुगनू ज़रूर चमकेगा। यह अपने पुनर्जीवित हुए विश्वास को बचाये रखने का प्रयास है। ज़रा-सा डगमगाती है तो राजन जी को याद करती है। एक ही तो जीवन है। फिर न सुख, न दु:ख। न सपने, न अपने। न अन्धकार, न प्रकाश। न शून्य, न निर्वात। फिर कुछ नहीं। मतलब, कुछ भी नहीं।

सब इसी जीवन में करना है। इसी में रामू को भी ढूँढ़ कर लाना होगा। एक थैले में दो-चार कपड़े रख कर चल पड़ेगी। हाथ गोदने जितनी हिम्मत जुटाने की बात है, बस।

□□